# ER IST TABU

JULES BARNARD

ER IST TABU

Copyright © Jules Barnard 2014, für die deutsche Übersetzung 2020.

Dieses Buch ist Fiktion. Alle Figuren, Orte und Geschehnisse sind von der Autorin frei erfunden oder werden fiktiv benutzt. Ähnlichkeiten mit realen Begebenheiten oder tatsächlichen Ereignissen, lebenden oder verstorbenen Personen sind rein zufällig.

Das Werk, einschließlich seiner Teile, ist urheberrechtlich geschützt. Jegliche Verwertung ist ohne Zustimmung der Autorin unzulässig. Dies gilt insbesondere für die elektronische oder sonstige Vervielfältigung, Verbreitung und öffentliche Zugänglichmachung. Einzige Ausnahme bildet das Zitieren von Passagen für Rezensionen.

Dieses Buch ist nur zum Eigengebrauch lizenziert und darf nicht weiterverkauft oder weitergegeben werden. Wenn Sie die Geschichte mit anderen teilen möchten, erwerben Sie bitte für jede/n Leser/in ein eigenes E-Book. Danke, dass Sie die Arbeit der Autorin auf diese Weise respektieren.

Umschlaggestaltung © T.E. Black Designs

Übersetzung: Anja Moest und Gundi Barnard

Korrektorat: Anna Grossman

# Kapitel Eins

Ich habe große Pläne für den Sommer. Jetzt muss ich sie nur noch umsetzen …

Eric greift nach meiner Hand, meine Beine zittern wie Wackelpudding als ich über den letzten Felsbrocken auf der Ostseite des Eagle Lakes klettere. Sein sandblondes Haar glänzt vor Schweiß, was mich anekeln sollte. Aber aus irgendeinem Grund sieht er wirklich heiß aus, so verschwitzt und zerzaust. Er hat sein Shirt nicht mehr an und die unmittelbare Nähe zu seiner muskulösen Brust weckt schmutzige Gedanken daran, mich hinter einem Felsbrocken mit ihm zu vergnügen.

Mein Blick schweift über seine trainierten Bauchmuskeln. Seine langen Cargo-Shorts sitzen tief auf seinen Hüften und bieten eine perfekte Sicht auf die V-Muskeln zwischen seinen Hüftknochen.

Er drückt meine Hand und ich sehe auf. Seine Mundwinkel zucken.

»Ganz schön ungezogen.«

»Was?« Mein Gesichtsausdruck ist unschuldig, aber er

kennt mich. Ich habe vor, diese Muskeln später mit meiner Zunge zu erkunden.

Apropos später, wo zum Teufel ist Genevieve? Wenn sie sich nicht beeilt, sind wir noch den ganzen Tag hier oben.

Es ist unsere erste Wanderung in Lake Tahoe seit unserer Ankunft vor ein paar Tagen, aber Gen sollte trotzdem fitter sein. Sie ist sportlich und läuft regelmäßig, während ich das Fitnessstudio meide, als wäre ich allergisch gegen Leggings.

Wahrscheinlich sollte ich nachsichtig mit ihr sein. Die Höhenlage in Lake Tahoe ist deutlich über dem, was sie gewohnt ist. Die Luft ist dünner. Aber ich bin es nicht, denn so sind ihre Reaktionen einfach so viel witziger.

Ich sehe mich nach ihr um. Sie erklimmt gerade die Felsen vor dem See. »Komm schon, Gen!«

Sie blickt auf und wischt sich über die Stirn, ihre Brust hebt und senkt sich mit jedem tiefen Atemzug. Ihre Lippen sind zusammengepresst und ich glaube, ihre Nasenflügel flattern. Sie verschränkt die Arme und blickt böse drein.

Ich lächle zurück.

Anstatt sich jedoch auf mich zuzubewegen, lässt Gen ihre Arme zur Seite fallen und macht einen unsicheren Schritt in Richtung Wasser. Sie kauert sich zwischen die großen Felsen und ich kann sie nicht mehr sehen. Ein Stein fliegt aus ihrer Richtung in den See und sendet winzige Wellen aus.

Ich ärgere meine beste Freundin zwar gern, aber sie kann sich behaupten. Wenn ich will, dass sie sich beeilt, macht sie absichtlich eine Pause.

Das könnte eine Weile dauern.

Ich drehe mich um und schlängele mich in Richtung Eric, der nun einige Meter Vorsprung hat. Der idyllische, kleine Bergsee ist der ideale Hintergrund für seine männliche Schönheit. Ich halte kurz inne, betrachte die sexy Szene und überlege, was ich mit der Rückkehr in meine Heimatstadt diesen Sommer alles erreichen will.

Ich will Gen mit Lake Tahoe vertraut machen. Und sie aufmuntern, hoffentlich in Form einer süßen Sommerliebe. Gen hat gerade – auf peinliche Weise – herausgefunden, dass der Typ, mit dem sie in unserem letzten Collegejahr zusammen war, eine Freundin in der Heimat hatte. Der Mistkerl kreuzte in der letzten Unterrichtswoche in der lokalen Bar auf, mit dem anderen Mädchen am Arm.

Gen hat weder geweint noch einen betrunkenen Anruf gestartet, so wie es eigentlich jede anständige Einundzwanzigjährige tun würde. Stattdessen wurde sie schweigsam, was noch schlimmer ist. Er hat ihr das Herz gebrochen. Und ich fürchte, er hat damit auch ihr Vertrauen in Männer zerstört.

Das einzig Positive daran ist, dass sie das Arschloch nie wiedersehen muss. Wir sind mit dem College fertig und dank meiner Kontakte in Tahoe habe ich uns für den Sommer vor dem Master einen Job in einem Casino gesichert.

Das *Masterstudium*. Ich stemme meine Hände in die Hüften, drücke meine Mitte zusammen und atme tief ein. Aus irgendeinem Grund dreht sich mir in letzter Zeit jedes Mal der Magen um, wenn ich an die Zukunft denke.

Tahoe ist der perfekte Ort, um Gen von dem Arschloch abzulenken und eine schöne Zeit zusammen zu verbringen, bevor wir im Herbst getrennte Wege gehen. Und vielleicht ist es für mich der perfekte Ort, um meinen Kopf klarzubekommen. Denn ich muss mich auf das freuen können, was vor mir liegt. Im Moment quält mich der Gedanke an ein weiteres Jurastudium.

Eric hält an einem Kiesbett an und wirft seinen Rucksack ab. Er legt Handtücher aus und ich mache mich auf den Weg zu ihm. Ich setze mich hin, ziehe meine Knie an meine Brust, die Arme um meine Schienbeine geschlungen und versuche, nicht an die Zukunft zu denken.

Mehrere Minuten vergehen und von Gen ist immer noch nichts zu sehen. Ist sie wirklich so erschöpft von der Wanderung?

Ich blicke über meine Schulter. Ich kann sie nicht sehen und das Wasser, an dem sie gekauert hatte, ist spiegelglatt. Mein Puls flattert. Das dauert schon zu lange.

Ich wippe vorwärts und stehe wieder auf. »Gen!«

Sie steht etliche Meter weit entfernt, hebt die Hand und schlendert auf mich zu, als wäre das ein Sonntagsspaziergang.

Ich lasse mich wieder auf meinen Platz fallen und Eric tritt neben mich, seine große Gestalt wirft einen Schatten. »Geschieht dir recht, wenn du sie ärgerst.« Von oben höre ich ein Knirschen und Krümel regnen in meinen Schoß.

Ich schnippe ein paar davon mit meinem Daumen und Zeigefinger weg.

»Hey Tarzan, willst du dein Fressgelage vielleicht woanders fortsetzen?«

»Sorry«, murmelt er; Stücke seines Müsliriegels kleben an seinen Lippen.

Ich schüttle den Kopf und lächle. »Ich habe vergessen zu erwähnen, dass ich von Dienstag bis Samstag im Casino arbeiten muss.«

Wir sind erst seit ein paar Tagen hier, aber Gen und ich fangen nächste Woche mit der Arbeit an. Ich bin ein bisschen nervös, was das Zählen und Rechnen bei meiner Rolle als Croupière betrifft. Das klingt, als wäre ich geistig zurückgeblieben. Das bin ich nicht – ich bin nur wirklich schlecht in Mathematik.

Ich kann in weniger als einer Stunde einen zehnseitigen Aufsatz über die Frauenbewegung nach der Industrialisierung schreiben, einen Frosch sezieren oder die Keynesianische Wirtschaftstheorie erklären. Aber wenn ich einfachste Zahlen addieren muss, brennt in meinem Gehirn eine Sicherung durch. Ich tendiere dazu, simple Dinge zu verkomplizieren.

Die Kaugeräusche verstummen – das einzige Indiz dafür, dass Eric mich gehört hat. Er hat sich ein paar Meter entfernt, mit dem Rücken zu mir, während er auf das Wasser starrt.

»Samstags gibt es gutes Trinkgeld«, füge ich hinzu, »aber es nervt, dass mein Dienstplan sich mit unseren gemeinsamen Wochenenden überschneidet«.

Unter der Woche ist Eric zu sehr mit seinen Kursen und seinen Verpflichtungen in der Studentenverbindung beschäftigt. Aber wir verbringen jedes Wochenende zusammen.

Er dreht sich um, holt Getränke aus seinem Rucksack und zieht seine Schuhe aus. Dann streckt er die Arme über seinen Kopf und gähnt träge.

»Das wird doch kein Problem sein, oder?«, frage ich. »Du hast von Freitag bis Montag keine Kurse. Du kannst mich trotzdem an den Wochenenden besuchen, wenn du willst.«

Wir sind gleich alt, aber Eric hat sich Zeit gelassen. Er besucht jetzt Ferienkurse, damit er offiziell seinen Abschluss machen kann.

Eric zuckt mit den Schultern und hebt einen glatten, flachen Stein vom Ufer auf. Er schnippt ihn aus dem Handgelenk aufs Wasser. Der Stein hüpft mehrere Male über die Oberfläche, bevor er untergeht. »Arbeite, soviel du willst. Du musst ja Geld für deine schicke Universität sparen. Ich werde mit meinen Kursen beschäftigt sein.«

Eine ziemlich neutrale Antwort, und ein bisschen schnippisch. Eric war nie begeistert von meinem Jurastudium, aber er hat mich auch nie dafür kritisiert. Wir haben noch nicht über die Zukunft gesprochen, aber ich dachte mir einfach, dass wir die Sache mit der Fernbeziehung machen, während ich weg bin.

Plötzlich bekommt der Abstand zwischen uns in den letzten Wochen – und die sexuelle Durststrecke, die ich dem Stress am Ende des letzten Semesters zugeschrieben hatte – eine neue Bedeutung. Wollte er sich von mir distanzieren?

Ich bin nicht so der passive Typ, also frage ich: »Glaubst du, du schaffst es nächstes Wochenende?«

Eric stöbert in seinem Rucksack. »Wahrscheinlich nicht.« Er hebt den Kopf und winkt Gen zu, die sich endlich nähert. »Ich habe mein erstes Projekt zugeteilt bekommen. Ich treffe mich am kommenden Wochenende mit den Projektpartnern. Und dann ist da noch eine Party mit den Jungs.«

Wir sind seit zwei Jahren zusammen und waren nie besonders anhänglich. Doch die Art und Weise, wie Eric meinem Blick ausweicht und die Anspannung, die ich bei ihm spüre, lässt meine Alarmglocken schrillen. Er würde mir doch sagen, wenn etwas nicht stimmt, oder?

Gen lässt ihren Rucksack mit einem Aufprall auf mein Handtuch fallen, ihr Gesicht ist rot, ihre Mundwinkel zeigen nach unten.

Ich pausiere meine übertriebene Analyse von Eric, um über meine beste Freundin nachzudenken.

Ist Gen jetzt auch noch sauer? Ich habe sie zwar vorhin geärgert, aber daran ist sie eigentlich gewöhnt und zahlt es mir normalerweise einfach gleichermaßen zurück.

Hat sie an das Arschloch gedacht? Hat sie deshalb so lange gebraucht? Sieht sie deshalb aus, als hätte ihn jemand ihren Welpen gestohlen?

Ich hebe mein Kinn, ziehe die Augenbrauen

zusammen und sehe sie fragend an. Sie schüttelt den Kopf, aber der aufgewühlte Gesichtsausdruck bleibt.

Eric setzt sich neben mich und reibt mir etwas zu grob die Schultern. »Ich gehe ins Wasser. Will jemand mit?« Er blickt von mir zu Gen.

»Zu kalt«, sage ich abwesend.

»Ich habe meinen Badeanzug nicht dabei«, sagt Gen, ohne aufzusehen. Sie schöpft eine Handvoll Kies und lässt ihn langsam durch ihre Finger rieseln.

Eric lehnt sich über meine Schulter und grinst anzüglich. »Du kannst gern nackt ins Wasser gehen, Gen. Das macht mir nichts aus.«

Gen zuckt zusammen und ich stoße Eric mit dem Ellbogen in die Rippen. *Idiot.* Sieht er nicht, dass etwas sie belastet?

Er lacht und stolziert zum Wasser.

Seine dumme Bemerkung hatte eine positive Wirkung. Sie hat Gen den depressiven Ausdruck aus dem Gesicht gewischt.

Sie schüttelt den Kopf und beobachtet ihn genervt. »Lassen deine Hormone auch irgendwann mal nach?«

»Niemals«, ruft er über die Schulter.

Er joggt die letzten Meter zum Wasser und taucht ein. Das Wasser ist kalt genug, dass seine Eier wahrscheinlich zu winzigen Trauben zusammenschrumpfen, aber er scheint unbeeindruckt und gleitet mit gleichmäßigen Bewegungen durch den See, auf einen riesigen Felsbrocken in der Mitte zu. Gen und ich sitzen schweigend da, während Eric auf den Felsen klettert, als wäre er Kolumbus, der die Neue Welt entdeckt.

Sie lässt den Kies fallen und wischt sich die Hände an ihren Shorts sauber. »Wie läuft es mit ihm?« Sie stützt ihre Arme auf die Knie, in einer ähnlichen Haltung wie ich und starrt auf ihre Füße.

Zuerst verrät sie mir nicht, dass sie etwas bedrückt und dann diese willkürliche Frage über Eric?

Sie fummelt an der Ecke meines Handtuchs. »Machst du dir jemals Sorgen seinetwegen? Wegen – keine Ahnung – anderer Mädchen am College?« Sie hält eine Hand hoch. »Er hat vorhin einen Witz gemacht – über die Sache mit dem Nacktbaden. Aber …«

Im Ernst, woher kommt das? Mir gefällt ihr besorgter Gesichtsausdruck nicht. Das ist wahrscheinlich nur eine Projektion. Sie hat eine beschissene Zeit hinter sich und jetzt denkt sie, dass alle Typen wie das Arschloch sind.

»Bei uns ist alles in Ordnung, Gen.«

Sie atmet langsam aus. »Okay.« Dann schenkt sie mir ein warmes Lächeln und mein Magen sinkt.

*Scheiße!* Ist mit Eric und mir alles okay?

Eben war nicht alles okay. Ich habe mir seinetwegen nie wirklich Sorgen gemacht, aber ich war auch viel beschäftigt. Haben sich die Dinge verändert, jetzt wo sie das College abgeschlossen hatten?

Ich schüttle meinen Kopf ein wenig. Ich übertreibe. Eric und ich verbringen einfach etwas mehr Zeit am See miteinander und dann wird das wieder.

Um Gens Mund bilden sich Spannungslinien.

»Was ist mit dir?«, frage ich. »Bist du bereit, dir wieder jemanden zu suchen?«

Sie gräbt ihre Fersen in den Kies. »Sicher. Irgendwann.«

Gen hat das schon einmal gesagt, aber es ist erst einen Monat her, dass ihr das Herz gebrochen wurde. Nicht lange genug, um komplett darüber hinweg zu sein. Aber manchmal muss man sich wieder mit anderen verabreden, um aus so einer Krise herauszukommen.

Eric plantscht auf uns zu, Tröpfchen laufen ihm an der

muskulösen Brust herunter als er aus dem Wasser kommt. Ich lächle ihn an und er grinst zurück.

Zwischen Eric und mir ist alles in Ordnung. Natürlich ist es das. Und Gen wird es auch bald wieder gut gehen. Sobald ich einen netten Kerl für sie gefunden habe.

Gen ist klug, schön und verdammt witzig, obwohl sie es nicht einmal versucht, was sie noch witziger macht. Ich habe das Glück, einen zuverlässigen Freund zu haben und das wünsche ich mir auch für sie.

Unter dem Sommerpersonal im Casino sollte es zumindest ein paar vernünftige Kandidaten geben. Wenn nicht, werden wir die örtlichen Hotspots auskundschaften und mal sehen, wer so alles da ist.

Die meisten meiner Freunde aus Tahoe sind entweder noch auf dem College oder haben eine Arbeit in der Stadt gefunden. Aber die Bevölkerung einer Urlaubsgegend ändert sich ständig. Es gibt etliche Dating-Möglichkeiten. Ich werde jemanden für Gen finden. Oder sie zumindest von der Flaute ablenken, in der sie sich befindet und ihr eine schöne Zeit bereiten.

In Lake Tahoe dreht sich alles um Spaß und Unterhaltung. Wie könnte ich also scheitern?

# Kapitel Zwei

Heute ist mein erster Abend im Blue Casino, wo ich an einem der Blackjack-Tische arbeite. Bisher habe ich mich noch nicht verrechnet und ich bin ziemlich gut im Karten mischen.

Der Kunde vor mir trinkt sein verdünntes Freigetränk. Er trägt ein rotes, geblümtes Hawaiihemd, das sich über seinen riesigen Bierbauch spannt. Ich ignoriere die schwarzen Haare, die durch die Ritzen zwischen den Hemdknöpfen sprießen, damit ich mir später nicht die Augen aus dem Kopf reißen muss.

Er nimmt alle bis auf einen Chip – mein Trinkgeld, Gott sei Dank – und geht weg. Als er geht, gibt Gen mir von ihrem erhöhten Platz in der offenen Lounge des Blue Casino ein Zeichen.

Ich darf mit niemandem außer meinen Kunden plaudern.

Ich werfe einen Blick auf den Pit Boss. Er verteilt kostenlose Getränkegutscheine und etwas, das wie ein Gutschein für eine Gratisübernachtung aussieht, an eine Frau mit einem blonden Bob und einer Designertasche.

Die Pyramide aus Chips vor ihr ist etwa zwanzig Riesen wert und während mein Pit Boss sie mit einem Zimmergutschein ablenkt, ersetzt ein neuer Croupier den alten.

Wenn ein Kunde zu viel Glück hat, wechselt der Pit Boss den Croupier. Ich habe keine Ahnung warum, aber scheinbar kann das eine Glückssträhne beenden.

*Hinterhältige Casino-Schweine.*

Der Pit Boss ist damit beschäftigt, den Untergang dieser Frau zu arrangieren und ich habe im Moment keine Kunden. Ich winke Gen herüber.

Gens Arbeit ist kommunikativer und abwechslungsreicher. Solange sie Getränke serviert, kann sie sich mit jedem unterhalten. Allerdings muss sie vorsichtig sein, keine Gäste außerhalb ihres Bereiches anzusprechen, selbst wenn es nur um ein Gespräch mit einem Freund geht. Die Spieler mit den höheren Einsätzen gehören den erfahrenen Kellnerinnen, die seit fünf Jahren oder länger dabei sind. Und diese Weiber verteidigen ihr Revier wie wild. Soweit ich das beurteilen kann, haben sie Gen jetzt schon schikaniert, nur weil sie jung und schön ist.

Gen kommt die drei Stufen aus der Lounge herunter und überquert den breiten Durchgang, der unsere Bereiche trennt. Ihr fast schwarzes Haar, ihre haselnussbraunen Augen und ihre blasse Haut sind eine auffällige Kombination. Mit meinem rotbraunen Wischmopp sind wir ein wandelndes Schachbrett. Aber im Moment starrt jeder Kerl in der unmittelbaren Umgebung Gen an.

Das arme Mädchen. Das Universum hat ein zurückhaltendes Mädchen in den Körper eines Models gesteckt.

Durch ihr hübsches ovales Gesicht und die schlanke, ein Meter achtzig große Figur in der knappen Uniform steht sie im Mittelpunkt der Aufmerksamkeit. Und sie hasst das. Sogar jetzt vermeidet sie Blickkontakt und eilt im Laufschritt zu meinem Tisch.

Daran müssen wir noch arbeiten. Männer denken oft, dass man kein Interesse hat, wenn man sie nicht ansieht.

Sie stellt ihr rundes Serviertablett auf die Armauflage meines Blackjack-Tisches, die Augen huschen zur Seite, als wäre sie nervös.

Der Casinobereich ist unerträglich laut, überall pfeift und klingelt es. Ich habe mich daran gewöhnt, meine Stimme gerade so weit zu erheben, dass ich ein Gespräch führen kann, ohne mich wie eine Marktschreierin anzukündigen. »Was gibt's?«

»Sieh jetzt nicht hin«, sagt sie mit steifen Lippen, »aber der Barkeeper an der Ost-Bar hat uns heute Abend auf einen Drink mit ihm und seinen Freunden eingeladen«.

Ich strecke meinen Hals wie ein Flamingo und spüre ihn auf.

»Ich sagte, nicht hinsehen!«

»Warum nicht?«

»Weil er denken könnte, dass ich ihn mag.«

»Tust du das?« Ich sehe den Kerl wieder an und wackle mit den Augenbrauen. Mittelbraunes Haar, Grübchen, die immer dann aufblitzen, wenn er seine weiblichen Kunden anlächelt – ich hätte mir keinen besseren Kandidaten aussuchen können. »Er ist süß.«

Sie fummelt an ihrem Geldbeutel herum. »Ich kenne Mason nicht so gut, aber er scheint nett zu sein.« Ihr Mund zuckt und entspannt sich dann wieder. »Es wäre schön, neue Freunde zu finden.«

Ich nicke. »Da kann ich nur zustimmen.«

Das Projekt ›Spaß-für-Gen‹ ist seinem Zeitplan voraus!

———

Ein paar Stunden später gehen Gen und ich durch die Drehtüren des Casinos neben dem Blue und die Klimaanlage erzeugt einen so starken Unterdruck, dass ich das Gefühl habe, meine Trommelfelle würden platzen.

»Wow«, sagt Gen und beäugt eine Cocktailkellnerin in der Nähe. »Gut, dass du Kontakte bei Blue hattest und nicht hier. Bei dem kurzen Röckchen würde man meine Arschbacken garantiert sehen.«

»Gern geschehen«, sage ich. Sie hat die ganze Woche über ihre Uniform gemeckert.

Wir gehen in Richtung Bar und in der Lounge zeigt Gen auf den Barkeeper Mason. Er hat die weiß-schwarze Casinouniform gegen eine Jeans und ein dunkles Hemd getauscht.

Masons breite Schultern füllen das Hemd perfekt aus. Ich stupse Gen in die Rippen und signalisiere meine Zustimmung.

Sie blickt mich an. Wenn wir nicht schon so nah an ihrem neuen Freund wären, würde sie mir sagen, dass ich mich wie ein Idiot benehme. Deshalb mache ich es jetzt, wenn ich damit durchkomme.

Auf Masons Gesicht breitet sich ein Lächeln aus, als er mich ansieht. Dann wirft er einen gelassenen Blick auf Gen in ihrem kurzen Jeansrock, ihrem T-Shirt und ihren Sandalen. Keiner von uns beiden hat erwartet, nach der Arbeit irgendwo hinzugehen. Dementsprechend sind wir beide ziemlich leger gekleidet.

Ein paar Jungs sitzen an Masons Tisch, zusammen mit einem Mädchen.

»Das sind Adam und seine Freundin Breanna« – Mason gestikuliert zu einem dunkelhaarigen, hübschen Jungen, dessen Hemdsärmel gleichmäßig bis zu den Ellbogen hochgekrempelt sind.

Breanna lächelt, während Adam unsere Körper alles andere als unauffällig betrachtet, wobei sein Blick auf meiner Brust verweilt. Ich könnte behaupten, dass es an meinem großen Vorbau liegt. Aber in Wirklichkeit habe ich meine Brüste heute nur ziemlich gut zur Geltung gebracht.

»Und das ist Jaeger.«

*Jaeger?* Also wie der Jäger, nur mit einem ae? Der Name kommt mir bekannt vor, aber ich erkenne den Kerl nicht.

Jaeger ist ein Kopf größer als Adam, trägt ein lässiges T-Shirt und eine blaue Jeans. Seine Arme sind so lang wie die eines Basketballspielers. Seine hellbraunen Haare sind kurz geschnitten und obwohl sein Gesicht etwas Vertrautes hat, kann ich ihn nicht zuordnen.

Aber er ist süß, mit einem markanten Kiefer und symmetrischen Zügen, die zu attraktiv sind, um ihn als dummen Muskelprotz abzustempeln. Er ist eher genetisch groß gewachsen, als von Steroiden aufgepumpt.

Jaeger wirft Gen einen flüchtigen Blick zu und sieht dann mich an. Sein Blick stockt und verweilt eine Sekunde zu lange. Er nickt halb zur Bestätigung und richtet seine Aufmerksamkeit wieder auf seine Freunde.

Er hat gezögert, als er mich angesehen hat. Ein Zeichen dafür, dass ich mit meiner Vermutung, ihn zu kennen, nicht ganz Unrecht habe? Ich kann ihn aber nicht danach fragen, denn Adam spricht gerade mit ihm.

Ich studiere Jaeger noch ein wenig und mein Blick fällt auf volle Lippen, hinunter einer sehr breiten Brust, muskulösen Schultern und Armen – und großen Händen. Der Typ hat starke, wohlgeformte Hände.

Ein Schaudern durchzuckt meinen Körper. Ich habe eine Schwäche für Männerhände … und ich bin vom Kurs abgekommen. Ich suche Männer für *Gen*, nicht für mich. Aber das Einzige, worüber ich mich an Erics Körper beschweren würde, sind seine langen, dünnen Hände. Der Rest ist aber so gelungen, dass ich gern darüber hinwegsehe.

Das ist mehr als nur nervig. Ich schwöre, dass ich den Kerl kenne. Sind wir zusammen auf die High School gegangen?

Ich frage mich, ob Gen diesen Jaeger bemerkt hat. Wenn es mit Mason nicht klappt, sollte Jaeger ganz oben auf Gens Liste der potenziellen Kandidaten stehen.

»– wir haben zusammen in Heavenly Valley gearbeitet«, sagt Mason und ich steige wieder in das Gespräch ein. Er hat Gen gerade erzählt, woher er diese Jungs kennt.

Ich nehme neben Adam und Jaeger Platz und überlasse Gen den Stuhl zwischen Jaeger und Mason.

Wir bestellen Getränke und ich höre zu, wie Adam das Gespräch fortsetzt, das Gen und ich bei unserer Ankunft unterbrochen haben müssen.

»Ich weiß nicht, was er sich dabei gedacht hat.« Adam schüttelt ungläubig den Kopf. »Warum sollte er sie mit Prostituierten betrügen? Groupies, vielleicht – aber Prostituierte? Viren, Mann. Geschlechtskrankheiten.« Er täuscht einen angeekelten Schauder vor. »Das ist einfach dämlich, selbst für einen Promi.«

Gen und ich sind regelrechte Junkies, was Promi News betrifft. Ich gehe mein mentales Verzeichnis durch, um herauszufinden, von welchem trashigen Promi Adam spricht. Der Popstar? Oder der Sportler, der früher einen Ruf als jungfräulicher Chorsänger hatte?

Das ist eine schwierige Entscheidung.

Ich beuge mich näher, um mehr Details aufzuschnappen, gerade als Jaeger sich in seinem Stuhl zurücklehnt, seine Schulter nur wenige Zentimeter entfernt. Seine Körperwärme überwindet die kurze Distanz zwischen uns und ein angenehmer Hauch von Rasierwasser erfüllt meine Sinne und lässt mein Herz schneller schlagen. Er fährt mit seinen Fingern über feste Oberschenkel, und eine Welle der Erregung wogt durch meinen Bauch.

*Was zum Teufel?* Ich setze mich auf, die Augen auf Adam gerichtet. Ich habe keinen anderen Kerl mehr so wahrgenommen, seit Eric und ich zusammen sind. Und jetzt beobachte ich einen von Gens Kandidaten, als wäre er für mich bestimmt. Mein Blick huscht zu Jaegers Gesicht und ich frage mich wieder, woher ich ihn kenne. Je mehr ich hinsehe, desto vertrauter erscheint er mir.

Jaeger nickt, als ob er Adam zuhört, aber er trägt nicht zum Gespräch bei. Als wüsste er, dass Adam weiterreden wird, ohne dass die anderen etwas sagen.

Adam ist übermäßig gesprächig. Das nervt. Es ist gut, dass Mason das Mädchen neben Adam als seine Freundin vorgestellt hat, denn ich habe den Kerl bereits von Gens Liste gestrichen.

Mason schiebt einen Spieß mit Oliven von der einen Seite seines Martiniglases auf die andere. »Warum hat er sich überhaupt die Mühe gemacht zu heiraten? Er hätte single bleiben sollen.« Er hebt das Glas an und nimmt einen Schluck.

Es muss der Sportler sein. Der Popstar ist nicht verheiratet. »Du redest von dem Basketballspieler, oder?«, sage ich.

Mason nickt.

»Er ist ein Mistkerl.«

Jaeger gibt ein leises Knurren von sich. Ich sehe auf und sehe ein leichtes Lächeln auf seinen Lippen.

Das Gespräch wendet sich langsam dem Skifahren und Snowboarden zu und Jaegers Schulter neigt sich immer näher zu mir hin.

»Und, was hast du so getrieben, Cali?« Seine tiefe Stimme sorgt dafür, dass meine Wirbelsäule sich wie ein Schwamm anfühlt. Der Klang lässt mich dahinschmelzen und trotzdem wäre ich mit meiner Existenz als klebrige Pfütze zu seinen Füßen absolut zufrieden.

Wir *kennen* uns doch. »Es tut mir leid – du kommst mir bekannt vor, aber ich weiß nicht mehr, woher.«

Er lehnt sich nach vorn, die Ellbogen auf den Knien und den Kopf zu mir geneigt, ohne mich direkt anzusehen. »Tyler.«

Tyler ist mein älterer Bruder.

Jetzt ergibt alles Sinn.

Ich denke an einen großen, schlanken Kerl mit blonden, zotteligen Haaren, der in meinem ersten Jahr an der High School immer mit Tyler herumgehangen hat.

Mein Blick richtet sich auf Jaegers harten, wohldefinierten und muskelbepackten Körper. Ist es möglich, dass ein Mann dreißig Kilogramm Muskeln zulegen und etliche Zentimeter wachsen kann, und das zwischen achtzehn und –? Ich stelle ein paar mentale Kalkulationen an. Er muss so alt wie mein Bruder sein, etwa dreiundzwanzig – nein, Tyler hat eine Klasse übersprungen –, er ist bestimmt schon vierundzwanzig.

Sein Haar ist dunkler, aber es war länger und wahrscheinlich sonnengebleicht, als wir noch in der High School waren. Der Typ, an den ich mich erinnere, hatte auch einen ungewöhnlichen Namen. Obwohl ich nicht mit Sicherheit sagen könnte, dass es Jaeger war. Er war ruhig, wie dieser Typ. Und wenn ich jetzt genauer hinsehe, ist das Gesicht ähnlich.

Das muss dieselbe Person sein. Und wenn das der Fall ist, ist er ganz schön gewachsen. Vertikal und horizontal.

Er war damals ein Skiass und hatte eine langjährige Freundin.

Ich hätte nie gedacht, dass er mich überhaupt bemerkt hat.

Jaeger beobachtet Mason, der eine lustige Geschichte über Adam erzählt, und ein kleines Lächeln krümmt seine Lippen. Es ist das süßeste männliche Lächeln, das ich je gesehen habe und es macht Jaeger sympathischer, zugänglicher.

Er kommt definitiv auf Gens Liste. Nicht *meine* Liste, denn ich brauche keine Liste. Gens Liste, ermahne ich mich.

Mason lacht über Adam, der sich zu verteidigen versucht, weil er beim Skifahren einer Frau hinterhergejagt ist, von der er dachte, sie sei Gisele und Jaegers Mund verwandelt sich in ein volles Grinsen. Seine Augen wandern zu meinen, als würde er meinen Blick spüren. Sein Lächeln reduziert sich auf etwas Sinnliches und Neugieriges, und mein Magen verkrampft sich. Für eine Sekunde verliere ich die Fähigkeit zu atmen.

*Verdammte Scheiße.* Dieses Lächeln ist tödlich.

Jaeger hat mich seit unserer Ankunft nicht mehr direkt angesehen und der Anblick lässt mein Gehirn taumeln. Seine Augen sind an den Rändern der Iris dunkelgrün und der faszinierende Farbverlauf erinnert mich an einen Tannenzweig, der zur Mitte hin heller wird. Plötzlich blickt er auf seine Hände herab, bevor er seine Freunde wieder beobachtet.

Ich sacke in meinem Sitz zusammen. Das mag vielleicht Tylers Freund aus der High School sein, aber er hat sich verändert.

Mir wird schwindlig. Ich meine, ich drehe gerade wirklich durch. Ich habe noch nie zuvor erlebt, dass es mit jemandem sofort funkt. Und mit *Jaeger* – dem Freund meines Bruders? Das ist Tabu. Ich habe einen Freund!

Ich hebe meine Hand und gebe der Kellnerin ein Zeichen. Sie sieht mich und kommt rüber. »Einen Tequila Shot, bitte.«

Erschrockene Gesichter begegnen mir von allen Seiten des Tisches. *Was?* »Will noch jemand einen?«

Jaeger und Adam bestellen ebenfalls einen.

Breanna, Adams Freundin, spitzt die Lippen und blickt finster drein. »Entschuldige mal!« Sie streckt ihre Hand nach Adam aus. »Deine Freundin sitzt hier. Warum redest du davon, einer anderen Frau hinterherzulaufen?«

Ach ja, die Gisele-Unterhaltung. Gott, das kommt mir so belanglos vor, verglichen mit der Minikrise, die sich in meinem Kopf abspielt.

»Bree, das war lange bevor wir uns kennengelernt haben.« Adam drückt Breanna die Schulter.

»Klar doch, und wenn du Gisele jetzt sehen würdest, würdest du sie komplett ignorieren und hättest null Interesse, weil du mich liebst und respektierst. Wolltest du das sagen?«

»Ähhh, ja. Auf jeden Fall.« Adam lächelt seine Freunde schelmisch an, während er Breanna den Rücken tätschelt.

»Das habe ich gesehen!«, faucht Breanna.

Gen reicht mir abwesend die grünen Oliven aus ihrem Martini, während ich die Breanna-und-Adam-Show verfolge.

Grinsend stecke ich eine Olive in meinen Mund und sehe auf.

Ich verschlucke mich fast, bevor die Olive meine Mandeln passiert.

Jaeger starrt mir auf die Kehle.

Sein Blick hebt sich zu meinen Augen und mein Gesicht wird heiß.

Er sieht mich an, als würde er einen exotischen Vogel bei der Nahrungsaufnahme beobachten. Gen hat mich mehr als einmal darüber informiert, dass meine Vorliebe für grüne Oliven nicht normal ist. Aber Jaeger sieht so sexy und heiß aus, und sein Blick sendet feurige Signale an meine weiblichen Körperteile.

»Jetzt erinnere ich mich an dich«, sage ich, ohne den Blickkontakt abzubrechen. »Du hattest eine Freundin.«

Die Hitze in seinen Augen verschwindet. Er sieht weg. »Das ist schon lange her.«

Eine rätselhafte Antwort einer rätselhaften Person. Das ist der Jaeger, an den ich mich erinnere. Ruhig. Reserviert.

Jaeger blickt Gen an und sein Ausdruck wird weicher.

Es gibt keinen Grund, ihn von Gens Liste zu streichen. Vor allem nicht, wenn er in meiner Erinnerung ein guter Mensch ist.

Ich halte die Kellnerin erneut auf und bestelle einen weiteren Shot. Dann einen zweiten, um die Wirkung der Hormone zu dämpfen, die mich plötzlich überkommen. Es ist fast eine Woche her, dass ich Eric gesehen habe … und viel länger, seit wir Sex hatten. Meine Libido ist vernachlässigt worden. Jeder heiße Typ könnte die gleiche Reaktion hervorrufen wie Jaeger.

Ich höre den anderen beim Reden zu und verliere den Überblick über das Gespräch. Nach einer Weile greife ich Gens Stuhl. Oder vielleicht ihren Arm. Stütze ich mich auf sie?

Sie sieht mich müde an. »Mason, wir müssen los. Danke, dass du uns heute Abend eingeladen hast.«

Mist, die vielen Shots haben nicht nur meine Sinne gedämpft, sondern auch dafür gesorgt, dass ich Gen und Mason nicht im Auge behalten habe. Haben sie sich gut verstanden?

Mason lächelt höflich. »Schön, dich kennengelernt zu haben, Cali. Hoffentlich sehen wir uns dann im Blue.«

Was für ein süßer Kerl. Er ist definitiv gut geeignet. Und das werde ich Gen sagen, sobald ich meine Zunge wieder richtig bewegen kann. »Auf jeden Fall!«, schreie ich förmlich. Es ist das einzige Wort, das ich über meine tauben Lippen bekomme.

Gens Augen weiten sich. »Ich glaube, wir nehmen ein Taxi.«

Ich verabschiede mich von den anderen und sie erwidern die Geste, bis auf Jaeger, der jede meiner unkoordinierten Bewegungen beobachtet, mit angespanntem Mund und zusammengezogenen Augenbrauen.

Ich bin betrunken. Aber nicht zu betrunken, um zu erkennen, wie laut und unbeholfen ich bin. Gut, dass ich schon in einer Beziehung bin, sonst wäre mir das morgen garantiert peinlich.

Wir verlassen das Casino und ich sage dem Taxifahrer, er soll uns zum ›Last Stop‹ bringen. Die haben noch lange nachdem der Andrang in den Casinos abflaut geöffnet. Da gibt es um zwei Uhr morgens ein Frühstück, das genau die richtige Menge an Fett enthält.

Gen rutscht auf die Sitzbank gegenüber von mir. Ich stoße mit der Hüfte an den Tisch als ich mich auf den Sitz fallen lasse.

»Du bist betrunken, Cali.«

»Ja.« Ich bekomme Schluckauf, der üble Geschmack von Magensäure und Alkohol liegt mir auf der Zunge. »Ich brauche Wasser.«

Vier Gläser Wasser und ein Frühstück, das groß genug ist, um einen hundert-Kilo-Mann zu sättigen später, gewinnt mein Mund seine Beweglichkeit zurück. »Mason ist heiß«, sage ich ganz beiläufig.

An diesem Punkt finde ich die Wahrheit über Gens Meinung zu Mason heraus. »Ich behalte ihn im Casino auf jeden Fall im Auge. Ich brauche eine schöne Aussicht, während ich mich mit dem Karten mischen abmühe«, sage ich und warte auf ihre Reaktion.

Wenn man der seltenen Spezies *Schüchternus Ruhigius* eine Reaktion entlocken will, muss man ein bisschen herumstochern.

Gen schnaubt. »Oh, das muss hart für dich sein, oder? Versuch mal, die ganze Nacht ein zehn Kilo schweres Tablett herumzutragen. In hohen Absätzen.«

Meine Brauen furchen sich kurz, aber ich glätte sie schnell. Ich habe mehr Verärgerung darüber erwartet, dass ich Mason anstarren würde. Aber da ist nichts. Nicht cool. Punkt eins geht an Gen. Aber ich habe noch ein paar Asse im Ärmel.

»Hast du seine Arme und Schultern gesehen? Diese Snowboarder sind wirklich gut in Form.«

»Alles klar – *Mädchen, das einen Freund hat.*«

Autsch. Das hat den wunden Punkt getroffen. Ich fühle mich bereits schuldig wegen meiner hormonellen Reaktion auf Jaeger. »Ich habe kein Interesse. Aber ich weiß einen gut aussehenden Typen zu schätzen, wenn ich ihn sehe. Ich glaube, Mason mag *dich.*«

Gen schwenkt das Eis in ihrem durchsichtigen Plastikbecher. »Er mag mich nicht. Er ist eher ein Freund.«

Okay, jetzt bin ich sauer. Sie hat rein gar nichts gebeichtet. »Er mag dich, Gen. Und er ist süß und nett. Was passt dir daran nicht?«

»Mit ihm passt alles. Ich frage mich nur, ob es vielleicht zu früh für mich ist, mit anderen Männern auszugehen.« Sie knallt ihren Becher auf den Tisch und weicht meinem Blick aus. »Ich bin noch nicht über den letzten hinweg, der mich verletzt hat.«

Ein absolut berechtigtes Argument. Warum habe ich also das Gefühl, dass das A-Loch nicht der wahre Grund dafür ist, dass sie plötzlich vor Dates zurückschreckt?

»Ich dachte, du wärst bereit für ein Date? Dating bedeutet nicht, dass du eine Beziehung haben musst. Ihr … hangt einfach nur ab. Keine Verpflichtungen, nur Spaß.«

Gen richtet sich auf. »Ich glaube, Freundschaften sind

im Moment vielleicht eher mein Ding.« Sie schiebt sich eine Portion Kartoffelpuffer in den Mund, wobei ihr beim Kauen Stückchen aus einem Mundwinkel baumeln.

Mich kann sie nicht verarschen, indem sie Essen in sich hineinschaufelt, damit sie nicht reden muss. Ich erkenne ein Ausweichmanöver, wenn ich es sehe.

»Genug von meinem Liebeskummer«, sagt sie schließlich. »Spielen wir eine Runde Shuffleboard, bevor wir gehen.« Sie sieht auf die hintere Wand, an der sich das Spiel befindet, und wechselt damit das Thema, verdammt!

»Gut, aber mache dich auf eine Niederlage gefasst. Du weißt, wie gut ich bin.«

Gen erstickt fast an ihrem letzten Bissen. »So habe ich deine Fähigkeiten beim Shuffleboard aber *nicht* in Erinnerung. Oder allgemein beim Tischtennis oder bei anderen Spielen oder Sportarten, die eine gute Hand-Auge-Koordination erfordern. Warum glaubst du, dass ich gegen dich spielen will? Ich muss mein Ego wieder stärken, nachdem diese alten MILFs mich den ganzen Abend lang Schneewittchen genannt haben.«

Der Spitzname Schneewittchen ist Teil des Mobbings, das Gen von den erfahrenen Kellnerinnen zuteil wird. »MILFs – machen sie mit jüngeren Typen herum, oder was?«

»Eine von ihnen hat Mason die ganze Zeit angestarrt, während wir beide Pause hatten. Mason ist mindestens zehn Jahre jünger als die meisten von ihnen, aber davon lassen sie sich scheinbar nicht abschrecken.«

Gen und Mason haben zusammen Pause gemacht? Schön. Vielleicht ändert sie ihre Meinung über diese Freundschaftssache.

»Wenn ich in ihrem Alter Single wäre, würde ich das wahrscheinlich auch machen. Deswegen glaube ich es.«

Ich beuge und strecke meine Finger, als würde ich mich

für unser Duell aufwärmen. »An deiner Stelle wäre ich nicht so vorlaut mit dem Shuffleboard. Nach dem stundenlangen Karten mischen haben sich meine Fingerfertigkeit und Geschwindigkeit dramatisch verbessert.«

Gen verdreht die Augen. »Aha.«

Ich hätte sie nicht anstacheln sollen. Gen hat mich in weniger als einer Stunde in fünf Runden besiegt.

Als wir nach Hause zurückkehren, bin ich mir nicht sicher, wer nervöser ist, was zukünftige Dating-Abenteuer angeht – sie oder ich als ihre Wingwoman, die so mit verlockenden, attraktiven Männern konfrontiert wird.

Oder eigentlich nur einem attraktiven Mann.

# Kapitel Drei

Ich bin offiziell ein Karten verteilender Samurai. Ich bin in den letzten zwei Wochen so gut geworden, dass ich bei der Arbeit Multitasking betreiben und somit gleichzeitig das Geschehen im Auge behalten kann. Es ist, als würde man Casino-Reality-TV sehen.

Im Moment flirtet die süße brünette Kellnerin mit dem großen, dunkelhaarigen Kassierer hinter dem Schalter, während zwei andere Kellnerinnen – die garantiert aufeinander stehen – an einer Reihe von Spielautomaten miteinander plaudern. Drüben in Gens Lounge versuchen zwei junge Geschäftsleute mit gelockerten Krawatten, Frauen aufzureißen. Ihre Taktik besteht darin, nach der Arbeit auf einen Drink vorbeizukommen. Aber ich weiß, dass sie in Wirklichkeit nach einem One-Night-Stand suchen.

Einer von ihnen beobachtet jede von Gens Bewegung und das macht mich nervös. Bei ihm habe ich kein gutes Gefühl.

Ich verteile meine nächste Hand und blicke zur Ost-Bar, wo Gen sich zurückgezogen hat und mit Mason quatscht. Bei diesem Anblick wird mir warm ums Herz.

Ich bin wie eine stolze Entenmama, die ihrem Küken dabei zusieht, wie es sich in die Welt hinaus wagt.

Gen und Mason flirten seit ein paar Wochen beiläufig. Na ja, okay, ich kann nicht beurteilen, ob das Gespräch freundschaftlich oder sexuell ist, aber im Moment ist mir das egal. Gen lacht und lächelt mehr. Das ist alles, was zählt. So fröhlich habe ich sie seit Monaten nicht mehr gesehen.

Jaeger stolziert zu Masons Bar hinüber und mein Herz setzt einen Schlag aus.

Reagiere ich jetzt jedes Mal so, wenn er in der Nähe ist?

Er trägt ein schwarzes T-Shirt und dunkle Jeans. Allein sein Anblick lässt meinen Mund austrocknen.

»Ziehen«.

Mist, ich habe nicht aufgepasst während meiner Observation des Casinos.

Die Frau blickt auf und ich gebe schnell eine Karte aus und konzentriere mich wieder auf das Spiel. Aber als ich die Spannung nicht mehr ertragen kann, sehe ich wieder zu Masons Bar.

Jaeger lächelt Gen an, seinen Unterarm auf den Tresen gestützt und den Körper zu ihr geneigt. Ich kann nicht wegsehen. Die Muskeln in seinem Arm spannen sich unter seinem Gewicht an, die Hand lässig geballt.

Verdammt, diese heißen Hände. Vorstellungen von ihnen, wie sie meine Haut berühren und über meinen Körper streichen, vernebeln meinen Verstand.

Eric hat nicht angerufen und Jaegers Wirkung auf mich kommt ungelegen. Ich hatte gehofft, Eric würde mich besuchen und mich daran erinnern, warum ich eigentlich mit ihm zusammen bin. Denn momentan fühle ich die Liebe nicht.

Ich trete von einem Fuß auf den anderen und werfe ab

und zu einen Blick auf das Trio an der Bar. Gen lacht über etwas, das Jaeger gesagt hat und Eifersucht durchbohrt meine Brust.

Das ist lächerlich. Ich *will*, dass Gen männliche Aufmerksamkeit bekommt. Warum stört mich die Aufmerksamkeit dieses bestimmten Mannes?

Er war der Freund meines Bruders und soweit ich weiß, hat er immer noch Kontakt zu Tyler. Ich sollte Tyler anrufen und ihn fragen.

Zwei meiner Kunden stehen auf und sammeln ihre Chips ein. Sie haben die letzten drei Runden verloren.

Ich kann mit neunundneunzig Prozent Genauigkeit vorhersagen, wann ein Kunde gehen wird. Drei verlorene Runden haben eine fünfzigprozentige Wahrscheinlichkeit, während sie bei fünf oder sechs Runden garantiert aufhören. Heute Abend laufe ich heiß. Niemand bleibt länger als ein paar Hände an meinem Tisch.

Meine letzten beiden Kunden – zwei Frauen mittleren Alters – haben es eine halbe Stunde lang geschafft, keine Verluste zu machen. Die bislang längste Zeitspanne.

Die Samurai-Croupière zeigt eine Zehn. *Das sieht nicht gut aus, meine Damen.*

Die Frau mit dem blonden Pferdeschwanz rümpft die Nase. Sie flüstert ihrer Freundin etwas zu, ihre künstlichen rosa Nägel reflektieren das Deckenlicht, bevor sie ihren Mund mit ihnen bedeckt. Auf das Kopfnicken ihrer Freundin hin leert sie den Tisch, sie will also ziehen.

Ich teile ihr eine Herz-Acht aus und ihre Lippen pressen sich zu einem gedämpften Lächeln zusammen, doch ihre Augen huschen vorsichtig zu meiner Zehn.

Ihre Freundin will ebenfalls ziehen und wartet dann ab.

Ich drehe meine verdeckte Karte um. *Ass.*

Das Haus gewinnt.

Wieder einmal.

Ich gewinne sogar, wenn es darum geht, Gen zu verkuppelt. Was zum Teufel stimmt also nicht mit mir? Was ist es an Jaeger, das mich so durcheinanderbringt?

Mein strammer Pferdeschwanz bereitet mir Kopfschmerzen. Ich halte meine Hände über den Tisch, klatsche sie zusammen und zeige meine Handflächen zur Decke – damit die unheimlichen Leute vom Überwachungssystem es sehen können –, bevor ich die Haare an meiner Schläfe lockere.

Der Druck auf meine Kopfhaut lässt nach, aber der Vorschlaghammer in meinem Kopf bleibt bestehen. Ich zeige wieder meine Hände und beweise, dass ich mir keine Karten aus den Ohren gezogen habe und teile eine weitere Hand aus.

Ein neuer Kunde sitzt an meinem Tisch. Ich blicke nach unten, und die feinen Haare in meinem Nacken stellen sich auf.

Jaeger sitzt vor mir, seine Schultern nehmen praktisch zwei Sitzplatzbreiten ein.

Mein Herz schießt in meiner Brust hin und her wie eine Flipperkugel. Ich kann das Lächeln, das an meinen Mundwinkeln zerrt, nicht kontrollieren.

*Hör auf zu lächeln!* Ich drücke meine Lippen zu einer geraden Linie zusammen.

Jaeger sagt zunächst nichts, aber als er an der Reihe ist, streckt er seine Hand aus und sagt: »Was machst du heute Abend nach der Arbeit?«

Sofort vermute ich, dass er mich anbaggern will. Na ja, will er auch. Und zwar, damit ich ihm eine Karte gebe, mehr nicht. Ich muss aufhören, ihn wie einen Typen zu betrachten, der mich interessieren könnte. Ich bin an keinem Typen interessiert. Ich habe Eric.

Ich gebe ihm seine Karte. »Nicht viel. Warum, was geht?«

Er sieht auf die Karten auf dem Tisch und sagt: »Haben Gen und du Lust, mit Mason und mir ein Sonnenaufgangsritual in Tahoe zu zelebrieren?«

Klingt vielversprechend.

Jaeger – oder es könnte auch Mason sein – will Gen heute Abend sehen. Und Jaeger fragt mich, weil es uns nur im Doppelpack gibt.

Ich denke da an Sekt am Strand … Wenn er es wirklich so vorhat, hat er eindeutig Geschick.

»Ich bin dabei. Was hat Gen gesagt?« Ich drehe meine verdeckte Karte um und füge eine Sechs zu meiner Sieben hinzu. Ich gebe mir selbst eine weitere Karte.

*Ein König?* Die Croupière verliert.

Und einfach so wird meine Glückssträhne unterbrochen.

Die blonden Schwestern haben ebenfalls verloren und haben den Tisch bereits verlassen. Jaegers Achtzehn ist das Siegerblatt.

»Sie sagt, sie kommt, wenn du kommst.« Er sammelt seine Gewinne ein.

*Ich wusste, dass er sich nur bei mir vergewissern will*, rede ich mir ein. Er hat Gen zuerst nach einem Date gefragt.

Trotzdem erforsche ich seinen Gesichtsausdruck, nur sieht er mich nicht an. Ich sehe nur die Spitzen seiner Wimpern, eine volle Unterlippe und eine kantige Kinnpartie, die von breiten Schultern eingerahmt wird. Ich weiß nicht, ob er nur will, dass Gen sich wohlfühlt oder ob er mich dabeihaben will. Was ziemlich dumm ist. Es ist egal, ob er mich dabeihaben will oder nicht. Gen ist die einzige, die zu haben ist.

Warum zum Teufel denke ich überhaupt darüber nach?

»Wir haben um drei Uhr Schluss. Um wie viel Uhr wollt ihr euch treffen?« Jaeger schiebt seine Chips in die

Tasche und ich starre wieder auf die Muskeln entlang seiner Unterarme.

Verdammt! Kann der Typ auch mal was anziehen, was ein bisschen mehr Haut verdeckt? Was ist das hier, ein Stripclub?

»Ich hole euch um halb vier am Haupteingang ab.«

Ich zwinge meinen Blick nach oben.

»Zieht euch was Bequemes an.« Sein Blick gleitet nur für einen Augenblick nach unten und er mustert meine Polyesteruniform, als *wäre* sie freizügig. Meine Uniform ist dieselbe, die jeder Croupier trägt – unisex – und sie ist nicht attraktiv. Aber dieser Blick war besitzergreifend. Und heiß. *Scheiße!*

Jaeger mischt sich unter die Menge, und mein Pit Boss gibt mir einen neuen Kartenstapel. Ich zwinge mich, mich auf meine Kartenmischkünste zu konzentrieren, statt auf den schönen Mann, der gerade meinen Tisch verlässt.

# Kapitel Vier

»Angeln? Sie gehen mit uns *angeln*?«

In der Zeit, die wir vor dem ›Sonnenaufgangsritual‹ « brauchen, um etwas zu essen zu besorgen, verwandelt sich der Himmel von schwarz in ein dunkles Blau, wodurch die Rückseite von Jaegers Truck beleuchtet wird. Vier Angelruten funkeln wie Speere aus seiner Ladefläche.

Ich kratze mich am Kopf und versuche herauszufinden, was zum Teufel sich diese Typen dabei denken. Das ist nicht gerade meine Vorstellung von Spaß. War das Masons oder Jaegers Idee? Ich korrigiere meine Bewertung ihrer Verführungskünste.

Es ist fast fünf Uhr morgens und wir befinden uns an einem Strand nördlich der Staatsgrenze, an dem ich noch nie gewesen bin. Kleine Ruderboote sind an einem schmalen Steg festgemacht.

*Hallo?* Hat jemand schon mal was von Motorbooten gehört? Sind wir im sechzehnten Jahrhundert?

Meine Stimmung ist mies und ich bin verdammt müde. Außerdem ist es kalt hier draußen.

Jaeger hebt eine Kiste hoch, in der sich vermutlich Angelausrüstung befindet und schnappt sich die Angelruten. Ich habe schon mal jemanden angeln sehen. Mir ist bekannt, dass es dazu eine gewisse Ausstattung braucht. Ich hätte nur nie gedacht, dass ich sie in diesem Leben einmal benutzen würde. Fische beziehe ich aus genau einer Quelle: der Fischabteilung im Supermarkt.

»Angst?« Mason hebt eine Augenbraue, sein Grübchen aktiviert. Will er mich provozieren?

Ich verschränke die Arme. »Wie schwer kann das schon sein?«

Jaeger konzentriert sich voll und ganz darauf, das Angelzubehör zusammenzustellen. Er sagt nichts. Aber ich glaube, er weiß, dass ich nicht besonders begeistert bin. Es könnte auch die extreme Ablehnung sein, die ich ausstrahle.

Jaegers Einladung war ziemlich vage und die beiden haben die Details unseres Abenteuers bis jetzt geheim gehalten. *Sehr gerissen von ihnen.*

Sie gehen zum Wasser, lösen die Boote vom Steg und ziehen sie ans Ufer. Ich blicke zu Gen, die aufmerksam zusieht. Sie zuckt mit den Achseln und geht zu den Booten.

Großartig. Wie soll ich einen guten Kerl für sie finden, wenn sie nicht einmal erkennt, ob sie richtig umworben wird? Der ›Last Stop‹ für den schnellen Imbiss und eine Angeltour sind für mich nicht gerade ein Candle-Light-Dinner.

»Hast du das schon mal gemacht?«, fragt Gen, nachdem ich mich ihr nur widerwillig anschließe, ihr Gesicht leuchtet vor Erregung.

Bin ich die Einzige, die es nicht cool findet, morgens um fünf Uhr zu angeln? »Nein. Du?«

Sie blickt sehnsüchtig aufs Wasser hinaus. »Als Kind

bin ich immer mit meinem Großvater angeln gegangen, aber ich war schon lange nicht mehr. Das wird bestimmt lustig.« Sie schlingt ihren Arm um meine Schultern und quetscht mir das Blut aus den Gliedmaßen.

*Oh Gott!* Meine Kopfschmerzen kehren zurück. Ich werfe einen Blick auf den Truck. Ist es zu spät für einen Rückzug? Irgendwas daran, unschuldige Fische anzulocken, um dann mit ihren schleimigen Körpern herumzuhantieren bis sie tot sind, weckt in mir das Bedürfnis, mich einfach aus dem Staub zu machen.

Mason dreht sich um. »Gen, du und ich sind zusammen in einem Boot. Steig von hier aus ein. Das ist einfacher als vom Steg.«

Moment mal, was? Ich fahre mit Jaeger? *Allein?*

»Sollen Gen und ich nicht zusammen in eins?«, frage ich. »Sie hat schon mal geangelt. Sie kann mir helfen.«

Mason schüttelt den Kopf. »Vor ein paar Tagen hat sie mir noch gesagt, dass sie keinen Angelschein hat.«

Gen nickt zustimmend.

Warte, ist das der Grund, warum wir um fünf Uhr morgens hier draußen sind? Gen und Mason haben über Angeln gesprochen und jetzt nimmt Mason sie mit hierher? Nicht gerade meine Vorstellung von Romantik. Aber wenn er ihr zugehört hat und sie das wirklich machen will, kann ich nicht widersprechen.

»Theoretisch sollte keiner von euch ohne Angelschein angeln«, fügt Mason hinzu. »Aber wir kommen wahrscheinlich damit durch, wenn wir uns aufteilen. Diese Boote sind sowieso zu klein für mich und Jaeger zusammen. Und ich will euch Mädchen nicht allein lassen.«

Ich würde Masons Beschützerrolle bewundern, wenn ich nicht so panisch wäre, mit Jaeger allein gelassen zu werden. Mein Magen ist so angespannt, dass er die große Mahlzeit, die ich gerade gegessen habe, abzustoßen droht.

Eric würde das tun – er würde die moralische Stütze für jemanden spielen und dann mit der besten Freundin des Mädchens abhängen, damit sein Kumpel jemanden kennenlernen kann. Mehr ist das ja nicht. Das macht Jaeger ja schließlich auch. Ihm ist es egal, ob er mit mir allein ist. Warum sollte es mir dann etwas ausmachen?

Ich löse die unfreiwillige Blockade, die sich in meinen Atemwegen befindet, atme tief durch und nähere mich Jaegers Boot. Er lädt die Angelruten ein, zusammen mit einem Angelkasten und einer kleinen Kühlbox.

Jaeger streckt seine Hand aus und ich nehme sie. Sie ist warm und fest, und verschlingt meine. Ein Hitzeschock rauscht durch meine Brust, frühere Träume von dieser Hand auf meinem Körper zerstören jede Hoffnung auf rationales Denken. Ich taumle ins Boot, mein Hintern landet mit einem jähen Aufprall.

Jaeger steigt ein und reicht mir ein Paddel. Ich stütze mich an der Seite des Bootes ab und presse meine Finger in das Metall. Träumen ist kein Betrügen. Trotzdem muss das aufhören.

»Zu dem Felsvorsprung da drüben.« Jaeger zeigt auf die dunkle Felswand etwa vierhundert Meter entfernt.

Ich tauche mein Ruder ins Wasser und wir bemühen uns um einen Rhythmus, während wir auf den See hinaus paddeln. Ich würde gern sagen, dass es eine sanfte Fahrt ist. Aber ich wedle und spritze, manövriere mein Paddel wie eine Motorsäge. Meine Koordination lässt etwas zu wünschen übrig.

»Warum da drüben?«, frage ich, während wir uns dem Ort nähern, auf den er zusteuert. »Sollten wir nicht weiter hinausfahren?«

»Das ist zu tief, die Fische mögen Buchten. Es ist außerdem näher am Ufer – weniger Arbeit für uns.« Er legt sein Ruder ab, sein Blick ist auf mein Gesicht gerichtet. Einen Moment lang bewegt er sich nicht, er starrt einfach nur. Sein Kiefer arbeitet, als könnte er sich nicht entscheiden, ob er etwas sagen soll oder nicht.

Gen und Mason sind näher am Ufer als wir. Aus ihrer Richtung schwebt ein gedämpftes Gespräch herüber, aber ich kann nichts verstehen. Jaeger und ich könnten genauso gut allein sein. Ich sehe weg und konzentriere mich auf das dunkle Wasser.

Jaegers warmes Bein streift meine Wade, als er nach einer Rute greift. »Hast du das noch nie gemacht?«

Für einen kurzen Moment frage ich mich, wovon er spricht. Die Hitze seines Beines und die Nähe seines Körpers löst Gedanken an Rummachen und Fremdgehen aus. Ja zu Ersterem und Nein zu Letzterem.

Dann erinnere ich mich, dass wir eigentlich angeln sollten. »Nein.«

»Ich mach dir einen Köder auf den Haken.«

»Wie bitte?« Warum klingt alles, was er sagt, wie ein Anmachspruch?

Er hebt eine Augenbraue und zieht einen zappelnden Wurm aus einem Styroporbehälter. Er spießt den Wurm auf das Ende eines Hakens von der Größe meines kleinen Fingers.

Ich unterdrücke ein Würgen. Warum bin ich noch einmal hier?

Das Boot von Gen und Mason ist weiter weggetrieben und ich kann jetzt nichts mehr von ihnen hören.

»Hier.« Jaeger hält die Angel hoch, während der Wurm an der Spitze noch zappelt. »Drücke den Knopf auf der Rolle und lass die Schnur ins Wasser fallen.«

Ich versuche, mich auf seine Worte zu konzentrieren, aber ich kann nicht aufhören, den aufgespießten Wurm anzustarren. Vorsichtig nehme ich die Rolle und halte sie so, dass der Wurm mich nicht berührt oder gegen die Seite des Bootes geschlagen wird, was ihn nur noch schlimmer verletzen würde. Ich senke die Spitze der Angelrute und lasse ihn auf der Wasseroberfläche schwimmen. Vielleicht hat der kleine Kerl Glück und entkommt seinem Foltergerät, während Jaeger seine Anweisungen zu Ende bringt.

»Raste die Schnur ein, wenn ich es dir sage.«

Ganz schön dominant, was? Wem mache ich etwas vor; ich brauche dringend deutliche Anweisungen.

Ich drücke auf den Knopf und die Schnur pfeift, während sie abwärts fällt. Jetzt ertrinkt der Wurm. Angeln ist sowas von unmoralisch.

Jaeger gibt das Signal und ich drücke den Knopf, um die Rolle zu stoppen. Ich greife die Angelrute wie eine Axt und starre auf das Ende. Keine Ahnung, worauf ich überhaupt warte.

Jaeger zieht einen weiteren Wurm aus dem Styroporbehälter und ich sehe weg. Ich weiß, was gleich passieren wird. Ich kann nicht zusehen, wie ihn das gleiche Schicksal ereilt, diesmal an der Spitze von Jaegers Haken.

Warum erinnert mich das an mein eigenes Schicksal?

Beim Geräusch seiner Schnur, die ins Wasser taucht, blicke ich zu ihm hinüber. Jaeger verriegelt seine Spule und greift nach dem kleinen Kühlbehälter, um eine Dose Bier herauszuholen. Er öffnet sie und reicht sie mir.

Billiges Bier um halb sechs Uhr morgens? Dankbar nehme ich besagtes Bier entgegen und trinke es, als wäre es Muttermilch. Die Kohlensäure könnte meinen Magen beruhigen. Ein leichter Rausch könnte zumindest die sexuelle Spannung und das Unheilgefühl in der Luft dämpfen – oder verschlimmern. Gott, das hat mir gerade noch gefehlt.

Wenn ich die einzige bin, die schmutzige Gedanken hat, kann ich damit umgehen. Aber wenn Jaeger sich auch zu mir hingezogen fühlt, dann haben wir ein Problem.

»Wie erkenne ich, ob ich einen Fisch gefangen habe?«

Er legt den Zeigefinger auf die Lippen und sieht mich an, als wäre ich unartig gewesen. Was bezüglich meiner Gedanken auch zutrifft. »Du wirst keinen Fisch fangen, wenn du ihn verscheuchst, indem du zu laut redest«, flüstert er.

Ich senke meine Stimme. »Sagst du mir jetzt, wie das geht, oder was?«

Sein Mund zuckt. Ohne mich anzusehen, sagt er: »Sie knabbern zuerst.«

Ein Kribbeln schießt mir durch den Bauch und an den Oberschenkeln vorbei. Ich drücke meine Beine zusammen. Schon wieder so eine eindeutig zweideutige Bemerkung!

»Es fühlt sich an wie eine Vibration, vielleicht ein paar schnelle Zuckungen. Reagiere nicht sofort. Lass den Fisch schön anbeißen und zieh dann an deinem Haken. Wenn du dann mehr Bewegung spürst, hast du etwas gefangen.«

Er öffnet eine Dose für sich selbst und wir sitzen schweigend da. Ich trinke mein Bier und warte darauf, angeknabbert zu werden. Er ist still wie ein Stein, nur einen halben Meter entfernt.

Nach ein paar Minuten strecke ich meine Hand nach einem weiteren Bier aus und meine Rute vibriert. Ich reagiere nicht sofort, aber die Angel hat meine volle Aufmerksamkeit. Ich nehme das zweite Bier, das er mir reicht, warte, nippe vorsichtig und umklammere die Rute.

Ich spüre einen weiteren kleinen Ruck.

So mit seiner eigenen Schnur beschäftigt scheint Jaeger es nicht zu bemerken.

Beim nächsten Ruck des mysteriösen Wesens unter der Wasseroberfläche rutscht mir die Rute beinahe aus der Hand. Ich ziehe sie wieder hoch und wickele die Spule ein paar Mal auf. Das Ende ruckelt wie verrückt. Ich habe mit Sicherheit etwas gefangen.

Ich drehe die Rolle mit schnellen, unkontrollierten Bewegungen und kämpfe darum, das wilde Tier am Ende meiner Schnur zu fangen, wobei mein Adrenalinspiegel durch die Decke geht. Jetzt verstehe ich das mit dem Angeln. Frau gegen Bestie!

Was genau ist da unten? Gibt es da Süßwasserhaie? Weil ich glaube, dass ich einen gefangen habe. Dieser Fisch ist ein gerissener Bursche. Ich strenge mich an, mache aber keine großen Fortschritte.

Jaeger rutscht näher heran und unsere Arme berühren sich. Ich spüre, wenn er seine Angel absetzt. »Brauchst du Hilfe?«

Bevor ich antworten kann, wackelt das Boot und mein Griff löst sich von der Angel, während ich mein Gleichgewicht suche. Jaeger setzt sich hinter mich auf die Bank, seine Brust an meinem Rücken.

»Was machst du da?«, frage ich nervös.

»Ich dachte du wolltest wissen, wie man ihn an Land zieht.« Seine tiefe Stimme, das leichte Rasierwasser und das Gefühl von seinem Körper an meinem, lassen mich an Ort und Stelle erstarren.

Ich ersticke. »Ich glaube, ich weiß, wie das geht.«

Seine Hände bedecken meine. Ich lasse die Angel sofort los und meine Hände in meinen Schoß fallen. Er zieht die Schnur mit schnellen, effizienten Bewegungen ein und der Fisch durchbricht die Wasseroberfläche.

Er ist höchsten zwanzig Zentimeter groß.

Was zum Teufel? Es hat sich angefühlt, als hätte ich einen *Delfin* am anderen Ende der Schnur.

Ich rutsche auf Jaegers ehemaligen Platz, während er nach dem schleimigen Fisch greift und sanft den Haken aus dessen Mund entfernt. Er wirft den Fisch wieder über Bord und der kleine Kerl schwimmt eifrig weg.

»Warum hast du ihn zurückgeworfen?« Ich habe hart

für diesen Fisch gearbeitet und der Wurm hat sein Leben geopfert.

»Fangen und wieder freilassen. Wir behalten sie nicht. Selbst wenn du einen gefangen hättest, der groß genug zum Essen ist.« Sein Mund krümmt sich.

Klingt wie das Dating-Motto eines Typen. »Hey, ich sehe keinen Fisch an deinem Haken. Ich schätze, dafür braucht es Feingefühl.«

Seine Augen huschen zu meinen Fingern, die sich auf meinem Schoß kräuseln, und ein warmes Gefühl läuft mir über den Rücken. Er sieht mir in die Augen. »Du kannst mir dein Feingefühl jederzeit demonstrieren.«

Es ist offiziell. Jaegers Verstand hat sich ebenfalls verabschiedet.

*Jetzt* bin ich in Schwierigkeiten.

Er steckt einen weiteren Köder auf meinen Haken und reicht mir die Angel wieder.

Zeit, diese Versuchung im Keim zu ersticken. Die meisten heißen Typen verlieren gleich etwa zehn Punkte, wenn ich sie erst einmal kennengelernt habe. Ich werde Jaeger ein paar gezielte Fragen stellen. Das sollte die Begeisterung dämpfen.

»Also, was ist eigentlich aus dir geworden? Ich dachte, du wärst ein Spitzensportler. Ski, oder?«

Stille. Er starrt auf das Wasser. »Nicht mehr.«

Ich warte darauf, dass er weiterredet. Er scheint entspannt zu sein, aber trotzdem habe ich den Eindruck, auf etwas Wichtiges gestoßen zu sein.

»Ich fahre nicht mehr Ski.« Er bringt seine Beine in eine breitere Haltung und stützt die Ellbogen auf die Knie. »Nach einer ernsthaften Verletzung musste ich den Leistungssport aufgeben.«

Eindeutig ein wunder Punkt, obwohl er gelassen genug erscheint. Laut meinem Bruder war Jaeger ein großartiger

Sportler. Er stand kurz vor den Olympischen Spielen, soweit ich mich erinnere. In einer kleinen Stadt ist das eine große Sache. Ein weiterer Grund, warum ich dachte, er hätte mich nie bemerkt. Ich war Tylers dünne, kleine Schwester. Jaeger hatte eine feste Freundin und hat mich bei seinen Besuchen kaum eines Blickes gewürdigt.

»Was machst du jetzt?«

Er trinkt einen Schluck von dem Bier, an dem er nippt, seit wir hinausgerudert sind. »Ich schnitze Holz.«

Ein Bild der Baumstämme mit eingravierten Bärenköpfen und hölzernen Totempfählen an der Seite des Highway 89 schießt mir durch den Kopf. Wow, das Leben dieses armen Kerls ist seit der High School ernsthaft den Bach runtergegangen.

»Was ist mit dir?« Er sieht mich an und studiert mein Gesicht. »Du hast gerade deinen Abschluss gemacht. Was ist dein nächster Schritt? Ich gehe davon aus, dass der Job im Casino nur befristet ist.«

Gott, wenn es nicht so wäre, würde meine Mutter mich umbringen. Sie hat sich zweiundzwanzig Jahre lang in den Casinos den Arsch aufgerissen, um uns über Wasser zu halten. Ich habe einen dieser Versager-Väter, der ein paar Mal im Jahr anruft und trotz seines brillanten Köpfchens keinen Job lange genug behalten kann, um seine Kosten zu decken, geschweige denn Unterhalt zu bezahlen. Dad hat sein Leben nie auf die Reihe bekommen. Deshalb musste meine Mutter die Erwachsene sein und Tyler und mich allein großziehen. Sie hat es aufgegeben, Dad um Hilfe zu bitten. Und das lange bevor sie sich trennten, als ich zwei war.

»Ja, das ist nur für den Sommer.«

Jaeger starrt weiter und ich stelle fest, dass ich die Frage nicht genau beantwortet habe. Ich räuspere mich. »Ich wurde an der juristischen Fakultät angenommen.«

Er nickt, aber die Geste ist steif. »Wo?«

»Harvard.«

Es folgt eine lange Pause und ich kann nicht beurteilen, ob die Stille an mir und meinen Sorgen bezüglich meines Studiums oder an etwas anderem liegt.

Für das Jurastudium habe ich mich jahrelang abgerackert. Aber irgendwie fühlt es sich weder real noch … richtig an. Mein Besuch auf dem Campus im letzten Semester hat diese Befürchtungen bestätigt. Ich habe noch nie so viele schnöselige Leute an einem Ort gesehen. Dass ich da nicht reinpasse, ist offensichtlich. Ich bin mit einer alleinerziehenden Mutter und Casinos aufgewachsen. Ich bin klug und durchsetzungsfähig, nicht privilegiert. Die Umstellung auf das Studentenleben in Harvard wird enorm sein. Und die Finanzierung wird schrecklich. Wenn ich mir diesen Sommer den Arsch abarbeite, kann ich mir das Zimmer und meine Verpflegung für ein halbes Jahr leisten. Die Studiengebühren, die fünfmal so viel ausmachen, sind darin nicht enthalten. Da kommt meine gut bezahlte juristische Tätigkeit nach dem Abschluss ins Spiel. Dann arbeite ich im Grunde genommen, um meine Studiengebühren abzubezahlen.

»Du wirst also bald gehen?« Sein Ton ist flach.

Ich antworte nicht sofort. Ich kann nichts sagen, denn obwohl ich diesen Weg gewählt habe, bin ich nicht begeistert davon. Niemand *will* ein Vermögen in sein Studium investieren, aber es ist mehr als das. Es gibt Studiengänge, die weniger kosten. Ich kann mich einfach nicht so richtig für Jura begeistern.

Da, jetzt habe ich den Gedanken, der in meinem Hinterkopf nagt, an die Oberfläche kommen lassen. Dafür habe ich gearbeitet und das sollte ich auch wollen. Aber das tue ich nicht. Ich habe mich verändert, oder meine

Bedürfnisse haben sich geändert. Ich weiß nur, dass sich nichts mehr richtig anfühlt.

Meine Mutter wollte, dass ihre Kinder Ärzte und Anwälte werden – bedeutende Menschen. Ich glaube, deshalb wollte sie meinen Vater vor all den Jahren. Er hatte seinen Abschluss in Berkeley mit Auszeichnung gemacht. Mom hat zu spät entdeckt, dass ein hart arbeitender Mann manchmal erfolgreicher ist, als ein kluger.

Sie kann es sich nicht leisten, das gesamte Studiengeld und die Verpflegung für das College zu bezahlen. Aber Mom bezahlte die Hälfte von Tylers und meiner College-ausbildung durch zwei Vollzeitjobs im Casino. Sie will etwas Besseres für uns. Wir waren gut in der Schule und ihre Bemühungen waren nicht verschwendet. Deshalb kann ich ihr nicht sagen, dass ich diese für mich ausgelegte brillante Zukunft nicht will.

Jaeger hat gefragt, ob ich bald gehen werde und ich habe immer noch nicht geantwortet. »Ich glaube schon«, sage ich schließlich, unfähig, ihm etwas Konkretes zu geben, wenn ich mir selbst nicht sicher bin.

Jaegers Blick bohrt sich in meine Seele. »Du …«

»Jaeger«, ruft Mason im lauten Flüsterton. »Wir sollten besser gehen.«

Jaeger dreht den Kopf und ich sehe ein Motorboot hinter ihm heranfahren. Es ist ein bisschen weiter weg, fährt aber direkt auf uns zu.

Jaeger zieht seine Schnur ein und lässt seine Angelrute auf den Boden des Bootes fallen. Er greift nach beiden Rudern. »Festhalten.«

Ich lege meine Angel ab und Jaegers erster Ruder-schlag wirft mich zurück. Wir gleiten so schnell über die Oberfläche, dass meine Haare im Wind wehen. Seine Arme sind wie Maschinen, schneiden durch das Wasser, die Schultermuskeln sind angespannt und bewegen sich unter dem langärmeligen Hemd, das er vorhin über sein T-Shirt gezogen hat. Ich kann nicht aufhören, ihn anzustarren. Er hat die Olympischen Spiele und den Leistungssport zwar aufgegeben, aber er ist fit. Das muss vom Schnitzen kommen.

Jaeger bringt uns in einem Zehntel der Zeit, die wir zum Herausfahren gebraucht haben, wieder ans Ufer. Er springt vom Boot auf den Sand und zieht mich und das Boot den Strand hinauf, bis nur noch die Hälfte davon im Wasser liegt.

Er gibt mir seine Schlüssel und streckt seine Hand aus. »Mach schnell. Ihr Mädchen wartet in meinem Auto.«

Ich stecke die Schlüssel in die Tasche und greife seine Finger, während ich schaue, wie ich das Ufer erreichen kann, ohne dabei hinzufallen oder mich zu verletzen. Bei Jaeger sah es so einfach aus, aber er ist auch doppelt so groß wie ich.

Ich stütze meinen Fuß auf der Spitze des Bugs ab, aber meine Sandale rutscht auf der Metalloberfläche aus. Ich versuche mich wieder zu fangen, falle aber nach hinten.

Jaeger wirft seinen Arm um meinen Rücken und hebt mich vom Boot, meine Brust an ihn gedrückt. Eine Sekunde lang hängen meine Füße in der Luft, mein Gesicht auf gleicher Höhe mit seinem. Wie bei einer Umarmung hält er mich mit einem Arm hoch, die Handfläche flach an die Seite meiner Brust gelegt. Seine Brust ist fest und warm, aber es ist sein Mund, nur wenige Zentimeter entfernt, der meine volle Aufmerksamkeit hat.

Mein Atem kommt in kurzen Stößen. Alles außer heißer Anziehung entgeht meiner Wahrnehmung. Es gibt nur ihn und mich – die letzten beiden Menschen auf der Erde.

Jaeger lockert seinen Griff und ich rutsche zu Boden, meine Beine unsicher als sie auf den Sand aufschlagen.

Die Welt kehrt zurück und ich sehe mich um. Ich stolpere auf Gen zu und blicke zurück und frage mich, ob ich diesen Moment, als die Zeit stillstand, geträumt habe. Jaeger schiebt das Boot zum Steg und ich weiß immer noch nicht, ob ich es mir eingebildet habe.

Ich verschränke die Arme mit ihr. »Was ist los?« Meine Stimme klingt atemlos.

»Mason sagt, das Boot auf dem Weg hierher ist der Parkwächter, der die Angelscheine überprüft. Es ist nichts Ernstes, wenn wir erwischt werden. Aber die Bußgelder sind hoch.«

Wir klettern in Jaegers Truck und ich schiebe mich auf den Rücksitz. Es ist schon hell und jetzt kann ich sein Fahrzeug besser sehen. Außen Silber und sauber. Der Truck ist nagelneu. Nicht schlecht für einen Schnitzer von Totempfählen.

»Hast du was gefangen?«, fragt Gen, ihre Augen leuchten vor Aufregung über unser Abenteuer.

»Ja, aber wir haben sie zurückgeworfen. Fangen und freilassen.« Ich erwähne nicht, wie groß mein Fisch war. »Und du?«

»Nichts. Mason sagt, er besorgt mir eine Lizenz und dann können wir ein anderes Mal wieder hinausfahren.«

Noch vor einer Stunde hätte ich das als die schlimmste Art der Folter betrachtet. Aber jetzt ist diese Vorstellung durchaus nachvollziehbar. Es spricht einiges dafür, an einem stillen See zu sitzen und bei Sonnenaufgang Bier zu trinken. Oder vielleicht ist es die Gesellschaft, die den entscheidenden Unterschied macht.

Selbst nachdem er seine Schnitzerkarriere erwähnt hat, habe ich mich zu Jaeger hingezogen gefühlt. Er hat sich ein neues Leben aufgebaut, nachdem er gezwungen war, seinen Traum aufzugeben. Dafür kann ich ihn nur respektieren.

Mein Versuch, ihn kennenzulernen, um ihn nicht mehr ganz so attraktiv zu finden, ist völlig nach hinten losgegangen.

»Was ist mit dir? Hattest du Spaß mit Mason?« Ich ziehe die Augenbrauen zusammen.

Gen nickt mit einem vielsagenden Lächeln und sieht aus dem Fenster. »Er ist ein guter Kumpel.«

Ein guter *Kumpel*? Jaeger verführt mich mit seinem zweideutigen Angel-Gerede und Gen und Mason freunden sich an?

*Nein, nein, nein.* Entweder strengt Mason sich beim nächsten Mal mehr an, oder Gen wird mit Jaeger verkuppelt. Soll er ihr doch an die Wäsche gehen. Ich habe einen Freund.

»Was ist mit dir? Wie war Jaeger?«

»Er ist ein netter, Typ, Gen. Du solltest ihn in Erwägung ziehen, wenn es mit Mason nicht klappt.«

Gen neigt den Kopf und sieht mich an. Ihre Lippen teilen sich, als wolle sie etwas sagen, aber die Beifahrertür öffnet sich.

»Alles klar!«, verkündet Mason.

Jaeger rutscht auf den Fahrersitz und unsere Blicke treffen sich im Rückspiegel. Ich sehe weg.

»Er hat unsere Angelscheine überprüft und uns gehen lassen«, fährt Mason fort. »Nächstes Mal planen wir im Voraus und besorgen euch Tageskarten.«

Ich sage nichts, weil mir die Idee gefällt, das noch einmal zu machen.

Nur, dass Gen beim nächsten Mal mit Jaeger fährt.

# Kapitel Fünf

Einige Stunden später, um fast zwei Uhr nachmittags, schlendere ich in die Küche. Normalerweise kommen wir nicht um halb sieben Uhr morgens von der Arbeit nach Hause, aber durch den Angelausflug sind wir besonders spät aufgewacht.

Gen steht am Spülbecken, die Augen halb geschlossen und schrubbt in einem tranceartigen Zustand langsam Kaffeeflecken vom Plastik ihres Trinkbechers für Erwachsene. Sie gähnt. »Aloo.«

Übersetzung: *Hallo.* Sie hat ihren Kaffee noch nicht getrunken, ist also offiziell noch nicht wach. Ich schütte meinen in die Sexy-Bitch-Tasse. Es stehen etwa fünfzig Tassen zur Auswahl. In unserem Sommerhaus gibt es mehr Tassen als Geschirr.

Ich öffne den Kühlschrank und durchsuche die Tür. *Da seid ihr ja, meine Schönen.* Ich öffne den Deckel des Glases, spieße eine grüne Olive mit einer Gabel auf und stopfe sie mir in den Mund.

Gen würgt. »Das ist ekelhaft. Warum tust du mir das an, bevor ich einen Kaffee getrunken habe?«

Unschuldig biete ich ihr davon an.

»Miststück«, sagt sie ohne viel Gefühl dahinter. Morgens kann man Gen am besten ärgern, wenn sie am schwächsten ist.

Ich halte meinen Kaffee hoch. »Für dich immer noch sexy Bitch.«

Eine halbe Stunde später sind Gens Augenlider voll funktionsfähig und sie blättert durch ein *People*-Magazin, das auf ihrem Schoß liegt. Wir sitzen draußen auf den Liegestühlen. Ich trage ein Bikinioberteil, das ich zu meiner Pyjamahose angezogen habe, mein Skizzenblock auf dem Tisch neben mir. Ich habe in der Grundschule angefangen zu kritzeln. Jetzt bin ich besessen davon.

Meine Augen sind geschlossen, der Körper zur Sonne gewandt. Ich mag das Gefühl der Sonne auf meiner Haut, aber ich trage mindestens Lichtschutzfaktor 1000, damit meine Haut nicht knusprig wird und abfällt. Ich gehöre zur Fraktion der gesundheitsbewussten Sonnenanbeter.

Neben mir raschelt die Seite, die Gen gerade umblättert. »Eine Kellnerin von der Arbeit hat uns heute Abend zum Essen eingeladen.«

Ich öffne ein Auge. »Eine von den MILFs?«

Gen zieht das Kinn ein und schüttelt den Kopf. »Nein, keine von denen. Nessa ist in unserem Alter und wirklich nett.«

»Klingt lustig, aber ich habe ein Skype-Date mit Eric.«

Mir ist es *endlich* gelungen, meinen Freund über WhatsApp zu überreden. Ich blicke auf den Nachrichtenverlauf von vorhin und lächle.

**Cali:** *Weißt du noch, als wir mit dem Schlauchboot auf dem American River unterwegs waren, mit dem ganzen Gletscherwasser? Es ist immer noch deine Schuld, dass wir umgekippt sind. Das Bier zu retten war es nicht wert!*

**Eric:** *Doch, das war es wert.*

**Cali:** *Ich vermisse dich. Können wir heute Abend skypen? 20:00 Uhr?*

**Eric:** *Sicher.*

Gen schaudert, die Ellbogen an ihre Seite gedrückt. »In dem Fall bin ich froh, dass ich nicht da bin.«

Ich habe mein Handy wieder auf meinen Schoß gelegt. Es soll schon vorgekommen sein, dass Eric und ich in Gens Anwesenheit über Sex geredet haben. Vielleicht liegt es daran, dass wir uns nicht schämen. Oder daran, dass es sie in den Wahnsinn treibt – okay, vielleicht ist es beides.

Irgendwie glaube ich aber nicht, dass das heute Abend Sex-Skyping werden wird. Wir haben seit Wochen nicht mehr telefoniert. Ich bin eher daran interessiert mich zu vergewissern, dass alles in Ordnung ist. Am Tag unserer Wanderung lagen meine Instinkte nicht falsch. Irgendwas stimmt mit ihm nicht. Aber ich war so beschäftigt mit meinem neuen Job, dass ich keine Zeit hatte, viel dagegen zu unternehmen.

Es hat keinen Sinn, voreilige Schlüsse zu ziehen, bevor ich mit Eric gesprochen habe. Ich lächle, nur um Gen zu irritieren: »Solltest du auch sein.«

Ich bin hauptsächlich nervös. Wenn ich erst einmal weiß, dass mit Eric alles in Ordnung ist, wird sich sicherlich auch die Sache mit Jaeger wieder legen.

————

Es IST Mitternacht und ich bin offiziell versetzt worden.

Ich bin noch nie versetzt worden – und das von meinem eigenen Freund? Verdammte Scheiße!

Als ich in meiner zweiten Packung Pekannuss-Eiscreme stochere, höre ich das Kratzen eines Schlüssels in der Haustür. Gen kommt rein. Na ja, sie *stampft* eher herein.

Ich lege meine wuscheligen Pantoffeln auf den Retro-Holz-Couchtisch unseres Miethauses (er ist eigentlich verdammt alt, aber ich versuche, positiv zu denken) und warte, bis sie ihre Sachen abstellt und mir sagt, was los ist. Denn irgendetwas ist auf jeden Fall los. Ihr Blick ist wachsam und sie hat die Tür nach dem Eintreten zugeschlagen.

Sie sieht auf meine Packung Eiscreme und seufzt. »Von allen Ben & Jerrys-Geschmacksrichtungen, die es gibt, hast du *Pekannuss* ausgesucht? Wie wäre es mit Cookies 'n' Cream, Super Fudge Chunk oder, ich weiß nicht, Vanille?« Sie wirft ihre Handtasche auf den Boden, plumpst neben mir auf die Couch und starrt geradeaus. Ich sehe sie an, die weggeworfene Handtasche und dann das Eis, das auf meinem Bauch steht, wobei der Löffel wie eine Fahne herausragt. »Autsch. Was stimmt denn nicht mit Pekannuss?«

Ein weiteres langes Schnaufen, diesmal durch die Nase. »Lass mich einen Bissen von deinem ekelhaften Eis essen.«

»*Ekelhaftes Eis* ist ein Oxymoron. Hol dir einen Löffel und dann *darfst* du mit deinen schmutzigen Fingern vielleicht etwas von meinem göttlichen Dessert probieren.«

Gen erhebt sich von der Couch und schlurft in die Küche. Das Geräusch der sich öffnenden und schließenden Schubladen und das Klirren von Geschirr in der Spüle dringt ins Wohnzimmer. Es gibt keine sauberen Löffel mehr. Ich weiß das, weil ich den letzten genommen habe. Wenn es ihr gelingt, einen sauberen Löffel zu finden, gebe ich gern mein Erstgeborenes her.

Gen betritt das Wohnzimmer und hält einen Löffel wie eine Trophäe hoch. Er ist in einem Winkel von sechzig Grad gebogen und hat an den Seiten Kerben vom Abfallzerkleinerer, aber es ist trotzdem ein Löffel.

Verdammt! Lebwohl, Erstgeborenes.

Sie plumpst neben mich, gräbt eine riesige Portion aus meiner Packung und stopft sie sich in den Mund. Als sie den Löffel herauszieht, betrachtet sie ihr verbogenes Utensil. »Ich habe jemanden kennengelernt.«

Ahhh, darum geht es also. Klingt vielversprechend. Mit dieser Nachricht kann ich mein Eric-Elend fast vergessen.

»Er hat nicht mit mir geredet.«

Okay, vielleicht doch nicht so vielversprechend. »Und warum interessiert er dich dann? Halte dich von Arschlöchern fern, Gen. Wir suchen nach guten Jungs.«

»Ich weiß – glaube mir, ich weiß.«

»Aber?«

»Er hat mich immer wieder angesehen, als könnte er nicht anders. Und dann wurde mir klar, dass eines der Mädchen auf der Party seine Freundin war.«

Ich ersticke an ein paar Nussstückchen, die meine Kehle hinunterlaufen. »Oh Gott, nein. Bitte sag mir, dass du nicht an diesem Typen interessiert bist. Ich dachte, der letzte war eine Ausnahme. Fühlst du dich zu hinterhältigen Schweinen hingezogen, oder so?«

Gen neigt ihren Kopf, ihr Ausdruck verärgert. »Lass mich ausreden. Als ich erkannt habe, dass er eine Freundin hat, habe ich ihn abgeschrieben, okay? Aber …«

Oh, nein. *Nein.* Sie reibt die scharfen Rillen in ihrem Löffel, als würde sie sie glätten wollen, während ihr Gedankengang verloren geht. Ich will gar nicht erst darüber nachdenken, wohin das führt und unterdrücke eine Standpauke. Das Letzte, was sie braucht, ist wieder die gleiche Situation, der sie gerade entkommen ist.

»… wir haben uns dann zufällig im Flur getroffen. Also im wahrsten Sinne des Wortes getroffen. Wir sind ineinander gerannt.« Sie dreht sich zu mir um, ihre Augen suchen mein Gesicht. »Cali, so etwas habe ich noch nie zuvor gefühlt. Als er mich berührt hat … Gott, ich weiß nicht, wie ich es erklären soll.«

*Oh, ich glaube ich weiß schon, was sie meint.* Ich knirsche mit den Zähnen und erinnere mich lebhaft daran, wie Jaeger mich aufgefangen hat, als ich aus dem Fischerboot gestolpert bin. Da ist die Zeit stehen geblieben. Hormone – Pheromone – was auch immer. Die können ganz schön viel anrichten.

Das ist nicht gut. Es ist völlig falsch. Keine von uns beiden sollte sich so fühlen. Nicht mit diesen beiden Menschen. Es ist mein dummer Ratschlag, der mir jetzt in den Hintern beißt. Ich habe Gen dazu gedrängt, wieder auszugehen und sich jemanden zu suchen. Und das habe ich jetzt davon. Wenn sie sich mit dem zweiten Arschloch einlässt, ist das meine Schuld.

Sie schüttelt den Kopf. »So eine Anziehung habe ich noch nie gespürt. Zu niemandem, schon gar nicht zu meinem Ex. Ich kann nicht aufhören, an diesen Typen zu denken.« Ihre zierliche Nase kräuselt sich. »Es ist nervig.«

*Ich verstehe dich, Schwester.*

Ich rutsche herum, bis ich ihr direkt gegenüber sitze. »Hör mir zu. Vergiss den Kerl. Er taugt nichts, sonst würde er dich nicht anstarren, wenn seine Freundin im Raum ist. Und sich schon gar nicht an dir reiben.«

»Er hat nicht …«

»Wie auch immer. Der Punkt ist, dass du dich entscheiden kannst. Du musst dich nicht in jemanden verlieben, der dir das Herz brechen wird. Das ist keine Liebe.«

Sie atmet tief ein und nickt.

»Vergiss Mason und Jaeger nicht. Sie sind beide heiß *und* single. Das ist ein sehr wichtiges Detail.«

Gen sieht mich an, als sei sie verärgert. »Es ist nicht so, als würde ich mir absichtlich untreue Freunde *aussuchen*.« Ihre Stimme bricht und jetzt fühle ich mich schlecht.

Ich lege meine Hand auf ihre. »Nein, aber nicht alle Typen sind vertrauenswürdig. Du solltest vorsichtig sein. Halte dich von denen fern, die dir ein« – ich schüttle den Kopf und sehe mich um – »Ich weiß nicht, die dir ein Bauchgefühl geben, dass sie etwas verheimlichen. Dann tun sie es meistens auch.«

Da kommt mir Eric in den Sinn. Ich sollte meinen eigenen Rat annehmen.

»Du hast recht.«

Ich beobachte sie und versuche zu erkennen, was in ihrem hübschen Kopf vor sich geht, während sie auf ihrer Unterlippe herumkaut. »Iss mehr Eis – dann fühlst du dich besser.«

Gen gräbt ihren verzerrten Löffel wieder in meine Packung und ich tue es ihr gleich. Nach dem Abend, den wir beide heute hatten, ist die Zucker-Schock-Therapie sehr wirksam.

»Das Gute daran ist, dass du diesen Kerl nie wieder sehen musst.«

Sie sieht mich schuldbewusst an.

»*Was?* Du hast doch nicht mit ihm ausgemacht …«

»Nein! Aber ich habe irgendwie zugestimmt, mich morgen wieder mit Nessa zu treffen. Sie sind Freunde. Er könnte auch da sein.«

»Okay, dann geh nicht hin.«

»Cool.« Sie starrt mich wütend an. »Dann werde ich einfach zur Einsiedlerin. Du bist diejenige, die mich dazu gedrängt hat, endlich wieder auszugehen.«

Verdammt, sie hat völlig recht.

»Komm einfach mit«, sagt sie. »Sie gehen zu diesem einen Ort, von dem du gesprochen hast, Zephyr Cove. Das wird lustig. Und dann wirst du da sein um einzugreifen, wenn ich es brauche. Obwohl das nicht passieren wird. Der Kerl … ist nicht so der aggressive Typ. Das ist wahrscheinlich sowieso alles einseitig. Es gibt keinen Grund zur Sorge.«

# Kapitel Sechs

Elf Uhr morgens ist ziemlich früh, wenn man unsere Wechselschichten bedenkt. Selbst an unseren freien Tagen bleiben wir lange auf und schlafen uns aus. Aber einige der besten Erfahrungen am Lake Tahoe macht man in der Früh, weshalb ich um elf Uhr morgens am See bin und auf die Ankunft von Gens Freunden warte.

Ich liege mit dem Gesicht nach unten auf meinem Handtuch und Gen sitzt neben mir, hantiert mit ihrer Handtasche und ihrem kitschigen Buch herum. Und allem, was ihre Hände sonst noch so berühren. Ich habe ein schlechtes Gefühl bei diesem Ausflug. Ich meine, es ist ihr Leben. Aber es ist schwer einem geliebten Menschen dabei zuzusehen, wie er den gleichen Fehler zweimal macht.

Zwischen ihr und diesem Typen, den sie gestern Abend kennengelernt hat, ist eigentlich nichts passiert. Also sage ich erst einmal nichts und versuche, mich zu beruhigen. Ich mache sogar ein Nickerchen, während wir warten.

Ich bin gerade dabei, in den Vor-Schlaf-Zuck-Modus zu kommen, als ein Sandregen in mein Gesicht spritzt und die Anfänge eines Traums zerstört, in dem ich splitternackt auf einem Felsen in der Mitte des Eagle Lake sitze, völlig allein. Ich bin nicht enttäuscht, dass dieser Traum beendet wurde. Es war einer dieser Angstträume, aber trotzdem. Was zum Teufel?

Ich setze mich langsam auf und reibe mir den Schlaf aus dem Gesicht, zusammen mit eimerweise Sandkörnern. Lange, muskulöse, golden gebräunte Beine mit blondem Haar behindern meine Sicht. Ich sehe auf und schirme die Sonne mit meiner Hand ab.

Mason. Gott sei Dank. Ihn brauche ich jetzt, um Gen von schlechten Einflüssen abzulenken.

»Cali! Tut mir leid. Bist du okay?« Er geht vor mir in die Hocke und greift den Fußball, der neben mir auf dem Handtuch liegt. Er lächelt zu Gen.

Gen stützt sich auf ihre Arme und grinst zurück. Sie sieht behaglich und entspannt aus. Ich kann nur vermuten, dass das Zappeln vorhin wegen des anderen Kerls war, nicht wegen Mason. Sie wusste ja nicht, dass Mason heute hier sein würde.

»Alles in Ordnung«, sage ich, ein mulmiges Gefühl setzt sich in meinem Bauch fest, wenn ich bedenke, wie sehr dieses andere Arschloch meine beste Freundin betroffen hat und was das bedeuten könnte. »Es ist nichts passiert.« Ich versuche, an Mason vorbeizuschauen, aber seine riesigen Snowboard-Schultern versperren mir die Sicht. »Mit wem bist du hier?«

»Jaeger«. Mason pflanzt den Fußball neben sich in den Sand und lässt sich nieder. *Ich schätze, er wird noch eine Weile bleiben.* »Heute ist es zu schön, um ins Fitnessstudio zu gehen. Stattdessen sind wir hierher gekommen.«

Ich lehne mich ganz zur Seite und da sehe ich Jaeger mit einer zierlichen Brünetten reden. Sie trägt einen winzigen roten Bikini und lächelt ihn an. Die Angst von eben verschwindet und mein Bauch zieht sich zusammen, die Brust brennt. *Wer ist das?*

Jaeger sieht herüber und unsere Blicke treffen sich. Mein Atem stockt und plötzlich summt mein Herz, als hätte er nicht gerade mit einem anderen Mädchen gesprochen.

Er sagt etwas zu der Brünetten und kommt dann auf uns zu, seine langen Schritte verschlingen die Distanz. Das Mädchen starrt ihm nach, ihr Gesicht sieht ein wenig verzweifelt aus und dann sehe ich sie nicht mehr, weil mein Verstand leer wird.

Jaeger hat kein Oberteil an. Seine breiten, leicht gebräunten Schultern und die muskulöse Brust gehen in einen Waschbrettbauch über, welcher durch seine niedrig sitzende Badehose gut zur Geltung kommt. Seine Beine sind nicht so dünn wie die der meisten großen Männer, sie sind proportional und muskulös, genau wie der Rest von ihm. Sogar die vertikale Narbe in der Mitte seines Knies ist attraktiv.

Mein Herz hämmert. Plötzlich ist es verdammt heiß hier draußen, obwohl meine Hände eiskalt sind. Ich streiche mein Handtuch glatt und staube den Sand ab, den der Fußball auf mir verteilt hat.

Jaeger kommt her und setzt sich neben Mason. Er lehnt sich nach vorn, ein Arm liegt auf seinem Knie. »Hey.«

Ich lächle. Das ist alles, was ich hinkriege. Er riecht nach Sonnencreme und etwas Leckerem … Ich versuche, nicht zu auffällig zu sein, während ich seinen Duft förmlich inhaliere. Ich habe Probleme.

Er grinst verspielt. »Warst du in letzter Zeit angeln?«

Es gibt mehrere Möglichkeiten, diesen Kommentar zu interpretieren. Sofort geht mein schmutziger Verstand zu Anspielungen über. »Nein, du?«

Er schüttelt den Kopf und greift den Fußball, den Mason zwischen seiner Hand und dem Sand abgestützt hat. Mason scheint es nicht zu stören, denn seine ganze Aufmerksamkeit gilt Gen, die ihm von den Freunden erzählt, die wir hier treffen.

Jaeger sieht über meine Schulter zum Grillplatz und ich tue es ihm gleich. Es ist noch früh, also ist niemand da. »Komm schon.« Er steht mit dem Fußball unter dem Arm auf, die Hand ausgestreckt.

Ich greife nach ihr und er zieht mich hoch. »Was machen wir?«

»Den Ball hin und her werfen.«

Oh, scheiße! *Scheiße.* »Ähh, wahrscheinlich nicht die beste Idee. Ich bin nicht gut im Fangen.«

Oder allgemein im Sport, aber das muss er ja nicht wissen.

Er blickt über die Schulter und vergrößert den Abstand zwischen uns entlang eines leeren Strandstücks. »Keine Sorge, ich mache es ganz sanft.«

Warum übersetze ich alles, was aus seinem Mund kommt, in etwas Sexuelles? Ich muss mich von diesem Typen fernhalten. Er bringt mich durcheinander.

Jaeger wirft mir den Ball zu und ich strecke mich, aber natürlich erwische ich ihn nicht mehr. Ich hebe ihn auf, staube ihn ab und werfe ihn dann spielerisch zurück. Ich werfe ihn so, wie ich jeden Ball werfe – als würde ich eine Granate wegschleudern. Ich kann nicht anders. Gen hat versucht, mir zu zeigen, wie man es macht, aber ich kann es anscheinend nicht verstehen.

Mein Wurf landet ein Dutzend Meter vor Jaeger, obwohl ich auf ihn gezielt habe. Er hebt ihn auf und starrt ihn an, dreht sich dann um und geht auf Gen und Mason zu.

»Wo willst du hin?«, rufe ich ihm nach.

Er antwortet nicht. Er geht weiter, bis er Mason erreicht und den Ball wieder neben ihn legt. Mason legt abwesend die Hand auf den Ball, während er sich weiter mit Gen unterhält.

Dann dreht Jaeger sich um und geht wieder auf mich zu.

Oh, scheiße! »Was denn?«

Er nähert sich mir wie ein Löwe, der sich auf einen Angriff vorbereitet. »Du hast ab jetzt Spielverbot. *Für immer.*«

Mein Herz klopft mir in den Ohren. »Ich brauche nur ein bisschen Übung«, sage ich nervös, eine Kombination aus Aufregung und Unsicherheit brodelt in mir.

Er schüttelt den Kopf. Jetzt ist er nur noch wenige Meter von mir entfernt. »Du musst für diesen Wurf bestraft werden. Der war grauenvoll.«

Mir klappt die Kinnlade herunter, aber anstatt mich vor dem herannahenden, übergroßen Mann zu fürchten, bin ich erregt und gespannt, was er tun wird. Ich verziehe das Gesicht. »Du bist gemein, weißt du das? *Umff* −«

Jaeger hebt mich hoch und wirft mich über seine Schulter.

»*Hey!* Was machst du da?« Ich ziehe mir schnell mein marineblaues Bikinioberteil zurecht, damit meine Brüste nicht einfach herausfallen.

»Du wirst getunkt. Das ist deine Strafe.«

Ich schreie wie ein kleines Mädchen. »Stopp! Der See ist verdammt kalt! Bitte nicht!« Aber ich lache. Er ist heiß unter meinem nackten Bauch und sein Arm auf der Rückseite meiner Oberschenkel lässt meine Haut kribbeln. Mein Hintern liegt in einer nicht besonders schmeichelhaften Position über seiner Schulter, flach und breit. Aber es ist mir egal, weil ich so sehr lache. »Jaeger, ich meine es ernst. Ich hasse Kälte.«

»Du bist hier aufgewachsen – du kannst Kälte nicht hassen.« Der Sand verschwindet unter uns, ersetzt durch klares blaues Wasser.

Scheiße, er ist jetzt tief genug, dass meine Zehen die eisige Wasseroberfläche streifen. »Tu ich aber – bitte hör auf«, sage ich. Aber ich lächle und dieses Lächeln kann ich in meiner Stimme hören. Er sicher auch.

Er lässt mich an der Vorderseite seiner Brust hinuntergleiten, meine Brüste zwischen uns nach oben gepresst. Wir sind auf Augenhöhe, meine Beine sind bis zu den Knien in eiskaltes Wasser getaucht, aber mir ist trotzdem verdammt heiß. Er ist warm, wir sind warm, und mein Atem stockt.

Seine Mundwinkel drehen sich nach oben. »Was wirst du tun, um dich aus deiner Lage zu befreien?«

Mein Blick flackert von seinen waldgrünen Augen, die an den Rändern leicht nach unten geneigt sind, zu seinen vollen Lippen. Ich will ihn küssen. Wäre ich solo, würde ich mich vorbeugen und sanft seinen Mundwinkel küssen.

Ich blicke zurück in seine sinnlichen Augen. Sie sind jetzt dunkler und sein Lächeln ist verschwunden, seine Brust hebt und senkt sich schneller, als gerade eben noch.

Ich schlucke. *Scheiße.* Ich muss das verhindern. »Bitte wirf mich nicht ins Wasser.«

Er muss etwas auf meinem Gesicht ablesen, denn seine Augenbrauen ziehen sich zusammen. Er starrt einen Moment lang, dann beugt er sich vor. Für den Bruchteil einer Sekunde denke ich, dass er mich ins Wasser tauchen will. Doch stattdessen schlingt er seinen Arm unter meine Knie und zieht mich an seine Brust. Sein Mund biegt sich wieder zu einem Lächeln und er taucht meine Füße ins Wasser. Ich schnappe nach Luft, aber er lässt mich nicht fallen – er trägt mich ans Ufer.

Jaeger setzt mich auf dem Sand ab. »Du bist in Sicherheit. Fürs Erste.«

Ich weiß nicht, was gerade passiert ist, aber ich glaube, er hat mein Zögern gespürt und sich zurückgezogen. Ich bin froh darüber, aber gleichzeitig bin ich es nicht. Ich sollte ihm sagen, dass ich einen Freund habe – falls ich überhaupt noch einen Freund habe; das steht noch zur Debatte. Aber er hat nicht gefragt oder die Initiative ergriffen, sodass ein solches Gespräch notwendig gewesen wäre. Es jetzt zur Sprache zu bringen wäre ziemlich anmaßend.

Wir kehren zu unseren Freunden zurück. Gen faltet ihr Handtuch und ich sehe an ihr vorbei und stelle fest, dass der Grillplatz besetzt ist. Die Leute, die wir treffen, müssen aufgekreuzt sein.

Jaeger ist schweigsam, als ich mir mein Handtuch schnappe und anfange, es zusammenzufalten. Er weiß bestimmt, dass ich mich zu ihm hingezogen fühle. Aber ich kann nicht beurteilen, ob sein Flirt nur ein Ablenkungsmanöver ist, um mich zu beschäftigen, während Mason mit Gen spricht, oder ob er ernsthaft interessiert ist.

Mason sieht zu uns herüber. »Cali, ich habe Gen gerade von der Party erzählt, die wir nächstes Wochenende veranstalten. Ihr solltet kommen.«

Gen blickt auf, während sie ihre Sachen wegräumt und lächelt. Es ist kein angespanntes Lächeln, das mich veranlassen würde, mir eine Ausrede auszudenken. Es ist freundlich und warm. Sie ist glücklich.

Das könnte eine gute Gelegenheit für sie und Mason sein, sich besser kennenzulernen. »Klar doch. Ich komme gern«, sage ich.

Gen schnappt sich ihre Strandtasche und schwingt sie über ihre Schulter. Wir verabschieden uns von den Jungs und machen uns auf den Weg zu dem Grillplatz.

Auf halbem Weg sehe ich zurück. Jaeger und Mason

joggen den Strand entlang, vorbei an der hübschen Brünetten, mit der Jaeger vorhin geflirtet hat. Sie lächelt ihn erneut an.

Ich weiß nicht, warum mir das etwas ausmacht. Es ist wie Folter, die ich mir selbst zufüge. Ich sollte mich nicht zu ihm hingezogen fühlen, aber das tue ich – und ich kann nicht anders, als eifersüchtig auf ein anderes Mädchen zu sein, das so viel mit ihm flirten kann, wie es will. Das bereitet mir ein schlechtes Gewissen. Denn egal, was im Moment mit Eric los ist, ich will nicht diese Art von Freundin sein.

———

Das Grillen ist in vollem Gange und ich entnehme den Gesprächen, dass eine Handvoll von Nessas Freunden aus dem örtlichen Washoe-Stamm kommen. Einer der Jungs, Zach, ist einer der Croupiers, die ich aus der Arbeit kenne. Ich unterhalte mich weiterhin mit Gens neuen Freunden, während ich sie beim Grill im Auge behalte.

Wieso?

Weil Lewis – der Typ, mit dem sie gestern Abend zusammengestoßen ist – verdammt heiß ist. Und seine Freundin Mira steht neben ihm. Sie ist eine Sexbombe mit glänzendem, langem, dunkelbraunem Haar und tötet Gen seit etwa einer Stunde mit Blicken.

Kein Witz, das könnte noch einen Zickenkrieg geben. Gen steht am Grill und redet mit meinem Croupier-Kumpel. Lewis, der leicht zwei Meter groß ist, – er könnte sogar Jaeger überragen – geht zu ihnen hinüber.

Das ist so viel schlimmer als Gen angedeutet hat. Lewis begehrt sie und sie hat keine Ahnung.

Lewis hat sich in der letzten Stunde distanziert verhalten, aber er hat Gen beobachtet, wenn sie nicht hinsieht. Das ist nicht gut.

Ich werfe einen Blick auf Lewis' Freundin. Oh ja, Mira behält die beiden im Auge. Der Tussi entgeht nichts. Sie nippt an ihrem Bier und steht ganz still, blickt auf Lewis, während sie mit einem falschen Lächeln so tut als ob sie Nessas Geplauder zuhört.

Ich werfe noch mehr Chips auf meinen Teller am Picknicktisch und bereite mich geistig darauf vor, wenn nötig einzugreifen.

Zach geht weg und Lewis reicht Gen einen Hotdog. Er beugt sich hinunter und sagt ihr etwas ins Ohr, wobei er ihre Schulter berührt. Gens Brust hebt sich, ihr Körper neigt sich zu ihm. Ich bin fast schon überzeugt, dass ich echte Funken sehen kann.

Die Casino-Reality-TV-Show hat sich auf den Strand ausgeweitet.

Ich blicke wieder zu Mira. Sie tut nicht einmal mehr so, als würde sie Nessa zuhören. Nessas Augenbrauen ziehen sich zusammen und sie folgt Miras Blick. Gleich geht es so richtig los.

Gen ist erstarrt. Ihre Brust hebt und senkt sich zu schnell. Sie starrt in Lewis' Augen, ihr Ausdruck ist ernst. So stehen sie für ein paar Sekunden. Mira sieht aus, als würde sie Gen bei der nächsten Gelegenheit umbringen und ich bin kurz davor, den sexuell aufgeladenen Blickkontakt von Gen und Lewis zu unterbrechen, als Lewis lächelt und weggeht. Verdammt, und ich dachte, *meine* Lage wäre beschissen.

Mit weit aufgerissenen Augen scannt Gen die Umgebung und sieht mich. Sie sagt etwas zu Zach, der eben wieder aufgetaucht ist, und flüchtet zu mir.

»Ich muss weg. Und zwar *sofort*.«

»Bin dabei«, sage ich ihr.

Wir danken Nessa, während Lewis an seinem Bier nippt und Gen subtil beobachtet.

Oh, ja. Gen muss sich definitiv von diesem Kerl fernhalten. Sie ist ihm nicht gewachsen. Mit hohen Wangenknochen, einer geraden Nase, männlich vollen Lippen und einem braunen Teint ist er groß, dunkel und lecker, und er begehrt sie. Keine Frau könnte gegen diese Art von Aufmerksamkeit ankämpfen.

Gen drückt meine Hand und ich sehe hinüber. Lewis hält sie mit seinem Blick gefangen.

Verdammt, da könnte ich auch nicht wegsehen.

Ich ziehe sie zum Auto. Als wir weit genug weg sind, frage ich: »Alles in Ordnung?«

Sie nickt, aber sie starrt geradeaus und spricht nicht.

»Gen, was zur Hölle war das?«

»Etwas, das aufhören muss.« Sie holt tief Luft. »Das nächste Mal mache ich nichts mehr mit Nessa, wenn ich nicht sicher weiß, dass er nicht kommt.«

# Kapitel Sieben

Gen und ich halten uns in der nächsten Woche bedeckt. Ich habe Jaeger einmal im Casino getroffen, als ich bei der Arbeit war, und er hat mich an die Party am Wochenende erinnert. Ich habe ihm gesagt, dass wir wahrscheinlich kommen werden, aber meine erste Priorität ist es, mit Eric zu sprechen. Ich kann es nicht ertragen, nicht zu wissen, was los ist. Eric geht mir seit einem Monat aus dem Weg und ich habe genug davon. Ich fahre heute Abend zu meinem alten College, wo er immer noch lebt, um mit ihm zu reden.

Es ist Freitag und ich schaffe es, früher Feierabend zu machen. Gen leiht mir ihr Auto und ich übernachte bei meiner Freundin Reese in der Nähe der Dawson Universität.

Die Fahrt geht schneller, als ich erwartet habe. Das passiert, wenn man die ganze Zeit darüber nachdenkt, wie man seinen Freund fragen kann, warum er einen ignoriert, ohne dabei völlig erbärmlich zu klingen. Ich habe beschlossen, dass das unmöglich ist.

Es ist dunkel, aber bei Reese sind alle Lichter an, als ich ankomme.

Reese hat einen festen Freund, deshalb sehe ich sie nicht mehr so oft wie früher, als wir noch Studienanfänger waren. Aber trotzdem sind wir in Kontakt geblieben. Praktischerweise hat sie nach ihrem Abschluss einen Job auf dem Campus gefunden und lebt immer noch in der Stadt, während die meisten meiner Freunde sich nach etwas Besserem umgesehen haben.

Ich klopfe an die Tür von Reese' Wohnung und sie begrüßt mich in schwarzen, hautengen Jeans, High Heels und einem paillettenbesetzten Designertop.

»Bow-chica-bow-wow«, singe ich. »Gehst du aus?«

Sie zerrt mich hinein. »Ja, und du auch.«

»Eigentlich −« unterbreche ich sie, sie steht in der Mitte ihres einfachen Wohnzimmers, das aus einer schlichten, braunen Couch, einem Sessel sowie einem Fernseher besteht. Es erstaunt mich immer wieder, dass jemand so modebewusst wie Reese in einer Wohnung ohne Flair lebt, aber ihre Mitbewohnerin ist einfach gestrickt und Reese' ästhetische Besessenheit bezieht sich jeher auf Kleidung und Accessoires. »Ich wollte eigentlich Eric suchen und dann früh ins Bett gehen.«

Reese' Mitbewohnerin Elena winkt mir aus der Küche zu, ihr dunkles, gewelltes Haar ist zu einem unordentlichen Dutt geknotet. Sie trägt eine Schlafanzughose und ein geriffeltes Top. Sie rührt etwas in einem großen Topf um, das nach Rindfleischeintopf riecht. Mir läuft das Wasser im Mund zusammen. Ich hätte nichts dagegen, mir auch einen Pyjama anzuziehen, diese ganze Konfrontation mit Eric zu vergessen und mich ihr anzuschließen.

Reese studiert mein Gesicht. »Was geht hier vor sich? Ich dachte mir, dass da irgendetwas im Busch ist, wenn du bei mir übernachten willst, statt bei Eric.«

»Um ehrlich zu sein weiß ich nicht, was los ist.« Was bedeutet, dass ich wahrscheinlich schon bald wieder Pekannuss-Eis einkaufen werde. Nach zwei gemeinsamen Jahren bin ich mir ziemlich sicher, dass es zwischen Eric und mir vorbei ist. Welche andere Erklärung könnte er für diese vier nahezu kontaktlosen Wochen haben?

»Okay.« Sie verengt die Augen. »Und was ist dein Plan?«

»Ihn finden und ihn fragen?« *Und dann sehr viel Pekannuss-Eis essen?*

Ich bin ziemlich sicher, dass ich weiß, was Eric sagen wird. Aber ich muss es trotzdem hören. Wenn dein Freund einen Monat lang nicht anruft, deine Anrufe nicht beantwortet und sich nicht dafür zu interessieren scheint, ob du atmest – wie heißt dieser eine Film? – oh ja, *Er steht einfach nicht auf dich*. Es bringt nichts, so zu tun, als wäre alles in Ordnung, denn das ist es nicht.

Reese trommelt ihre bunten Nägel gegen ihre Lippen – *sind das Strasssteine auf den Spitzen?* »Was hältst du davon, wenn wir in eine Bar gehen?«

Meine Oberlippe kräuselt sich. »Hm …«

»Ich schlage es nur vor, weil ich Eric schon ein paar Mal da gesehen habe. Einige meiner Kollegen haben ihn auch schon öfters in Bars angetroffen.«

Okay, das ist seltsam. Ich habe keinen blassen Schimmer, wo Reese auf dem Campus arbeitet. Das hat sie mir nur ungefähr erzählt. »Kennen deine Kollegen ihn?«

Sie winkt abwesend mit der Hand. »Das ist egal. Der Punkt ist, dass du da vielleicht mehr Glück hast ihn aufzuspüren.«

Hört sich das nicht einfach nur deprimierend an? Ich muss meinem Freund hinterherjagen, damit er mich abservieren kann. »Ich schätze mal, der Plan funktioniert auch.«

Ein trauriges Lächeln huscht ihr übers Gesicht. »Versuchen wir es bei Big Billy's. Das ist der neue Hotspot am Freitagabend.« Sie analysiert mein Outfit. »Versteh mich nicht falsch, aber … hast du noch etwas anderes zum Anziehen dabei?«

Ich werfe einen Blick auf die schlabberige Jeans und das T-Shirt, das ich für die Fahrt angezogen habe. »Willst du mir etwa sagen, dass ich scheiße aussehe?«

»Wenn die Dinge zwischen dir und Eric so schlimm sind, wie ich glaube, solltest du heiß aussehen. Damit er sieht, was er verpasst.«

*Heiß.* Bei Jaeger fühle ich mich heiß und begehrenswert, aber nicht bei meinem eigenen Freund. Irgendwas stimmt hier nicht. »Okay.« Meine Stimme klingt zittrig. Wann bin ich zu diesem erbärmlichen, bedauernswerten Ding geworden?

»Also, was hast du alles dabei?«

Ich zupfe an meinem T-Shirt.

Sie schüttelt den Kopf und umfasst mein Handgelenk. »Komm, wir durchsuchen meinen Schrank. Meine Mom hat gerade einen Stapel neuer Klamotten vom Rodeo Drive geschickt.«

Ich habe vergessen, wie reich Reese' Eltern aus Hollywood sind. Das dürfte interessant werden.

Eine Stunde später trete ich in einem schwarzen Minirock, einem Spitzentop und zwölf Zentimeter hohen High Heels in Big Billy's ein. Meine alte Universitätsstadt ist klein, aber trotzdem sind die Leute ganz schön aufgetakelt. Im Vergleich zu den paillettenbesetzten Kleidern sehe ich da eher lässig angezogen aus.

Reese und ich zwängen uns an die dicht besetzte Bar. Wir bestellen zwei Purple Hooters und Bier und Reese hebt ihr Schnapsglas. »Zum Wohl!«

Ich schlucke den Traubenschnaps hinunter und schütte

mein Bier nach, das nach Pisse schmeckt. Es ist im Sonderangebot und ich muss schließlich sparen.

Wir setzen uns an einen Tisch und es dauert nicht lange, bis Eric hereinkommt. Er trägt eine verblasste Jeans und sein Lieblings-T-Shirt von der Weltmeisterschaft 2006 mit einem offenen, kurzärmeligen Hemd. Er ist von einer Gruppe von Freunden umgeben.

Ich verspüre nicht den Drang, zu ihm zu laufen und ihn zu umarmen, was ich normalerweise tun würde. Ja, er war beschissen und unaufmerksam, um es milde auszudrücken. Und darüber bin ich nicht glücklich. Mir gefällt nicht, dass unsere Beziehung in der Schwebe ist. Aber ich habe mir bis jetzt eingeredet, dass ich mich nur zu Jaeger hingezogen fühle, weil ich Eric nicht gesehen habe. Na ja, jetzt sitze ich hier und starre meinen Freund an und ich fühle praktisch nichts.

Was zur Hölle?

Ohne das College, das Eric und mich verbunden hat, ist es, als gäbe es keinen Anker mehr. Nichts mehr, was uns zusammenhält. War unsere Beziehung wirklich so oberflächlich?

Reese starrt mich von der anderen Seite des Tisches an. Sie blickt zwischen mir und Eric hin und her, sagt aber nichts. Inzwischen nähert sich Eric mit seinen Freunden der Bar und wendet sich sofort zu einer langbeinigen Blondine in eleganten Shorts, die ihr in den Schritt hoch rutschen, während seine Freunde auf ihre Bestellungen warten.

Eric beugt sich vor und berührt den Oberschenkel des Mädchens. Ein scharfes Brennen durchzuckt meinen Bauch. Eric ist nicht hier, um den Wingman für einen Freund zu spielen. Er flirtet für sich. Er hätte jederzeit mit mir Schluss machen können, wenn er das wollte. Stattdessen hat er die Sache in die Länge gezogen.

Plötzlich bin ich mir nicht mehr sicher, was wir gemeinsam hatten. Ich dachte zumindest, dass wir einander vertraut haben. Das ist wohl nicht der Fall. Aber ist das hier schlimmer, als wenn ich mit Jaeger flirte? Ich weiß es nicht. Ich stelle alles infrage – mein Verhalten, Erics Verhalten – aber nach der Mühe, die ich mir gemacht habe, diese Konfrontation herbeizuführen, wird mir bei dem Gedanken schlecht, jetzt auf Eric zuzugehen. Ich würde lieber gehen.

Mach ich aber nicht.

Eric und seine Freunde setzen sich ein paar Tische von uns entfernt hin. Er lächelt über etwas, das einer seiner Freunde sagt, als ich mich nähere. Der Freund sieht mich und stößt Eric seinen Ellbogen gegen den Arm. Eric hebt den Kopf, das Lächeln erlischt auf seinem Gesicht.

Mein Herz zieht sich zusammen. Trotz allem dachte ich, dass Eric sich um mich sorgt. Er scheint schockiert zu sein, mich zu sehen. Aber auch verärgert. Als ob meine Anwesenheit seinen Abend ruiniert hätte. Und das fühlt sich wirklich beschissen an.

Das ist keine Liebe oder Fürsorge. Was immer das ist, ich verdiene es nicht.

Eric rutscht von der Bank und greift nach meinem Handgelenk. »Lass uns draußen reden.«

Er läuft zu schnell, als dass ich mit ihm mithalten könnte, während wir die Bar durchqueren. Ich reiße mein Handgelenk aus seinem Griff und er blickt mich an, als wäre ich das Problem. Der Türsteher drückt einen Stempel auf unsere Hände und wir verlassen Big Billy's.

Eric schreitet zu einer Parkbank am anderen Ende der Straße, als hätte er Angst, dass uns jemand sehen könnte. Er setzt sich hin und wartet darauf, dass ich dasselbe tue. »Was ist los?« Seine Stimme klingt schroff.

»Ernsthaft, Eric? Diese Frage sollte ich dir stellen.«

Er stößt einen angespannten Seufzer aus, stützt sich auf die Knie und lässt den Kopf in die Hände fallen. »Es tut mir leid. Ich weiß, dass ich ein Idiot war und nicht angerufen habe und alles. Ich wollte es dir sagen, als ich dich in Tahoe besucht habe … Scheiße, Cali.« Er blickt auf. »Ich hatte Schiss.«

Glaubt er, dass unsere Beziehung sich einfach wie eine Rauchwolke auflöst, wenn er mir aus dem Weg geht? Verdammter Mistkerl. Ich gehe nicht, bevor er es sagt. »Okay, jetzt bin ich hier. Spuck es aus, Eric.«

»Ich will Schluss machen.«

»Ach echt?« Ich übertreibe den Sarkasmus. Was soll der Scheiß auch? Jegliches Geständnis an dem Wochenende in Lake Tahoe wäre besser gewesen, als das alles so lange hinauszuzögern. »Und du dachtest, mir aus dem Weg zu gehen wäre besser, als es einfach zu sagen? Ein kleiner Ratschlag, Eric. Zolle deiner Freundin ein wenig Respekt und mache mit ihr Schluss, *bevor* du dir eine andere suchst.«

»Das habe ich nicht«, sagt er schnell. »Mir eine andere gesucht. Nicht wirklich. Aber ich will es.« Er blickt nach unten und seufzt zutiefst. »Hör zu, Cali, du wirst weggehen und ich suche mir einen Job und das alles. Aber du gehst nach Harvard, um Juristin zu werden. Wir sind einfach … anders. Ich kann mir einfach nicht vorstellen, wie unsere Zukunft aussehen soll.«

Plötzlich schießen Erinnerungen wie Raketen durch meine grauen Zellen. Wie Eric sich betrinkt und mich in einer Bar zurücklässt, sodass ich allein nach Hause finden muss. Eric, wie er etliche Male lieber etwas mit seinen Freunden macht, bevor er Zeit mit mir verbringt. Eric hat mich nie seiner Familie vorgestellt. Warum hat er mich nicht seiner Familie vorgestellt? Ich hatte immer Ausreden für sein Verhalten – eine Freundin könnte mich nach

Hause fahren, oder ich müsse sowieso lernen. Ich war aber so beschäftigt und zuversichtlich, dass ich die Wahrheit nie gesehen habe.

Eric war ein beschissener Freund.

Er und ich hatten auch schöne Momente und er konnte auch süß sein, aber ich habe da über so einiges hinweggesehen. Aber warum? Arroganz? Ich war so zuversichtlich, dass es mit uns funktionieren würde, dass ich mich mit einer beschissenen Beziehung zufriedengegeben habe. Es hat nur etwas Abstand und einen attraktiven Menschen aus meiner Vergangenheit gebraucht, um mir das klarzumachen.

Heilige Scheiße. Was habe ich nur getan? »Auf Wiedersehen, Eric.« Ich stehe auf und gehe.

»Warte. Wir können immer noch Freunde sein.«

Ich weiß nicht, wie ich den Ausdruck auf seinem Gesicht interpretieren soll. Er ist nicht hoffnungsvoll, eher resigniert. Er will nicht als Bösewicht abgestempelt werden.

»Das glaube ich kaum.« Ein Teil von mir schmerzt bei dem Gedanken, Eric nie wiederzusehen oder nie wieder mit ihm zu sprechen. Aber ich kann nicht mit ihm befreundet sein. Zunächst einmal ist er ein beschissener Freund, wenn man bedenkt, wie er mit mir Schluss gemacht hat. Und dann sind da noch die ganzen Dinge, die ich verdrängt habe. Ich brauche Abstand von ihm.

Erics Kinnlade klappt leicht auf, aber er macht keine Anstalten, mich aufzuhalten, als ich wieder auf die Bar zugehe. Reese wartet mit einem weiteren Purple Hooter. Mir ist nicht nach Trinken zumute, aber ich schütte den Shot hinunter, weil sie mich damit aufmuntern will. Sie fragt mich nicht, was passiert ist, aber der Ausdruck in ihren Augen sagt mir, dass sie es bereits weiß.

Eric und seine Freunde gehen sofort, nachdem er in die Bar zurückgekehrt ist. Ich bleibe so lange wie ich kann, ohne dabei offensichtlich so auszusehen, als würde ich nicht hier sein wollen. Das schaffe ich etwa zwanzig Minuten lang.

Reese' blonder Wikingerfreund fährt uns nach Hause. Nachdem ich mit Reese und ihrer Mitbewohnerin ein paar Stunden lang ferngesehen habe, gehen sie ins Bett. Und erst dann kommt der Rotz und die Tränen und der erstickende Schluckauf. Auf ihrer Couch weine ich mich leise in den Schlaf. Denn egal wie gut ich in meinem Studium bin, ich habe trotzdem das Gefühl, mein Leben mit Scheuklappen gelebt zu haben.

# Kapitel Acht

Die Rückreise nach Tahoe tut mir gut. Ich weine, bis ich keine Tränen mehr übrig habe. Ich habe mich noch nicht entschieden, ob ich über die Erniedrigung von gestern Abend oder das Ende einer Beziehung weine. Ich glaube, es ist ein bisschen von beidem.

In einem kleinen Sandwichladen an einer Raststätte spritze ich mir Wasser ins Gesicht. Mein Putensandwich schmeckt nach Pappe, mein Getränk nach Zuckerwasser, aber ich kaue und schlucke und steige wieder ins Auto. Bevor ich die Zündung betätige, rufe ich Gen an.

»Da bist du ja«, sagt sie. »Wie ist es gelaufen?«

»Er hat mich abserviert.« Meine Stimme klingt stark, zittert aber leicht.

Eric und ich mussten uns trennen, aber er ist mir immer noch wichtig. Jetzt, wo es vorbei ist, weiß ich, dass ich ihn vermissen werde. Nicht so, als wäre ich *verliebt*. Aber er ist einfach der Typ, *mit dem ich die letzten zwei Jahre verbracht habe.*

Eine längere Pause. »Cali – Ich – wow. Es tut mir leid. Ich weiß, das sagen alle immer, damit man sich besser fühlt

– ich habe es in den letzten Monaten oft genug gehört –
aber in diesem Fall ist es die Wahrheit. Er hat dich nicht
verdient.«

»Das weiß ich. Jetzt.«

Sie stößt einen leisen Seufzer aus. »Wo bist du? Ich
kann mir jemanden suchen, der mich …«

»Mir geht es gut. Ich verlasse gerade Placerville.«

»Okay.« Ihre Stimme klingt zögerlich und dann: »Oh,
nein«.

»Was?«

»Wir haben Jaeger und Mason gesagt, dass wir heute
Abend auf die Party gehen. Aber mache dir keine Sorgen.
Ich simse Mason, dass wir es nicht schaffen.«

Der Teil von mir, der von der Ablehnung schmerzt –
was keinen Sinn ergibt, weil ich es gegen Ende genauso
hinter mich bringen wollte, wie Eric – will ins Bett kriechen
und heulen. Der andere Teil, der Gen ermutigt hat, nach
ihrem Bruch wieder auszugehen, besteht darauf, dass wir
zu dieser Party gehen. »Nein, wir gehen hin.«

»Wirklich? Bist du dir sicher?«

»Das wird uns guttun.«

»Du musst das nicht für mich tun. Mir geht es gut.«

»Ich will es. Ich muss das alles loswerden.« Es aus
meinem Kopf verbannen und aufhören, im Selbstmitleid
zu baden.

---

DIE TREPPE zu Masons Reihenhaus befindet sich direkt
unterhalb des Heavenly Valley Skigebietes. Dunkle,
einsame Liftsessel glitzern im Mondlicht, Stimmengewirr
und Musik von der Party hallen durch die Abendluft.

Gen klopft an die Haustür, tritt zurück und wartet. Sie
trägt Jeans und Plateau-Sandalen. Ich habe schwarze

Shorts an, die meine Arschbacken bedecken, und einen leichten, eng anliegenden Pullover.

Eine Minute vergeht und keiner macht auf, aber wir hören Menschen im Inneren. Ich zucke mit den Achseln. »Versuch mal, aufzumachen.«

Sie dreht den Knauf und die Tür schwingt weit auf. Wahrscheinlich hat sie geölte Scharniere oder so. Der Lärm von Musik und Gesprächen erreicht ohrenbetäubende Ausmaße. Überall sind Körper.

Ich suche den Raum ab, bis ich Jaegers Kopf sehe, weil er über die anderen hinausragt. Er befindet sich in der Mitte des Raumes und unterhält sich angeregt.

Das ist ungewöhnlich. Normalerweise ist er ziemlich zurückhaltend.

Bei seinem Anblick breitet sich Wärme in meinen Gliedmaßen aus und diesmal brauche ich mich nicht schuldig zu fühlen. Gen und ich verhaken die Arme, die Köpfe leicht gesenkt, und pflügen durch die Menge. Jaeger blickt auf. Ein Lächeln erhellt sein Gesicht und versetzt mein Herz in einen Höhenflug. Innerhalb von Sekunden ist er an meiner Seite, zieht mich an seine feste Brust und legt einen Arm über Gens Schultern. »Meine Damen! Ihr habt es geschafft.«

Das ist der Ort, an dem ich sein möchte. Abgesehen von der Anziehungskraft hat Jaeger etwas an sich, das beruhigend und natürlich ist. So als hätte ich schon immer hier sein sollen.

Jaeger steuert uns unter seinen muskulösen Armen in die Küche, die in der stimmungsvoll abgedunkelten Haus wie ein Leuchtfeuer erstrahlt. Er geht zu einem Fass, zapft zwei Becher Bier ab und weist dann auf eine Ecke im Essbereich, wo sich seine Freunde befinden. Die Menge teilt sich für ihn, als er hinübergeht, Gen und ich bleiben dicht hinter ihm.

Masons Haare sind zerzaust, seine Kleidung zerknittert, als wäre es für ihn eine bewegte Nacht gewesen. Adam steht neben Breanna, aber sie sieht nicht glücklich aus. Es könnte etwas damit zu tun haben, dass Adam das Mädchen neben ihm anbaggert.

Gott, ich habe die Nase voll von miesen Freunden.

Mason erspäht Gen und seine leicht glasigen Augen leuchten auf. »Du bist gekommen!« Er ergreift ihre Taille und umarmt sie fest, wobei er einen bewussten Schritt zurück macht, um seinen Blick auf ihren Körper zu richten. »Und du siehst wirklich hübsch aus.«

Röte breitet sich über Gens Wangen.

Nichts amüsiert mich so sehr, als zu sehen, wie Gen männliche Aufmerksamkeit bekommt und dementsprechend peinlich berührt ist.

Mason tritt näher und legt einen Arm über ihre Schultern. Oh ja, er will sie. Nicht, dass ich daran gezweifelt hätte. Aber da Mason in einem, wie ich annehme, alkoholisierten Zustand ist, ist es offensichtlich.

Gen lehnt sich weg, was verwirrend ist. Mason ist ein bisschen beschwipst, aber er ist heiß und süß noch dazu. Da sollte sie auf jeden Fall zugreifen.

Ich stupse sie näher an ihn heran, nur um sie zu ärgern.

Sie greift nach hinten und kneift die dünne Haut an meinem Unterarm. Es tut tierisch weh. Ich sollte Gen niemals unterschätzen, was ihre körperlichen Fähigkeiten angeht. Das Mädchen ist zwar elegant und selbstsicher, aber sie hat auch ihre wilden Momente.

Schon kapiert. Calis Partnervermittlung ist eingestellt. Ich habe bewiesen, dass ich Männer schlecht einschätzen kann.

Ich blicke auf Jaeger, der heute Abend unerklärlich lebhaft ist. Er redet in einem Gespräch tatsächlich mehr als

Adam. Ungeachtet der Fehler, die ich bei der Auswahl von Eric gemacht habe, Jaeger ist zweifellos ein guter Kerl. Und um die Situation noch weiter zu verkomplizieren: Ich glaube auch nicht, dass Eric ein schlechter Kerl ist. Mit mir war er das einfach. Was bedeutet, dass die Guten mit dem falschen Mädchen die Schlechten sein können …

Mein Gehirn tut weh. Da löse ich ja noch lieber eine Gleichung auf, als mich mit diesem Scheiß zu beschäftigen.

Vielleicht sollte ich die ganze Dating-Sache für eine Weile aufgeben. Eine Pause einlegen. Mich auf die Zukunft konzentrieren. Jura studieren …

Okay, vielleicht nur die unmittelbare Zukunft. Nicht die Zukunft nach der unmittelbaren Zukunft, für die ich noch nicht bereit bin.

Ein scharfer Absatz durchbohrt meine Gedanken, meine Ballerinas und die Haut an meiner Fußspitze. Mein Würgereflex wird aktiviert. *Verdammt noch mal!*

Noch bevor ich auf einem Bein hüpfen und versuchen kann, mich zu erholen, werde ich von einer knochigen Hüfte zur Seite gestoßen. Die Besitzerin des Absatzes trägt ein Kleid mit Plastikoptik und klammert sich an Jaeger fest.

»Wir trinken Shots. Mach mit!«, sagt das Mädchen mit … Mist, ich bin nicht einmal sicher, welche Haarfarbe sie hat. Sie ist irgendwie gestreift, braun, blond … es ist fast unmöglich, das zu erkennen. Sie zieht Jaeger weg.

Jaeger folgt ihr zögernd und blickt zurück, ohne Blickkontakt herzustellen.

Ich nippe an meinem Bier und kämpfe gegen den Drang, dem Mädchen meinen Becher an den Kopf zu werfen. Sie reibt sich förmlich an ihm und ich hasse es.

Ich hasse es, dass ich es hasse.

Breanna und ich reden mindestens eine Stunde lang und ich bin so stolz auf mich. Ich suche nicht ein einziges Mal nach Jaeger. Das ist eine gewaltige Leistung, denn ich blicke alle paar Minuten zwanghaft auf mein iPhone, um mein Unterbewusstsein zu beschäftigen. Doch dank meiner enormen Anstrengungen, nicht nach Jaeger Ausschau zu halten, habe ich Gen aus den Augen verloren. Ich entferne meine visuellen Scheuklappen, um sicherzugehen, dass meine beste Freundin nicht unter Drogen gesetzt wurde. Ich sehe sie ein paar Meter entfernt in einer Ecke, neben ihr ein mittelgroßer Typ mit einer schwarzen Jacke und zu viel Haargel. Gen ist mit Absätzen zwar einiges über einen Meter achtzig groß, aber so wie es aussieht, duckt sie sich ziemlich stark von dem Typen weg. Sonst wäre sie nicht so versteckt.

Der Raum ist überfüllt und ich versuche, den effizientesten Weg zu ihr ausfindig zu machen, als ich Mason sehe. Er steht auf der anderen Seite des Raumes und ich winke ihm zu. Erstaunlicherweise bemerkt er mich in diesem ganzen Chaos und lächelt. Ich gestikuliere mit einem verzweifelten Gesichtsausdruck zu Gen.

Mason sieht hinüber und runzelt die Stirn. Sofort navigiert er seinen Weg durch die Menge und schlägt dem Typen eine große Handfläche auf den Rücken. Er zieht Gen aus der Ecke an seine Seite. Zwischen Mason und dem namenlosen Typ werden beiläufige Worte ausgetauscht, dann gehen Gen und Mason weg.

Ich sehe Mason an und gebe ihm einen Daumen hoch. Er nickt anerkennend, aber anstatt sie zu mir zu bringen, geht er mit Gen durch den Raum und eine Treppe hinauf. Gen scheint nichts dagegen zu haben. Sie grinst und es ist kein falsches Grinsen. Es ist ein echtes. Ich gehe davon aus, dass es ihr gut geht und kehre zu meiner Unterhaltung zurück.

Es vergehen noch einige Minuten, in denen sich Breanna darüber beschwert, dass Adam mit anderen Frauen flirtet, bevor ich beschließe, dass es an der Zeit ist, nach Gen zu sehen: »Breanna, passt du bitte auf meinen Becher auf?« Ich gebe ihr das Bier, das ich kaum angerührt habe. »Ich will herausfinden, wo Gen hin ist.«

»Ja, kein Problem.« Sie blickt sich verwirrt um. »Ich habe sie nicht weggehen sehen.«

»Ich glaube, sie ist bei Mason, aber ich will sichergehen.«

Breannas Mund zuckt. »Und die beiden unterbrechen? Wenn sie mit Mason weg ist, sind sie vielleicht …«

Gen ist die letzte Person, die auf einer Party Gelegenheitssex mit einem Typen haben würde. Ich bin hundertprozentig sicher, dass ich sie nicht bei so etwas erwischen würde. Aber es könnte etwas dazwischen sein. Ich hasse es, Mason einen Strich durch die Rechnung zu machen. Aber im Moment vertraue ich einfach niemandem.

»Ich halte mir die Augen zu, bevor ich durch eine Tür gehe.«

Breanna lacht. Als wir uns trennen, dreht sie sich um, um Adam etwas zu sagen, aber jetzt redet er wieder mit einem anderen Mädchen. Breanna dreht sich in die entgegengesetzte Richtung und leert ihren Becher in einem Zug.

Ich glaube nicht, dass diese Beziehung noch lange halten wird. Und ich würde es Breanna nicht verübeln, wenn sie diejenige wäre, die sie beendet.

Ich gehe um eine Ecke am oberen Ende der Treppe und eine Hand zieht mich in eines der Schlafzimmer. *»Gahhh!«*

»Ich bin's.« Jaeger kichert mir ins Ohr.

Schön. Findet er das lustig? Er hat mich mit seiner Aktion fast zu Tode erschreckt.

»Was machst du hier?« Ich boxe ihn in den Bauch, was sicherlich nur mir wehtut.

Er sieht nach unten und ignoriert es, als hätte ich ihn nur getätschelt. Er führt mich an den Schultern in den

Raum. Es ist ein kleines Gästeschlafzimmer, das als Büro zu dienen scheint, mit einer Couch an der Wand.

Bevor ich weiß, was geschieht, zieht Jaeger mich an seine Brust und fällt rückwärts auf die Couch.

Ich liege ausgestreckt auf ihm, meine Beine rutschen in einer ungeschickten Stellung von seiner Taille. Er liegt dort, mit einem albernen Grinsen im Gesicht, seine Arme locker über meinen Rücken gelegt.

Ich könnte aufstehen, wenn ich wollte, aber das tue ich nicht. »Okay, das ist« – ich sehe demonstrativ auf unsere aktuelle Stellung – »interessant.«

Er drückt mich leicht.

Jaeger ist im Vergleich zu den meisten Jungs enorm groß, aber trotzdem habe ich keine Angst vor ihm. Tatsächlich ist es verblüffend und seltsam tröstlich, auf seinem warmen, ganz und gar männlichen Körper zu liegen.

Ich studiere den schamlosen Blick in seinen Augen. Er ist nicht so neben der Spur wie Mason, aber meiner Einschätzung nach hatte er eindeutig genug Alkohol. »Wie viel Biere braucht es, um einen Riesen abzufüllen?«

Jaeger schielt und hebt eine Hand. Er tut so, als würde er seine Finger abzählen. Nach einer lächerlich langen Zeit, in der ich gähne und meine Nägel betrachte, während ich auf meinem heißen männlichen Sofa liege, sagt er schließlich: »Zwölf? Nein, vierzehn – wir haben heute Vormittag schon zwei geschafft.«

»Vierzehn! Wie bist du überhaupt bei Bewusstsein?« Ich drücke meine Finger an seinen Hals und tue so, als würde ich nach einem Puls suchen.

Seine Pfote in der Größe eines Baseballhandschuhs greift meine Hand und drückt sie an seine Brust, wobei sich seine Augen zufrieden schließen. Nach einer Sekunde des Zögerns lege ich meinen Kopf unter sein Kinn und überlege, wie seltsam dieser Moment ist. Ich liege auf Jaeger, als wären wir verheiratet, dabei sind wir nur *Freunde*. Und doch ist das der einzige Ort, an dem ich sein möchte. Ich analysiere diesen Gedanken einfach nicht allzu genau.

Nach einer Minute verändert sich Jaegers Atmung.

*Was zum* … Er ist nicht ernsthaft einfach eingeschlafen. Wir sind vielleicht nur befreundet, aber ich bin immer noch eine *Frau*, und, wie ich meine, eine ziemlich attraktive.

Ich winde mich ein wenig, um meine Theorie zu testen.

Er bewegt sich nicht. Ein leichtes Schnurren strömt aus seiner Kehle, das tief und stetig wächst.

Verdammt, er ist eingeschlafen!

Großartig. Einfach großartig. Was bedeutet es, wenn ein Kerl mit einem Mädchen auf ihm wegdöst? Mein Ego muss in letzter Zeit viel ertragen.

Ich drücke ein Ohr an seine breite Brust und höre ihm beim Atmen zu. Nach einer Weile wird es unheimlich – meinetwegen, nicht seinetwegen –, also rolle ich mich herunter, stehe auf und behalte den letzten Rest meiner Würde. Ich hätte nichts dagegen, noch länger zu kuscheln, aber in Jaegers besinnungslosem Zustand wäre das seltsam.

Nachdem ich den Raum mit einem frustrierten Seufzer leise verlassen habe, schließe ich die Tür hinter mir. Diese Party hat gerade erst angefangen Spaß zu machen, weil ich mit Jaeger allein war.

Am Ende des Flurs öffnet sich eine weitere Tür. Gen kommt heraus, gefolgt von Mason. Sie sieht mich und Erleichterung überspült ihr Gesicht.

Was hat Mason getan? Ich töte ihn mit einem scharfen Blick. Er nickt, sieht mich dabei kaum an und geht an mir vorbei den Flur entlang.

»Bist du okay?«, frage ich Gen.

»Ja.« Ihr Gesicht ist ruhig, also entspanne ich mich ein wenig. Sie blickt Mason nach. »Ich erkläre es dir im Auto.«

Und das tut sie. Es stellte sich heraus, dass die Party ein einziger Reinfall war.

Mason hat versucht, Gen in seinem Schlafzimmer zu küssen und sie ist ausgewichen. Ich habe versucht, mit Jaeger zu kuscheln und er ist eingeschlafen. Bei niemandem ist heute Abend mehr gelaufen. Das war auch nicht mein Ziel, aber trotzdem.

Mein brillanter Plan, Gen zu helfen, liegt in Trümmern. Und mein eigenes Beziehungsdrama kämpft mit ihrem um den ersten Platz.

# Kapitel Neun

»Na, Schwesterchen, was ist los? Ich habe gerade an dich gedacht.«

Mein etwas überfürsorglicher Bruder Tyler ist ein Chaot, aber er ist ein guter Bruder, und ich könnte seine Gesellschaft jetzt wirklich gebrauchen. Ich habe ihn angerufen, in der Hoffnung, dass er mal vorbeikommen könnte, wenn er gerade nicht arbeiten muss.

»Was hältst du davon, nach Tahoe zu kommen?«, frage ich.

Tyler ist Dozent am örtlichen College. Im Sommer hat er frei, also ist er verfügbar. Solange ich ihm nicht von Eric erzähle – er hasst meinen Ex – wird Tyler bestimmt eine gute Ablenkung für mich sein. Eine kleine Stimme in meinem Hinterkopf will Tyler nach Informationen über seinen alten High-School-Freund Jaeger fragen, aber ich ignoriere sie.

Er kichert in die Leitung. »Komisch, dass du fragst, weil ich nämlich hier bin.«

»Was? Wo?«

»Bei Mom. Ich wollte ihre neue Bude sehen.«

Meine Mutter hat gerade ihr erstes Haus gekauft, in Carson City. Sie hat ihr ganzes Leben lang gemietet, also ist das eine große Sache.

»Du solltest es dir ansehen«, sagt er. »Es ist nicht groß, aber sie ist so stolz darauf. Es würde ihr viel bedeuten, wenn du kommst.«

So hart wie meine Mutter gearbeitet hat, um Tyler und mich durchs College zu bringen, freue ich mich natürlich für sie. Sie ist erst kürzlich nach Carson umgezogen. Dort hat sie einen festen Job mit Sozialleistungen. Sie verdient weniger als in Tahoe, aber Carson City hat niedrigere Lebenshaltungskosten. »Das tue ich, ich verspreche es. Ich habe mich bis jetzt bei meiner Arbeit eingelebt und alles, aber ich komme zu Besuch, sobald ich kann.«

»Lass dir nicht zu viel Zeit, du gehst ja bald wieder weg.«

Für mein Masterstudium. Wie konnte ich das vergessen?

»Also, was meinst du?«, fragt er.

»Über was?« Tyler weiß nichts von meinen Vorbehalten gegenüber dem Studium. Ich vermeide es, darüber nachzudenken, aber es ist in meinem Unterbewusstsein verankert.

»Süße, was ist los mit dir? Ob ich dich besuchen kommen soll.«

*Ach so.* »Tyler, ich habe dich angerufen, schon vergessen? Ich habe doch schon gesagt, dass du kommen sollst.«

»Cool. Ich werde in ein paar Stunden da sein. Alles okay?«

Ich würde meinen Bruder nicht als besonders einfühlsam einstufen, aber ab und zu ist er schon ziemlich aufmerksam. »Ja, alles gut.«

Und das wird es auch sein. Jetzt, wo das mit Eric offiziell vorbei ist, werde ich damit abschließen. Es ist das ganze Drumherum, das mich verwirrt hat. Der Grund, warum ich nicht sehen konnte, wie schlecht meine Beziehung zu Eric war. Meine Bedenken, was mein Studium angeht. Irgendwann werde ich mich diesen Problemen stellen müssen. Nur nicht jetzt.

Zwei Stunden später spaziert Tyler durch die Tür und lässt seinen Seesack auf den dunkelbraunen Teppichboden unseres angemieteten Hauses fallen. Wir haben dieses Haus wegen seiner Nähe zum See ausgewählt. Aber es ist so groß wie ein Hundezwinger und die Einrichtung sieht aus wie aus einer Sitcom aus den Siebzigerjahren. Tyler hebt argwöhnisch die Augenbrauen. »Wo soll ich hin?« Er wirft einen Blick in das einzige Schlafzimmer. »Es macht mir nichts aus, der große Löffel für Gen zu sein, aber du schnarchst.«

»Ich schnarche nicht!« Ich schlage ihm auf den Arm und er grinst. »Du kannst auf dem Dachboden schlafen«, sage ich.

Wir werfen beide den Kopf in den Nacken, um den kleinen Zwischenboden über der Küche zu betrachten.

Gen und ich schlafen in dem Schlafzimmer, aber es gibt einen kleinen offenen Dachboden über der Küche mit einer ausziehbaren Leiter. Weder Gen noch ich wollten unser Leben riskieren, wenn wir mitten in der Nacht auf die Toilette müssen. Also teilen wir uns das Doppelbett in dem kleinen Zimmer.

»Lass deine Sachen hier, da oben ist nicht viel Platz.«

Er blickt unsicher drein. »Gibt es ein Bett?«

»Da liegt eine Matratze auf dem Boden. Das passt schon.«

Tyler gräbt in seinem Seesack herum und verteilt jetzt schon seine Sachen auf unserem Wohnzimmerboden.

»Tyler, unsere Wohnung ist klein. Halte deine Unordnung in Grenzen.«

Er beißt in den Proteinriegel, den er aus seiner abgenutzten Tasche ausgegraben hat und kratzt sich seinen flachen Bauch. »Geht nicht anders. Das liegt in meiner Natur.«

Diese Debatte kann man nur verlieren. Er hat völlig recht und manchmal frage ich mich, wie er es schafft, so viele Frauen aufzureißen. Körperlich sieht er wohl gut aus. Sein Haar ist gewellt und ein wenig länger. Er sieht wie ein Hipster aus, besonders in Kombination mit seiner dunkel gerahmten Lesebrille. Seine Haarfarbe würde ich nicht als *rot* bezeichnen, denn dann würde er mich umbringen und noch dazu stimmt es nicht ganz. Nennen wir es *kastanienbraun* – ein mittelbraun mit rötlichen Strähnchen. Sehr vielen rötlichen Strähnchen. Keiner von uns beiden ist so ein Rotschopf wie unsere Mutter. Ich bin unserem Vater dankbar für das schlichte braune Haar.

Tyler und ich haben beide hellblaue Augen und das ist wahrscheinlich unsere beste körperliche Eigenschaft. Oft bekomme ich vom anderen Geschlecht Komplimente für meine Augenfarbe. Ich nehme an, dass es bei ihm genauso ist. Wenn man dazu noch einen athletischen Körperbau hat und ein Meter achtundachtzig groß ist, finden einen wahrscheinlich einige Frauen attraktiv. Zumindest wenn diese Frauen über seine Unordnung, sein aufbrausendes Temperament und seine unzähligen anderen lästigen Eigenschaften, mit denen ich mein ganzes Leben lang leben musste, hinweg sehen.

Aber als Bruder ist er ein echter Beschützer, lustig und loyal und ich bin wirklich froh, dass er hier ist.

———

In den nächsten Tagen klappern Tyler und ich unsere Lieblingsrestaurants ab und er besuchte mich im Casino.

Er hat sein Mountainbike mitgebracht und wenn ich vormittags nach der Arbeit schlafe, amüsiert er sich auf den Wanderwegen mit einem Kumpel, der noch in der Stadt wohnt.

Tyler in der Nähe zu haben ist gut für mich. Er lenkt mich ab und hat keine Geduld für Heulsusen. Er ist auch sehr stimmgewaltig, normalerweise in Form einer Beleidigung, die mich wütend macht und mich aus meiner Depression herausholt.

Das Wochenende steht vor der Tür und ich arbeite heute Abend, aber Tyler ist auf einen Besuch vorbeigekommen. Er zockt an meinem Tisch und ich mache ihn fertig. Was sich ziemlich gut anfühlt, weil er mich als Kind immer beim Kartenspielen geschlagen hat.

»Verdammt, Cali, seit wann bist du so gut?«

Ich versuche, mich professionell zu verhalten, aber ich kann nicht anders, als Tyler einen selbstgefälligen Blick zuzuwerfen, wenn meine Kunden nicht hinsehen. Ich habe drei Stapel Karten in meinem Spender, wodurch es Spielern schwerer fällt, Wahrscheinlichkeiten auszurechnen. Tyler hat immer Karten gezählt, als wir Kinder waren. Aber drei Stapel sind zu viel, sogar für ihn.

Trotz meines Vorsatzes, es nicht zu tun, frage ich Tyler nach Jaeger. Ich will meinem Bruder nicht den falschen Eindruck vermitteln. Wie ich ihn kenne, würde er annehmen, dass ich etwas für seinen Kumpel empfinde und dann würde sein Beschützerinstinkt überhand nehmen. Aber Tyler ist schon lange genug da, sodass ich es für unbedenklich halte, mich an das Thema heranzuwagen.

Mein letzter Kunde schlendert davon, ich reiche Tyler noch eine Hand und sage ganz beiläufig: »Ich glaube, ich habe einen deiner Freunde aus der High School getroffen. Erinnerst du dich an diesen Sportler, Jaeger?«

»Wer? Du meinst Jaeg?«

*Jaeg.* Deshalb kam mir sein Name bekannt vor. In der Schule hatte er einen Spitznamen. »Ja, ist das nicht der, von dem du gesagt hast, er würde zu den Olympischen Spielen gehen?«

»Im Skirennsport. Natürlich erinnere ich mich an ihn – er war einer meiner besten Freunde. Aber er war nicht bei den Olympischen Spielen.« Tyler streckt seine Hand für eine weitere Karte aus und dann nach einer weiteren. Er verliert mit einem König, einer Drei und einer Neun. »Er hat sich das Knie zerschmettert. Danach hat er den Sport aufgegeben.«

So ging Jaegers sportliche Karriere also zu Ende. Am Strand habe ich die Narbe an seinem Knie gesehen, war aber zu sehr damit beschäftigt, seinen Körper in der Badehose zu würdigen, um an etwas anderes denken zu können. Außer vielleicht daran, dass die Narbe sexy und männlich aussah. Sportler machen meist keine halben Sachen, was ihre Sportart betrifft. Olympische Athleten sind fast schon besessen. Es muss schwer für Jaeger gewesen sein, neu anzufangen. Mein Bruder ist keineswegs ein Spitzensportler, aber selbst er wird aggressiv, wenn er sein Training auf dem Bike aussetzen muss.

Jaegers neuer Beruf als Holzschnitzer sollte meine Begeisterung mindern, aber aus irgendeinem Grund tut er das nicht. Ich bin mir nicht sicher, ob es der Aufwand ist, den es gekostet haben muss, um sich neu zu erfinden, was mich reizt. Oder ob es einfach nur er ist, in jeglicher Form, zu dem ich mich hingezogen fühle. Und das macht mir Angst. Es ist noch zu früh für mich, einem anderen nachzulaufen.

»Was macht Jaeg so?«, fragt mein Bruder. »Wir haben uns in den letzten Jahren aus den Augen verloren.«

»Sein Freund arbeitet hier.« Ich zeige auf Mason von

der Ost-Bar. »Gen und ich haben ein paar Mal mit ihnen rumgehangen.«

Tyler steckt seine verbleibenden Chips ein, steht auf und blickt auf Masons Bar. Nur ein paar Kunden hängen im Moment bei Mason und dem anderen Barkeeper ab. »Ich rede mal mit deinem Freund da drüben und frage nach Jaeg. Vielleicht können wir uns treffen, bevor ich nach Hause zurück muss.«

Der Gedanke, Tyler und Jaeger im selben Raum zu sehen, ist beunruhigend. Ich hoffe, dass Tylers Pläne mit Jaeger mich nicht mit einbeziehen. Ich will auf keinen Fall, dass Tyler meine Zuneigung zu seinem Freund bemerkt und mir das Leben schwer macht.

Etwas später schlängelt Tyler sich wieder an meinen Tisch, aber ich bin beschäftigt und kann nicht reden. Erst am nächsten Tag bringt er sein Gespräch mit Mason zur Sprache.

Er holt Milch aus dem Kühlschrank und trinkt aus dem Tetrapak, wie das Tier, das er ist, während ich meine Zehen, auf dem Küchenboden sitzend, lackiere. »Was steht heute Abend an?«

Er schiebt die Milch zurück in das Kühlschrankregal – mentale Notiz: *Milch mit Tyler-Keimen wegwerfen* – und trommelt seine Finger auf die Theke. Die Hochspannung, die er gerade ausstrahlt, lässt mich vermuten, dass er etwas im Sinn hat.

Mit einem Papiertuch wische ich vorsichtig einen rosa Fleck von der Spitze meines großen Zehs ab. »Nichts. Warum?«

»Dein Freund Mason hat mir Jaegers Nummer gegeben. Ich habe ihn erreicht und er hat uns heute Abend zum Essen bei seinen Eltern eingeladen.«

Ich schnappe nach Luft. Ich bin nicht bereit, Jaeger zu treffen. Meine neu gewonnene Freiheit könnte mich dazu treiben, etwas Dummes zu tun. Wie etwa heißen Trostsex mit ihm zu haben. »Hm …«

Es ist möglich, dass die Anziehung, die ich für ihn empfunden habe, aus meiner Frustration mit Eric stammte. Ich wollte Aufmerksamkeit und Jaeger war der nächstbeste gut aussehende Mann, der mir zur Verfügung stand. Es besteht auch die Möglichkeit, dass Jaeger mir Aufmerksamkeit geschenkt hat, um Mason Zeit zu geben, Gen rumzukriegen. Er und ich waren nur zusammen in dem Fischerboot, damit Gen und Mason allein sein konnten. Und später hat Jaeger mich auf die Party geschleppt, damit Mason den ersten Schritt machen konnte.

Aber es besteht auch die Möglichkeit, dass die Sache zwischen Jaeger und mir echt ist. Und das macht mir wirklich Angst. Ich will nicht noch einmal verletzt werden. Und egal, ob die Beziehung beschissen war oder nicht, Erics Verrat hat mich verletzt.

»Was ist denn los? Ich dachte, du hättest dich diesen Sommer mit Jaeger angefreundet?«

»Das habe ich«, sage ich zögernd.

Tyler reibt sich die Stirn und sieht sich um. »Wir müssen nicht hingehen. Ich würde ihn gern mal wieder sehen. Aber ich bin hier, um dich zu besuchen.«

Tyler reist morgen wieder ab. Heute ist der einzige Tag, an dem er Jaeger noch besuchen kann. Sie waren in ihrer Jugend eng befreundet. Ich kann nicht guten Gewissens Nein sagen. »Du solltest hingehen, Tyler. Du brauchst mich doch nicht.«

»Er hat alle eingeladen. Und seine Mutter kocht ihr Spezialgericht. Komm einfach, Cali. Und bring Gen mit. Das wird lustig. Seine Eltern und seine Schwester sind cool.«

Es gibt keine logische Ausrede, die ich noch vorbringen

kann. Vielleicht läuft ja alles gut. »Okay. Ich wollte Gen sowieso mit Jaeger verkuppeln«, sage ich abwesend.

Der Gedanke an Jaeger und Gen zusammen geht mir auf die Nerven. Jetzt, wo Mason nicht mehr infrage kommt, nachdem Gen seinen Kuss abgelehnt hat, ist Jaeger die einzige Person, die noch auf der Liste der Interessenten steht. Ich hätte diese blöde Liste nie anfangen dürfen. Warum dachte ich eigentlich, dass sie und Jaeger gut zueinanderpassen würden?

Ich will Jaeger nicht als Trost benutzen. Dafür mag ich ihn zu sehr. Das ist auch der Grund, warum ich Gen nicht unbedingt mit ihm verkuppeln will.

Tyler blinzelt. »Du verkuppelst die beiden? Wirklich?«

Ich starre. »Was stimmt nicht mit meiner besten Freundin?«

»Nichts. Sie ist verdammt heiß.«

Manchmal ist es schwer zu glauben, dass mein Bruder ein Vorbild für Studenten ist. Er ist hundertprozentig erwachsen, wenn es um seine Schüler geht. Ich bin mir nicht einmal sicher, ob er die hübschen Mädchen bemerkt, die sich in den ersten Reihen seiner Vorlesungen einnisten. Es ist, als ob er sein Männerhirn bei der Arbeit abschaltet. Aber wenn er nach Hause kommt, ist er so unreif wie jeder andere Dreiundzwanzigjährige.

Tylers Mund verzieht sich, als würde er versuchen, zu einer tiefen philosophischen Schlussfolgerung zu gelangen, was für seinen theoretischen Verstand wahrscheinlich eine Herausforderung ist. »Es ist nur … ich kann mir die beiden nicht zusammen vorstellen. Sie sind beide so zurückhaltend, weißt du? Sollten Gegensätze sich nicht anziehen?«

Seine Behauptung gefällt mir und jetzt bin ich eine schreckliche Freundin. Aber mir wird wirklich schlecht, wenn ich mir Jaeger und Gen zusammen vorstelle. Das muss ich auf jeden Fall streichen.

Ich hatte eigentlich alles durchdacht – das Leben, die Liebe. Doch scheinbar bin ich schlecht in Beziehungen und mein Jurastudium könnte meine bisher schlechteste Entscheidung sein.

»Wahrscheinlich hast du recht. Aber entmutige sie nicht. Die letzten Monate waren schwierig für Gen und sie erholt sich gerade erst wieder.«

Er hält seine Hände hoch. »Ich will nichts damit zu tun haben.« Er zeigt auf mich. »Und du solltest dich um deinen eigenen Kram kümmern. Lass Jaeger selbst eine geeignete Frau finden. Du brauchst dich da nicht einzumischen.«

Aber was ist, wenn er sich das falsche Mädchen aussucht? Und was ist, wenn sie sich darauf einlässt, weil sie und ihr Freund gerade Schluss gemacht haben?

# Kapitel Zehn

Vor Jahren war ich mal im Haus von Jaegers Eltern, als meine Mutter mich gebeten hat, Tyler für ein Fußballspiel zu holen. Ich habe im Eingang gewartet, während Tyler seine Uniform anzog. Soweit ich mich erinnere, waren Jaegers Eltern herzlich und freundlich, mit coolen österreichischen Akzenten. Jaeger und seine Schwester haben einen amerikanischen Akzent, aber sie wurden entweder in den USA geboren oder sind kurz nach ihrer Geburt in Österreich hergezogen – ich bin mir über die Einzelheiten nicht ganz im Klaren.

Tyler klopft an die große, kunstvoll geschnitzte Holztür, während Gen und ich geduldig neben ihm warten. Ich lehne mich näher heran und betrachte das raffinierte Design vor uns. Eine Berglandschaft ragt in den Himmel, mit Bächen und Vögeln und allen möglichen Arten von Tieren. Die Tür fliegt auf und ich zucke zusammen, meine Nase war zu nahe der Oberfläche.

Mrs. Lang führt uns hinein und scheint nicht überrascht zu sein, dass ich fast in ihr Haus gefallen wäre. Sie muss es gewohnt sein, dass Fremde ihre Haustüre angaffen.

Sie zieht meinen Bruder in eine herzliche Umarmung. »Tyler, wie schön, dich zu sehen!«, sagt sie mit ihrem österreichischen Akzent. »Und Cali, so eine schöne, erwachsene Frau.« Sie umarmt mich ebenfalls.

Ich stelle Gen Jaegers Mutter vor und wir betreten das riesige Wohnzimmer mit seinen massiven Fenstern, von denen aus man einen atemberaubenden Blick auf den See hat. Ich erinnere mich vage an den Grundriss der ersten Etage. Nur die Möbel wurden auf den neuesten Stand gebracht: bequeme Ledersofas, cremefarben gewebte Kissen und Decken im Zickzackmuster der amerikanischen Ureinwohner.

Ein schönes Mädchen mit langem blonden Haar erhebt sich von einem Barhocker an der Kücheninsel, die das Wohnzimmer von der Küche trennt. »Tyler, Cali, erinnert ihr euch an Jaegers Schwester Kerstin?«, fragt Mrs. Lang.

Ich nicht, aber mein Bruder schon. Er grinst wie ein Junge, der gerade eine Tüte Süßigkeiten bekommen hat. Hübsche Blondinen, hübsche Brünette – Tyler ist da nicht sehr wählerisch. *Schönheit* ist das Hauptkriterium.

Hinter Kerstin, auf der anderen Seite der Insel, öffnet Jaeger eine Schiebetür und betritt den Raum vor einem großen, gut aussehenden älteren Mann. Er hat gewelltes hellbraunes Haar, das einzelne weiße Strähnen enthält.

Tief in ein Gespräch verwickelt, bemerken die beiden Männer uns nicht. Worte wie *gemahlener Granit, Komprimierung* und *ineinandergreifende Pflastersteine* fliegen ihnen von den Lippen, während sie ihre Füße auf einer Matte abstauben. Jaeger blickt auf, sieht seine Schwester und scannt den Raum. Sein Blick landet auf mir und sein Mund zuckt.

Er geht zu meinem Bruder hinüber und die beiden begrüßen sich mit einer männlichen Umarmung, die einige Klatscher auf den Rücken beinhaltet. Gen wird erneut vorgestellt und plötzlich werde ich schüchtern. Das ist für mich ungewöhnlich. Aber das ist das erste Mal, dass ich Jaeger seit meiner Trennung von Eric sehe. Die Party zählt nicht, denn er war so betrunken, dass ich mir nicht einmal sicher bin, ob er sich daran erinnert, dass er mich ins Schlafzimmer gezogen hat und mit mir auf sich liegend eingeschlafen ist – eine Demütigung, von der sich mein Ego nie wieder erholen wird.

Wir unterhalten uns ein wenig und es dauert nicht lange, bis Jaegers Mutter das Abendessen ankündigt. Sie hat Rindergulasch gekocht und wir essen wie eine Familie um einen großen Tisch, der scheinbar aus recycelten Holzplanken besteht. Das Essen ist köstlich und Gen erhält das Gespräch mit Jaegers Eltern aufrecht, obwohl sie sonst immer die Stille von uns beiden ist.

Gen und ich haben anscheinend die Rollen getauscht. Heute Abend ist sie die Gesprächige, während ich still bin. Oder vielleicht merkt sie, dass ich mich unwohl fühle und sie tut ihr Bestes, um meine Unfähigkeit, Small Talk zu machen, auszugleichen.

»Warum wollten Sie eigentlich in die USA ziehen?«, fragt Gen Mr. Lang.

Er betupft seinen Mundwinkel mit einer Stoffserviette. »Wir besitzen ein Familienunternehmen, das sich auf Weichplastik spezialisiert hat. Zwei unserer Fabriken befinden sich in Kalifornien. Ich arbeite von Zuhause aus, fahre aber oft zu den Fabriken. Wir mochten Kalifornien und haben beschlossen, hierher zu ziehen, als Jaeger noch ein Baby war, damit ich mehr Zeit mit der Familie verbringen konnte.«

Ein Kunststoffimperium. Das erklärt das riesige Haus am See. Der zeitliche Verlauf erklärt, warum weder Jaeger noch seine Schwester einen österreichischen Akzent haben.

» Lake Tahoe war ein ausgezeichneter Trainingsort für

Jaeger, als er noch an Wettkämpfen teilgenommen hat«, fährt Mr. Lang fort. »Meine Frau und ich waren sehr glücklich mit unserer Entscheidung, hierher zu ziehen.«

Schon bald wird das Geschirr weggeräumt und Jaegers Eltern verschwinden ins Untergeschoss, während Gen, Tyler, Jaeger, Kerstin und ich mit einer Flasche teurem Wein um den Tisch sitzen. Mrs. Lang hat außerdem eine Ladung Apfelstrudel dagelassen, den Tyler und Jaeger förmlich inhalieren.

Da seine Eltern weg sind und Jaeger mir gegenüber sitzt, kann ich nicht umhin, einen Blick auf ihn zu werfen. Er sieht zur gleichen Zeit wie ich auf und lächelt. Ich erwidere das Lächeln, aber seine Augenbrauen ziehen sich zusammen, seine Augen untersuchen mein Gesicht.

Er streckt seinen Arm über den Tisch und zieht den Ärmel an meinem Handgelenk. »Was ist los?«

Ich setze ein weiteres Lächeln auf, das noch falscher ist als das letzte. Ich schüttle den Kopf. Ich kann vielleicht laut und aufgeschlossen sein, aber so bin ich nur wenn mir danach ist. Ich bin nicht gut im Lügen, selbst wenn ich dabei meine persönlichen Ziele aufs Spiel setze.

Von dem Moment an, als Jaeger mit seinem Vater den Raum betreten hat, schießen elektrische Impulse durch jede Zelle meines Körpers. Bei zufälligem Blickkontakt – als Jaeger an meinem Ärmel gezogen hat – es braucht nicht viel. Es ist, als wäre er der Stecker und mein Körper die Steckdose. Ist das nicht ein schmutziger, aber dennoch zutreffender Vergleich?

Ich will das nicht. Das Timing ist falsch. Ich bin nicht bereit für etwas Ernstes. Und aus irgendeinem Grund habe ich das Gefühl, dass lockerer Sex mit Jaeger mich noch viel schlimmer zerstören würde, als die Trennung von Eric.

Jaeger starrt weiter und der verwirrte Gesichtsausdruck

verwandelt sich in leichte Sorge. Ich sehe auf den Tisch und meide seinen Blick.

»Weißt du noch, als du versucht hast, dir Koteletten wachsen zu lassen, Tyler?«, fragt Kerstin. »Damals hattest du nur solche einzelnen Flecken.« Sie strahlt und mein Bruder runzelt die Stirn.

Ich mag dieses Mädchen. Kerstin muss während der High School ab und zu Zeit mit Jaeger und meinem Bruder verbracht haben, wenn sie sich an Tylers Missgeschicke mit der Gesichtsbehaarung erinnert.

»Er war so entschlossen, dass er sie bis zum Kinn hat wachsen lassen«, fährt Kerstin zu Gen fort, »in der Überzeugung, dass die größere Fläche auch die Koteletten stärker machen würde«. Kerstin kichert und ich ebenfalls.

Das war so verdammt lustig. Tyler sah einen Monat lang wie ein räudiger Chewbacca aus. Das Beste daran ist, dass Tylers Bartwuchs, in Gegensatz zu seinem Haar, knallig rot ist. Aber selbst das hat ihn nicht davon abgehalten.

So lustig dieses Gespräch auch ist, ich kann nicht still sitzen, während ich Jaegers Augen auf mir spüre, die mich durchschauen. Ich stehe auf und gehe ein paar Meter weg, zu den großen Fenstern mit Blick auf den See.

Heute Abend kann nichts die Spannung zwischen uns beeinträchtigen – keine anderen Beziehungen, kein Alkohol. Was ich fühle, ist unverfälscht und echt. Er bemerkt meine widersprüchlichen Gefühle sogar und das kann nicht gut sein. Die Versuchung, herauszufinden, ob zwischen uns etwas passieren könnte, winkt, aber ich kann ihr nicht nachgeben. Jaeger ist eine Versuchung, für die ich nicht bereit bin.

»Was ist mit ihr los?«, murmelt mein Bruder Gen zu.

*Scheiße, nein!* Ich sehe mich um, aber bevor ich Gen den

bösen Blick zuwerfen und sie warnen kann, ihren Mund zu halten, spricht die neue, kontaktfreudigere Gen.

»Ihr Freund hat mit ihr Schluss gemacht«, raunt sie ihm zu, obwohl alle es hören können. Selbst ich höre es und ich stehe meterweit entfernt. »Wie soll es ihr schon gehen?«

»*Was?*«, fragt Tyler laut, seine Augen flackern zu mir. »Ist das wahr?«

Kerstin sitzt jetzt gerader und blickt mich zögernd an. Gen hat ihren Mund offen, festgefroren, als hätte sie ihren Fehler erkannt.

Ich blicke instinktiv zu Jaeger und bete, dass er nicht aufgepasst hat, aber er hält eine Gabel Apfelstrudel vor seinem Mund und starrt auf den Tisch. Sein Blick bewegt sich langsam zu meinem und seine Augen verdunkeln sich. Er legt die Gabel ab, den Kiefer angespannt.

»Tyler«, sage ich leise. »Wir reden später darüber.«

Tyler ballt seine Hand auf dem Tisch zu einer Faust, seine Augen sind verengt. »Ich hasse diesen Idioten.«

Ausgezeichnet. Perfekter Zeitpunkt, um das zu klären. Danke, Tyler. Ich werde dich umbringen, wenn wir nach Hause kommen, gleich nach Gen.

»Du wirst nicht wieder mit ihm zusammenkommen, Cali«, deklariert Tyler.

Ich gebe einen langen Seufzer von mir und sehe zur Decke. »Genevieve, was ist mit der Schweigepflicht unter besten Freunden passiert?«

Gen bedeckt ihren Mund und zieht eine Grimasse. »Es tut mir so leid, Cali«, murmelt sie durch ihre Finger. Hilflos lässt sie ihre Hände fallen. »Ich dachte, er wüsste es.«

Jaeger blickt in die Ferne, sein Mund ist angespannt. Ich habe ihm nie gesagt, dass ich einen Freund habe. Warum habe ich es ihm nicht gesagt? Eine Million logische

Gründe hielten mich bisher davon ab, es zu erwähnen, aber jetzt fällt mir keiner davon mehr ein. Ich habe das Gefühl, ihn verraten zu haben. Und das ist das Letzte, was ich tun will. Ich weiß aus erster Hand, wie sich das anfühlt.

Mein Gott. Ich bin nicht besser als Eric. Wenn Jaeger und ich Freunde wären, was wir auch sind, hätte mein Beziehungsstatus zur Sprache kommen müssen. Jetzt ist es zu spät.

Jaeger steht auf und räumt die letzten Teller vom Tisch. Er bietet allen mehr Wein an, sein Blick trifft mich kaum noch.

Tyler, Gen und ich gehen, kurz nachdem der letzte Tropfen Wein vertilgt ist und ich will mich in den See stürzen. Von Eric abserviert zu werden, war demütigend, traurig und auf eine schmerzhafte, erwachsen-werden-Art erleuchtend. Unsere Beziehung war oberflächlich. Das ist mir jetzt klar.

Aber heute Abend – die Enttäuschung in Jaegers Gesicht? Ich bin am Boden zerstört.

Was habe ich nur getan?

# Kapitel Elf

Das Casino ist heute Abend überfüllt. So voll, dass es mir schwerfällt, den Überblick über die *Aktivitäten der Mitarbeiter* zu behalten. Und verdammt, ich brauche meine Casino-Reality-TV-Show jetzt zur Ablenkung von meinem privaten Drama.

Die Kellnerin und ihr Geliebter an der Kasse haben scheinbar Schluss gemacht, den eisigen Blicken nach zu urteilen, die sie ihm zuwirft. Aber die beiden Cocktailkellnerinnen, die sich bei jeder Gelegenheit streicheln, wenn sie gerade glauben, dass niemand hinsieht, sind in Hochform.

Ich persönlich verstehe das nicht. Nicht den homosexuellen Teil – wen interessiert das? Aber warum zur Hölle sollte man seinen Liebhaber direkt vor den schwarzen Überwachungskameras betatschen, die fast jeden Zentimeter der Casinodecke bedecken? Wenigstens waren der Kassierer und die Kellnerin diskret. Diese beiden aber haben sich heute Abend vor dem Barkeeper der Lounge gegenseitig befummelt. Auf diesen Anblick hätte ich verzichten können.

Das Hauptaugenmerk des Casinos liegt auf dem Geld. Und als Mitarbeiter muss man dafür sorgen, dass es nicht schneller hinaus- als hineinfließt. Aber man muss schon dumm sein, um zu glauben, dass die Führungskräfte die Angestellten nicht beobachten. Und vielleicht bin ich prüde, aber ich finde das Vorspiel bei der Arbeit irgendwie unangebracht.

Meine Schicht ist fast zu Ende und der Kundenansturm auf das Casino hat nachgelassen. Eine Gruppe von Jungs im Collegealter schlüpft an meinem Tisch vorbei – und einer von ihnen ist mir bekannt.

Er bleibt in der Mitte des Ganges stehen und seine Freunde folgen seinem Blick in die Lounge, in der Gen arbeitet. Sie geben ihm einen Klaps auf den Rücken und gehen weg, während der Mann die Stufen zu Gens Lounge hinaufschlendert.

*Nein*, nein, nein. *Nicht das Arschloch.* Ich sehe mich verzweifelt um und suche nach jemandem, der mir helfen kann. Ich habe gerade eine Pause gemacht und kann meinen Tisch in der nächsten Stunde nicht verlassen. Es sei denn, ich täusche eine Krankheit vor, was ich gerade ernsthaft in Erwägung ziehe.

Gen und Mason sind seit der Party nicht mehr ganz so freundschaftlich miteinander umgegangen, aber ich spüre keine Feindseligkeiten von seiner Seite. Zumindest hoffe ich, dass sein Stolz nicht zu sehr verletzt ist, dass er Gen nicht helfen würde. Aber er ist mit Kunden überlastet und hantiert mit Schnapsflaschen wie ein Zirkusjongleur. Mein Blick fällt auf einen seiner Kunden, denn er hebt sich buchstäblich von den anderen ab. Ich kann sein Gesicht nicht sehen, aber ich würde ihn wirklich überall wiedererkennen. So bewusst nehme ich Jaeger wahr.

Jaeger blickt auf, als würde er meine Aufmerksamkeit spüren und nickt, aber die Geste ist steif. Bevor er sich abwendet, winke ich ihn zu mir. Seine Augenbraue hebt sich spöttisch hoch, eine ungewöhnlich freche Reaktion. Aber trotzdem schnappt er sein Getränk und schlendert zu meinem Tisch. Ich mische drei neue Stapel und einer meiner Kunden verlässt den Tisch. Manchmal tun sie das, als ob die neuen Karten ihre Glückssträhne unterbrechen würden.

Jaeger steht jetzt zu meiner Linken. Selbst wenn ich ihn aus dem Augenwinkel nicht sehen könnte, wüsste ich, dass er da ist. Die Luft verschiebt sich, wenn er in der Nähe ist.

»Du musst mir einen Gefallen tun«, sage ich. Ich blicke in Richtung Lounge. Gens Ex hat sie in die Ecke gedrängt und sie sieht nicht glücklich aus. »Kannst du bitte zu Gen gehen und so tun, als wärst du ihr Freund? Sei aber offensichtlich, damit sie weiß, dass du ihr helfen willst.«

»Du willst, dass ich Gens Freund bin.« Jaegers Tonfall ist gedämpft, aber mit einem warnenden Unterton.

Ich blicke auf, erschrocken. *Was? Nein!* »Ich kann es dir jetzt nicht erklären«, sage ich. »Der Typ, mit dem sie da redet, ist ein Arschloch. Ich würde sie retten, wenn ich könnte, aber wie du siehst, −«, ich deute auf die Kunden vor mir »− bin ich etwas beschäftigt.«

Jaeger starrt mich an, seine maskulinen Finger würgen das Glas in seiner Hand. Seine Fingerspitzen werden weiß, als wäre er kurz davor, das Glas zu zerbrechen. »Was schlägst du vor?«

Ich gebe ein neues Blatt aus. »Ich weiß nicht … einfach … äh −« Es ist nicht leicht, Multitasking zu betreiben, während meine beste Freundin eine traumatische Begegnung hat.

»Greif ihr an den Arsch«, sagt ein Kunde mit Halbglatze und dunkler Sonnenbrille. Er gluckst. »Dann wird er es schon kapieren.« Seine Haut glänzt vor Schweiß, die eisige Klimaanlage ist seinem Körperumfang nicht gewachsen.

Ich starre ihn an und blicke zurück zu Jaeger. »Ich glaube nicht, dass *das* nötig ist. Behandle sie einfach wie ein Mädchen, mit dem du zusammen bist.«

»Gib ihr einen Kuss«, schnattert eine ältere Frau in einer hoch geschnittenen Oma-Jeans und einer leuchtend orangefarbenen Strickjacke. Verdammte Scheiße, diese Leute bringen mich um!

Jaeger leert sein Glas in einem Zug und knallt es so hart auf das Filz, dass ich zusammenzucke. Mit zusammengepresstem Mund dreht er sich um und schreitet auf Gen zu.

Die Hitze rast mir den Hals hinauf. *Scheiße!* Er wird sie nicht … er würde sie nicht …

Jaeger nähert sich Gen und ihrem Ex-Freund. Erleichterung blitzt in ihren Augen auf, die schnell durch Unsicherheit ersetzt wird. Ohne zu zögern schlingt Jaeger von hinten seine Arme um ihre Taille, beugt sich vor und drückt sein Gesicht an ihren Hals.

Ich atme scharf ein und spüre einen Stich von Eifersucht, der so intensiv ist, dass ich nicht atmen kann. Meine Augen brennen und meine Handflächen kribbeln dort, wo sie zusammengeballt sind. Er tut das, weil ich ihn darum gebeten habe – und es tut so weh wie noch nie zuvor.

Ich hatte recht. Der Verlust von Eric war nichts im Vergleich dazu, Jaeger zu verlieren. Das ist Feuer und Wut und reines Elend, und ich will, dass es aufhört.

Gens Ex tritt zurück, vollkommen baff. Er verlagert sein Gewicht und scheint etwas zu Gen zu sagen, aber sie passt nicht auf. Ihr Kopf ist nach hinten geneigt und sie lächelt, als Jaeger ihren Nacken streichelt und ihr etwas ins Ohr flüstert. Sie nickt.

Verdammt noch mal!

»Oh, das wird den Jungen garantiert überzeugen, dass sie vergeben ist«, sagt die Frau mit dem orangenen Cardigan. »Schön für ihn!« Sie schlägt auf den Tisch und bringt die Chips zum Klappern.

»Hey −« Ich schnippe mit den Fingern nach beiden Kunden. »Aufpassen, Leute!« Ich blicke den schwitzenden Glatzkopf an. »Hit oder Stay?«

Was stimmt nicht mit mir? Ich habe gerade den Kerl, in den ich mich verliebt habe und der immer noch sauer ist, dass ich ihm nicht gesagt habe, dass ich einen Freund hatte, darum gebeten, meine beste Freundin zu befummeln. Es wäre nicht Gens Schuld, wenn sie sich in ihn verliebt. So würde es mir an ihrer Stelle auch gehen.

Ich bin so blöde.

Das Arschloch wirft seine Hand in die Luft, als wäre er mit Gen fertig und stolpert aus der Lounge, das Gesicht verzogen und errötet. Ich bin kurz davor, über den Blackjack-Tisch zu springen, um Gen und Jaeger auseinanderzureißen, egal was der Pit Boss dazu sagen würde − als Jaeger direkt zu mir hinübersieht. Sein Mund verzieht sich zu einem subtilen Grinsen.

Er weiß, was mir das antut, verdammt.

Jaeger lockert seinen Griff um Gen und macht einen Schritt zurück.

Sie sieht verblüfft aus und positiv überrascht.

*Bitte, bitte mach, dass sie ihn nicht will, sonst wird mein Leben bald ziemlich miserabel sein.*

---

STUNDEN SPÄTER − nach dem Arschloch-Vorfall − bin ich im Mitarbeiterkeller und warte an einem der Tische in der Cafeteria auf Gen, die mich in der Pause zum Abendessen treffen wollte. Ich habe noch zehn Minuten Zeit, bevor ich zu meiner letzten Stunde Arbeit zurückkehren muss und ich will unbedingt herausfinden, was zwischen ihr und Jaeger passiert ist. Das verstörende Wesentliche konnte ich ja aus meinem Blickwinkel am Blackjack-Tisch beobachten. Aber ich will – nein, ich *muss* die Details wissen und herausfinden, was Gen für ihn empfindet, nachdem er ihr zur Rettung geeilt ist.

Gen betritt die Cafeteria und durchquert den Raum mit einem Lächeln im Gesicht. Zumindest scheint die Begegnung mit dem Arschloch keine dauerhaften negativen Auswirkungen gehabt zu haben. Das ist ja schon mal was.

Sie zeigt auf das Gekritzel, an dem ich während meiner Wartezeit abwesend gearbeitet habe. Es ähnelt vage der Berglandschaft, die in die Haustür von Jaegers Elternhaus eingraviert ist, nur dass meine Kritzelei aus Formen statt aus Linien besteht.

»Das ist wirklich gut.« Sie sieht genauer hin. »Besteht der ganze Baum aus« – sie schwenkt ihren Kopf – *»Dreiecken?«*

»Und Quadraten und Trapezen. Was ist denn nun mit dem Arschloch passiert? Ich habe gesehen, wie er hereinspaziert ist, aber ich konnte nicht von meinem Tisch weg.«

»Oh, Gott! Woher weiß er, dass ich hier arbeite? Wir haben uns nicht mehr gesehen, seitdem ich mich entschieden habe, nach Tahoe zu kommen. Seltsam.« Sie schüttelt den Kopf. »Kannst du es glauben, dass er wissen wollte, was ich nach der Arbeit mache? Als ob ich mich mit ihm treffen würde. Der hat wohl irgendetwas genommen.«

»Was hast du gesagt?«

»Ich habe ihm gesagt, ich sei beschäftigt, was nicht stimmt. Jaeger ist auf mich zugekommen, bevor er mich ausfragen konnte.« Keine von uns ist eine gute Lügnerin, daher verstehe ich ihre Erleichterung. Gen lächelt. »Jaeger war so süß, Cali.«

Ich räuspere mich. »Was hat er denn gemacht?«

Ihr verträumter Gesichtsausdruck wird von Schadenfreude abgelöst. »Er hat dem Arschloch gezeigt, wo es langgeht. Nichts spricht mehr für *ich habe kein Interesse mehr*, als *einen neuen heißen Typen am Start zu haben*.« Sie lehnt sich zufrieden in ihrem Stuhl zurück. »Es war ein schöner Moment.«

Ich spüre, dass meine beste Freundin Blut geleckt hat. Und ich weiß nicht, ob ich stolz oder verärgert sein soll. »Ja, ich habe nur das Ende gesehen. Das Arschloch sah ziemlich sauer aus.«

Sie atmet tief durch. »Weißt du, was komisch ist? Er ist mir egal, er soll sich bloß von mir fern halten.«

»Ich glaube, das wird er mit Sicherheit tun.« Ich fülle die Berge auf meiner Serviette mit Vierecken, wobei ich überlege, wie ich meine nächste Frage am besten stelle. »Was genau hat Jaeger gesagt? Ich habe gesehen, wie er dir ins Ohr geflüstert hat.«

Sie kneift die Augen zusammen, aber dann wird ihr Blick weich. »Nichts, er hat mich nur gebeten, ihm morgen bei etwas zu helfen.« Sie greift über den Tisch und stiehlt mir einen Pommes.

Ich höre auf zu atmen und meine Hand hält auf meiner Skizze inne. Er will sie treffen? Zeit mit ihr verbringen?

Ich beiße auf die Innenseite meiner Lippe, bis mir ein metallischer Geschmack über die Zunge fließt.

Ihre Augen wandern zu meiner Serviette und sie hebt ihr Kinn. »Hey, wenn du das auch wegwerfen willst, so wie deine anderen Zeichnungen, will ich es vorher haben.«

Gen fragt immer nach meinen Kritzeleien. Ich habe nie verstanden, warum.

Ich zeichne die letzten Formen auf meinem Berg ein – jeder Quadratzentimeter der Serviette ist mit geometrischen Formen bedeckt, die den See darstellen – aber ich kann nur daran denken, dass es jetzt *vorbei* ist. Gen und Jaeger haben morgen eine Verabredung. Das ist *unser* Ende.

Es ist meine eigene verdammte Schuld. Ich habe gezögert, aus Angst, die Sache mit Jaeger zu ruinieren, wenn ich zu früh nach meiner Trennung gehandelt hätte. Und dann habe ich Jaeger wie ein Vollidiot auf Gen gehetzt. Ich wollte meiner Freundin nur mit ihrem Ex unter die Arme greifen, aber was habe ich mir dabei gedacht? Am Anfang wollte ich Gen und Jaeger verkuppeln. Aber je mehr ich darüber nachgedacht hatte, desto weniger gefiel mir die Idee. In Jaegers Elternhaus war ich mir schließlich sicher, dass die Anziehungskraft zwischen uns echt war. Was ist jetzt, wenn Jaeger und ich nur Freunde sein können?

Männer denken, dass sie mit ihrem Kodex allein sind. Aber auch Frauen haben Regeln. Selbst wenn es mit Jaeger und Gen nicht klappt, ist es verboten, mit dem Ex der besten Freundin zusammenzukommen.

Mein Magen grummelt nach den Pommes, die ich gerade gegessen habe. Ich reiche Gen die Serviette und stehe auf. »Ich muss wieder zurück.«

»Hey, ist alles in Ordnung? Du siehst nicht gut aus.«

Ich lächle zuversichtlich. Ich bin vielleicht nicht der selbstloseste Mensch der Welt. Aber ich bin den Menschen, die ich liebe, treu ergeben. Mein Ziel war es, Gen diesen Sommer glücklich zu machen und sie mit einem netten Kerl zu verkuppeln. Sie scheint glücklich zu sein und Jaeger *ist* ein netter Kerl.

Ich habe erzielt was ich wollte.

Und das habe ich jetzt davon.

# Kapitel Zwölf

Ich liege auf der Terrasse in meinem Bikinioberteil und meiner Pyjamahose und kritzle. Das ist alles, was ich tun kann, um die Gedanken an Gen und Jaegers heutige Verabredung auszuschalten. Ich bin früh aufgewacht – gereizt und durcheinander – und habe einen einfachen Notizblock in einer Schublade in der Küche gefunden. Meine Zeichnung von heute Morgen ist größer und aufwendiger als meine üblichen. Sie zeigt das Casino in seiner ganzen Pracht. Da ist eine Reihe von Spielautomaten und eine Kellnerin, die sich schamlos über ihren Kunden beugt, ihn mit einem Drink und einem Lächeln bewirtet und seinen Münzbecher beäugt. Ein junger Kellner wischt einen Tisch hinter seiner Kollegin ab und schnappt sich einen Zwanziger aus ihrem Trinkgeldbecher. Im Hintergrund beobachtet ein Mann in einem Anzug eine andere hübsche Kellnerin, während er in der Lounge an einem Drink nippt.

Die Szene ist meine Interpretation der Casino-Subkultur, die ich als Casino-Reality-TV-Show bezeichnet habe. Der Sicherheitsdienst bewacht das Geld des Hauses, aber nicht die Menschen darin. Die Mächtigen machen Jagd auf die Schwachen oder Ahnungslosen und jeder ist auf seinen eigenen Vorteil bedacht.

Von den Rohrleitungen unter dem Haus ertönt ein Rumpeln als ich meine Skizze beende. Gen ist endlich wach und unter die Dusche gegangen. Gestern Abend hat sie mir auf dem Heimweg gesagt, dass sie und Jaeger sich gegen Mittag treffen würden und es ist schon halb zwölf.

Keine zwei Minuten, nachdem die Rohre mit ihrem lauten Getöse beginnen, klingelt es an der Tür. »Gen! Für dich!«, schreie ich.

Ich will garantiert nicht dabei zusehen, wie Gen mit Jaeger aufbricht. Wenn sie sich verabreden und Babys machen wollen, ist das ja schön und gut, aber ich muss das nicht miterleben.

Es klingelt wieder an der Tür, gefolgt von ein paar festen Klopfern. Ich lehne mich zurück und ziehe die Terrassentür auf. Das Wasser plätschert immer noch durch die Rohre.

*Scheiße.* Ich hüpfe von meinem Liegestuhl und gehe zum Eingang. Durch das Wohnzimmerfenster ist Jaegers silberner Truck zu sehen. Ich atme tief ein und öffne ruhig die Tür, wobei ich mir einen nichtssagenden Gesichtsausdruck aufsetze.

Jaeger trägt eine rote Baseballmütze und ein marineblaues T-Shirt, seine Schultermuskeln wölben sich von der Art und Weise, wie er seine Hände in die Taschen seiner Jeans steckt.

Ich schlucke hart. Warum muss er so gut aussehen? Das Aftershave, das er trägt, vermischt mit Weichspüler und seinem Eigengeruch weht mir entgegen und ich will ihm am liebsten über den Hals lecken. Zur Hölle mit ihm. Ich trete einen Schritt zurück. Alles an dieser Situation ist einfach nur grausam.

Er lehnt sich an den Türrahmen, seine Augen gleiten unverfroren über meine gesamte Länge, bis seine Augen auf dem Notizblock in meiner Hand verweilen.

»Komm doch rein.« Mein Ton ist knapp, aber egal. Ich gebe hier mein Bestes. Ich werfe den Skizzierblock auf die Couch und gehe zur Badezimmertür. Die Dusche ist endlich aus. »Gen! Jaeger ist da.«

Als ich mich umdrehe, starrt Jaeger meine Skizze an. Ich fahre herum, hebe den Block auf und stecke ihn unter meinen Arm.

Er sieht mir direkt in die Augen, als hätte ich ihm auch das verheimlicht. »Schöne Zeichnung.«

»Es ist nichts. Gekritzel. Also« − ich sage es lieber gleich, bevor ich zu wütend bin »Ich wollte mich bei dir für deine Hilfe gestern Abend bedanken. Gens Ex ist ein Idiot. Ich wollte nicht, dass er sie belästigt.« Ich halte kurz inne und überlege, wie viel von meinen Gefühlen ich preisgeben möchte. »Du warst sehr überzeugend.«

Jaegers Augen verengen sich und er betrachtet mein Gesicht.

Ich ziehe den Kopf ein und stecke meine Haare hinter mein Ohr. Das hätte ich nicht sagen sollen. Ich schiebe den Block mit der Vorderseite nach unten auf den Küchentresen und sortiere lose Blätter, während wir auf Gen warten.

Ich mache die Haustür immer in meinem Bikinioberteil auf und es hat mich noch nie gestört, aber heute schon. Ich hätte ein T-Shirt anziehen sollen, denke ich, als ich die Schnüre entlang meiner Rippen anpasse. Als ich aufsehe, folgt Jaegers Blick meinen Fingern. Er sieht schnell weg.

Das ist unangenehm. »Willst du etwas trinken?«

Er schüttelt den Kopf und sinkt auf die Couch. Gen kommt in Shorts und einem T-Shirt aus dem Badezimmer. Sie eilt ins Schlafzimmer, wobei ihr nasses Haar die Rückseite ihres Oberteils befeuchtet. »Ich bin gleich fertig«, sagt sie und lächelt Jaeger im Vorbeigehen reizend an. Ein paar Sekunden unangenehmer Stille später schlüpft Gen ins Wohnzimmer zurück, hüpft auf einem Fuß und schnallt ihre Sandalen zu, eine kleine Handtasche baumelt über ihrer Brust. »Bereit. Tut mir leid, dass du warten musstest.«

Jaeger steht auf, geht zur Tür und öffnet sie für Gen. Er folgt ihr nach draußen. »Bis später, Cali.«

Das ist es. Der entscheidende Moment, in dem Jaeger von einem verfügbaren zu einem dauerhaft unantastbaren Mann wird.

Ich sage »Tschüss«, aber sie sind schon weg.

———

ANSTATT DIE HAUSTÜR anzustarren und darauf zu warten, dass Gen zurückkommt, damit ich sie über ihre Verabredung mit dem Kerl, in den ich verknallt bin, verhören kann, checke ich meine E-Mails. Zwei Nachrichten von der Harvard Law School sind eingetroffen, eine mit Informationen zur Einführung, die andere zur finanziellen Unterstützung.

Es macht mich fast wütend, wie viel das Studium kosten wird. Ich habe überlegt, den Termin um ein Jahr zu verschieben, aber das scheint mir noch schlimmer zu sein. Als würde man das Unvermeidliche hinauszögern. Ich habe bis zu diesem Sommer nie über Geld nachgedacht, da ich noch nie zuvor Vollzeit gearbeitet habe. Die Studiengebühr ist kein Problem für Studenten mit einem Treuhandfonds. Aber für mich ist sie ein Problem. Vielleicht hätte ich die kostengünstigeren Programme nicht ausschließen sollen. Aber das fühlt sich auch nicht richtig an.

Ich habe so hart für mein Jurastudium gearbeitet. Aber

in letzter Zeit fühlt es sich wie der Traum eines anderen an. Die Kosten für das Masterstudium würden sich wahrscheinlich lohnen, wenn das Programm etwas wäre, das ich leidenschaftlich gern machen würde. Meine Mutter hat immer Witze darüber gemacht, dass Tyler und ich Anwalt und Arzt werden. Aber in Wirklichkeit war es ihr egal, was aus uns wird, solange wir etwas aus unserem Leben machen. Tyler war der Wissenschaftsfreak, während ich mich an der Idee festhielt, hauptberuflich mit anderen zu streiten. Das war vor zehn Jahren ein guter Grund. Jetzt, mit einer unmittelbaren Zukunft als Juristin, habe ich Zweifel an der ganzen Sache. Und nicht gerade wenige.

Ich bin so verwirrt und emotional ausgebrannt, dass ich nicht weiß, wie es weitergehen soll. Ich schalte den Laptop aus, ziehe mich um und schnappe mir die Schlüssel von Gens Auto. Es wird meine Laune nicht besser machen hier zu sein, wenn die beiden zurückkehren.

Ich durchsuche den Kühlschrank und schreibe eine Einkaufsliste mit den Lebensmitteln, die wir brauchen. Bevor ich in den Laden gehe, fahre ich noch bei der Bank vorbei, um mein Trinkgeld einzuzahlen, das aus verdammt vielen Eindollarscheinen besteht. Die meisten meiner Trinkgelder bekomme ich in Form von Chips. Aber es gibt auch noch Kunden vom alten Schlag, die Bargeld geben. Die Bankangestellten vermuten, dass ich entweder in einem Casino oder als Stripperin arbeite. Ich lasse sie im Ungewissen.

Auf dem Parkplatz der Bank findet ein Bauernmarkt statt, also parke ich auf der anderen Straßenseite. Als ich aus meinem Auto aussteige, verlässt ein Mann in Sandalen, beigefarbenen Shorts und Sonnenbrille ein Motel. Zusammen mit einer Frau, die ich aus dem Casino kenne. Es ist die süße Kellnerin, die sich in den Kassierer verknallt hat.

Mit gesenktem Kopf verlässt sie das Motelzimmer, ohne den Mann ein zweites Mal anzusehen. Während der Mann lässig dahinschlendert, eilt die Frau regelrecht davon.

Ich starre so lange, bis sie weg sind, denn das Szenario stört mich. Die Kellnerin sah ernsthaft aufgebracht aus. Offensichtlich haben sie und dieser Typ irgendeine Art von Beziehung. Beunruhigend ist außerdem – abgesehen davon, dass die Frau nicht glücklich aussah –, dass ich meine der Typ ist einer der Führungskräfte des Casinos, die ab und zu in Gens Lounge herumlungern.

Ich schüttle den Kopf. Ich habe schon genug Sorgen. Da muss ich nicht auch noch unheimliches Casino Drama auf meine Liste setzen.

Die Besorgungen nehmen weniger Zeit in Anspruch, als ich erwartet hatte und ich komme in dem Moment nach Hause, als Gen mit Jaeger zurück ist.

Mein Timing ist beschissen.

Jaeger spaziert um die Motorhaube seines Trucks und nickt. »Cali«, sagt er, ein fröhliches kleines Lächeln kräuselt seinen Mund. Er geht mit Gen auf die Haustür zu, greift aber zu mir hinüber, als er an mir vorbeikommt, und nimmt mir eine der großen Einkaufstaschen aus den Armen. »Lass mich das nehmen.« Er nimmt mir auch die zweite Tasche ab.

*»Okay.«* Ich sollte für die Hilfe dankbar sein, aber Jaeger sieht nach seiner Verabredung mit meiner besten Freundin zu zufrieden aus. Ich gebe mir alle Mühe, nicht eifersüchtig zu sein.

Es funktioniert nicht.

Ich folge ihnen ins Haus und Jaeger stellt die Einkäufe auf die Theke.

Gen und Jaeger sehen mich an und dann einander. Zwischen ihnen wird offensichtlich eine geheime Botschaft ausgetauscht. Gen bedenkt Jaeger mit einem warmen Lächeln, und mehr brauche ich nicht zu sehen.

»Ich lasse euch beide allein«, sage ich und gehe zur Terrassentür. Ich wäre jetzt wirklich überall lieber als hier, denn ich will den beiden auf keinen Fall bei ihrer herzlichen Verabschiedung zusehen.

»Bis später, Gen«, höre ich Jaeger sagen, als ich die Schiebetür öffne und auf die Terrasse gehe.

Gen kommt Sekunden später zu mir heraus. »Hey.« In ihrer Stimme ist ein Zittern zu hören, das nur dann zum Vorschein kommt, wenn sie nervös ist. »Was hast du so getrieben?«

*Was ich getrieben habe? Ich bin verdammt noch mal am Sterben und versuche, mich zu beschäftigen, weil du mit dem Kerl zusammen warst, den ich küssen will und am liebsten an mich fesseln würde!*

Ich deute auf die Tüten mit Lebensmitteln, die sich auf der Küchentheke erwärmen. »Einkaufen«.

Gen sitzt im Liegestuhl neben mir und zieht ihre Knie hoch, die Füße flach auf dem Plastik.

»Was ist mit dir? Wie war dein Date?«

Sie sieht nervös zu mir herüber. »Gut. Es war aber kein Date. Wir haben uns nur getroffen. Er wollte mir etwas zeigen.«

Ich bin mir sicher, dass er das wollte. Sie führt das Ganze nicht weiter aus und ich fühle mich zu bockig, um nach mehr Informationen zu fragen.

»Cali, ich wollte dich fragen: Kann ich die Skizze haben, die du heute gemacht hast?«

Was? Darüber denkt sie gerade nach? Wir sind derzeit so gar nicht auf einer Wellenlänge. Tatsächlich tut sich eine tiefe Kluft zwischen uns auf und das habe ich mir selbst zuzuschreiben. Hätte ich Gen diesen Sommer nicht nach Lake Tahoe geschleppt, wäre das alles nicht passiert. Eric und ich hätten uns wahrscheinlich getrennt, aber zumindest wäre ich nicht in einem Liebesdreieck mit *meiner besten Freundin.*

»Warum?«, frage ich, weil die Bitte unter den gegebenen Umständen seltsam erscheint. Es ist unmöglich, dass Gen die Spannung in unserer Freundschaft nicht spüren kann. Oder vielleicht kann das nur ich, weil ich diejenige bin, die das Problem verursacht hat. Deswegen weiß auch nur ich, dass es existiert. Ich habe meine Gefühle für Jaeger ja nie gestanden. Ich war zu sehr damit beschäftigt, sie zu leugnen.

Sie wischt sich nicht vorhandenen Staub von ihren Shorts. »Ich weiß nicht. Sie hat mir einfach gefallen.«

»Sicher, Gen«, sage ich schroff und stehe von der Liege auf. Ich lasse meine Wut an ihr aus und sie verdient es nicht, aber ich kann irgendwie nicht anders. »Nimm dir von mir, was auch immer du willst.« Ich gehe ins Haus, greife den Skizzierblock und werfe ihn ihr auf den Schoß.

Ihre Lippen teilen sich, ihr Gesichtsausdruck schockiert.

Ich sage gar nichts mehr dazu. Ich räume die Einkäufe nicht weg. Ich gehe einfach zur Haustür hinaus und verschwinde.

# Kapitel Dreizehn

Nachdem ich drei Stunden damit verbracht habe, Steine in den See zu werfen, kam ich mit einem schmerzenden Arm nach Hause und entschuldigte mich bei Gen. Ich erklärte ihr, dass ich einen schlechten Tag gehabt hätte. Und obwohl sie sich nach der Ursache erkundigte, hakte sie nicht nach, als ich ihr mithilfe von Vermeidungstaktiken deutlich machte, dass ich nicht darüber sprechen wollte.

Gen sagte, dass ihr Nachmittag mit Jaeger kein Date war. Aber warum sollte Jaeger sich mit ihr verabreden, wenn er nicht interessiert ist? Und er sah danach so glücklich aus. Mir kann wirklich niemand erzählen, dass da nichts zwischen den beiden ist. Gen behauptet vielleicht, dass es kein Date war, weil sie gerade erst anfangen, sich zu treffen. Ich kann ihr nicht sagen, was ich für Jaeger empfinde, bis ich weiß, dass da nichts zwischen ihnen ist. Ich habe sie gedrängt, mit ihm auszugehen. Deshalb werde ich sie nicht in die unangenehme Lage bringen, sich zwischen uns beiden entscheiden zu müssen.

Jaeger ist seit seinem Nicht-Date mit Gen ein paar Mal

diese Woche im Casino vorbeigekommen, um Mason zu besuchen. Und jedes Mal hat er sich einfach an Masons Bar gesetzt. Was die Behauptung von Gen bestätigt, dass sie nicht zusammen sind. Aber sie ist auch mit der Arbeit beschäftigt. Und jedes Mal, wenn er in der Nähe ist, schlägt mein Herz schneller und mein Körper wird heiß. Egal, was ich mir einrede – dass es nicht klappen wird, dass ich es vermasselt habe und er sich nicht für mich interessiert – mein Körper nimmt keinerlei Rücksicht auf meine Einstellungen und überreagiert jedes Mal. Es ist ärgerlich.

Ich habe gerade eine Beziehung hinter mir. Ich sollte mich jetzt auf mich konzentrieren und lernen, wieder single zu sein. Oder zumindest die Entscheidung treffen, ob ich das Studium fortsetzen soll oder nicht. Stattdessen stehe ich im Zwiespalt, was das Studium angeht, weiß aber ganz genau, welchen Mann ich in meinem Leben haben möchte.

Eric sah gut aus, aber er war oberflächlich und ich erkenne erst jetzt, dass er selbstsüchtig ist. Warum ich denke, dass Mr. Totempfahl-Schnitzer besser ist, ist mir absolut schleierhaft. Aber er hat einfach so etwas Tiefgründiges, Verwundetes an sich. Als hätte er schon viel Scheiße durchgemacht und es trotzdem geschafft, da herauszukommen. Zudem bilden sich jedes Mal Sabberpfützen in meinem Mund, wenn ich ihn ansehe. Auch wenn er vielleicht bald mit meiner besten Freundin zusammen ist.

Gen und Jaeger sind vielleicht noch kein Paar – aber sie könnte ihn mögen. Ich habe Gen nie gesagt, was ich für ihn empfinde. Nein, stattdessen habe ich ihn ihr direkt vor die Füße geworfen. Zu meiner Verteidigung: Das war, bevor ich wusste, dass meine Gefühle für ihn echt sind und nicht nur aus meiner Frustration wegen Eric entstanden sind. Dieser Vorfall mit Gens Ex war einfach ein schlechtes

Timing. Vielleicht ist das alles, was Jaeger und ich jemals haben werden – schlechtes Timing.

Seit etwa einer Stunde sitzt Jaeger mit einer attraktiven, etwas älteren Frau mit langem, dunklen Haar und einer zierlichen Figur in Gens Lounge. Zuerst dachte ich, sie sei eine Freundin seiner Mutter, so freundlich und vertraut wie sie sich begrüßt haben. Sie trägt ein schwarzes Mantelkleid mit kieselsteingroßen Diamanten an den Ohren. Sie ist jünger als seine Eltern, aber ihre teure Kleidung passt zur gehobenen Klasse, der seine Eltern angehören. Je mehr ich die beiden beobachte, desto sicherer bin ich mir, dass die beiden nicht nur Freunde sind.

Ein Mann in Anzughose und einem Polohemd geht an meinem Tisch vorbei, direkt zu Jaeger und der Frau. Die hübsche Brünette legt eine besitzergreifende Hand auf Jaegers Arm und stellt die beiden Männer vor.

Ich sehe zu Gen, die über etwas lacht, was ihr Kunde sagt. Sie achtet gar nicht auf Jaeger und ich kann es nicht nachvollziehen. Ich würde am liebsten den Roulettetisch aus dem Boden reißen und die nette Dame wie einen Kegel umhauen. Und Gen ist ganz lässig und locker. Was zum Teufel?

Jaeger schüttelt dem Mann die Hand und bietet ihm eine Karte an.

Er hat eine Visitenkarte dabei? Für seine Totempfähle?

Jaeger trägt eine dunkle Hose und ein weißes Hemd mit Kragen, der obere Knopf ist geöffnet und enthüllt den Rand eines weißen Unterhemdes. Ich habe ihn noch nie so schick gekleidet gesehen und der Anblick stört mich. Seine breiten Schultern spannen den Stoff entlang seiner Brust, wodurch die Muskeln hervorgehoben werden, wobei er immer noch professionell aussieht. Er lässt abgenutzte Jeans und ein T-Shirt unglaublich heiß aussehen, aber in diesem Outfit sieht er aus wie ein verführerisches *GQ*-Model.

Die Frau, mit der er sich trifft, ist vielleicht etwas zu alt für ihn, aber ich muss zugeben, dass sie gut zusammenpassen. Und das frisst mich innerlich auf. Das einzig Positive daran ist, dass Gen und ich heute Abend früher Feierabend machen und unsere Schicht bald zu Ende ist.

Eine Gruppe neuer Croupiers nähert sich meinem Bereich und ich beende meine Runde. Bevor ich in den Keller gehe, komme ich an Gen vorbei: »Hast du bald Feierabend?« Ich achte nicht auf Jaeger, der in der Ecke sitzt.

Gen stellt vier hellgrüne Shots auf ihr Tablett. »In einer Minute – ich muss die hier noch schnell hinbringen. Willst du immer noch feiern gehen?«

Trotz meiner Bemühungen, es nicht zu tun, schweift mein Blick in Jaegers Richtung. Der Geschäftsmann ist gegangen und die Frau hat ihre Finger auf seinem Unterarm. Sie benutzt seinen Körper als Stütze, während sie sich vorbeugt, um ihm etwas zu sagen. »Ja, ich muss heute – irgendetwas machen.«

Gens Augen weiten sich zustimmend. »Ich bin so froh, dass du dich *nicht* von der Sache mit Eric unterkriegen lässt.« Sie eilt davon, gibt ihre letzten Getränke aus und rechnet ab.

Eric? Nein, ich denke nicht an Eric – ein Beweis für die schwache Verbindung, die wir geteilt haben. Und ein Indiz dafür, dass sie sowieso nicht von Dauer gewesen wäre.

Gen kehrt an die Bar zurück und wischt ihr Tablett ab. »Bist du sicher, dass es dir nichts ausmacht, wenn Nessa mitkommt?«

»Nein«, sage ich abwesend. »Hey –« Ich deute mit der Schulter in Jaegers Richtung. »Stört dich das nicht?«

Gen sieht zu ihm rüber. »Was, Jaeger und diese Frau? Warum sollte es?«

»Ich dachte, ihr beide … hängt zusammen ab.«

Ihr Blick flattert zu mir und ihre Schultern spannen sich an, als würde sie sich unwohl fühlen. »Wir sind Freunde.«

Gen reicht dem Barkeeper einen Stapel Dollarscheine. Die Kellnerinnen geben den Barkeepern am Ende ihrer Schicht einen Prozentsatz ihres Trinkgeldes. Sie dreht sich zu mir um. »Können wir los?«

Gen und ich erzählen uns normalerweise alles. Aber in letzter Zeit scheint das nicht mehr der Fall zu sein. Jede von uns hat offenbar etwas zu verbergen. Ich bin nicht bereit, meine Gefühle für Jaeger zu enthüllen. Und auch Gen verheimlicht mir schon seit einiger Zeit etwas, das spüre ich einfach.

Wir ziehen uns im Keller um, wo wir entdecken, dass Nessa noch jemanden zu unserem Mädchenabend eingeladen hat. Lewis' schöne Freundin Mira wird sich uns anschließen.

Das dürfte interessant werden.

Ich trage Pumps, Röhrenjeans und ein tief ausgeschnittenes Top. Gen hat ebenfalls enge Jeans an, aber ihr Oberteil ist weniger freizügig. Ihre Brüste sind größer als meine, aber sie weigert sich, sie voll zur Geltung zu bringen.

Der einzige Weg zum Blue Nachtclub führt an der Lounge vorbei. Ich nehme mir vor, nicht hinzusehen. Aber natürlich tue ich das. Jaeger sitzt immer noch bei der hübschen Frau, sein Kopf ist zu ihr geneigt, während sie sich auf seinen Arm stützt und nahe seinem Ohres spricht.

Ich balle die Faust, die Nägel drücken sich in meine Handfläche. Er hat Gen und mich heute Abend nicht ein einziges Mal zur Kenntnis genommen. Ich hatte Jaeger nicht für einen Aufreißer gehalten. Aber zuerst flirtet er mit mir, geht dann mit Gen aus und jetzt will er mit einer älteren Frau herummachen? Was zum Teufel?

Wir gehen in den Club und der gleichmäßige Rhythmus der Musik überspült mich und lenkt mich ab. Das Einzige, was die Vorstellung von Jaeger und der Frau, die sich an ihn schmiegt, weniger lebendig machen könnte, wäre ein Cuervo Shot. Oder ein Patrón Shot, falls ich Lust habe, mich selbst zu verwöhnen. Und die habe ich sehr wohl.

Zum Glück bin ich mit drei attraktiven Frauen unterwegs. Es dauert nicht lange, bis die Männer anfangen, uns Getränke zu spendieren. Mira mag zwar abweisend sein, aber sie ist unglaublich schön und zieht jede Menge Aufmerksamkeit auf uns. Ehe ich mich versehe, habe ich schon fünf Shots getrunken. Eine warme Taubheit legt sich über meine Glieder.

Ich rutsche von meinem Platz. »Ich gehe tanzen. Will jemand mitkommen?«

Gen schüttelt den Kopf, sie ist ein wenig zusammengesackt und ihre Augen sind halb geschlossen. Sie ist weitaus *mehr als nur angetrunken.*

Es steht fest, dass ich nicht die konventionellste Frau bin. Aber Gen schon, und sie betrunken zu sehen ist verdammt lustig. Ich ziehe mein iPhone heraus und mache ein Foto.

Ihr Mund teilt sich in Zeitlupe. »Heyyy!«

Bevor sie nach meinem Telefon greift, um das fantastische Foto zu löschen, das ich gerade gemacht habe, stolziere ich weg und schwinge meine Hüften zur Musik.

Es ist mir egal, dass ich allein auf der Tanzfläche bin und meine Arme wie eine Verrückte in der Luft herumwedle. Wahrscheinlich mache ich mich zum Affen, aber immerhin fühle ich nichts.

Nicht das Geringste.

Keine Erniedrigung, weil Eric mich abserviert hat. Keine Angst vor der Zukunft. Nicht einmal das Gefühlschaos, das Jaeger in mir hervorruft.

Das Lied geht in ein neues über und ich schließe meine Augen und bewege mich zum Rhythmus. Innerhalb von Sekunden beginnt mein Gleichgewicht zu schwanken und ich breite blinzelnd die Arme aus. Ich suche nach einem visuellen Anhaltspunkt über den sich bewegenden Körpern, damit ich das Schwindelgefühl stoppen kann. Mein Blick landet auf der breiten, überfüllten Bar auf der einen Seite des Raumes. Eine große Blondine in einem roten Kleid sieht zu mir herüber und unsere Blicke treffen sich. Sie sieht Jaegers Schwester verdammt ähnlich.

Ich schließe meine Augen und drehe mich einmal herum. Als ich sie wieder öffne, ist die Kerstin-Doppelgängerin verschwunden, ebenso wie mein Gleichgewicht. Ich stolpere zur Seite wie ein Kind in Stöckelschuhen. Ein Paar Arme halten mich von hinten fest.

Ich wende meinen Kopf hoch und herum. Ich bin mir ziemlich sicher, dass der Typ, der mich stützt, attraktiv ist. Aber die Tanzfläche ist dunkel, mit blauen und violetten Blinklichtern. So angetrunken wie ich bin, könnte ich auch völlig daneben liegen. Andererseits hat gut aussehend mir noch nie etwas gebracht.

Er lächelt und lässt seine Hände auf meine Taille heruntergleiten. Ich drehe mich um und lege meine Hände hinter seinen Nacken. Sofort zieht er mich zu sich heran, bis unsere Hüften aneinander reiben. Der Geruch von schwerem Parfüm und Schweiß erstickt mich, während wir zur Musik schwenken. Feuchtigkeit sickert durch sein Hemd und auf meine Finger und obwohl er nicht schlecht riecht, riecht er auch nicht angenehm.

Ohne das Ende des Songs abzuwarten, schlüpfe ich aus seinem Griff, weiche seinen gierigen Händen aus und schiebe mich durch die Menge bis zum nächsten Ausgang der Tanzfläche. Ich lande in einem ganz anderen Teil des Clubs, der mit bequemen Sofas und kleinen quadratischen Tischen gefüllt ist.

Wo bin ich?

Ich sehe mich um, suche nach meinen Freunden und erkenne jemand anderen. Am Tisch vor mir sitzt einer der Führungskräfte, der Gen manchmal in der Lounge beobachtet. Einer von diesen Creeps.

Er und der Typ, mit dem er oft zusammen rumhängt, sehen sich aus der Ferne ziemlich ähnlich. Ich kann nicht unterscheiden, ob es der gleiche Typ ist, der mit der Kellnerin das Motel verlassen hat. Vielleicht war es auch der andere. Beide haben kurzes Haar und symmetrische Züge. Ich kann sie nur von den etlichen anderen Angestellten unterscheiden, weil sie für Casinoführungskräfte ziemlich jung sind und beide einen Ring mit dem Blue Logo tragen.

Nur wenige Führungskräfte tragen diese Ringe. Zach, der mit Nessa befreundete Croupier, hat mich über das Protokoll im Blue informiert. Er erzählte mir, dass das Management dicke Goldringe mit Saphiren vergibt, wenn Mitarbeiter vorbildliche Leistungen erbringen. Die beiden Typen tragen sie und deshalb erkenne ich sie wieder und weiß, dass einer von ihnen das Motelzimmer verlassen hat, als ich Einkaufen war.

Ich bin angeheitert und frustriert und habe es satt, von Männern angestarrt zu werden. Und da ich jede Fähigkeit verloren habe, meine Worte zu filtern, gehe ich hin und sage: »Hey, Sie sind der Typ, der ständig meine Freundin angafft«.

Der Mann sieht mich langsam an, seine Aufmerksamkeit bleibt auf meiner Brust hängen. »Und jetzt gaffe ich dich an.« Sein Mund verzieht sich zu einem charmanten Lächeln, das sicherlich bei einigen Frauen zieht. »Ich habe dich auch schon einmal gesehen. Wie heißt du denn, schöne Frau?«

Er ist schmierig, aber sein Lächeln wirkt harmlos. Und er hat mich schön genannt. Ich muss wirklich am Ende sein, denn dieses kleine bisschen Aufmerksamkeit reicht aus, damit ich mich darauf einlasse.

Morgen werde ich das bereuen, aber im Moment sehne ich mich genauso nach Komplimenten wie jede andere einsame Frau. Außerdem komme ich mit Typen wie ihm klar. »Cali.«

»Cali, ich bin Drake.« Seine Augen sind schmal, als würde er versuchen, mich zu durchschauen. Oder vielleicht liegt es daran, dass ich schwanke. »Willst du dich zu mir setzen?«

Drake, der chillige Geschäftsmann, ist aus nächster Nähe ziemlich attraktiv. Er hat dunkles Haar und whiskybraune Augen. Ich schätze ihn auf etwa achtundzwanzig. In seinem maßgeschneiderten Hemd und seiner perfekt passenden Hose sieht er ziemlich gut aus. Anders als die Jungs, mit denen ich bisher zusammen war. Reifer. Erfahrener.

Eine Vision von Jaeger in seinem *GQ*-Outfit kommt mir in den Sinn. Aber Jaeger und ich waren nie zusammen, also zählt er nicht. Ich balle meine Fäuste.

»Du siehst aus, als könntest du einen Drink gebrauchen«, sagt er.

Das stimmt. Ich könnte tatsächlich noch einen vertragen.

Ich setze mich hin und Drake winkt der Kellnerin zu. »Was möchtest du trinken?«

Ich gebe ihm meine Bestellung und sie erscheint in Rekordzeit. Im Hinblick auf das Ausmaß meiner Trunkenheit, die bei jeder normalen Tätigkeit wie etwa beim Gehen, deutlicher wird, bitte ich die Kellnerin zusätzlich um ein Glas Wasser und nippe an meinem Cocktail. Betrunken zu sein ist ja schön und gut, bis man sich übergeben muss. Wasser hilft, so einen Unfall zu verhindern. Ich bin angeheitert und unfähig, tiefschürfend zu denken; und das reicht mir.

Drake fragt mich über meine Arbeit im Casino und darüber, wie es mir gefällt, in Lake Tahoe zu leben. Ich verfolge den Gesprächsverlauf, bis wir über Ausflüge im Sommer reden und ich zufällig den Angelausflug erwähne.

Drakes Hand drückt meine Schulter von der Rückenlehne meines Sitzes. »Cali, bist du okay?«

Ich blicke auf und blinzele. Bilder von Jaeger im Boot, der zweideutige Angelgespräche führt tauchen in meinem Kopf auf und wollen scheinbar nicht mehr gehen – dann er mit der älteren Frau, die sich wie eine Klette an ihn klammert.

Wir waren noch nicht einmal zusammen, aber irgendwie hat Jaeger es in mein Herz geschafft. Denn ihn mit Gen oder irgendjemand anderem zu sehen, sollte mich nicht so sehr beunruhigen. »Ja« – ich schlucke den bitteren Geschmack in meinem Mund herunter. »Okay.« Mein Lächeln ist unsicher.

Drake lächelt nicht zurück, obwohl sein Gesichtsausdruck freundlich bleibt. »Willst du gehen?«

Dem Casino und Jaeger entkommen?

Ich nicke eifrig.

# Kapitel Vierzehn

Rationale Gedanken bewegen sich schleppend, während ein ewiger Jaeger-Marathon in voller Farbe durch meinen Kopf schießt.

Drake gestikuliert zu einer Hintertür. »Wollen wir?«

Ich folge ihm wie betäubt aus dem Club. Er war freundlich. Vielleicht habe ich ihn falsch eingeschätzt. Er könnte genauso einsam sein wie alle anderen auch, die in Gens Lounge sitzen, weil sie auf der Suche nach jemand Besonderem sind.

Erst als sich die Tür zum Club schließt und die kühle Luft meine Arme berührt, wird mir klar, dass ich nicht ohne Gen gehen kann. Und dass es vielleicht keine so gute Idee ist, mit jemandem mitzugehen, den ich gerade erst kennengelernt habe.

»Warte.« Ich bleibe stehen und sehe mich um, mein Herzschlag wird schneller. Ich erkenne diesen Teil des Parkplatzes nicht. »Ich bin mit Freunden hierhergekommen. Wir müssen zurückgehen.« Ich greife nach dem Türgriff, aber er ist von innen verriegelt.

»Sie schließen sich von selbst. Wir müssen wohl durch das Casino hineingehen.«

Und Jaeger mit dieser Frau sehen? Nein, danke. Ich schlinge meine Arme um die Mitte und ein Zittern vibriert über meine Wirbelsäule.

Auf mein Zögern hin legt Drake mir seine Jacke über die Schultern. »Hast du ein Handy?«

Ich habe meine Handtasche bei Gen liegen lassen, aber mein Handy ist in meiner Gesäßtasche. Ich ziehe es heraus.

»Du kannst deine Freunde von hier aus kontaktieren und ihnen sagen, dass ich dich nach Hause bringe. Oder wir können einfach wieder hineingehen. Wie du willst.«

Dank des Alkohols drehen sich die Zahnräder in meinem Kopf nur langsam und registrieren ein leichtes Unwohlsein in meiner Magengrube. Vermutlich ist es nicht die beste Idee, mit einem Mann nach Hause zu gehen, gegen dem ich vor dem heutigen Abend misstrauisch gewesen wäre. Aber der Parkplatz sind hell beleuchtet und vermittelt ein Gefühl der Sicherheit. Und ich habe keine Lust, an Jaeger und seiner Begleiterin vorbeizugehen.

Es ist nicht weit zu mir nachhause. Ich könnte ein Taxi rufen, aber Drake steht direkt neben mir. Außerdem habe ich weder meine Handtasche noch mein Geld.

Drake arbeitet im Casino als Führungskraft – anerkannt für hervorragende Leistungen. Wie gefährlich kann er schon sein?

Ich schreibe Gen eine Nachricht.

**Cali:** *Ich bin nicht mehr an der Bar. Ein Kollege nimmt mich mit. Bitte bring meine Handtasche mit, wenn du gehst. Wir sehen uns Zuhause. Komm ja nicht ohne ein paar Handynummern zurück!*

Ich warte nicht auf ihre Antwort. Wenn sie sich Sorgen um mich macht, wird sie schon auf ihr Handy sehen.

Drake führt mich zu einem dunklen Sportwagen. Ich habe keine Ahnung, welche Marke das ist. Solche Details übersteigen im Moment meine kognitiven Fähigkeiten.

Er öffnet die Beifahrertür und ich setze mich auf hellbraune Ledersitze, ziehe seine Jacke aus und drapiere sie über die Mittelkonsole.

Von der Fahrerseite aus fragt er: »Wo wohnst du?«

Ein weiterer Anflug von Unbehagen überkommt mich, als würde der gesunde Menschenverstand unter dem Alkoholschleier lauern. Mir gefällt der Gedanke nicht, einem Fremden meine Adresse zu geben, aber ich möchte wirklich nach Hause. Außerdem arbeitet Drake im Casino. Wenn er meine Adresse wollte, könnte er sie einfach nachschlagen. Ich gebe ihm die Informationen und er tippt sie in sein GPS ein.

Innerhalb weniger Minuten fahren wir in meine Einfahrt. »Danke fürs Mitnehmen«, sage ich und öffne die Autotür, um auszusteigen. »Du hattest recht, mir ging es nicht gut.«

»Gern geschehen.« Er steigt zur gleichen Zeit wie ich aus dem Auto aus.

Ich sollte mir keine Sorgen machen. Es ist dunkel draußen und er bringt mich wahrscheinlich nur zur Tür, aber ich mache mir Sorgen. Ich mache mir Sorgen, dass ich ihm den falschen Eindruck vermittelt habe.

Ich schlüpfe hinter den Zaun, wo wir den Ersatzschlüssel verstecken. Ich komme nicht darum herum, dass er mich sieht. Entweder das oder ich bin ausgesperrt. Ich notiere mir, den Schlüssel morgen woanders zu verstecken.

Als ich zurückkomme, wartet Drake auf der dunklen Türschwelle.

Gen und ich haben vergessen, das Licht auf der

Veranda einzuschalten, bevor wir aufgebrochen sind. Das wäre eigentlich keine große Sache, aber leider herrscht ohne die Beleuchtung eine seltsam romantische Stimmung, die ich nicht gerade begrüße.

»Nochmals vielen Dank für die Fahrt. Ich glaube, ab hier komme ich allein zurecht.«

Drake schlängelt sich näher heran und legt seine Hand leicht auf meine Hüfte. Er lässt sein charmantes Lächeln aufblitzen. »Wie wäre es, wenn ich kurz mit hinein komme?«

Ich trete zurück, meine Schultern berühren die Tür. »Nicht heute Nacht. Vielleicht ein anderes Mal?«

Er nickt langsam. Ich kann seine Augen im Dunkeln nicht klar erkennen, aber ich spüre, dass hinter dieser Pause Kalkulationen stattfinden. »Dann ein Gute-Nacht-Kuss?«

Er lehnt sich nach vorn, meine Hände landen auf seiner Brust und drängen ihn zurück. »Ich weiß nicht …«

Drake senkt den Kopf, meine Arme sind kein Hindernis, da er einen guten halben Kopf größer ist. Sein Mund landet auf meinem, obwohl ich versuche ihn wegzuschieben. Er scheint es nicht zu merken oder sich dafür zu interessieren, da er zu sehr damit beschäftigt ist, meinen Nacken zu packen und seine Zunge in meinem Mund zu bewegen.

Mein Selbsterhaltungstrieb erwacht und trotz der abendlichen Kühle bricht kalter Schweiß entlang meiner Wirbelsäule aus.

Mein Gehirn arbeitet plötzlich rasend schnell, registriert jeden Atemzug. Eine grobe Hand, die mein Handgelenk ergreift und es in einer Geste, die vielleicht sexy sein soll, hinter mir festhält. Vielleicht ist es auch ein gezielter Angriff – ich bin mir nicht sicher. So oder so ist es unerwünscht. Drakes Körper drückt mich gegen die Tür. Ich höre nur das Rutschen unserer Füße und das Schmatzen von Drakes ruppigem Mund, während wir um die Kontrolle ringen.

Schnelle Schritte durchdringen meine Panik.

Eine tiefe, vertraute Stimme schreit »Weg von ihr!«, eine Sekunde, bevor Drake von mir weggerissen wird.

Jaeger steht zwischen uns, mit dem Rücken zu mir. Ich habe keine Ahnung, wie er hergekommen ist, oder warum er hier ist. Aber die Erleichterung ist unvorstellbar.

»Gibt es ein Problem?« Drake richtet sich lässig den Kragen. Jaeger muss ihn verzerrt haben, als er nach ihm gegriffen hat.

Drake nähert sich, hält sich aber trotzdem von Jaeger fern. »Die Dame ist mit mir nach Hause gegangen. Ich verstehe nicht, was dich das angeht.«

»Es ist *ihr* Zuhause und sie hat dich gebeten zu *gehen*«, sagt Jaeger. »Hau. Verdammt noch mal. Ab!« Er greift nach hinten, legt mir einen langen Arm über die Schultern und zieht mich eng an sich heran. Mein Herz wird langsamer und meine Atmung beruhigt sich wieder.

Die Drohung in Jaegers Stimme erstaunt mich, aber mein Körper drückt sich instinktiv an ihn. Offen gesagt bin ich überrascht, dass es jemandem gelungen ist, Jaeger so wütend zu machen. Er ist eher ein sanfter Riese. Aber er ist wirklich beängstigend, wenn er wütend ist.

»Cali −« Drake tritt zur Seite, greift mein Handgelenk und zerrt an mir.

Ich ziehe meinen Arm weg. Will dieser Mann sterben? Oder ist er einfach so arrogant, dass er glaubt, ein doppelt so großer Mann könne ihm nichts anhaben? »Bitte geh«, sage ich zu Drake.

Sein Kiefer verkrampft sich, als würde er sich weigern, ein Spielzeug aufzugeben.

Jaeger stößt einen wütenden Seufzer aus, schiebt mich

hinter sich – *was zum Teufel* – und schlägt Drake ins Gesicht. *Heilige Scheiße!*

Drake landet auf dem Boden, rollt herum und fasst sich ins Gesicht. Da ist kein Blut, aber das muss wehgetan haben.

Jaeger beugt sich über ihn. »Fass. Sie. Nicht. An. Das war eine Warnung. Beim nächsten Mal überspringe ich den Teil.«

Drake erhebt sich hastig und klopft sich die lockere Tahoe-Erde von seiner Hose. Er blickt mich an. »So habe ich mir das heute Abend nicht vorgestellt«, sagt er und schleicht sich davon. Er wirft seinen teuren Sportwagen an und rast in einer Wolke aus Kieselsteinen und Kiefernnadeln aus der Einfahrt.

Jaeger hebt mein Kinn mit seinem Finger hoch und betrachtet mein Gesicht. »Geht es dir gut?«

Ich nicke und frage mich, was zum Teufel gerade passiert ist. »Was machst du hier?« Drakes Auto verschwindet am Ende meiner Straße um die Ecke. »Woher wusstest du …?«

Jaeger reibt sich eine Hand übers Gesicht und atmet angespannt. »Kerstin. Sie hat mir erzählt, dass du betrunken mit irgendeinem Typen aus dem Club weggegangen bist.« Sein Gesicht verzerrt sich. »Was hast du dir dabei gedacht, Cali?«

Diese Seite von Jaeger, die wütende, beschützerische Seite, habe ich noch nie zuvor gesehen. Und sie ist total heiß – nicht, dass ich sie unnötig heraufbeschwören möchte.

Ich habe mir nichts gedacht, als ich mit Drake mitgegangen bin. Tatsächlich habe ich absichtlich versucht, nicht nachzudenken. Über Jaeger. Aber das werde ich ihm garantiert nicht sagen. »Ich habe einen Fehler gemacht.«

»Du hast einen Fehler gemacht? Du –« Jaeger tritt zur

Seite und fährt mit den Fingern durch sein kurzes Haar. »Verstehst du, was dieses *geisteskranke Arschloch* hätte tun können?«

Ja, irgendwie schon. Und ich versuche, es mir nicht vorzustellen. Die letzte halbe Stunde hat mich wieder nüchtern gemacht.

Ich reibe mir die Augen, gehe zur Haustür, schließe sie auf und gehe hinein, wobei meine Finger und Arme zittern. Jaeger verweilt auf der Türschwelle. »Du kannst hereinkommen«, sage ich.

Er geht hinein und schließt die Tür hinter sich.

In der Küche fülle ich ein Glas Wasser und biete es ihm an, aber er schüttelt den Kopf. Ich nehme mehrere Schlucke und spüle mir Drakes Geschmack aus dem Mund.

»Tut mir leid, dass ich geschrien habe.« Er macht einen weiteren angestrengten Atemzug. »Aber man kann nicht mit Menschen nach Hause gehen, die man nicht kennt. Du darfst mit niemandem nach Hause gehen, es sei denn, es ist ein Freund.«

Ich drehe mich um. Es war dumm, mit Drake nach Hause zu gehen und ich habe heute Abend eine bittere Lektion gelernt. Aber warum will Jaeger mir sagen, was ich tun soll? »Was ist mit dir? Hast du die nette Dame nach Hause gefahren, bevor du hier hergekommen bist? Du darfst also mit irgendjemandem nach Hause gehen, aber ich nicht?«

»Ich bin keine fünfzig Kilo leichte Frau«, knurrt er. »Er hätte dir wehtun können, Cali.«

Bevor ich mit Eric zusammen war, bin ich ein oder zweimal von Partys mit Jungs nach Hause gegangen, die ich gerade erst kennengelernt hatte. Aber in diesen Fällen kannte ich die Brüder aus der Studentenverbindung oder wir hatten gemeinsame Freunde. Im College gab es zwar auch Gefahren, aber da kannte irgendwie jeder jeden. Die Risiken waren geringer.

Jaeger hat recht. Ich habe heute Abend meine Instinkte ignoriert und Drake wie einen Typen aus der Schule behandelt. Es war dumm und gefährlich. Aber das gibt Jaeger nicht das Recht, mich wie ein Kind zu behandeln. »Ich habe doch gesagt, dass ich einen Fehler gemacht habe. Ich kann mich nicht daran erinnern, einen zweiten großen Bruder zu haben. Warum bist du mir überhaupt hinterhergefahren?«

Er sitzt in der Mitte der Couch und nimmt zwei Drittel davon ein. Seine Beine sind weit gespreizt, wie es bei Männern oft der Fall ist, weil sie keine Röcke tragen oder das Bedürfnis haben, ihre Geschlechtsteile zu verstecken. Er lehnt seinen Kopf gegen die Wand hinter den Kissen und starrt an die Decke. »Ich dachte mir, dass der Typ vielleicht was im Schilde führt.«

Ich sehe mich demonstrativ im Raum um. »Und woher wusstest du das?«

Er starrt mich an. »Er ist ein Kerl und du warst betrunken. Ich wollte kein Risiko eingehen.«

Ich ziehe die Augenbrauen zusammen. Jaegers Reaktion auf Drake war für jemanden, mit dem ich nur zufällig befreundet bin, ziemlich hitzig. Als hätte er es persönlich genommen. Warum zum Teufel sollte er seine Begleitung verlassen, um mir nach Hause zu folgen, nur für den Fall, dass Drake ein Serienmörder ist?

»Was ist mit deiner Bekanntschaft?«

»*Kundin.* Sie ist eine Kundin, Cali.«

»Ziemlich vertraulich für eine Kundin. Betatschen dich alle deine Kunden?«

Jaegers Blick verengt sich auf mein Gesicht. Er setzt sich nach vorn und umfasst meine Taille, zieht mich zwischen seine Knie, bis ich keine andere Wahl habe, als mich auf sein Bein zu setzen oder mich auf ihn fallen zu lassen. Ich wähle das Bein und rutsche langsam neben ihm auf die Couch, meine Beine baumeln über seinem Schoß.

Sein Arm hält mich von hinten fest. »Du hast mich heute Abend zu Tode erschreckt.« Seine grünen Augen sind intensiv und besorgt.

»Es tut mir leid«, sage ich überrascht.

Jaeger drückt mein Gesicht an seine Brust und wiegt meinen Kopf. »Versprich mir, dass du so etwas nie wieder tun wirst.«

Ich würde ihm alles versprechen, wenn er mich nur weiter so hält. »Ich werde es nie wieder tun. Total dämlich von mir«, murmle ich, kuschle mit seinem Hemd und atme seinen frischen Duft ein.

Jaeger lehnt sich zurück und unsere Augen treffen sich für einen langen Moment. Die Intensität lässt meinen Atem schneller werden. Er senkt langsam den Kopf, bis ein Luftzug aus seiner Nase meine Haut kitzelt. Seine Lippen streifen meine, eine zarte Berührung, das totale Gegenteil von Drakes Misshandlung. Jaegers Zärtlichkeit zeugt von Wärme und Verlangen und etwas Tieferem, das ich nicht benennen kann. Aber ich will es.

Ich dachte zwar bisher schon, dass die Anziehungskraft zwischen uns enorm ist, aber sie ist nicht mit der Elektrizität zu vergleichen, die von seinen Lippen ausgeht und in mir ein kribbelndes Bedürfnis auslöst. Meine Finger umklammern sein Hemd.

Das ist es, wonach ich mich gesehnt habe. Den ganzen Abend lang, die ganze Woche lang, seit wir uns das erste Mal begegnet sind.

Jaeger zieht sich zurück und hält einen Zentimeter Abstand zwischen uns. Sein Atem streift mein Kinn, sein Daumen zieht Kreise an meinem Haaransatz. »Ist das okay? Nach …«

Ich strecke mich hoch und unterbreche seine Antwort mit meinem Mund. Ob ich es nun zugebe oder nicht, ich warte seit Wochen auf diesen Kuss.

Seine Finger gleiten in mein Haar, neigen meinen Kopf und ich ertrinke.

Mein Bauch spannt sich an, mein Körper wölbt sich zu ihm hin. Ich schlinge meine Arme um seinen breiten Rücken und ziehe ihn fest an mich heran, bis wir rückwärts auf die Kissen fallen, er auf mir.

Sein Gewicht fühlt sich unglaublich an. Nicht erdrückend oder gezwungen, sondern genau richtig, sodass er in mir noch mehr Bedürfnisse weckt. Ich bin nur noch ein Meer aus Empfindungen und wir tun nichts anderes, als uns zu küssen. Meine Beine schließen sich um seine Hüften und ziehen ihn näher an mich heran.

Ein kurzes, kehliges Stöhnen entweicht aus seinem Mund und seine Hand gleitet aus meinem Haar, meine Kehle hinunter, zu meiner Brust und schließt sich um eine meiner Brüste. Er zieht seinen Mund weg und küsst sich mein Kinn und meinen Hals entlang. »Cali«, flüstert er, umschließt meine Brust und reibt seinen Daumen über meine Brustwarze.

Erst als er meinen Namen erneut sagt, gibt die Erregung genug nach, um klare Gedanken zu ermöglichen. Er versucht, mit mehr als nur seinem Körper zu kommunizieren. Ich sehe ihm in die Augen.

»Wann kommt Gen wieder zurück?«, fragt er.

*Was …? Gen?* Scheiße!

Die Panik durchbohrt meinen Bauch und nicht, weil ich Angst habe, dass Gen uns erwischt, obwohl das auch passieren könnte. Ich habe das mit Gen und Jaeger total vergessen. Und die Wahrscheinlichkeit, dass zwischen ihnen etwas läuft. Nachdem ich Gen so sehr ermutigt habe, sich jemand neuen zu suchen, knutsche ich hier mit einem Typen herum, den sie vielleicht sogar mag.

Was mache ich da? Ich winde mich unter ihm heraus. Meine Wut gilt nicht nur mir selbst, sondern auch dem Gedanken, dass Jaeger mich möglicherweise verarscht. Gen ist meine allerbeste Freundin. Genug davon. Ich muss herausfinden, was zwischen den beiden läuft.

Ich schlucke und versuche, meine restlichen Gehirnzellen zusammen zu sammeln, die sich verstreut haben, sobald Jaeger mit seinem großen, heißen Körper über mir auftauchte. »Ich weiß nicht, aber sie war ziemlich betrunken, als ich gegangen bin. Sie wird wahrscheinlich bald nach Hause kommen.«

»Vielleicht sollte ich gehen.« Er steht auf und richtet seine Hose, die, wie ich feststelle, eine sehr große, eindrucksvolle Wölbung aufweist. Ich sehe weg.

Wenn ich Jaeger jetzt nach Gen frage, kann ich Wahrheit und Lüge wahrscheinlich nicht unterscheiden. Das Thema muss nüchtern angegangen werden, wenn ich nicht mehr ganz so leidenschaftlich auf meinen Beschützer reagiere. »Das ist wahrscheinlich eine gute Idee.«

# Kapitel Fünfzehn

Heute Morgen fühlt mein Kopf sich an, als hätte ich ihn ein paar tausendmal gegen einen scharfen Felsbrocken geschlagen, aber dank einiger grüner Oliven und trockenem Toast konnte ich die Übelkeit im Zaum halten. Gen ist es jedoch nicht so gut ergangen. Sie ist im Badezimmer und kotzt sich die Seele aus dem Leib.

»Geht es dir gut da drin?«

Sie antwortet nicht, also öffne ich die Tür einen Spalt und sehe nach ihr. Sie umarmt die Kloschüssel, ihre Wange klebt am Rand. Ich öffne die Tür weit. »Du siehst nicht gut aus. Soll ich dich in die Notaufnahme bringen?«

»Nein«, sagt sie, ohne sich zu bewegen. »Ich brauche nur etwas Zweisamkeit mit der Toilette.«

Ich nehme zwei Waschlappen aus dem Schrank und weiche sie in kaltem Wasser ein. Einen lege ich ihr über den Nacken.

Gen stöhnt. »Fühlt sich gut an.«

»Hier.« Ich gebe ihr den anderen. Ihr Arm tastet unsicher in der Luft herum. Ich greife ihre Finger und führe sie auf das Tuch.

Ich behalte Gen für den Rest des Tages im Auge. Am Abend isst sie etwas, fühlt sich aber immer noch ziemlich beschissen.

Die ganze Wucht dessen, was gestern Abend mit Drake hätte passieren können, wenn Jaeger nicht aufgetaucht wäre, trifft mich im Laufe des Tages. Ich werde so etwas nie wieder tun. Und das danach, mit Jaeger? Offensichtlich habe ich nichts gedacht. Ich habe *zugelassen*, dass meine Gefühle meine Handlungen kontrollieren. Wenn da etwas zwischen Jaeger und Gen ist, bin *ich* diesmal die andere Frau. Gen kann kaum noch jemandem vertrauen, nachdem das letzte Arschloch sie betrogen hat. Aber in dieser Situation wäre der Verrat so viel schlimmer.

Ich habe ihr nicht von Drake erzählt, denn das würde bedeuten, dass ich ihr erklären müsste, warum Jaeger hier aufgetaucht ist. Gen geht früh ins Bett und ich beschließe, mit ihr über alles zu reden, wenn es ihr nicht so schlecht geht. Ich muss herausfinden, was wirklich mit ihr und Jaeger los ist. Sie sagt nichts, aber ich werde das Gefühl nicht los, dass sie mir etwas verheimlicht.

———

ALS ICH AM nächsten Tag aufwache ist Gen verschwunden. Sie hat einen Zettel hinterlassen, auf dem steht, dass sie etwas zu erledigen hätte. Ich schreibe ihr eine SMS und sage ihr, sie solle sich keine Sorgen machen. Dass einer der Croupiers mich zur Arbeit fahren würde. Ich will nicht damit warten, mit ihr über Jaeger zu sprechen. Aber noch ein paar Stunden zu warten, bis wir von der Arbeit kommen, wird mich nicht umbringen.

Ich gehe zuerst zu der Schneiderin im Bluc und gebe der Frau meinen Ausweis, damit ich meine Uniform abholen kann.

»Tut mir leid«, sagt die Angestellte. »Der Chef will, dass du zum diensthabenden Manager gehst. Die Aufzüge sind neben der Lobby, zweiter Stock. Von dort aus wirst du weitergeleitet.«

Das ist seltsam. Ich habe bisher nur mit dem Chefcroupier und dem Pit Boss, der neue Auszubildende betreut, interagiert. Ich bin noch nie nach oben zu den großen Tieren gegangen – den Leuten, die meine Casino-Reality-TV-Show durch versteckte Überwachungskameras beobachten.

Ich nicke der Angestellten zu, jogge die Treppe zur Casinoetage hoch bis zu der Wand mit den Aufzügen in der Lobby.

Der zweite Stock des Gebäudes könnte nicht unterschiedlicher aussehen als der Rest des Casinos. Einige schlichte Büroabteile nehmen einen großen Teil des Raumes ein. Im Vergleich zu dem feudalen Dekor der Spiel- und Kundenbereiche ist dies ein spießiges und unpassendes Ambiente, aber eine Verbesserung im Vergleich zu der vergilbten Farbe und den Metallschränken im Keller. Die Büroräume reihen sich an drei Seiten der Etage aneinander, wobei eine große Doppeltür mit der Aufschrift ›Security‹ in der Mitte einer ganzen Wand steht.

»Ich bin Cali Morgan«, sage ich der Empfangsdame. »Die Schneiderin hat mich hierhergeschickt.«

Die Empfangsdame trommelt mit ihren leuchtend roten Nägeln, die kurzzeitig verschwinden, während sie schulterlange rot-violette Haare zurückbindet, die keinesfalls natürlich sein können. Die Nägel blitzen wieder hervor und zupfen einen Klebezettel vom Schreibtisch. »Hier entlang.«

Ich folge der Empfangsdame durch den Flur. Ihr starkes Augen-Make-up und ihre Haare schreien nach

Casino-Glamour, aber der bescheidene Rock und die Bluse, die sie trägt, halten sie weiterhin seriös. Ich schätze mal, dass sie irgendwann im Casino gearbeitet hat.

Wir gehen an dem Sicherheitsbereich vorbei und kommen zu einem anderen Flur, der weitere Büros enthält. Die Empfangsdame klopft an eine Türe mit einem Schildchen, auf dem ›Robert Middleton, Leiter der Spieleabteilung‹ steht und wir treten ein.

Im Büro tippt ein Mann mittleren Alters mit sandblondem Haar und einem Grübchen im Kinn ein paar letzte Tastenanschläge auf seinem Computer. »Danke.« Er nickt der Empfangsdame zu und sie schließt die Tür hinter sich.

Ich habe ein merkwürdiges Gefühl bei dieser Sache.

Was könnte ich falsch oder richtig gemacht haben, um hier gelandet zu sein? Ich bin nicht die schnellste Croupière, aber bisher hat sich noch niemand beschwert. Ich habe mich nicht verzählt, was mehr ist, als ich von anderen neuen Croupiers sagen kann. Wenn eine falsche Berechnung oder ein verpfuschtes Mischen Anlass zur Entlassung gewesen wäre, wäre die Hälfte der für den Sommer engagierten Croupiers entlassen worden.

Robert Middleton steht halb auf und gestikuliert zu einem Stuhl. »Sie müssen Calista sein. Nehmen Sie bitte Platz.« Ich nenne nie meinen vollen Namen, aber ich korrigiere ihn nicht. Irgendetwas in seiner Stimme sagt mir, dass es ernst ist.

Er setzt sich wieder in seinen breiten Ledersessel, hinter ihm ein großes Panoramafenster mit Blick auf die Berge und den See. Das Blut rast durch meine Adern, der Puls schlägt mir in den Ohren. Er ist ziemlich hochrangig. Warum sollte er mich hierher rufen?

Robert Middleton lehnt sich auf seine Unterarme und wippt mit seinen Fingern. Sein Jackett ist ausgezogen, aber er trägt ein weißes Hemd und eine gestreifte, graubraune Geschäftskrawatte so eng, dass die Haut an seinem Hals oberhalb des Kragens überhängt. »Ich komme gleich zur Sache. Wir müssen Sie leider entlassen.«

Mir klappt die Kinnlade herunter, die Augen blinzeln nicht. *Was?*

Ich meine, dieser Gedanke ist mir in den Sinn gekommen, wenn man bedenkt, wo ich bin. Aber ich habe es eigentlich nicht für möglich gehalten. Ich habe noch nie in meinem Leben schlechtere Noten als eine Eins minus erhalten, geschweige denn, dass ich aus einem Praktikum oder einer Arbeitsstelle gefeuert wurde.

»Ich verstehe nicht«, sage ich schließlich.

»Es ist ganz einfach. Sie sind als Saisonkraft für den Sommer eingestellt. Wir haben eine Probezeit von drei Monaten für alle Mitarbeiter. Wenn wir zu irgendeinem Zeitpunkt während dieser drei Monate das Gefühl haben, dass die Zusammenarbeit nicht gut passt, kann das Casino ohne Grund kündigen. Ich wurde darauf aufmerksam gemacht, dass Ihr Verhalten nicht zu unserer Unternehmenskultur passt und dass Sie sich woanders besser machen würden«.

Sein Pokerface ist perfekt. Sein Gesichtsausdruck verrät mir nichts. »Welches Verhalten meinen Sie? Ich will nicht argumentieren, ich verstehe nur nicht, was ich getan habe, um das zu rechtfertigen.«

»Ich möchte lieber nicht ins Detail gehen, noch bin ich dazu verpflichtet. Ihre Kündigung ist unmittelbar gültig.« Er steht auf und geht um seinen Schreibtisch herum, gestikuliert zur Tür, ein Hauch von scharfem Aftershave dreht mir den Magen um. »Bitte gehen Sie zurück zur Rezeption. Die Sekretärin hat ein paar Formulare zum Ausfüllen für Sie.«

Irgendwie schaffe ich es, mich zu erheben, meine Beine

zittern wie verrückt. Robert Middleton streckt seine Hand aus. Ich starre sie einen Moment lang an, dann durchbreche ich meine Benommenheit und ergreife sie. Sein Händedruck ist fest und entschlossen. »Viel Glück, Ms. Morgan.«

Das kann nicht sein. *Wie* konnte das passieren?

Meine Kehle wird trocken und Tränen brennen mir in den Augen, aber ich gehe zur Rezeption und zu der Frau mit den violetten Haaren.

Als ich mit dem Ausfüllen der Formulare fertig bin, betrete ich den Aufzug, begleitet von einem der Sicherheitsleute – als wäre ich eine Verbrecherin. Die Empfangsdame sagte, der Sicherheitsmann sei üblich, aber ich war noch nie in meinem Leben so niedergeschlagen.

Der Sicherheitsmann geleitet mich durch das Casino, vorbei an Gen, die in der Lounge Getränke ausgibt. Sie sieht mich nicht, aber Mason sieht mich. Er blickt verwirrt von seiner Bar auf.

Ich kenne das Gefühl. Ich schlucke und gehe gedemütigt weiter. Sie haben mir gesagt, ich solle mit niemandem sprechen. Und ehrlich gesagt will ich auch nicht herausposaunen, was hier passiert.

Nachdem der Wächter mich im Parkhaus zurückgelassen hat, laufen mir die Tränen, die ich zurückgehalten habe, über die Wangen. Ich schlurfe geschockt und benommen in Richtung der Fahrzeugreihen und suche nach Gens Auto. Dann bleibe ich stehen.

*Scheiße.*

Gen hat die Schlüssel und die Empfangsdame hat gesagt, ich könne nicht vor morgen zurückkommen, wenn meine Kündigung bekannt gegeben wurde.

Ich gehe zum Rand der Parkgarage, überblicke die Autoreihen unter mir und lehne meinen Kopf gegen die kalte Metallstange. Was soll ich jetzt tun? Ich brauche diesen Job, um meine Kurse in Harvard zu bezahlen. Meine Ersparnisse von diesem Sommer hätten nur einen Bruchteil der Kosten meines ersten Jahres gedeckt, aber immerhin. Ich werde weitere Kredite beantragen müssen, deren Rückzahlung möglicherweise mein ganzes Leben in Anspruch nehmen wird. Ich werde ein gut bezahlter Sklave der Gesellschaft sein.

Gelegenheiten wie ein Studium an der Harvard Law gibt es nicht jeden Tag. Ich sollte dankbar sein. Und doch bin ich es nicht. Es fühlt sich nicht wie ein Traum an, sondern wie eine Last.

# Kapitel Sechzehn

Ich sitze auf meinem Lieblingsplatz, dem Liegestuhl auf der Terrasse, wo ich die letzte halbe Stunde lang die Bäume angestarrt habe. Ich habe mir nicht die Mühe gemacht, die Handtasche von meinem Arm zu nehmen. Das schien mir zu viel Arbeit. Ich kann es nicht fassen, dass ich gerade gefeuert wurde. Es ergibt keinen Sinn.

Eine Vibration rüttelt an meinen Rippen, wo meine Handtasche ruht. Ich greife hinein und gehe ran. »Hallo?«

»Cali, geht es dir gut?« Gens Stimme klingt hoch und panisch. »Mason hat gesagt, du hättest das Casino in Begleitung eines *Sicherheitsmannes* verlassen.«

»Ja«, ich ersticke. Der Tränenregen hat sich aufgelöst, aber meine Stimme hat sich noch nicht vollständig erholt.

»Was ist passiert? Wo bist du?«

»Zuhause. Ich habe ein Taxi genommen.« Ich atme tief ein und reibe mir die Nase, die vermutlich knallrot von all dem Geheule ist. »Ich wurde gefeuert.«

»*Was? Warum?*«

Ich will gerade sagen, dass *ich es nicht weiß*, als mir die Erinnerung an die vergangene Nacht in den Sinn kommt.

Nein. *Das würde er nicht …, oder? Drake war sauer, als er gegangen ist. Sauer genug, um sich an mir zu rächen?*

»Ich weiß es nicht.«

»Das ist doch verrückt, Cali. Du kannst nicht einfach gefeuert werden. Du hast nichts falsch gemacht.«

Ich durchleuchte die Ereignisse meiner letzten Schicht und der Zeit danach, die ich im Club verbracht habe. *Habe ich etwas getan, was Mitarbeiter nicht tun sollten?* Das Casino gibt den Mitarbeitern am Ende jeder Arbeitswoche Getränkegutscheine, die in den Blue Bars verwendet werden können. Die Führungsetage hat kein Problem damit, wenn Mitarbeiter Alkohol trinken oder spielen. Sie wären wahrscheinlich froh, wenn wir unseren gesamten Gehaltsscheck wieder verpulvern würden.

Ich habe getrunken und getanzt, was keine große Sache ist. Es war aber durchaus eine große Sache, von Drake mitgenommen zu werden. Und dass dieser *leitende Angestellte* dann von Jaeger geschlagen wurde. Das war eine große Sache.

*Würde Drake das an mir auslassen? Auf diese Weise? Maskuliner Stolz lässt Männer dumme Dinge tun. Ich kenne Drake nicht gut genug, um zu sagen, dass er das nie tun würde. Er hat sich als Idiot erwiesen. Sogar noch schlimmer als das. Mein Gott.*

*Und ich kann Gen noch nichts davon erzählen, weil ich ihr noch nicht von Drake und Jaeger und den Ereignissen dieser Nacht erzählt habe. Es ist zu viel, als dass ich sie am Telefon während ihrer Arbeitszeit darüber aufklären könnte, und ich möchte es sowieso persönlich tun.* »Angeblich sind die Mitarbeiter in den ersten drei Monaten auf Probezeit. Das Casino braucht keinen Grund, mich zu entlassen. Der Chef hat gesagt …«

»Du hast mit jemandem von *oben* gesprochen? Sie kümmern sich eigentlich nie um uns.«

»Ja, na ja, dieser Typ schon. Er hat gesagt, ich passe nicht in die Casinokultur.«

»Willst du mich verarschen? Du bist eine geniale, bald in Harvard studierende Juristin. Und dazu noch elegant und schön. Was suchen die dann? Schmuddelige Schulaussteiger mit schlechten Manieren?«

Hm, interessante Theorie. Einige Mitarbeiter passen auf diese Beschreibung. »Nein, ich glaube nicht, dass es das ist. Aber ich bezweifle, dass ich die Wahrheit erfahren werde. Sie sind nicht verpflichtet, mir das zu sagen.«

»Das ist so seltsam … und nicht richtig.« Sie lässt einen lauten Seufzer los. »Vergiss das Blue, Cali. Wer braucht die schon? Du hast eine glänzende Zukunft vor dir.«

Ich presse die Lippen zusammen und atme durch die Nase, wobei ich den Klumpen im hinteren Teil meines Halses zu schlucken versuche. »Richtig.« Dieser Job war mein Puffer, damit ich mir das mit dem Studium überlegen konnte und jetzt ist er weg.

Gen kehrt zu ihrer Arbeit zurück, verspricht aber, nach ihrer Schicht direkt nach Hause zu kommen. Das Gespräch mit ihr hatte den positiven Effekt, dass ich aus meinem apathischen Zustand auf der Terrasse aufgeweckt wurde.

Ich habe nur dreißig Minuten im Casino verbracht, aber meine Kleidung und meine Haare riechen trotzdem nach Zigarettenrauch. Ich will jede Erinnerung an diesen Ort auslöschen. Ich schnappe mir meine Lieblings-Jogginghose und ein T-Shirt und gehe duschen.

Nasse Haare baumeln mir den Rücken herunter, ich schalte durch Fernsehkanäle und suche nach einer schlechten Reality-TV-Show, die mein Leben normal erscheinen lässt.

Mein Handy vibriert. Es ist eine SMS von Jaeger.

**Jaeger:** *Hast du schon was gegessen?*

**Cali:** *Nein. Woher hast du meine Nummer?*

**Jaeger:** *Gen. Magst du Burritos?*

Ah, verdammt. Weiß Gen, dass er mir gerade eine SMS schickt? Sie muss es wissen, wenn sie ihm meine Nummer gegeben hat.

Er erwischt mich in einem schwachen Moment. Da kann ich nicht Nein sagen. Ich will ihn sehen. Zwischen uns wird nichts passieren, wenn Gen bald nach Hause kommt – auch wenn uns das beim letzten Mal nicht aufgehalten hat. Ich schiebe diesen Gedanken beiseite.

**Cali:** *Hühnchen, bitte.*

Zwanzig Minuten später klopft es an der Haustür und mein Puls springt durch die Decke. Es ist wahrscheinlich Jaeger, aber ich sehe trotzdem aus dem Fenster. Ich habe zu viele böse Überraschungen erlebt. Und mit meinem Misstrauen gegenüber Drake ist alles möglich.

Jaegers silberner Kleinlaster reflektiert Sonnenschein auf die Veranda. Ich öffne die Tür und da steht er, in Jeans und einem grauen Sweatshirt, eine braune Papiertüte in der Hand.

»Hey.« Er blickt auf meine Jogginghose und grinst.

Nach seiner Nachricht habe ich meine Hosenbund gerollt, damit mir der Arsch nicht herunterhängt und habe mir einen BH angezogen, aber abgesehen davon sehe ich scheiße aus. »Komm rein.«

Jaeger stellt die Tüte auf den Tresen. »Gläser?«

»Hinter dir.« Ich zeige auf den entsprechenden

Schrank, greife nach Tellern und stelle sie dann in der Essecke auf den Tisch.

Jaeger kommt mit einem Glas und zwei Flaschen Dos Equis Bier rüber. Er schenkt mir eins ein und trinkt seines aus der Flasche.

Ich nehme einen großen Schluck, die Kohlensäure reizt meine überempfindliche Nase. Sie ist nicht mehr hellrot, aber immer noch verstopft. »Ahhh« – trotzdem schmeckt Dos Equis nach ein bisschen Sonne – »Das habe ich gebraucht.«

Jaeger lächelt und holt vier in weißes Papier gewickelte Bündel heraus. Er legt drei auf seinen Teller und eines auf meinen. Wir verlieren keine Zeit, bevor wir uns auf das Essen stürzen.

»Also«, sage ich zwischen zwei Bissen, »ich nehme an, Gen hat dir erzählt, was passiert ist?«

Er nickt. »Mason hat gesehen, wie du nach draußen eskortiert wurdest. Ich habe mit Gen gesprochen.«

Mein Gesicht wird warm. Der ganze Abend war ein einziger Tritt in meinen Arsch. Ich bin mir sicher, dass ich nichts getan habe, um meine Entlassung zu rechtfertigen. Aber es ist trotzdem peinlich. Ungefähr so, wie wenn meine Kreditkarte an der Kasse abgelehnt wird, weil jemand meine Kartennummer gestohlen hat. Nur, dass ich mehr Schuld habe.

»Hat sie dich gebeten, nach mir zu sehen?«

Er blickt auf. »Nein. Ich habe mich selbst geschickt.«

»Und wie findet sie das?«

Er starrt mich einen Moment lang an, sein Blick ist verwirrt. »Ich habe nicht gefragt.«

Er fühlt sich scheinbar kein bisschen schuldig. Ich beiße noch einmal in meinen leckeren Burrito und studiere heimlich sein hübsches Gesicht und seine breiten Schultern. An der Soße erkenne ich, dass er das Essen aus meinem *Lieblingsladen* geholt hat. »Danke. Ich weiß zu schätzen, dass du gekommen bist.«

Jaegers Mund hält mitten im Kauen inne. Er starrt mich einen Moment an, bevor er sein Bier hebt und schluckt. »Was wirst du jetzt machen? Suchst du dir einen anderen Casinojob?«

»Ich habe die Stelle über einen Kontakt meiner Mutter bekommen. Sie hat uns von den Sommerjobs erzählt und ein gutes Wort für uns eingelegt. Es ist spät in der Saison. Ich bezweifle, dass es noch Stellen gibt.« Ich lege meinen halb gegessenen Burrito auf den Teller und wische mir den Mund mit einer Serviette ab. »Meine Kurse an der Uni fangen bald an. Ich habe genug Geld gespart, um den Sommer zu überstehen. Meine Mutter lebt in Carson City. Ich könnte jederzeit zu ihr fahren. Sie hat mich ohnehin gebeten zu kommen.«

Jaeger verputzt seinen Burrito, beißt in einen Taco und trommelt mit den Fingern auf den Tisch. »Also musst du die Zeit totschlagen.«

Ich bin nicht sicher, warum er glücklich klingt. Nichts an meiner Entlassung scheint positiv zu sein. »Ich schätze schon.«

Jaeger blickt auf meinen halb gegessenen Burrito. »Fertig? Bereit für das Dessert?«

»Du hast einen Nachtisch mitgebracht?«

»Natürlich.«

Er schlingt seinen letzten Taco herunter und wir waschen das Geschirr ab. Ich räume das Geschirr wieder in die Schränke ein, als ich ein Rascheln aus Jaegers magischer Papiertüte höre. Ich sehe nach, was er macht.

Er stellt ein Glas auf den Tresen.

*Es sind …* »Du hast mir grüne Oliven mitgebracht?«

Er schiebt mir das Glas zu und ich bin für einen Moment sprachlos.

Ich blicke auf und er lächelt. »Woher wusstest du das?«

»Ich bin aufmerksam.« Er muss die Verwirrung in meinem Gesicht erkennen. »Du hast sie am ersten Abend in der Casinolounge wie Weintrauben gegessen.«

So etwas Süßes hat noch nie ein Mann für mich getan. Ich will ihn in meine Arme wickeln, in mein Bett werfen und ihn vernaschen. Ich greife die Kante des Tresens und versuche, meine Atmung zu bremsen. »Danke.«

Jaeger öffnet das Glas. Er nimmt eine Olive und hält die Hand vor meinen Mund. Ich öffne die Lippen und er schiebt die Olive hinein. Meine Zunge streift seinen Finger auf dem Weg nach draußen.

Er starrt meinen Mund an, während ich kaue. »Mehr?«, fragt er abwesend.

Ich nicke. »Was ist mit dir? Hast du kein Dessert?« Ich nehme eine weitere grüne Schönheit heraus.

Er räuspert sich. »Dir beim Essen zuzusehen ist mein Nachtisch.« Er grinst frech.

Das gibt Ärger. Wie soll ich mich von ihm fernhalten, wenn er so ist? Mein Höschen löst sich in Luft auf, wenn ich ihn nur ansehe. Und dann ist er auch noch lustig und süß und bringt mir grüne Oliven. Ich kann mich nicht dagegen wehren.

»Aber ich habe mir etwas anderes mitgebracht. Macht es dir was aus, wenn wir hinausgehen?«

Ein Szenenwechsel wäre wahrscheinlich gut. Ins Freie – weg von Schlafzimmern und Sofas.

———

ALS JAEGER MICH GEBETEN HAT, die Papiertüte nach draußen zu tragen, während er zu seinem Truck ging, habe ich nicht erwartet, dass er mit einem Mini-Grill zurückkommt.

Was zum Teufel? »Du kannst nach dem Essen keinen Hunger mehr haben. Du hast eine halbe Kuh in *Burrito-Form* gegessen.«

Er lacht und stellt den Grill auf den Zement. Dann zieht er ein Feuerzeug und einen ausziehbaren kleinen Spieß aus seiner Gesäßtasche. Der Mann kommt gut ausgerüstet.

Er zündet Kohlen im Inneren des Grills an und wartet darauf, dass sie sich erhitzen, dann holt er einen Beutel Marshmallows aus der Papiertüte. Jetzt weiß ich, wohin das führt und mir gefällt, wie er denkt.

Ich lehne mich in meinem Liegestuhl zurück und warte darauf, dass Jaeger ein Marshmallow schmort. Er ist einer dieser Menschen, die ihren Marshmallow überall gold-braun braten, während ich meinen in der Regel in Brand setze und abwarte, was passiert.

Als Jaeger den Marshmallow für perfekt geröstet hält, läuft mir schon das Wasser im Mund zusammen. Er nimmt die goldene Kugel langsam von dem Spieß und legt sie zwischen zwei Butterkekse, zusammen mit einem Stück Schokolade.

Seit ich ihn kenne, war er immer ein absoluter Gentle-man. Er würde das nicht essen, ohne mir vorher etwas anzubieten …

Mit gezielter Langsamkeit führt er das kleine Sandwich an seinen Mund.

Ich wimmere, und er sieht mit hochgezogenen Augen-brauen zu mir herüber, als wüsste er, dass ich ihn gleich attackieren würde. »Möchtest du etwas davon, Cali?«

Er provoziert mich. Ich hatte eine der schlimmsten Wochen meines Lebens und er provoziert mich.

Ich hebe einen Tannenzapfen auf und werfe damit nach ihm. Er weicht mühelos aus und lacht.

»Gib mir einen Bissen, verdammt!«, sage ich.

Er schüttelt den Kopf. »Ganz schön aggressiv.«

»Ja, das bin ich. Lass dir das eine Lehre sein.«

Ein schiefes Lächeln huscht über sein Gesicht. Meine Handflächen schwitzen bei dem Unheil, das sich dahinter verbirgt. Anstatt es mir in die Hand zu geben, lehnt er sich zu mir, bis er nur noch etwa dreißig Zentimeter von mir entfernt ist und hält es mir vor den Mund.

Ich verenge die Augen. Ein Lächeln kräuselt meine Lippen. »Du magst es, mich zu füttern.«

Er starrt meinen Mund an und nickt. »Mm-hmm.«

Das ist schmutzig. Und es gefällt mir. Dieses Spiel kann ich auch spielen. Ich lecke die Schokolade auf, die ihm den Zeigefinger heruntertropft und lasse mir dabei Zeit. Jaegers Gesicht wird angespannt und er atmet scharf ein, sein Blick folgt meiner Zunge seinem langen, kräftigen Finger entlang. Ich nehme einen Bissen und lecke mir die Lippen. »Mmm, lecker.«

Sein Mund teilt sich leicht. »Du hast da was …« Er zeigt auf meinen Mundwinkel.

Ich lecke absichtlich die andere Seite.

Er sieht mir in die Augen. »Du provozierst mich?«

Ich nicke langsam.

Jaeger atmet langsam aus und legt das Marshmallow-Sandwich auf die Papiertüte. »Ich lasse mich nicht gern provozieren.« Sein Gesicht ist emotionslos und für einen Moment glaube ich, dass er es ernst meint.

Bevor ich weiß, was passiert, senkt Jaeger das Oberteil meines Liegestuhls, bis ich flach auf dem Rücken liege und klettert auf mich, wobei er meine Arme leicht über meinem Kopf festhält.

Mir entfährt ein Quietschen. Er greift meine beiden Hände mit einer der seinen, leckt meinen Mundwinkel, wo die Schokolade war und kitzelt mit der anderen Hand meine Rippen.

»Halt!« Ich befreie eine Hand – er hält sie nicht komplett fest –, greife seine kitzelnden Finger und fessle sie mit meinen.

»Was? Bist du mit der Bestrafung für böse Mädchen, die provozieren, nicht einverstanden?«

Ich grinse, denn trotz meines Elends habe ich Spaß. Ich habe immer Spaß mit ihm. »Das ist keine Strafe.«

Er lächelt jungenhaft. »Nein, ich schätze nicht. Ich bin ein Liebhaber, kein Kämpfer.«

Seine Augen werden ernst und er beugt sich vor und küsst mich sanft. Er schmeckt nach Schokolade und nach etwas anderem Leckerem, das ich mit ihm in Verbindung bringe. Der sanfte Kuss entwickelt und verwandelt sich in etwas Hitziges und Bedürftiges. Ich lege meine Arme um seinen Rücken und er beugt sich tiefer an mich heran.

Ich liebe es, wie er mich hält. Seine Küsse sind bewusst, nicht dilettantisch und schnell, um voranzukommen.

Jaeger schiebt seine Hüften zwischen meine Beine und mein Atem stockt, meine Oberschenkel schmiegen sich um seine Taille. Er stöhnt in meinen Mund und drückt wieder an mich –

Die Liege bricht zusammen – na ja, die untere Hälfte jedenfalls – und unsere Beine knallen zu Boden. Jaeger lacht. »*Scheiße.* Alles okay?« Er macht keine Anstalten, von mir herunterzukommen, und dafür bin ich dankbar. Ich will ihn genau da, wo er ist.

Ich betrachte den Schaden. Die unteren Beine der Liege sind verbogen. »Mist, wie soll ich das Gen erklären?« Ich drücke ihn fester, damit er weiß, dass ich mich ziemlich aufregen werde, wenn er jetzt versucht, von mir herunterzukommen.

Er küsst meinen Mundwinkel und fährt mit der Hand meine Rippen hinunter bis zum Bauch. »Schiebe es einfach auf mich. Sag ihr, dass ich mich darauf gesetzt habe«, murmelt er.

Seine Zunge erkundet die Innenseite meines Mundes und seine Hände bewegen sich die nächste halbe Stunde lang auf mir auf und ab, kaputter Liegestuhl hin und her, bis die verdächtigen Geräusche jenseits des Zauns mein Trommelfell erreichen.

Schuldgefühle durchströmen meine Brust und ich schiebe mich leicht weg. »Gen ist Zuhause«, flüstere ich. »Wir sollten aufstehen.«

Ich habe es wieder getan. Wie konnte ich es wieder tun? Ich muss zweifelsfrei wissen, dass zwischen Gen und Jaeger nichts ist. Ich glaube es nicht, aber ich muss absolut sicher sein.

Jaeger stöhnt und gibt mir einen kleinen Kuss, bevor er sich nach oben drückt.

»Was läuft da zwischen dir und Gen?«, platze ich heraus. Gens Antwort hat mir keine wirkliche Zuversicht verliehen, als ich das letzte Mal gefragt habe. Und jetzt ist Jaeger hier. Keine sexy Beschützer-Pheromone durchströmen mich und können mein Gehirn durcheinander bringen, wie sie es nach der Sache mit Drake getan haben. Mein Verstand ist ein wenig verschwommen nach dem ganzen Rummachen, aber ich kann nicht länger mit der Frage warten.

Er räumt das Marshmallow-Zubehör weg, den Kopf zur Seite geneigt, als ob er verwirrt wäre. »Was meinst du damit?«

»Ich meine, habt ihr – habt ihr etwas miteinander?«

Jaeger erstarrt. »*Was?* Wie kommst du darauf?«

»Du hast sie neulich auf ein Date eingeladen. Ich habe mich nur gefragt … Ich meine, sie hat gesagt da wäre nichts, aber ich muss sicher sein.«

Er sieht weg, als würde er nachdenken und schüttelt

dann langsam den Kopf. »Ich wollte nur ihre Meinung über etwas, an dem ich arbeite. Es ist nicht … Nein, Cali, ich habe nichts mit Gen. Ich kann nicht glauben, dass du das gedacht hast, nachdem …« Er hebt seine Hand und lässt sie wieder sinken. »Das würde ich nie tun. Ich bin nicht so.«

Ich glaube ihm, aber ich kann nicht behaupten, dass ich ihn gut kenne. »Wie *bist* du denn?«

Er ist für einen Moment still und fummelt an dem Grill herum. »Ich will nicht lügen. Eine Zeit lang hatte ich öfter mal was mit anderen, aber das ist schon eine Weile her. Damals gab es einfach Dinge, die ich zu bewältigen hatte. Offensichtlich bin ich nicht gut damit umgegangen, aber ich bin darüber hinweggekommen. Und ich bin nicht mehr so. Das war nicht mein wahres Ich.« Er starrt mir in die Augen. »Aber selbst dann hätte ich mich nie mit einem Mädchen verabredet und es dann mit ihrer besten Freundin versucht.« Er reibt seinen Kiefer. »Ich hatte auch nie, ähhhh – *Dates* – mit mehr als einem Mädchen auf einmal. Zu kompliziert.«

Er hat also nie mehr als ein Mädchen am selben Tag gevögelt, aber dazwischen lag wahrscheinlich trotzdem nicht viel Zeit. Damit kann ich umgehen. Damals war er jünger. Ein richtiger Aufreißer. Es ist versaut, aber was erwarte ich von einem Zwanzigjährigen, der heiß genug ist, dass er jede haben könnte, die er begehrte. Solange er jetzt nicht mehr so ist.

Ich bin keine Jungfrau, aber ich bin treu. Und ungeachtet dessen, was Jaeger von mir denken mag, nachdem ich mich von Drake habe nach Hause fahren lassen, habe ich nicht einfach irgendwelche One-Night-Stands. Ich mache vielleicht ab und zu mal mit jemandem rum, aber mehr auch nicht. Das hebe ich mir für Beziehungen auf.

Das ist meine einzige spröde Regel, wenn man das so nennen kann.

Gen öffnet die Schiebetür. »Da bist du ja. Hey, Jaeger. Ich wusste nicht, dass du vorbeikommst.« Sie sieht den Liegestuhl, auf dem ich sitze und die verbogenen Beine. »Hast du heute Abend zu viel gegessen, Cali?«

»Halt die Klappe!« Ich werfe ihr einen Tannenzapfen an den Kopf, aber sie ist weiter weg als Jaeger und ich bin schlecht im Zielen. Gen macht sich nicht die Mühe, auszuweichen, weil der Tannenzapfen weit entfernt landet. Okay, vielleicht landet er auch in der nächsten Stadt.

Jaeger schüttelt den Kopf und steht auf, hält den warmen Grill an den Griffen, die Papiertüte unter den Arm gestopft. »Daran müssen wir noch arbeiten.«

»Ich dachte, du hast gesagt, ich soll nie wieder etwas werfen.«

»Und hast du auf mich gehört?«

Scheiße. Da hat er mich wohl erwischt.

Jaeger geht zum hinteren Tor. »Bis dann, Gen. Cali, bis morgen.«

Morgen?

»Elf Uhr vormittags«, ruft er von der Einfahrt aus.

Ich vertraue auf das, was Jaeger über ihn und Gen gesagt hat. Wenn er also nicht mit ihr zusammen ist, was ist dann los? Es gibt etwas, was Gen mir nicht sagt.

# Kapitel Siebzehn

Am nächsten Morgen knurrt Gen: »Verdammte Scheiße.« Sie hat etwa tausend Cheerios auf den Küchenboden verschüttet.

Ein paar rollen aus der Küche und ich kicke sie wieder hinein. »Das solltest du besser aufräumen.«

Sie blinzelt über den Tresen, die Augen halb geschlossen, eine Haarsträhne steht auf einer Seite ihres Kopfes ab. »Warum bist du schon auf? Du bist arbeitslos. Solltest du nicht bis zwei oder drei Uhr schlafen? Oder auf Jobsuche sein?«

Das habe ich verdient. »Touché. Jaeger hat gesagt, ich soll um elf Uhr bereit sein, erinnerst du dich?«

Sie murrt eine Antwort. Etwas über laute Mitbewohner und zu frühes Aufstehen.

Hoppla, vielleicht habe ich in meinem Eifer, mich auf mein Date vorzubereiten, ein wenig Lärm gemacht.

Die Kaffeemaschine lässt flüssigen Genuss in die Kanne strömen. Sie ist fast fertig, aber ... scheiß drauf. Gens schlechte Laune ist in Hochform und bedarf drastischer Maßnahmen.

Ich ziehe die Kanne heraus – der Durchfluss stoppt automatisch – und schenke ihr eine Tasse ein. »Hier.«

Mit der Kehrschaufel in der Hand nimmt sie einen Schluck. *»Ahhh, gracias.«*

Mein Handy klingelt. Ich nehme meine Handtasche vom Tresen und schmeiße alles raus, bis ich mein Handy ganz unten finde.

»Hey, Schwesterherz.«

»Tyler?« Das ist seltsam. Er muss wieder in Boulder sein, aber normalerweise höre ich nach einem Besuch einige Wochen lang nichts mehr von ihm. »Was machst du so?«

»Immer noch unterwegs sein«, sagt er.

»Was bedeutet das?«

»Na ja – äh – ich hänge bei Mom rum.«

Tyler besucht uns immer im Sommer, aber nie länger als ein paar Wochen.

»Wurdest du entlassen?«, frage ich panisch. Großartig. Ganz toll. Gleich beide Morgan-Kinder dürfen sich nicht ihre Zukunft versauen. Das wird Mom zerstören.

»Entspann dich. Ich habe meinen Job nicht verloren. Ich brauchte nur eine Pause von Boulder.«

Tyler liebt Boulder. »Okay. Was hast du vor?«

»Na ja, ich dachte, ich könnte wieder für eine Weile vorbeikommen. In Carson ist mir langweilig. Moms neues Haus ist schön, aber hier ist es zu flach. Nichts zu tun. Mein Kumpel will mir neue Radwege zeigen. Ich könnte bei ihm pennen, aber er hat eine Freundin und … du weißt schon.«

»Fünftes Rad am Wagen.«

»Richtig, also was meinst du? Kann ich auf eurem Dachboden übernachten? Ich gehe dir nicht auf die Nerven. Versprochen.«

»Bleib solange du willst. Du musst nicht so tun, als

wärst du unsichtbar. Ich habe dich gern in meiner Nähe — aber verrate niemandem, dass ich das gesagt habe.«

Er lacht. »Dein Geheimnis ist bei mir sicher. Aber du könntest deine Meinung ändern, wenn ich irgendwelche Typen bei dir auftauchen sehe. Ich bin immer noch dein großer Bruder.«

Und er ist mit Jaeger befreundet. Das könnte kompliziert werden. Was würde Tyler von uns denken? Und von dem, was auch immer wir tun? »Ich bin einundzwanzig, Tyler. Du kannst den Großer-Bruder-Mist stecken lassen. Ich bin keine Jungfrau mehr.«

Er atmet langsam aus. »Ich tue so, als hätte ich das nicht gehört. Und du kannst Gen sagen, dass ich sie auch im Auge behalte. Jeder, der den Wohnsitz betritt, muss es erst durch den Tyler-Check schaffen.«

»Das kann ja heiter werden«, sage ich unverblümt.

»Ich wusste, dass du einverstanden sein wirst.«

———

JAEGER HOLT mich pünktlich ab und er bringt Geschenke mit.

»Woher wusstest du, dass ich Milchkaffee mag?«

Er lächelt vom Fahrersitz aus. »Grüne Oliven habe ich geschlussfolgert. Der Milchkaffee war ein Glückstreffer.«

»Du hast einen guten Geschmack.«

Dieses Mal bekomme ich die volle Wirkung seines Blicks ab. »Ja, das habe ich.«

Mein Gesicht wird warm und ich sehe aus dem Fenster, damit er nicht sieht, wie ich rot werde. Rotbraunes Haar zu haben schützt mich nicht vor all den Problemen, die man als Rotschopf hat. Aber zumindest habe keine Sommersprossen.

»Und was machen wir jetzt?« Wir sind über die Staatsgrenze hinaus. Wohin wir auch fahren, es ist nicht in der Stadt.

»Wir fahren zu meinem Haus. Ich will dir zeigen, was ich mache.«

Wir haben gestern Abend ein wenig über uns selbst gesprochen, aber zeigen ist immer besser. Ich habe eine ungefähre Vorstellung davon, was er beruflich macht – ich habe die Holzschnitzereien der örtlichen Kunsthandwerker am Highway 89 mein Leben lang gesehen –, aber wenn er es mir zeigen will, bin ich dabei.

Ein paar Minuten später fährt Jaeger in eine lange Kiesauffahrt, an deren Rändern majestätische Kiefern emporragen. Eine Lichtung am Ende führt zu einem Haus neben einem quadratischen Gebäude mit einem ähnlichen Schrägdach. Jenseits der beiden Gebäude blitzt der See durch weitere Kiefern hindurch. Die meisten Bauherren hätten den Ausblick auf den See freigelegt und erweitert, aber der Eigentümer hat ihn ziemlich natürlich gehalten.

Es ist ein schönes Haus. Wirklich schön. Ich hatte nicht angenommen, dass Jaeger bei seinen Eltern wohnt. Aber ich dachte eigentlich, dass er eine Wohnung gemietet hat, wie Mason. Wie viel verdient ein Totempfahl-Schnitzer denn?

Jaeger steigt aus dem Truck aus, geht vorn herum und macht die Beifahrertür hinter mir zu. »Gehen wir erst einmal hinein. Ich habe Mittagessen vorbereitet.« Er bewegt sich auf das Haus zu.

Was passiert hier? Milchkaffee und grüne Oliven, dann selbst gemachte Mahlzeiten? Das ist das perfekte Date.

*Macht er mir den Hof?*

Meine Erinnerungen an frühere Dating-Rituale sind verschwommen. Eric hat sich in dieser Hinsicht nicht sonderlich angestrengt. Sowohl Gen als auch Jaeger haben geleugnet, dass zwischen ihnen irgendetwas läuft, also ist das kein Hindernis mehr. Jaeger ist Tylers Freund, und dafür werde ich sicherlich eine Standpauke kassieren. Aber mit meinem Bruder kann ich umgehen. Eric und ich sind Geschichte und ich habe mich größtenteils davon erholt, dass er mich abserviert hat. All das spricht dafür, dass ich mich ohne Weiteres auf Jaeger stürzen sollte, aber etwas hält mich immer noch zurück.

Ich will nicht, dass Jaeger ein Trostpreis ist. Darum mache ich mir noch ein wenig Sorgen, aber nicht so sehr wie vorher. Jaeger ist anders. Wir sind anders. Wenn ich es zulasse, könnte das etwas Ernstes werden. Aber mein Leben ist im Moment verwirrend. Ich weiß nicht, was ich mit dem Studium anfangen will, aber ich will auch nicht das vermasseln, was zwischen mir und Jaeger passiert. Denn es gefällt mir. Es gefällt mir sehr gut.

Jaeger geht die Treppe hinauf zu einer kleinen überdachten Veranda mit Stützbalken und einem breiten Steinkamin mit eingebautem Grill. Die Fenster der Veranda bieten einen Blick auf den See. Er schließt die Tür auf, und wir betreten das Haus.

Es ist nicht das, was ich erwartet habe.

Das Äußere war spektakulär, aber jeder kann eine Wohnung oder ein Haus mieten, das von außen gut aussieht. Die Inneneinrichtung und das, was man daraus macht, sind etwas ganz anderes. Das gilt vor allem für Männer.

In Jaegers Zuhause ist keine Spur von abgewetzten Shabby-Chic-Möbeln. Ein moderne, gemütlich aussehende Couch steht vor dem Kamin, ein massiver Fernseher rechts daneben. Die Kunst im Raum ist echt, farbenfroh, aber passend zur Einrichtung maskulin. Es gibt einen Esstisch ähnlich wie der bei Jaegers Eltern, nur dass dieser geschnitzte Akzente aufweist. Jaeger schreitet an der

Kücheninsel vorbei und öffnet einen Kühlschrank aus Edelstahl. »Kann ich dir etwas zu trinken anbieten?«

Mein Mund ist ausgetrocknet, aber nicht vor Durst. Meine Nerven liegen blank. Wer ist diese Person mit dem schönen Haus, die mich umwirbt, wie ich noch nie zuvor umworben wurde? Und bin ich bereit für ihn?

Er ist alles, wovon ich nie wusste, dass ich es will.

Ich dachte, ich wäre relativ selbstbewusst und so bin ich bei Eric gelandet. Wir sind in eine feste Beziehung geraten, weil *ich* darauf bestanden habe und entschlossen war, das durchzuziehen. Ich war Klassenbeste und für eine große Karriere bestimmt. Ein Typ ist sich nicht sicher? Dann bezaubert man ihn eben, damit er sich sicher ist. Ich habe es Eric leicht gemacht, mit mir zusammen zu sein. Ich habe mich nicht beschwert, dass er mit seinen Freunden ausgegangen ist. Ich habe nicht gefragt, warum er mich nie seiner Familie vorgestellt hat. Er hatte sich für uns keine Mühe geben müssen. Ich habe es möglich gemacht.

Aber diese Sache mit Jaeger ist anders. Wir sind emotional und intellektuell auf Augenhöhe und das macht mich nervös. Was habe ich zu bieten? Ich habe keinen Job, eine unsichere Zukunft … es war ja alles noch schön und gut, als ich dachte, dass ich beruflich einen Schritt voraus bin. Aber so langsam mache ich mir Gedanken über sein Totempfahl-Geschäft.

»Nur Wasser, danke.«

Jaeger reicht mir ein Glas und holt eine blaue Keramikschüssel aus dem Kühlschrank, die einen grünen Salat mit geschnittenen Erdbeeren enthält. Ein Teller mit rohem Fleisch gesellt sich zum Salat auf der Theke.

Er schaltet einen Grill auf der Herdplatte ein und legt die Fleischstücke aus. »Mach es dir bequem«, sagt er über die Schulter. »Das wird etwa zehn Minuten dauern. Wir essen und dann führe ich dich herum.«

Ich werfe einen Blick auf sein tadelloses Zuhause. Es lässt das Ferienhäuschen, in dem Gen und ich leben, wie eine Hütte aussehen. »Stört es dich, wenn ich nach draußen gehe? Ich will einen Blick auf den See werfen.« Und nach Luft schnappen.

Jaeger sieht mich an, seine Miene drückt Zustimmung aus. »Deshalb habe ich das Haus ausgewählt. Wegen der Aussicht.« Er lächelt und wischt sich die Hände an einem Geschirrtuch ab, die Schultern spannen sich an. Ich frage mich, ob er auch nervös ist. »Ich hole dich, wenn es fertig ist.«

Ich spaziere zum Rand des Gartens und der vertraute Duft der Kiefern erfüllt meine Lungen und gibt mir Halt. Neugierig gehe ich an der Werkstatt vorbei – sehr neugierig, aber ich sehe nicht hinein.

Eine Holzschaukel mit Plüschkissen blickt auf den See und sein steiniges Ufer. Ich setze mich, ziehe meine Beine in einen Schneidersitz und lege die Hände zusammen.

Mit Jaeger zusammen zu sein ist einfach. Ich muss keine Strategie entwickeln, um ihn dazu zu bringen, Zeit mit mir verbringen zu wollen. Er ergreift die Initiative. Ich hatte nie etwas, für das ich nicht arbeiten musste. Für mich war die Schule einfacher als für die meisten Menschen, aber ich habe trotzdem viel Zeit und Energie investiert. Die Sache mit Jaeger läuft vollkommen natürlich und das macht mir eine Scheißangst.

Ich bin mir nicht sicher, wie viel Zeit vergangen ist, als die Schaukel sich von selbst zu bewegen beginnt. Ich blicke auf, Jaeger gleitet neben mich und legt seine Hand leicht auf meinen Knöchel. Wir blicken gemeinsam auf den See, ohne zu reden. Ich habe noch nie zuvor so viel Ruhe und Frieden mit einem anderen Menschen empfunden.

Er lehnt sich dicht an mich heran, sein Kinn über meiner Schulter, die Nase schmiegt sich an mein Ohrläppchen. »Was denkst du?«

Ich nehme an, er spricht von der Aussicht und nicht von seiner Hand auf meinem Bein, die sehr ablenkend ist. »Ich liebe es.«

Er wendet sich und hebt mich auf seinen Schoß, wobei seine Arme eine schützende Umarmung bilden. »Ich will, dass du hier glücklich bist.«

Ich versteife mich. Das ist so viel. Er ist so viel. Ich habe nichts zu bieten.

Er runzelt die Stirn, als könnte er meine Gedanken lesen. Er küsst meine Wange und dann meinen Mund, seine Hände gleiten beruhigend meine Arme auf und ab. Ich lehne mich in ihn hinein und mein Körper wird schlaff. Kribbeln breitet sich aus meinem Inneren heraus aus, während er den Kuss vertieft. Ich schlinge meine Arme um seinen Nacken und fahre mit den Fingern durch sein kurzes, weiches Haar.

Jaeger unterbricht den Kuss zuerst, aber er zieht sich nicht zurück, er hält mich fest. Sein Puls schlägt an seinem Hals gegen meine Lippen. »Wir gehen besser wieder hinein, sonst will ich noch länger hier draußen bleiben. Unser Fleisch wird kalt.« Er hebt mein Kinn und gibt mir einen leichten Kuss. »Fortsetzung folgt«, sagt er mit einem wissenden Blick und führt mich ins Haus, seine Hand meine umfassend.

Der Salat ist köstlich, das Fleisch ebenso. Der Kerl weiß wirklich, wie man kocht, während ich die Tiefkühlabteilung des Supermarktes in Betrieb halte. Wir schließen unser Essen mit einem Glas Rotwein ab und er führt mich durch das Haus.

Ich habe den großen Wohnraum, der den Essbereich, die Küche und das Wohnzimmer umfasst, schon gesehen.

Am Ende des Flurs befindet sich das Schlafzimmer mit Blick auf den See, während am anderen Ende des Hauses ein zweites Schlafzimmer und ein großes Büro mit einer Couch, einem Flipper und einem weiteren riesigen Fernseher liegt. Mit anderen Worten, eine Männerhöhle.

Dieser Raum entspricht schon eher dem, was ich mir von dem Haus eines Vierundzwanzigjährigen erwartet habe. Medaillen und ein paar Trophäen sind willkürlich in einer Vitrine gestapelt, zusammen mit anderen seltsamen Kuriositäten, wie signierte Baseballs – und einer Boxershorts mit dem Lippenstiftabdruck einer Frau.

»Nette Boxershorts.«

»Oh ja … Das ist schon eine Weile her.«

»Deine, nehme ich an?«

Er nickt, ein schüchternes Lächeln huscht ihm über das Gesicht.

»Aber der Lippenstift von jemand anderem, hoffe ich?«

Jaeger nimmt meine Hand und zieht mich an seine Brust. »Eine der Berühmtheiten, die die Stadt mal besucht haben.«

Ich runzele die Stirn und stelle mir die weiblichen Urlauber vor, die auf der Suche nach einer heißen Nacht hierherkommen. Und dann sehen sie Jaeger. Zu ihm würde niemand Nein sagen.

Er küsst meinen Mund, meine Lippen sind steif und unnachgiebig. »Ich bin nicht stolz auf manche Entscheidungen, die ich in der Vergangenheit getroffen habe, aber das liegt jetzt alles hinter mir«, sagt er.

Welche Entscheidungen? Und was bedeutet das? Dieses ganze Date fühlt sich so ernst an, als würde er versuchen, mir etwas zu sagen.

»Komm. Ich zeige dir meine Holzwerkstatt.«

Jaeger zieht mich durch eine Hintertür über Steinpflaster in einen riesigen, offenen Innenraum, der mit

Maschinen und einer Art Lüftungsanlage ausgestattet ist. In der Mitte steht eine große Werkbank. Seitlich gibt es eine bequem aussehende Ledercouch und zwei Türen an der Hinterseite des Gebäudes.

Er zeigt auf die Türen. »Eine davon ist ein Badezimmer, die andere ein Trockenraum mit Ventilatoren.«

In der Ecke seiner Werkstatt steht ein zwei Meter hohes geschnitztes Spalier. »Das ist wirklich schön.« Ich hätte nicht gedacht, dass er an etwas so großem arbeiten würde. Und dass es so schön ist.

»Ein Hochzeitsbogen, den ich für die Tochter eines Kunden mache.« Er drückt mir sanft seine Hand ins Kreuz und führt mich weiter. »Ich habe schon Möbel und andere Extras gemacht, aber das hier drüben ist mein Hauptverdienst.«

In die untere Hälfte der Wand sind Regale eingebaut, in denen Dutzende quadratische und rechteckige Holztafeln in jeder Größe liegen. Neben ihnen hängt ein Verkaufsregal mit einem quadratischen schwarzen Samtvorhang. Jaeger zieht eine der kleineren Holzschnitte heraus, etwa sechzig mal sechzig Zentimeter groß, und stellt es auf das Regal.

Ich starre es lange an, ohne etwas zu sagen, weil es mir die Sprache verschlagen hat und ich mir nicht sicher bin, ob da noch Worte herauskommen werden. Ich habe Kunstwerke in Museen und bei örtlichen Kunsthandwerkern gesehen – es gibt eine ganze Reihe solcher Geschäfte in der Stadt. Aber so etwas wie diese Schnitzerei habe ich noch nie gesehen.

Auf den ersten Blick grasen drei Rehe in verschiedenen Posen, als hätte der Künstler es aus einem Foto entnommen. Bei genauerem Hinsehen ist die Maserung des Holzes in das Design eingearbeitet. Nur die Hirsche sind tatsächlich geschnitzt und nicht ihre Umgebung. Die

Gravierung ist nicht kitschig oder billig. Sie ist schön. Elegant. Natur in Natur geschnitzt, und ich kann nicht aufhören, es anzustarren.

»Also? Was denkst du?«

»Ich – wow. Es ist nicht so, wie ich es mir vorgestellt habe. Es ist echte Kunst.« Das klingt lahm, aber es ist die Wahrheit, das muss ich leider zugeben.

Er lacht und setzt das Stück wieder an seinen Platz. »Du hättest Schlechteres erwartet?«

»Ich dachte, du machst Totempfähle und verkaufst sie am Straßenrand.«

Er schüttelt den Kopf. »Cali, hast du so wenig Vertrauen in mich?«

»Woher hätte ich wissen sollen, dass du so Etwas machst?« Ich wedle wild mit den Armen. »Ich kenne niemanden mit so einem Talent.«

Er hebt mich hoch und küsst mich. »Du denkst, dass ich talentiert bin?«

Meine Zehen sind gut einen halben Meter über dem Boden. Es wäre dumm von mir, mich in einer so verletzlichen Position mit ihm zu streiten. Ich verziehe meinen Mund. »Du weißt, dass du talentiert bist.«

Er lacht wieder und flüstert mit seinen Lippen über die empfindliche Haut an meinem Hals. »Aber ich höre es gern aus deinem Mund.«

Sein Mund an meinem Hals lässt mir einen Schauer über die Arme laufen. Ich sehe ihm in die Augen. »Deine Arbeit ist wunderschön, Jaeger.«

Eine Stunde später, nachdem Jaeger mir mehrere seiner Entwürfe gezeigt, meine Hand gehalten und mich immer wieder geküsst hat, setzt er mich mit einem letzten heißen Kuss auf der Türschwelle unseres Ferienhäuschens ab und verspricht mir für morgen etwas Besonderes.

Ich gehe in unseren in die Jahre gekommenen, zu groß

geratenen Schrank von einem Haus und in meinem Kopf dreht es sich. Das bedeutet es also, wenn jemand mein *Herz im Sturm erobert*. Ich schwebe und ohne Jaeger, der mich am Boden hält, habe ich das Gefühl abzudriften. Was ist mit mir passiert?

Ich schwebe immer noch im Wohnzimmer, als Tyler ein paar Sekunden später hereinkommt. Er wirft seinen Seesack an dieselbe Stelle wie beim letzten Mal – mitten im Weg. Dann starrt er aus dem Fenster. »Was machst du mit Jaeg?«

Ich sinke auf die Couch. »Wir treffen uns.«

Seine Mundpartie und seine Augen verengen sich. »Was meinst du mit ›treffen‹?«

»Sich verabreden, miteinander ausgehen – du weißt schon, dieses Ritual, das Männer und Frauen praktizieren?«

Tyler kommt näher. Hier kommt sie, die du-kannst-meinen-Freund-nicht-daten-Rede. »Cali, ich verstehe, dass du eine schwere Zeit durchmachst. Ich kenne das Gefühl.«

*Tut er das?* Er weiß noch nicht, dass ich gefeuert wurde. Er bezieht sich wohl auf meine Trennung, aber was weiß Tyler schon von Trennungen? Er hatte seit der High School keine Freundin mehr.

»Deshalb«, fügt er hinzu, »möchte ich, dass du dich von Jaeger fernhältst. Er ist ein guter Kerl. Er hat es nicht verdient, sich kurz nach deiner Trennung von Eric als Trost verarschen zu lassen. Er musste sich in seiner Vergangenheit genug Scheiße von Frauen gefallen lassen.«

Ich starre in verblüfft an. Da war sie wieder, diese Anspielung auf Jaegers Vergangenheit, von der Jaeger sagte, dass sie hinter ihm liegt. Von der ich aber den Eindruck habe, dass sie ihre Spuren hinterlassen hat. »Schützt du *Jaeger* jetzt vor mir? Was ist mit dem Tyler-Check, der die Jungs von deiner unschuldigen Schwester fernhalten soll? Und damit das klar ist, ich *bin* ein nettes Mädchen.«

Tyler setzt sich neben mich auf die Couch, das Gewicht seines großen Körpers lässt mich auf meiner Seite des Polsters wippen. »Das bist du, aber wie ich schon sagte, bist du« – er wedelt mit seiner Hand – »durcheinander. Du bist im Moment instabil.«

Ich schüttle den Kopf vor Verzweiflung. »Danke, Tyler, das hat mir noch gefehlt. Dass mein Bruder sich in der Stunde der Not gegen mich wendet.«

Er schubst mich mit der Schulter. »Ich wende mich nicht gegen dich. Ich kenne Jaeg einfach nur. Ich weiß, was er durchgemacht hat. Die Olympischen Spiele waren nur noch Monate entfernt, als er seinen Unfall hatte. Nicht Jahre – Monate, Cali. Das Training war sein Leben und er hat alles verloren. Und dann musste er mit … na ja, das alles hat ihn fertig gemacht.«

Tyler reibt sich den Mund und schüttelt den Kopf. »Ich habe gesehen, wie er dich bei seinen Eltern beobachtet hat. Er ist ein ernster Typ und er mag dich. Wenn es dir nicht ernst mit ihm ist, dann tu das nicht.«

Ich will Jaeger auf keinen Fall verletzen, nicht, dass es mir möglich erscheint. Der Typ scheint ziemlich unabhängig zu sein und es mangelt ihm nicht an weiblicher Aufmerksamkeit. Wenn man die attraktive Kundin bedenkt, die sich förmlich über ihn drapiert hat. Aber ich verstehe, was mein Bruder sagen will. Ich bin im Moment ein bisschen aus dem Gleichgewicht. Ich habe keine Ahnung, wo mein Leben hinführt und bin total im Eimer.

Das Problem ist, dass es mir selbst wehtun würde, nicht bei Jaeger zu sein. Wenn er in meiner Nähe ist, bin ich glücklich. Ganz zu schweigen davon, dass seine Küsse meinen Gliedmaßen zur Konsistenz von Pudding verwandeln. Ich habe mich schrecklich gefühlt, als ich dachte, dass ich ihn an Gen verloren hätte. Ich will das nicht noch einmal durchmachen. »Warum bist du wirklich in der Stadt, Tyler?«

Er steht auf und wühlt in seiner Tasche herum, seine Bewegungen sind steif und ruckartig. »Ich hatte eine ähnliche Situation mit einem Mädchen. Nichts, worüber ich reden will.«

Meinem großen Bruder wurde das Herz gebrochen? Das ist was Neues.

Ich lehne meinen Kopf auf die Rückenlehne der Couch und krümme mich. Mein Bauch verknotet sich. »Du kannst so lange bleiben, wie du willst.« Ich sehe zu ihm hinüber und Tyler starrt mich an.

»Was ist denn los? Bist du krank?«, fragt er.

Ich wiege meinen Kopf von einer Seite zur anderen und starre an die Decke. »Ich bin eine Niete, Tyler. Ich habe es dir oder Mom noch nicht gesagt, aber ich wurde entlassen.« Er hebt die Augenbrauen und ich winke die Fragen ab. »Lange Geschichte.«

Er setzt sich wieder neben mich. »Du bist keine Niete. Du bist fast so schlau wie ich, was dich zu einem der intelligentesten Menschen auf dem Planeten macht.«

Selbstbewusstsein liegt in der Familie.

Im Vergleich zu Jaeger und seinen Leistungen nach dem Unfall bin ich eine Versagerin. Im Moment habe ich nichts zu bieten, außer Probleme.

Bevor ich sein Haus verlassen habe, hat Jaeger mir erzählt, dass er das Haus und die Werkstatt von dem Geld gekauft hat, das er verdient hat. Dieser schöne Ort und das Grundstück gehören *ihm*. Er ist reich – und ich dachte, er sei ein Verkäufer am Straßenrand. Ich dachte, dass ich mit meinem Collegeabschluss die Oberhand hätte, aber dem ist nicht so.

Ich kann nicht ewig in Lake Tahoe bleiben. Meine

Mutter würde einen Herzinfarkt bekommen und ich würde es nie zu etwas bringen, wenn ich die unqualifizierten Jobs hier machen würde.

Wenn ich meinen Juraabschluss hätte, wäre das wenigstens etwas. Ich wäre keine Verliererin ohne Zukunft. Ich könnte etwas zu einer Beziehung beitragen. Eric hat mich abgeschossen, obwohl in meinem Leben alles gut lief. Wie würde eine Beziehung mit jemandem wie Jaeger jemals überleben?

Ohne diesen Juraabschluss bin ich nichts.

# Kapitel Achtzehn

Am nächsten Tag mache ich die Wäsche und warte darauf, dass Jaeger anruft oder eine Nachricht schickt. Ja, so lahm bin ich geworden. Ich sitze herum und warte auf den Anruf eines Mannes. Gen isst mit Nessa früh zu Mittag und Tyler ist zu seinem Freund gefahren. Kein Auto zu haben nervt, jetzt, wo Gen und ich nicht mehr den gleichen Zeitplan haben.

Ich lege die Kleidung auf dem Bett zusammen und sehe alle paar Minuten zum Handy. Es klingelt, oder besser gesagt vibriert und ich stürze mich förmlich über das Bett und hole es vom Nachttisch.

Ich atme tief ein und langsam wieder aus. Er braucht nicht zu wissen, dass ich gerade gesprintet bin, um den Anruf entgegenzunehmen. »Hallo?«, sage ich in aller Ruhe.

»Hey, Cali.«

Was zum Teufel? *»Eric?«*

»Überrascht?«

»Jaaa. Irgendwie schon.«

»Ich wollte mich mal wieder melden. Sehen, wie es dir

geht.« Er klingt glücklich, was ziemlich ärgerlich ist. Es ist nicht so, als würde ich ihn nicht glücklich sehen wollen, aber er braucht es mir nicht unter die Nase zu reiben, nachdem er mich so behandelt hat.

»Mir geht es gut, Eric. Alles ist gut.«

»Fantastisch. Bei mir läuft es auch gut. Ich schließe das College Ende des Monats ab und habe gerade einen Job bei einem Start-up-Unternehmen in Silicon Valley bekommen. Tolle Sozialleistungen, Urlaub, all das. Auch einige Geschäftsreisen. Das ist eine gute Gelegenheit für mich. Viel Spielraum für persönliches Wachstum.«

Mein Versager-Ex hat ein Leben und ruft mich an, um damit anzugeben? »Schön für dich, Eric«, sage ich und versuche es auch so zu meinen.

»Wann gehst du nach Harvard?«, fragt er fröhlich.

Ich reibe mir die Stirn mit der Faust. »Ähh, na ja, ich bin mir nicht sicher. Ich denke mal, dass ich gehe.« Ich sollte gehen. Ich muss gehen, wenn ich ein Leben haben will.

»Was meinst du mit ›du denkst‹?«

»Na ja … ich habe irgendwie überlegt, das Masterstudium doch nicht zu machen. Ich bin mir nicht sicher, ob es der richtige Weg für mich ist.«

»Bist du wahnsinnig?« Seine Frage endet in einer hohen Tonlage. »Du machst Witze, oder?«

Was zum Teufel? Eric hat sich nie für meine Pläne interessiert. Nicht, bis er mit mir Schluss gemacht und angedeutet hat, dass unsere unterschiedlichen Zukunftspläne mit ein Grund dafür sind.

»Ich überlege, ob ich das Ganze aufschieben oder vielleicht etwas anderes versuchen soll.« Ich habe keine Ahnung, was dieses andere Etwas sein könnte. Aber da Eric mich verurteilt, will ich nicht noch erbärmlicher klingen und zugeben, dass ich keinen Plan habe. »Höchstwahrscheinlich werde ich am Ende doch noch Jura studieren.«

»Ja – na ja, viel Glück damit«, sagt er unaufrichtig. »Ich muss jetzt gehen. Ich muss für das Examen lernen und nach einer Wohnung suchen. Ich ziehe mit ein paar Freunden zusammen. Das wird klasse.«

Hat er gerade das Wort *klasse* benutzt?

Eric hat sich endlich zusammengerafft, das muss ich ihm lassen. Mein Ex und ich haben die Plätze getauscht. Wie genial. Einfach fantastisch. »Okay, na ja, Glückwunsch zu deinem neuen Job.«

»Danke. Wir sehen uns.«

Werden wir das? Ich bezweifle es. Ich beende das Gespräch und werfe das Handy zusammen mit meinem Gesicht auf das Bett.

*Rache ist süß*, schätze ich.

———

JAEGER STOPFT die Sandwiches und Getränke, die er im Jachthafen gekauft hat, in seinen Rucksack. Er hat kurz nach Eric angerufen und mich mit einer Wanderung am Fallen Leaf Lake überrascht.

Wir steigen die Stufen zum Strand hinunter und gehen am Ufer entlang zum Ausgangspunkt. »Mein Ex hat heute angerufen«, plappere ich heraus.

Sein Blick gleitet zu mir und sein Tempo verlangsamt sich zu einem Schlendern.

»Er hat angerufen, um mir zu sagen, wie toll sein Leben ist.« Ich sinke auf die zerklüftete Oberfläche eines großen Felsens. Was ich zu sagen habe, hat nicht direkt mit Eric zu tun, aber es muss gesagt werden, bevor es weitergeht.

Ich starre auf das Wasser. »Ich will nicht Jura studieren, Jaeger. Nicht mal, wenn ich es mir leisten könnte. Ich will überhaupt nicht mehr studieren.«

Er sitzt auf dem niedrigen Stein neben mir, wodurch seine Schultern nur knapp über meinen sind, statt dreißig Zentimeter höher.

Ich drehe mich und sehe ihn an. »Vielleicht bin ich am Ende nicht die, für die du mich gehalten hast, als wir das hier angefangen haben.« Schweigen. Er beobachtet mich mit einem ruhigen Gesichtsausdruck, der mir nichts verrät. »Woran denkst du?«

Jaeger schiebt den Rucksack von der Schulter und stellt ihn auf den Boden. »Ich denke, dass du sehr wohl die bist, für die ich dich gehalten habe, als ich dich wiedergesehen habe. Und dass du das tun sollst, was dich glücklich macht. Du bist ein talentiertes, intelligentes Mädchen. Du kannst alles tun, was du willst.«

Ich ersticke. »Talentiert? Ich bin nicht talentiert. Ich bin gut in der Schule. Intelligent, ja, obwohl das im Moment fraglich ist. Eine intelligente Person würde ein erstklassiges Jurastudium nicht aufgeben.«

Er sieht auf das Wasser hinaus. »Du bist auch eine Künstlerin. Steck dich nicht in eine Schublade, Cali. Und dein Ex …« Er schüttelt den Kopf. »Vollidiot. Besser für mich.« Er grinst.

Jaeger spreizt seine Füße weiter und stützt seine Unterarme auf den Knien ab. »Es hat mich nie interessiert, dass du in Harvard angenommen wurdest. Ich wusste das nicht einmal, als … na ja, trotzdem. Das ist nicht das, was mich an dir beeindruckt hat, obwohl deine Intelligenz natürlich attraktiv ist.« Sein Mundwinkel schießt nach oben, leichte Stoppeln entlang seines Kiefers flimmern blond im Licht.

Ich grinse. Seine Worte sind wie eine warme Decke; sie beruhigen und trösten. Er sieht mich besser, als ich mich selbst sehe. »Was hast du gemeint, als du gesagt hast, ich wäre eine Künstlerin?«

»Deine Skizzen.«

»Meine *Kritzeleien?*«

Er nickt langsam. »Sie sind beeindruckend.«

Ist er verrückt? Niemand hat mir je gesagt, dass meine Kritzeleien gut sind. Nicht, dass ich sie irgendjemandem zeigen würde oder so. Gen mag sie, aber sie denkt auch, dass Vampir-Romanzen Literatur sind und singt bei »Islands in the Stream« lautstark mit. Ihr Geschmack ist zweifelhaft. Sie ist keine zuverlässige Quelle.

Jaeger hebt einen Zweig vom Boden auf und dreht ihn zwischen den Fingern. »Ich dachte, Skifahren und die Olympischen Spiele wären alles, was ich im Leben will. Skifahren war das Einzige, was ich konnte. Als das alles verloren gegangen ist, dachte ich, ich hätte nichts mehr. Mein Knie war im Arsch, weil ich es mir zu oft gezerrt habe und meine langjährige Freundin hat mit mir Schluss gemacht. Das mit der Freundin war wohl das Beste für mich, aber …« Er blickt auf. »Ich weiß, wie es ist, vom Leben sitzen gelassen zu werden. Ich verstehe die Zweifel, die dir durch den Kopf gehen. Glaub mir, wenn ich sage, dass dein Ex ein Idiot war, der nicht wusste, was er hatte.«

Diese Worte sind leichter zu glauben, wenn es um jemand anderen geht. Ich kann nicht verstehen, warum ein Mädchen Jaeger gehen lassen würde. Ich kann mir nicht vorstellen, ihn aufzugeben. Ich kann kaum die Augen von ihm lassen. »Das Mädchen, mit dem du zusammen warst? Sie hat nach deinem Unfall mit dir Schluss gemacht?«

»Wir waren in der High School und in unserem ersten Collegejahr zusammen. Sie hat mit mir Schluss gemacht, als ich im Krankenhaus lag.«

Meine Kehle zieht sich zusammen. Es ist schon lange

her, aber ich bin wütend. »Das ist schrecklich«, antworte ich endlich.

Er lächelt. »Irgendwie schon, aber sie war nicht der Mensch, für den ich sie hielt. Ich hätte es schon lange vorher beenden sollen.«

Hm. Eine merkwürdige Aussage. Ich will mehr wissen, aber ich werde ihn nicht drängen.

»Ich wünschte, ich hätte es damals anders gemacht. Als ich begriffen habe, dass ich nicht mehr Ski fahren kann … Ich habe dir doch von diesen Jahren erzählt …«

»Als du noch eine männliche Hure warst.«

Er lächelt und um seine Augen bilden sich Fältchen. »Als ich noch eine männliche Hure war.« Dann wird sein Gesicht wieder nüchtern. »Es war eine dumme, unreife Reaktion auf das Chaos in meinem Leben. Im Vergleich dazu bist du mit dem, was dir passiert ist, sehr gut umgegangen. Besser als ich.«

Ich pflücke ein Unkraut vor mir. »Ich habe mich nicht in eine Schlampe verwandelt.«

Sein Mundwinkel zuckt. »Vielleicht nicht, aber das will ich damit nicht sagen. Du bist eine gute Freundin, Cali. Du kümmerst dich um Gen. Ich weiß, wie nahe du deinem Bruder stehst. Du arbeitest hart, sonst hättest du nicht Jura studiert … und ich erinnere mich an dich, als wir jünger waren. Du warst immer temperamentvoll, aber trotzdem süß.« Er verschiebt sich auf dem Felsen, wobei er seine Füße fester auf den Boden setzt. »Ich war damals in dich verknallt«, sagt er schwach und sieht auf das Wasser.

Meine Kinnlade klappt herunter und ich starre ihn an.

Nach einem Augenblick sieht er zu mir herüber und lächelt über meinen verdutzten Gesichtsausdruck. »Das habe ich mir natürlich damals nicht eingestanden. Ich war jung und dumm. Ich dachte, ich wäre in Kate verliebt. Oder zumindest, dass ich sie brauche. Jetzt bin ich mir da nicht mehr sicher.« Er schüttelt den Kopf. »Ich war beschäftigt, habe ununterbrochen trainiert. Ich habe Dinge beschönigt, die in Wirklichkeit gar nicht so gut waren. Ich habe meinen Instinkten nicht vertraut. Je besser ich dich kennenlerne, desto mehr wird mir klar, dass du alles bist, was ich damals wollte und immer noch will. Ich weiß, dass du eine schwere Zeit durchmachst und glaub mir, ich versuche, dir Freiraum zu geben. Aber es ist schwierig. Ich will mit dir zusammen sein.«

Ich höre für einen Moment auf zu atmen, in meinem Kopf dreht sich alles. Ich konnte mir denken, dass er mich mag. Ich habe mich gefragt, wie sehr, weil er mich so umworben hat. Aber ich hätte nie gedacht, dass sein Interesse schon seit der High School vorhanden war, als ich selbst ein bisschen in die jüngere Version von Jaeger verknallt war. »Was willst du damit sagen?«

Sein Blick verschiebt sich nach unten, dann zum Wasser hinaus. »Nur, dass ich da bin. Ich gehe nirgendwo hin.« Er blickt zu mir zurück. »Egal, welche Richtung dein Leben nimmt. Jetzt fühlt es sich vielleicht gerade verloren an, aber du wirst das durchstehen und dann wirst du mich haben.«

Sosehr mich diese Aussage tröstet, kann ich nicht umhin, mich zu fragen … warum? Mein Leben ist ein Wrack. Ich kann nicht ertragen, nicht zu wissen, was ich tun soll. Ich muss es wissen, sonst sehe ich keine Zukunft mit Jaeger oder sonst wem.

Gott, ich klinge wie jemand, der finanzielle Sicherheit braucht, bevor er eine feste Beziehung eingeht. Aber ich wurde so erzogen. Meine Mutter hat meinen Bruder und mich gelehrt, unabhängig zu sein und für uns selbst zu sorgen, anstatt sich auf andere zu verlassen. Ich kann dieses Konzept nicht einfach aus meinem Kopf streichen. Ich muss herausfinden, was ich mit meinem Leben anfangen soll, bevor ich Versprechungen machen kann. Aber ich will Jaeger auch nicht verlieren.

Während unserer restlichen Wanderung kommen keine ernsthaften Gespräche über die Zukunft oder Gefühle mehr auf, was eine Erleichterung ist. Ich brauche Zeit, um das alles zu verarbeiten. Jaeger hält meine Hand, während wir uns eine kleine Bergkapelle am Wegrand ansehen, aber er küsst mich nicht. Das hindert mich aber nicht daran, jedes Mal zu sabbern, wenn er über einen der Felsbrocken springt und seine Shorts gegen seinen perfekten Hintern spannen. Es ist wirklich schon peinlich, wie sehr ich ihn begehre.

Nach der Wanderung setzt er mich Zuhause ab und küsst mich auf die Wange. Die Geste ist freundlich und platonisch und entspricht keineswegs seinen Worten von vorhin. Will er mir Freiraum geben?

Jaeger sagte, er würde mir zur Seite stehen, egal wie ich mich entscheide. Aber der einzig logische Weg ist, mich auf Cambridge vorzubereiten. Es gibt günstigere Jurastudiengänge in der Nähe, aber es wäre dumm von mir, auf Harvard zu verzichten. Eine unabhängige und intelligente Frau würde auf jeden Fall dort studieren. Ich kann nicht ertragen, wie zerbrechlich und fragil ich geworden bin.

Nur so kann ich wieder ich selbst sein.

# Kapitel Neunzehn

Es ist schon über eine Stunde her, seit Jaeger mich abgesetzt hat und Gen ist immer noch nicht zurück von ihrem Mittagessen mit Nessa. Ich überprüfe mein Handy auf Nachrichten. Als ich keine finde, will ich ihr schreiben. Ich höre jedoch auf zu tippen, als ein Auto in die Einfahrt fährt.

Meine Augen weiten sich. Gen ist auf der Beifahrerseite eines roten Jeeps in einem hitzigen Gespräch mit Lewis vom Strand-Barbecue. Miras Freund.

Wo zum Teufel ist Gens Auto?

Ich kann nicht glauben, dass sie mit diesem Kerl unterwegs ist. Er ist genauso schlimm wie das erste Arschloch. Versucht sie absichtlich, sich das Glück zu ruinieren?

Ich sinke auf die Couch und verschränke meine Hände. Ich dachte, Gen nach Lake Tahoe zu bringen, wäre eine gute Idee gewesen. Ich kann nicht glauben, dass sie sich wieder in die gleiche Situation bringt, aus der sie gerade erst entkommen ist.

Gen schließt die Haustür hinter sich und drückt mit geschlossenen Augen den Rücken dagegen. Ich springe im vollen Angriffsmodus auf. »Was zum Teufel, Gen? Was machst du mit dem Kerl?« Ich zeige demonstrativ Richtung Fenster, wo Lewis gerade aus der Einfahrt herausfährt.

Gen drückt ihre Finger an die Schläfen. »So schlimm ist er nicht, Cali. Beruhig dich.« Sie sieht auf. »Es ist nicht so, wie du denkst.«

»Du machst das alles noch einmal!« Ich bin gestresst und lasse es an meiner besten Freundin aus, aber ich kann nicht anders. Der Stress über das, was ich tun muss – was ich tun sollte, um meine Unabhängigkeit zu erhalten – macht mich verrückt. »Hast du beim ersten Mal nichts gelernt? Kapier es endlich, Gen, der Typ benutzt dich nur.«

Ihre Hände ballen sich zu Fäusten. »Und du kennst dich so gut mit Männern aus? Wusstest du, dass Eric mich angemacht hat? Er wollte mit mir schlafen, Cali.«

Ihre Worte schlagen mich vor den Kopf. »*Was?*«

»Es tut mir leid. Ich hätte es dir früher sagen sollen.«

Gens Handy summt. Sie sieht auf den Bildschirm und stürmt dann in unser Schlafzimmer, während ich fassungslos an der Tür stehe. Sie zieht ihre Turnschuhe aus – *sind ihre Klamotten nass?* – und zieht ein Paar Sandalen aus dem Schrank, zusammen mit einem frischen Oberteil und einer Hose.

»Ich habe versucht, es dir an dem Tag am Eagle Lake zu sagen«, fährt sie fort, »aber du hast gesagt, dass es zwischen euch beiden gut läuft.« Sie setzt sich hin und zieht ihre Sandalen an, dann hält sie inne, die Hände auf den Oberschenkeln. »Nachdem du und Eric euch getrennt habt, habe ich gedacht, es wäre besser, es dir nicht zu sagen. Ich wollte dir nicht noch mehr Schmerz zufügen. Ich habe Panik bekommen und dann ist noch mehr Zeit vergangen.«

Ich bin wie eingefroren. »Wovon redest du?«

Gen zieht ihr T-Shirt aus und zieht sich das frische Oberteil über den Kopf, die Arme strecken sich durch die Ärmelöffnungen. Sie dreht sich zu mir um. »Weißt du noch, als ich Eric zum Einkaufen gefahren habe, um Sonnencreme zu kaufen, während du unter der Dusche warst? Da waren wir das erste Wochenende hier.« Ich nicke. »Als wir dort waren, ist er hinter mir aufgetaucht und hat seine Arme um meine Taille geschlungen. Er hat meinen Nacken geküsst.«

Mein Kopf schießt nach vorn, wie bei einem Jagdhund. »Was zum Teufel! Warum sagst du mir das erst jetzt?«

»Ich war immer noch dabei, über das A-Loch hinwegzukommen und konnte nicht mehr klar denken. Es hat mich durcheinander gebracht. Ich hatte Angst, dass du auf falsche Gedanken kommst und glaubst, ich hätte Eric verführt. Du weißt nicht, wie das ist.«

»Willst du mich verarschen? Du willst mir ernsthaft erzählen, dass das so eine Belastung für dich war, dass du deine *beste verdammte Freundin* verraten musstest?« Ich fluche, aber dafür kann nicht anders. Das passiert eben, wenn ich wütend bin.

Sie schüttelt den Kopf, ihre Augen gequält. »So war das nicht. Das habe ich nicht gemeint.«

»Was hast du dann gemeint?«

Gen nimmt ihre Handtasche und drückt sie an ihre Brust. Ihre Wangen sind attraktiv gerötet von dem, was auch immer sie mit ihrem neuen betrügerischen Freund gemacht hat. Und ihre rosa Bluse, die Shorts und Sandalen passen perfekt zu ihrem schlanken, aber kurvigen Körper. Ich hasse sie im Moment irgendwie.

Ihre Hände verdrehen den langen Riemen ihrer Handtasche. »Er hat gesagt, dass er sich schon immer zu mir hingezogen gefühlt hat.« Sie sieht weg, ihre Stimme ist leise und ihre Lippen bewegen sich kaum. »Dass die Dinge zwischen euch beiden nicht gut laufen würden und dass ihr im Grunde genommen Freunde geworden wärt.«

Ich sinke auf die Matratze, den Kopf in den Händen. *Der Bastard.* Ich kann nicht glauben, dass er mich angerufen hat. Und ich habe auch noch zugelassen, dass er mir ein schlechtes Gewissen einredet. Es ist mir egal, was für einen Job er bekommen hat oder wie gut sein Leben ist. Er ist ein Stück Scheiße.

Ich sehe auf. »Was hast du gesagt?«

»Nein! Ich habe nein gesagt! Ich wollte das nie. Seinetwegen habe ich mich … dreckig gefühlt. Ich würde nie …«

Das war es also, was sie am Tag der Wanderung gestört hat. Nicht der Gedanke an ihren Arschloch-Ex, sondern dass mein beschissener Freund sich an sie herangemacht hatte.

Sie geht auf mich zu und legt ihre Hand leicht auf meine Schulter. »Cali, wir müssen reden, aber ich muss gehen, sonst komme ich zu spät zur Arbeit. Es tut mir leid, okay?«

Ich blicke nicht auf. Ich antworte nicht. Gen seufzt und verlässt unser Schlafzimmer. Die Haustür schließt sich einen Moment später und unterstreicht die Aussichtslosigkeit dieses Augenblicks.

Als Gen und ich in Tahoe ankamen, war sie die Gebrochene und ich war ihre Unterstützung. Jetzt sind wir beide gebrochen und zwischen uns klafft eine Distanz.

Was geschieht hier?

Ich kann nicht glauben, dass ich Gens Loyalität infrage stelle. Sie war immer für mich da. Es ist nicht ihre Schuld, dass Eric ein Idiot ist. Sie wurde in eine missliche Lage gebracht. Wer weiß, was ich an ihrer Stelle getan hätte?

Je mehr Stunden vergehen, desto mehr bereue ich meine Wut auf Gen. Ich habe überreagiert und meinen Schmerz an ihr ausgelassen. Ich war aufgewühlt und unruhig, bevor sie überhaupt zur Türe hereingekommen ist. Und das aus Gründen, die nichts mit ihr zu tun hatten. Sie hätte mir von Eric erzählen sollen, aber jeder würde in so einer Lage zögern. Wer würde seiner Freundin unbedingt erzählen wollen, dass ihr Freund sie angebaggert hat?

Ich könnte warten, bis Gen nach Hause kommt, um dann mit ihr zu reden. Aber irgendwie ist mir das nicht gut genug. Ich freue mich nicht auf die neugierigen Blicken meiner alten Kollegen im Blue, aber ich kann die Dinge nicht so stehen lassen, wie sie sind. Ich werde versuchen, Gen in ihrer Pause zu erwischen und mich für meine Reaktion entschuldigen.

Ich gehe ins Wohnzimmer und Tyler kommt zur Tür herein.

Er nickt zur Begrüßung und streift sich die Schuhe ab. Er holt sich ein Bier aus dem Kühlschrank, wirft sich auf die Couch und schaltet Motocross ein. Er trägt das gleiche Hemd wie gestern.

Irgendwas scheint nicht in Ordnung zu sein. Aber da ich gerade viele Dinge um die Ohren habe, beschließe ich, dass Tylers Probleme warten können. »Kann ich mir dein Auto ausleihen?«

Seine Augen flackern hoch. »Klar, was ist denn los?«

»Nichts, ich muss nur mit Gen über etwas reden.«

Tyler streckt sein Bein aus, holt seine Schlüssel aus der Tasche und wirft sie mir zu. »Wann kommst du wieder nach Hause?«

»In einer Stunde, Mama.«

Sein Mund zuckt. »Bau keinen Unfall.« Ich rolle mit

den Augen. Tylers Land Cruiser ist etwa dreißig Jahre alt. Wenn ich einen Unfall mache, dann weil die Lenkung im Arsch ist.

Ich parke in der Blue Parkgarage und gehe durch die Türen, die Gens Cocktaillounge am nächsten liegen, in der Hoffnung, den anderen aus dem Weg zu gehen. Mason sieht mich zuerst, lächelt und blickt dann nervös durch den Raum. Ich folge seinem Blick – Jaeger hält Gen in einer Ecke der Lounge in den Armen.

Meine Füße hören auf, sich zu bewegen und mein Herz sinkt mir in den Magen. Gens Arme liegen um Jaegers Taille, seine Hand drückt ihren Kopf gegen seine Brust, wie er es bei mir getan hat. Ich versuche zu schlucken, aber mein Mund ist trocken.

Ich weiß nicht mehr, was echt ist. Ich dachte, ich wüsste jetzt alles – ich dachte, ich hätte Gen zu Unrecht beleidigt. Jetzt ergibt nichts mehr Sinn.

Der Kerl, von dem ich dachte, dass er mich mag, umarmt meine beste Freundin. Gleich nachdem sie mir gesagt hat, dass mein Ex-Freund mich mit ihr betrügen wollte. Und da war diese Distanz zwischen mir und Gen …

Jaeger hat gesagt, dass da nichts zwischen ihm und Gen lief. Aber wenn ich mir die beiden jetzt so ansehe, ist das schwer zu glauben. Was mache ich hier eigentlich? Ich muss wieder einen klaren Kopf bekommen, rational denken.

Beim Umdrehen pralle ich gegen einen Körper, meine Arme verheddern sich in harten Gliedern. Drake nutzt mein Ungleichgewicht, um mich an meiner Taille aus dem Casino zu zerren, einen Arm über die Rückseite meiner Schultern drapiert.

»Lass mich los, Drake«, knurre ich, als er mich zu einem Aufzug schleppt.

»Wir müssen uns mal unterhalten, meine Hübsche.« Seine Stimme ist ruhig, aber sein fester Druck an meiner Schulter quetscht meine Haut und sein fester Griff um meine Taille lässt meine Rippen schmerzen.

Sollte er versuchen, mich in einen Aufzug zu ziehen, schreie ich mir die Lunge aus dem Leib.

Drake bleibt in einem relativ ruhigen Abschnitt neben den Aufzügen stehen, seine Brust versperrt mir die Sicht auf den Rest des Casinos. »Ich bin überrascht, dich zu sehen, Cali. Ich hätte nicht gedacht, dass du dich nach deiner Entlassung noch mal blicken lässt.« Sein Atem riecht nach Wodka.

Er verschränkt die Arme und schüttelt den Kopf. Seine Augen verlassen mich kurz und ich erhasche einen Blick über seine Schulter – zu Jaeger, der sich schützend über Gen beugt.

Drakes abscheulicher Atem und der Anblick von dem Mann, in den ich mich verliebt habe – so vertraut mit meiner besten Freundin – treiben mir die Galle in die Kehle. Ich lege meine Hände gegen die Wand hinter mir und schlucke den sauren Geschmack im Mund. Schnell wird mir bewusst, wie schwach mich das aussehen lässt.

Ich richte meine Schultern auf und sage: »Was willst du?«

Der Blick, den Drake mir zuwirft, ist skrupellos. »Dein großer Freund kann hier drin nicht die gleiche Show abziehen wie neulich Abend.« Er klopft mit zwei Fingern auf seine Schläfen und hebt sie zur Decke. »Ich bin derjenige, der im Blue alles sieht. Eine falsche Bewegung und ich lasse ihn hinauswerfen.« Er hebt den Kopf. »Ich könnte ein gutes Wort für dich einlegen. Dir helfen, deinen Job zurückzubekommen.« Sein Blick schweift über meinen Körper und schickt mir einen Schauer des Ekels über den Rücken. »Mit der richtigen Motivation.«

Ich presse meinen Mund zusammen und unterdrücke ein Würgen. »Du bist abscheulich. Ich muss sturzbesoffen gewesen sein, um mich von dir nach Hause bringen zu lassen. Lass mich in Ruhe, Drake.« Ich schiebe mich an ihm vorbei, aber er packt meinen Arm und drückt, bis meine Finger taub werden.

»Denk dran, wer hier das Sagen hat.« Er schüttelt mich und zerrt mir damit den Nacken. »Zeig ein bisschen Respekt.«

Meine Augen weiten sich angesichts der Drohung. Ich bin keine Angestellte. Ich habe keine Rechte. Das hier ist Drakes Welt – seine Aussage gegen meine. Was er mir antut, ist falsch und sieht auf alle Fälle auch schlecht für ihn aus. Aber woher weiß ich, dass er mich nicht an den einen Ort geschleppt hat, an dem uns niemand sehen kann? Oder, dass er nicht an den Überwachungsvideos herumpfuschen wird? »Du hast dich klar ausgedrückt. Lass mich gehen.«

Drake lässt los und pflastert sich ein charmantes Lächeln auf sein Gesicht. »Das Angebot steht.«

Ich traue mir nicht zu, darauf zu antworten – aus Angst, dass das, was aus meinem Mund kommt, die Sache noch schlimmer macht. Ich bewege mich auf den Ausgang zu und blicke über meine Schulter, um sicherzugehen, dass mir niemand folgt.

Im Parkhaus laufe ich zum Auto meines Bruders und verriegele die Türen, sobald ich drin bin. Die Anspannung in der Brust – durch den angehaltenen Atem – lässt nach, ersetzt durch einen scharfen Schmerz, da mich der Anblick von Gen und Jaeger einholt. Es hätte auch harmlos sein können – dass er sie in seinen Arme hatte – aber nach dem, was Gen mir heute Nachmittag gesagt hat, weiß ich wirklich nichts mehr.

Mein Kopf sinkt auf die Kopflehne. Ich dachte, die

Rückkehr nach Lake Tahoe würde mir helfen, meine Bedenken wegen des Studiums zu überwinden. Aber hier ist es schrecklich.

Ich muss hier weg. Weg von all dem.

———

DIE TÜR zum Haus fällt hinter mir zu, aber der Blick meines Bruders bleibt auf den Fernseher gerichtet. Er hat sich nicht von seinem Platz auf der Couch bewegt. Der einzige Unterschied ist, dass er sich statt des Motocross einen Surf-Film ansieht.

»Tyler, ich muss gehen.«

»Okay«, sagt er, ohne aufzusehen. »Ich habe nicht vor, irgendwo hinzufahren. Nimm das Auto.«

»Nein. Ich meine, ich muss die Stadt verlassen. Ich will Mom besuchen. Sie hat mich eingeladen, zu kommen.«

Tyler hebt seinen Blick. »Äh, okay. Wann denn?«

Ich schließe kurz die Augen und atme ein. »Jetzt?«

»Jetzt. Wie in sofort? In dieser Sekunde?«

Ich nicke.

Tyler schaltet den Fernseher aus und legt die Fernbedienung auf die Armlehne der Couch. »Was ist los, Cali? Was ist denn passiert?«

»Alles. Wolltest du nicht irgendwann schon einmal einfach gehen?«

Tyler sieht an mir vorbei. »Doch.«

»Okay, das ist einer dieser Momente. Ich kann keine Minute länger hier bleiben.«

Er schlägt sich mit den Handflächen auf die Knie und steht auf. »Okay, na dann. Pack deine Sachen. Wir rufen Mom von unterwegs an.«

In meinen Augen sammeln sich Tränen. Ich habe

einen tollen Bruder. Tyler weiß, dass etwas los ist, aber er verlangt keine Details. Er gibt mir Freiraum.

Aber wenn ich weine, wird er fragen. Ich blinzle stark und schlucke die Tränen zurück. Ich gehe in mein Zimmer, um zu packen.

Eine Stunde später biegen wir in die Einfahrt von Moms einstöckigem Haus in Carson City. Es ist dunkel und es ist nicht viel zu sehen, aber die Nachbarschaft scheint ruhig und sicher.

Meine Mutter öffnet die Haustür und drückt dann ein Metallgitter auf. Sie macht einen Schritt auf den Zementweg und bindet ihren Baumwollbademantel zu. »Niemand ist krank oder stirbt?«

»Es geht uns gut, Mom«, sage ich, während ich die Einfahrt hinaufgehe.

»Also gut. Tyler, zeig deiner Schwester das Gästezimmer. Du kannst auf der Couch schlafen.«

»Auf der Couch?«, stöhnt er. »Mom, letzte Woche war ich im Gästezimmer. Jetzt werde ich auf die Couch verbannt?«

»Würdest du gern auf dem Boden schlafen? Nein? Dann hör auf zu meckern und hilf deiner kleinen Schwester mit ihrem Gepäck.«

Tyler wirft meine Tasche über seine Schulter und verschwindet im Haus.

Meine Mutter greift nach meiner Hand, bevor ich an ihr vorbeigehe. »Wir reden darüber.«

Sie kann immer erkennen, wenn etwas los ist. Sie kennt mich und sie ist wahnsinnig intuitiv. Ich brauche sie im Moment mehr, als ich zugeben möchte.

## Kapitel Zwanzig

Das kleine Haus hat einen blauen Teppichboden und einen braun gefliesten Küchentresen, aber es gehört ihr. Dass sie es liebt, sehe ich daran, wie sie am nächsten Morgen in der Küche herumwuselt. Sie macht ihr berühmtes Rührei mit Käse, während Tyler ausschläft. Nachdem Mom und ich aufgewacht und in die Küche gegangen sind, taumelte Tyler in das Gästezimmer. Und ich nehme an, dass er jetzt in dem Bett weiterschläft, das ich zurückgelassen habe.

Meine Mutter stellt eine Tasse Kaffee und etwas Toast vor mich hin und schiebt die Eier aus der Pfanne auf meinen Teller. »Okay, Calista. Erzähl.«

Ich bin mir nicht sicher, was es ist. Vielleicht ihre Stimme, die Tatsache, dass sie meinen vollständigen Namen benutzt hat, oder der beruhigende Duft ihres Parfüms. Aber in meinen Augen sammeln sich große Tränen, die zwischen Nase und Wange einen Abgang machen.

Sie kommt um den Tisch herum, schiebt meinen

Hintern mit ihrem zur Seite und nimmt mich fest in den Arm. »Schhh. So schlimm kann es nicht sein, Schatz.«

»Es ist schlimm.« Es hat sich so viel Mist angesammelt, dass ich nicht weiß, wo ich anfangen soll. Ich beginne mit dem Naheliegendsten. Ich habe noch einmal darüber nachgedacht, aber mein Instinkt hat sich nicht geändert. Ich atme tief ein und blicke auf. »Ich will nicht mehr Jura studieren.«

Mama hält einen Moment lang still und reibt mir dann den Arm. Auf und ab. Auf und ab.

»Hasst du mich jetzt?«

Sie zieht sich zurück. »Warum sollte ich dich hassen?«

»Weil ich nicht mein volles Potenzial ausschöpfe.«

Sie schüttelt den Kopf. »Cali, du hast dein Potenzial immer voll ausgeschöpft. Du hast noch nie bei etwas versagt, worauf du dich festgelegt hast.«

»Eric hat mich abserviert.« Jetzt kann ich genauso gut den ganzen demütigenden Scheiß loswerden.

Sie schnaubt. »Ich habe ihn nie gemocht.«

»Hast du nicht?« Ich studiere ihr Gesicht. »Du hast nie etwas gesagt.«

»Ich wollte, dass du es selbst herausfindest. Eine Mutter sagt ihrer Tochter nicht, dass sie nicht mit einem Mann zusammen sein soll. Sonst treibt man sie auf jeden Fall in seine Arme.« Sie stupst mich an und zwinkert mir zu. »Ich spreche aus Erfahrung. Dein Vater hat mir zumindest dich und Tyler geschenkt. Und er hat dir auch sein geniales Gehirn geschenkt. Zum Glück hast du von mir den gesunden Menschenverstand.«

»Mom, du bist schlau.«

Sie lächelt. »Ja, Schatz.«

Ich verdrehe meine Augen. Das ist ein häufiger Streitpunkt. Ich hasse es, wenn meine Mutter sich runtermacht. Sie hat ein hartes Leben hinter sich. Sie verdient mehr, als ihr gegeben wurde. Sie verdient ganz sicher nicht, dass ihre Tochter alles vermasselt.

Sie setzt sich neben mich und gibt meiner Arschbacke ihren Platz auf dem Stuhl zurück. »Was wirst du jetzt tun? Willst du eine Weile hier bleiben? Ich habe mit Connie gesprochen. Sie hat mir erzählt, dass du deinen Job im Casino verloren hast.«

Ich spucke den Schluck Kaffee, den ich gerade genommen habe, wieder zurück in die Tasse und kneife mir in den Nasenrücken. Etwas von der Flüssigkeit ist mir in die Nase gestiegen. »Tatsächlich?« Meine Stimme kommt als hohes Quietschen heraus. »Und du hast mich nicht angerufen?«

»Ich dachte, ich würde sowieso bald von dir hören.«

Ich kann nicht glauben, dass meine Mutter mich jetzt nicht belehrt.

Sie starrt mich an. »Habe ich dich nicht gewarnt, dass du an so einem Ort aufpassen musst? Diese Leute haben keinerlei moralische Prinzipien.«

Da ist der Vortrag, den ich erwartet habe. Die Welt ist wieder in Ordnung. Ich bin nur überrascht, dass sie mir nicht vorwirft, dass ich wegen des Studiums eine schlechte Entscheidung getroffen habe. Ich wünschte, sie hätte diese lässige Einstellung gehabt, als ich sechzehn war. Tommy Parson hätte die Schuld dafür bekommen, dass er sich in mein Fenster geschlichen hat, anstatt dass ich mit Hausarrest bestraft wurde, weil ich es *zugelassen* habe.

»Mom, ich habe im Casino gearbeitet. Du hast dort gearbeitet. Nicht jeder Mensch dort hat einen Mangel an Moral.«

»Na ja, es gibt Ausnahmen.« Sie streicht mir eine rotbraune Haarsträhne aus den Augen. »Du hast also deinen Job und deinen Freund verloren und willst nicht mehr studieren, obwohl du dein halbes Leben lang dafür gearbeitet hast? Habe ich das alles richtig verstanden?«

»Scheiße, Mama. Musst du das so ausdrücken?«

»Ohne Kraftausdrücke, Fräulein«, schimpft sie und heuchlerischer geht es kaum. Meine Mutter ist der Grund, warum ich so ein loses Mundwerk habe.

Ich runzle die Stirn. »Es gibt noch eine Sache, die man der Liste hinzufügen muss. Ich bin mir nicht sicher, aber … es ist etwas mit Gen los.«

Sie lehnt sich zurück, als wäre sie weitsichtig. »Geht es ihr gut?«

»Ich weiß es nicht. Sie hat Dinge vor mir verheimlicht. Ich habe gerade herausgefunden, dass Eric sie angemacht hat, während wir zusammen waren. Gen war zu der Zeit ziemlich durcheinander, also verstehe ich irgendwie, warum sie bis jetzt nichts gesagt hat. Sie behauptet, sie hätte es mir nicht gesagt, weil sie Angst hatte ich könnte denken, dass sie ihn verführt hat. Ich hatte ihr vorher gesagt, dass die Dinge zwischen Eric und mir gut laufen, obwohl das nicht der Fall war.«

Mama nimmt einen Bissen von den Eiern, die auf ihrem Teller kalt werden und ich betrachte meine. Niemand macht so gutes Rührei wie meine Mutter. Das ist das perfekte Trostessen. Ich schaufle einen Bissen hinein.

»Cali, das klingt, als hätte sie nur versucht, eure Freundschaft zu bewahren.«

Ich spieße noch mehr von den köstlichen Eiern auf. »Ich weiß, aber …« Meine Mutter nippt an ihrem Kaffee, dann stellt sie die Tasse ab und wartet. » … dann hat sie auch noch Jaeger umarmt und er hat sie in den Armen gehalten und Mom, es hat mich wirklich krank gemacht«, sage ich hektisch.

»Jaeger? Der Junge, mit dem dein Bruder befreundet war …«

»Ja, ja.« Ich schaufle mir mehr Eier in den Mund.

»Mhm-hm. Okay. Also bist du jetzt mit Jaeg zusammen.«

»Nein, Mom! Hier geht es nicht um mein Liebesleben.«

Sie schiebt ihren Teller über den Tisch in Richtung Spüle. »Bist du dir da sicher? Klingt, als wäre da etwas im Busch.«

»Es geht um *Vertrauen*. Ich weiß nicht, wem ich vertrauen kann. Gen hat mir gesagt, dass sie sich nicht mit Jaeger trifft, obwohl sie zusammen ausgegangen sind. Und dann erwische ich ihn, wie er sie im Arm hält, nachdem ich herausgefunden habe, dass sie mich wegen Eric belogen hat.«

»Und du vertraust dir selbst nicht mit deiner Zukunft. Ich glaube, ich verstehe langsam.« Sie schrubbt das Geschirr in der Spüle – in ihrem Haus gibt es keine Spülmaschine. Sie legt meinen Toast auf eine Serviette und nimmt meinen leeren Teller. »Was ist mit Jaeg? Vertraust du ihm?«

Ich drücke einen Finger auf die Serviette, sammle Toastkrumen auf und lecke sie ab. »Will ich ja, aber ich habe Panik bekommen, als ich sie zusammen gesehen habe. Das ist auch teilweise der Grund, warum ich hierher gekommen bin.«

Das ist der Hauptgrund – und weil Drake mir eine Scheißangst gemacht hat – aber das sage ich meiner Mutter nicht. Sie würde wissen wollen, was zwischen mir und Jaeger läuft. Was wir haben, ist neu und noch nicht endgültig geklärt. Ich bin noch nicht bereit, darüber zu reden. Und der Teil über Drake würde dazu führen, dass sie alle, die sie im Casino kennt, anruft, um den Mann zu Fall zu bringen, was sich eigentlich gar nicht so schlecht anhört. Aber ich will nicht, dass meine Mutter meine Kriege für mich führt.

»Ich sollte mit Jaeger darüber reden, was ich gesehen habe. Aber ich habe das Gefühl, dass ich mich davon distanzieren muss. Mir einen klaren Kopf verschaffen, weißt du? Abgesehen von der Frage, was er und Gen gemacht haben, ist Jaeger ein erfolgreicher Künstler mit viel Geld. Und ich habe gerade meinen beschissenen Job im Casino verloren. Wenn ich meinen Zweifeln an meinem Jurastudium nachgebe, kann ich die Liste um ›Studienabbrecherin‹ erweitern.«

Meine Mutter rollt mit den Augen. »Oh, dieses Drama. Man kann kein Abbrecher sein, wenn man nicht einmal angefangen hat. Finde heraus, was du willst und mache dir keine Gedanken darüber, was andere denken. Dein Bruder und ich werden deine Entscheidung unterstützen. Wir freuen uns, wenn du etwas tust, das du liebst. Anstelle von etwas, das du hasst. Hast du eine Ahnung, wie schwer es ist, mit dir zu leben, wenn du nicht glücklich bist?«

»Mom!«

»Das ist die Wahrheit. Du bist ein sehr leidenschaftlicher Mensch, Liebling.« Mein Gesicht brennt. Ich will nicht, dass meine Mutter im selben Satz über mich und Leidenschaft spricht. »Du kannst entweder leidenschaftlich sauer sein oder leidenschaftlich glücklich. Es ist deine Wahl.«

Eine meiner größten Befürchtungen war, dass meine Mutter enttäuscht wäre, wenn ich nicht nach Harvard gehen oder woanders meinen Master machen würde. Aber sie reagiert überraschend gelassen auf die ganze Sache. Dadurch sollte ich mich besser fühlen. Tue ich auch. Ich will nur nicht Nichts erreichen.

Ich habe meine eigenen Lebensziele und beruflicher

Erfolg ist eines davon. Was bringt es mir, nicht weiter zu studieren, wenn ich dann trotzdem nicht glücklich bin? Denn in einer Sache bin ich mir sicher. Ich will nicht für den Rest meines Lebens als Croupière in einem Casino arbeiten.

———

AN DIESEM NACHMITTAG strecken Tyler und ich uns auf Aluminium-Terrassenstühlen im Garten aus, während meine Mutter den Grill anheizt. Das ist ein ganz normaler Ablauf in meiner Familie. Meine Mom kocht und Tyler und ich essen. Keiner von uns beiden weiß, wie man Wasser kocht (okay, wir wissen es, aber wir machen es nicht gern). Es ist extrem attraktiv, dass Jaeger kocht und ehrlich gesagt date ich ihn nur aus Selbsterhaltung. Abgesehen von den vielen Vorteilen, die er hat, mag ich ihn und will glauben, dass ich das, was ich gesehen habe, falsch interpretiere. In Anbetracht meines damaligen Gemütszustandes in Bezug auf Gen habe ich wahrscheinlich überreagiert, aber ich bin noch nicht bereit, das genauer zu überprüfen. Ich habe ein wenig Angst davor.

Ich schiebe meinen Chip in die Salsa und packe so viel wie möglich darauf, um meinen Bruder zu ärgern. Er runzelt die Stirn und kippt hastig mehr Salsa aus dem Glas in die Schüssel. »Wenn du alles aufisst, fährst du in den Supermarkt«, sagt er.

Volltreffer. Punkt eins an Cali.

Ich studiere den Chip in meiner Hand. »Tyler, findest du, dass ich künstlerisch veranlagt bin?«

Er kaut ein Doppeldecker-Salsa-Chip-Sandwich. »Klar. Du machst diese Skizzen.«

»Kritzeleien …«

Wenn ich nicht zeichne, werde ich mürrisch. Die Kritzeleien sind meine Therapie, aber ich habe nie daran gedacht, damit meinen Lebensunterhalt zu verdienen. Bis Jaeger sagte, ich sei talentiert. Künstler sind arm, oder? Na ja, außer Jaeger. Ihm scheint es gut zu gehen. Selbst wenn nicht, er liebt seine Arbeit. Und das bedeutet eine Menge, das wird mir langsam klar.

Ich frage mich … ob ich mit einem Kunststudium etwas anfangen könnte. Ich müsste nur in die Stadt fahren, um tagsüber Kunstunterricht zu nehmen.

Das ist nicht die schlechteste Idee.

Mom dreht die Hähnchenspieße auf ihrem rostigen Grill. Sie trägt ein T-Shirt mit V-Ausschnitt und türkisfarbene Shorts. Ihre blassen Beine sehen für ihre achtundvierzig Jahre ziemlich knackig aus. Sie steckt eine Locke feuerrotes Haar hinter ihr Ohr. »Hast du dir noch mal überlegt, was du tun willst, Cali?«

Wir haben den ganzen Tag über Tahoe und Arbeitsplätze gesprochen. Nachdem Tyler aufgewacht war, habe ich die Bedenken erwähnt, die ich bezüglich meines Studiums habe. Er zuckte die Achseln und sagte, ich solle tun, was ich will. Keine große Hilfe also.

»Ich genieße die Gesellschaft und alles«, sagt Mom, »aber du musst dich bald entscheiden. Du kannst bei mir bleiben, aber ich bezweifle, dass Carson mehr zu bieten hat als Lake Tahoe. Was willst du wirklich?«

Sie hängt die Grillzange an den Griff des Grills und plumpst in den Stuhl neben mir. Dann dreht sie meine Schultern, sodass mein Rücken zu ihr zeigt und fängt an, mir die Haare zu flechten. Das ist unser stummes Ritual. Mama sagt, es entspannt sie, aber es schläfert mich regelrecht ein.

»Ich werde nicht Jura studieren, Mom.« Da, ich habe es gesagt. Ich mache es offiziell. Wahrscheinlich war es schon in dem Moment offiziell, in dem ich ihr gesagt habe, dass ich nicht gehen will. Aber jetzt ist es endgültig. Ich weiß nicht, warum ich diese große Entscheidung jetzt treffe. Wenn mein Liebesleben, mein Lebensunterhalt und meine Freundschaft mit Gen auf dem Spiel stehen. Aber ich vertraue darauf, dass alles gut werden wird.

Moms Hände hören auf, sich zu bewegen und ich sehe über meine Schulter. »Bist du enttäuscht? Du hast gesagt, dass du nicht enttäuscht sein würdest.«

Sie schüttelt den Kopf und rutscht näher heran. »Nein, ich bin nicht enttäuscht. Dreh dich wieder um.« Ich tue, was sie sagt und sie fängt wieder an zu flechten. »Tyler ist auch nicht der Arzt geworden, den ich mir von dem Tag an vorgestellt habe, als er in der sechsten Klasse nach Hause kam und den Namen jedes einzelnen Knochens im menschlichen Körper heruntergerasselt hat. Aber er unter- richtet Biologie und lebt irgendwo, wo er glücklich ist.«

Tyler verschiebt sich auf seinem Stuhl und ich frage mich wieder, was er uns nicht sagt. Da ist eine Geschichte hinter seinem langen Besuch.

»Das wünsche ich mir für dich, mein Schatz«, fährt Mom fort. »Vertrau mir, wenn ich dir sage, dass du nicht den Rest deines Lebens in einem Casino arbeiten wirst.« Aus den Augenwinkeln sehe ich, wie ihre Schultern sich heben und senken. »Ich habe nur ein wenig Angst um dich, wenn du in Lake Tahoe bleiben willst. Es ist schön, aber der Lebensstil in dieser Stadt kann hart sein. Die Leute kommen dort hin und sind auf der Suche nach einem utopischen Paradies. Aber am Ende bekommen sie nur eine Geschlechtskrankheit und eine Drogensucht.«

Meine Lippe kräuselt sich. »Eklig, Mom.«

»Es ist die Wahrheit.«

Ich denke an Drake und einige der anderen Leute, mit denen ich gearbeitet habe. Sie hat völlig recht. Die Casinos ziehen Leute an, die schnelles Geld verdienen wollen, nicht alle sind vertrauenswürdig oder moralisch.

»Du kannst einfach so viel mehr als das. Aber wenn du nicht nach Harvard gehen willst, dann solltest du es nicht tun.« Sie schwingt das Ende des Zopfes über meine Schulter und steht auf. »Ich möchte nicht, dass du dich in deinem Leben jemals allein fühlst. Solange noch Luft in meinen Lungen ist, bin ich für dich da.« Sie beugt sich zu mir herunter und küsst meine Stirn. Ihr Parfüm und das weiche Gefühl ihrer Lippen sind Balsam für meine Seele.

# Kapitel Einundzwanzig

Die nächsten paar Tage verbringe ich am Küchentresen meiner Mutter und benutze meinen Laptop, um über Kunst- und Designkurse in Lake Tahoe zu recherchieren. Je mehr ich darüber nachdenke, Kunst zu lernen, desto richtiger fühlt es sich an. Jaeger hat mir diesen Floh bei unserer Wanderung am Fallen Leaf Lake ins Ohr gesetzt und wenn ich so zurückdenke, hat mich Gen auch ein oder zweimal wegen meiner Zeichnungen genervt. Aber bisher habe ich sie nie ernst genommen. Ich war noch nicht bereit.

Jetzt bin ich bereit.

Hatte ich die engen Wände des Korridors, der zu meiner Zukunft führte, erst einmal durchbrochen, eröffneten sich völlig neue Möglichkeiten in alle Richtungen. Optionen, die ich nie in Betracht gezogen habe, die aber wahrscheinlich immer da waren und nur darauf gewartet haben, erkundet zu werden. Es gibt keinen besseren Zeitpunkt, um etwas Neues auszuprobieren, als wenn man nichts zu verlieren hat.

Ich habe Gen bei meiner Ankunft eine Nachricht

geschickt, um ihr zu sagen, dass ich weg sein würde. Jaeger habe ich lediglich mitgeteilt, dass ich nicht in Lake Tahoe bin. Er hat mehrmals angerufen und drei Nachrichten hinterlassen. Ich habe auf keine einzige geantwortet. Ich muss mich erst einmal zurechtfinden, bevor ich ihn damit konfrontiere. Ich will ihn nicht verlieren. Aber ich muss einfach Prioritäten setzen und mich zuerst um mich selbst kümmern.

Als Tyler und ich zum See zurückkehren, habe ich seitenweise Informationen über Kurse zusammengestellt sowie informative Telefongespräche mit ein paar lokalen Künstlern geführt. Ich weiß nicht, was man braucht, um seinen Lebensunterhalt in diesem Bereich zu verdienen. Ich hoffe, dass Gespräche mit anderen Künstlern helfen werden. Und das wollte ich unabhängig von Jaeger machen, obwohl er auch ein Künstler ist. Bei diesem Karrierewechsel geht es nicht um Jaeger. Er hat mich auf die Idee gebracht, aber der Rest muss von mir kommen. Egal, was zwischen ihm und mir passiert.

Ich habe in den letzten Tagen wie verrückt gezeichnet und jetzt, wo ich mich damit befasst habe, wünschte ich, ich hätte schon vor langer Zeit eine kreative Kunstlaufbahn in Betracht gezogen. Das macht mir immer noch eine Heidenangst. Kunst erfordert keine wissenschaftliche Veranlagung und genau darauf habe ich mich bisher immer verlassen, um voranzukommen. In der Kunst geht es um Kreativität und Fantasie. Eine Karriere in diesem Bereich ist riskant. Entweder wird es mich wirklich glücklich machen – oder ich werde kläglich scheitern. Aber jetzt wo ich schon ungefähr weiß, wie sich ein Tiefpunkt anfühlt, dank meines Ex-Freundes und des Blue Casinos, habe ich kaum noch Angst vor den Konsequenzen. Was ist schon das Schlimmste, was passieren kann?

Seit mein Bruder und ich vor ein paar Tagen zurückgekommen sind, sind sowohl Gen als auch ich sehr beschäftigt. Wir haben unseren Streit vor meiner Abreise noch nicht angesprochen und ich habe sie nicht gefragt, warum sie im Casino in Jaegers Armen lag. Die Tatsache, dass sie die Sache mit Eric so lange vor mir verheimlicht hat, lässt mich zögern. Um so mehr ein Grund, mit meiner besten Freundin zu sprechen, denn wir hatten noch nie zuvor Vertrauensprobleme und müssen wieder auf den richtigen Weg kommen.

Aber zuerst … es ist fast eine Woche her, seit ich aus dem Casino geflohen bin und ich habe endlich den Mut aufgebracht, Jaeger zu besuchen.

Da ich nur einmal in seinem Haus gewesen bin, finde ich es nicht gleich auf Anhieb. Ich biege zweimal falsch ab und finde beim dritten Versuch endlich die richtige Einfahrt. Ich hätte vorher anrufen können, aber ich bin ihm eine Woche lang aus dem Weg gegangen und möchte ihn unbedingt persönlich treffen, um es ihm zu erklären.

Ich habe Glück, denn sein Truck steht in der Einfahrt.

Mein Herz schlägt schneller und meine Hände zittern. Normalerweise kann ich gut mit Konfrontationen umgehen, aber die Begegnung mit Jaeger macht mir Angst. Jetzt, wo ich etwas Abstand von der ganzen Sache hatte, ist die Wahrscheinlichkeit hoch, dass ich die Situation zwischen ihm und Gen falsch interpretiert habe. Aber es besteht auch die Chance, dass ich recht hatte. Es ist diese Chance, die mich nervös macht. Denn Jaeger liegt mir wirklich am Herzen und ich möchte das fortsetzen, was wir begonnen haben.

Ich lasse Tylers alten Land Cruiser neben Jaegers Truck stehen und steige aus. Der Duft von Kiefern und Erde hilft mir, mich auf das Bevorstehende gefasst zu machen. Es ist später Nachmittag, die Sonne steht tief am Himmel und wirft Schatten in den Vorgarten. Ein Sonnenstrahl fällt auf die Schaukel, auf der Jaeger mich geküsst hat, und macht mich noch nervöser und hoffnungsvoller, dass alles gut ausgehen wird.

Mein Herz klopft heftig, als ich die Eingangstreppe zu seinem Haus hinauf laufe und an die Tür klopfe. Ich streiche mir meine Haare aus der Stirn und drehe sie in meinem Nacken zusammen, damit sie mir nicht ins Gesicht fallen.

Nach einer langen Pause klopfe ich wieder an und blicke zurück zu seinem Truck in der Einfahrt, um mir zu bestätigen, dass ich ihn mir nicht eingebildet habe.

Als immer noch niemand aufmacht, lehne ich mich vorsichtig über die Veranda und sehe durch das Fenster. Das Wohnzimmer ist dunkel und leblos.

Ist er irgendwo ohne seinen Truck hingegangen?

Als ich aus dem Land Cruiser ausgestiegen bin, haben mir noch die Geräusche von Tylers Karre in den Ohren geklungen. Aber jetzt nehme ich Vogel- und Insektengeräusche wahr – und ein leises Summen, das aus der Holzwerkstatt kommt. Arbeitet er?

Ich gehe an der Seite des Hauses vorbei und überquere die Pflastersteine. Das Geräusch einer Maschine, die die Luft umwälzt, wird lauter.

Ich bin nicht überrascht, als niemand auf mein Klopfen an der Tür seiner Werkstatt antwortet, da die Maschine im Inneren so laut läuft. Ich drehe den Türknauf und gehe langsam hinein.

Jaeger steht mit dem Rücken zu mir. Er trägt eine Jeans und ein schlichtes T-Shirt, das locker um seine Taille fällt, aber an seinen Rücken- und Armmuskeln eng anliegt. Er arbeitet mit etwas, das wie eine riesige Nähmaschine mit einer Säge statt einer Nadel aussieht. Konzentriert und mit Handschuhen manövriert er vorsichtig das Holz.

Der Drang, zu ihm zu laufen und meine Arme um

seinen Rücken zu schlingen, überwältigt mich. Ich möchte ihn riechen und berühren und ihm nahe sein. Aber ich weiß nicht, wo wir stehen oder was ich im Casino gesehen habe. Außerdem will ich nicht, dass er sich einen Finger abschneidet. Sich auf ihn zu stürzen, während er eine Säge bedient, ist wahrscheinlich nicht die beste Idee.

Jaeger schaltet die Maschine ab, geht in die Hocke, um etwas unter dem Tisch zu justieren und bürstet sich Holzspäne vom Kopf. Sie fallen wie Schnee und ich frage mich, ob er seine Haare deswegen kurz trägt.

Die Luft in der Werkstatt riecht nach verbranntem Holz und einem schwachen Hauch von Jaegers Aftershave. Ich atme tief ein und er hält inne. Er schiebt eine durchsichtige Schutzbrille auf seinen Kopf und dreht sich um.

»Hey«, sage ich.

Ausdruckslos starrt er mich an und bewegt sich einen Moment lang nicht. Scheinbar ist er fassungslos, mich hier zu sehen. Langsam zieht er seine Handschuhe aus und steckt sie in seine Gesäßtasche, seine Augen verdunkeln sich.

Ich gehe ein paar Schritte auf ihn zu. »Es tut mir leid, dass ich nicht angerufen habe. Ich musste …«

Es verschlägt mir die Sprache, als er mit Ehrfurcht und Wertschätzung auf meinen Körper herunterblickt. Sein Blick bleibt auf meinem Mund hängen und seine Augen sehen so hungrig aus, dass sich mein Bauch verkrampft.

Wie macht er das? Nur ein Blick und ich will mich auf ihn stürzen und ihn überall küssen. Okay, vielleicht wollte ich das vom ersten Moment an tun, aber dieser Blick vertieft das Verlangen.

Jaeger reibt sich die Stirn und lehnt sich an den Tisch.

»Ich musste über einige Dinge nachdenken«, ergänze ich und verschränke die Arme, damit mein hämmerndes Herz mir nicht aus der Brust springt.

Er folgt der Bewegung, sein Blick auf meinen Brüsten. Dabei nimmt er sich Zeit, bis seine Augen langsam und gemächlich wieder mein Gesicht erreichen. Unartiger Junge – er pflanzt schmutzige Gedanken in meinen Kopf. Okay – die Wahrheit ist – diese Gedanken waren vorher schon da.

*Bleib bei der Sache!* »Ich war mir nicht sicher, ob ich dir trauen kann.«

Er schüttelt kurz den Kopf. »Was?«

Gott, seine tiefe, dröhnende Stimme. *Konzentriere dich!* »Ich habe dich mit Gen gesehen«, sage ich hastig. »Im Casino. Du hast sie im Arm gehalten.«

Jaegers Stirn ist zerfurcht und er blickt nach unten, als würde er nachdenken. »Wann?«

»Vor einer Woche. Ich wollte sie besuchen und du warst da. Ihr hattet euch in den Armen.«

»Cali, ich habe keine Ahnung … Warte, meinst du, nachdem dieser Scheißkerl sie angefasst hat?«

*Hm?* Jemand hat Gen angefasst? Wie in befummelt?

Ich habe keine Ahnung, wovon Jaeger spricht und das ist einfach nur traurig. Mein nächster Tagesordnungspunkt ist, mich mit Gen zusammenzusetzen und herauszufinden, was los ist. »Wovon redest du?«

»Ein Mitarbeiter des Casinos hat sie begrapscht – ich weiß nicht. Du musst sie nach den Einzelheiten fragen. Es ist passiert, während ich Mason besucht habe. Sie war ganz schön mitgenommen. Ich habe mit ihr geredet und sie umarmt.«

»Das ist alles?«

Jaeger atmet langsam aus. »Bist du mir deshalb aus dem Weg gegangen? Glaubst du immer noch, dass zwischen mir und Gen etwas läuft?«

Ich blinzle mehrmals. Warum klingt es so absurd, wenn er das sagt? Meine Logik schien vor einer Woche noch völlig vernünftig. »Es ist nicht so schlimm, wie es scheint. Es sind Dinge passiert. Gen und ich haben gerade Probleme mit dem Vertrauen.«

»Aber du kannst *mir* vertrauen.« Ärger und Frustration prägen seine Stimme.

Er hat recht. Ich hatte keinen Grund, ihm nicht zu vertrauen. »Es tut mir leid. Es ist nur, na ja, es hat mich aufgeregt, dich mit jemand anderem zu sehen. Und dann noch mit meiner besten Freundin.«

Jaeger stürmt durch den Raum und ich trete einen Schritt zurück. Ich glaube zwar nicht, dass er mir wehtun wird, aber instinktiv versuche ich, diesem großen, entschlossenen Mann auszuweichen. Er bleibt abrupt stehen, packt meine Hüften und zieht mich zu sich heran. Meine Hände fliegen zu seinen Armen, um mein Gleichgewicht zu halten. Und weil er heiß ist und seine starken Arme mich locken. Wäre der Zeitpunkt nicht so unpassend, würde ich seine Brust beschnuppern.

»Die einzige Frau, an die ich denke, bist du.« Er stößt mich zurück und hält meinen Kopf fest, bevor er gegen die Wand knallt. »Ich war ziemlich direkt mit meinen Absichten dir gegenüber.« Jaeger lässt seine Hände nach unten gleiten, bis zur Rückseite meiner Oberschenkel, wobei er meine Beine anhebt und sie um seine Taille legt.

Ich fasse seine Schultern und er drückt mich gegen die Wand, womit er uns dort verankert. »Ich verstehe langsam«, sage ich und versuche meine Stimme so ruhig wie möglich zu halten. In Wirklichkeit rast mein Herz in meiner Brust wie ein wildes Tier. Mein ganzer Körper bebt, als wäre ich eine Jungfrau, die unmittelbar vor der Entjungferung steht.

Er fährt mit der Nase meinen Hals hinunter und kitzelt meine Haut. »Bist du jetzt sicher? Oder muss ich mich noch deutlicher ausdrücken?« Seine Hand rutscht meinen Oberschenkel hinauf zu meinem Arsch und presst.

Ich atme kräftig aus. »Das kann nicht schaden«, sage ich mit brüchiger Stimme. Jaeger küsst meinen Nacken, seine Zunge taucht in die Vertiefung unter meiner Kehle. Seine Stoppeln streifen meine Haut, während er seinen Mund zu meinen Lippen bewegt. »Ich will dich«, sagt er, bevor er meinen Mund mit einem tiefen, brennenden Kuss bedeckt.

Ich stöhne und küsse ihn mit all der Leidenschaft zurück, die ich ihm vorenthalten habe – alles, was ich ihm verschwiegen habe, seit wir uns zum ersten Mal wieder begegnet sind.

Seine Arme umschlingen mich, seine Brust hebt und senkt sich schneller. Er bewegt seine harte Länge genau dort, wo ich es will und eine Welle der Lust überflutet mich.

Oh Gott! Das. Nochmal.

Ich stütze mich an seinen Schultern ab und folge seinen Bewegungen, aber es ist nicht genug. Ich kann ihn nicht ganz erreichen, solange ich an die Wand gedrückt werde, und ich will mehr. »Gehen wir …«, keuche ich zwischen Küssen »woanders hin«. Ich krümme mich, um meinen Standpunkt klarzumachen, da mich die Hormone der Sprache berauben.

Er versteht das Wesentliche, denn einer seiner Arme schlängelt sich hinter meinen Rücken, der andere unter meinen Hintern, bevor er mich von der Wand wegträgt.

Ich küsse, lecke und lenke ihn ab, so gut ich kann. Er läuft deshalb blind, aber ich bin zu ungeduldig. Ich greife nach seinem Hemd und ziehe es nach oben, aber das Ding bleibt an seinen Armen hängen.

Er braucht seine Arme, um mich zu tragen – ein offensichtliches Problem, das ich früher erkannt hätte, wenn mehr als ein Zehntel meines Gehirns funktionieren würde. »Ausziehen«, nuschle ich.

Wo bringt er mich hin? Ich hoffe, es ist irgendwo in der Nähe und nicht im Haus. Das ist ein Fußballfeld weit entfernt. Eine dieser schönen Holzflächen würde …

Plötzlich bin ich in freiem Fall, greife sein Hemd und sonst nicht viel. Ich lande auf weichen Kissen.

Meine Hände tasten die Oberfläche unter mir ab. Die alte Ledercouch. Ausgezeichnet.

Jaeger folgt mir nach unten. *Jetzt geht etwas voran.*

Ich stöhne, zufrieden über den neuen Platz. Dann ziehe ich ihm sein Hemd über den Kopf und fahre mit den Händen über seine breiten Schultern und seine muskulöse Brust bis zu den Rillen seiner Bauchmuskeln. Mein Finger tastet den Bund seiner locker sitzenden Jeans ab und rutscht zwischen sie und seinen Bauch. Seine Hand verharrt auf der Brust, die er gerade erforscht und er lässt einen langen Atemzug aus, seine dunkelgrünen Augen leuchten.

Ich drehe meine Handfläche gen Süden, die Finger flach, sodass ich in seine Boxershorts gleiten kann. Mein Handrücken streift seine harte Länge und mein Magen flattert.

Er drückt seine Stirn an meine. »Cali«, sagt er heiser, sein Tonfall hat einen warnenden Unterton.

Ich spreize meine Finger entlang seines Bauches und gleite durch seine Schamhaare, ziehe an seiner Haut und straffe damit Stellen, von denen ich weiß, dass sie nach mir verlangen. Denn mir geht es genauso.

Seine Arme spannen sich an und zittern neben meinem Kopf. Er hält den Atem an. »Das war's«, haucht er. »Wir sind zusammen. Okay? Keine Vertrauenskrisen mehr.«

Ich nicke und lecke gemächlich seine Unterlippe mit der Zungenspitze.

Mein Hemd verschwindet über meinen Kopf und kaum eine Sekunde später wird mir auch die Hose heruntergezogen und über die Füße gestreift. Im Nullkommanichts bin ich nackt, Jaegers Körper zwischen meinen Oberschenkeln, als er meine Brustwarze in seinen Mund nimmt. Ich stöhne und schließe meine Beine um seinen Rücken, wobei ich mich an seinen Bauchmuskeln reibe. Wäre ich nicht so hormongesteuert, würde mir einiges davon vielleicht etwas zu schnell und etwas zu dreist vorkommen – sogar für mich – aber das ist Jaeger und es ist mir wirklich egal.

*Ich will ihn.*

Er umfasst meinem Hintern und drückt ihn, bevor er einen Finger in mich hinein gleiten lässt. Dieser kräftige, männliche Finger schiebt sich in mich, biegt und kräuselt sich über meiner empfindlichsten Stelle.

*Will. Jetzt.*

Ich zerre an seinen Armen, um ihn hochzuziehen, aber es ist, als würde man versuchen, einen Lastwagen anzuheben. Er wirbelt seine Zunge ein letztes Mal um meine Brustwarze, lässt seinen Finger ein letztes Mal über die Stelle gleiten, die mich keuchen lässt und gleitet seine Hände dann an meinem Körper hoch, wobei er jede meiner Körperzellen mit schmutzigen Signalen überflutet.

Verdammt! Er hat immer noch seine Hose an.

Ich öffne den Reißverschluss und trete sie mit meinen Füßen nach unten. Jaeger wirft sie ab, lässt sich zwischen meinen Beinen nieder und küsst mich.

Meine Knie fallen zur Seite, als seine dicke Spitze an meinem Eingang reibt. Er ist riesig und geschmeidig und ich will ihn in mir haben.

Er unterbricht den Kuss. »Pille?«, flüstert er mir ins Ohr.

»Ja. Wurdest du …«

»Getestet, vor einem Jahr. Das letzte Mal, nachdem ich mit jemandem zusammen war.«

*Kreisch.* Warte, was?

Er schiebt sich ein paar Zentimeter in mich hinein und ich verliere diesen Denkansatz völlig. Noch ein sanfter Stoß und er dehnt mich.

Er hebt den Kopf und sieht mir in die Augen, während er langsam wippt und mit jeder Bewegung tiefer geht. Meine Beine werden schwach und zittern vor Lust. Unsere Atmung verschmilzt und meine Arme klammern sich um seinen großen Körper, während er sich über mir bewegt.

Ich keuche, als die ersten Zuckungen einsetzen. Jaegers Blick wird verschwommen und unkonzentriert, als würde er fühlen, wie sich mein Orgasmus aufbaut und auch ihn befriedigt. Ein weiterer Schub schießt aus meinem Inneren und dann zittere ich vor unkontrollierter Glückseligkeit.

Inmitten des euphorischen Nebels spüre ich, dass Jaeger immer schneller wird. Er neigt seinen Kopf zur Seite und küsst meinen Nacken. Er stöhnt in der Nähe meines Ohrs. Das Geräusch ist so tief und sexy, dass mich ein weiterer kleiner Muskelkrampf erschüttert. Seine Hüften stoßen noch einige Male zu und dann werden seine Bewegungen langsamer. Er atmet schnell, sein Körper ruckelt alle paar Sekunden, während er seinen Höhepunkt abklingen lässt.

Jaegers Hand gleitet unter meine Schultern, er wiegt meinen Kopf unter seinem Kinn. Sein Atem beruhigt sich. Ein Arm schlingt sich um meinen Rücken und er zieht mich zu sich heran, wobei er sich zur Seite manövriert, während ich an seine Vorderseite geschmiegt bin.

Ich liege still und höre sein Herz unter meinem Ohr pochen. Vollkommener Friede breitet sich über mich.

Das war kein Sex, das war … Ich weiß nicht. Oder vielleicht weiß ich es doch und ich will nur nicht darüber nachdenken.

Meine Augenlider schließen sich und der Schlaf zieht mich mit sich.

# Kapitel Zweiundzwanzig

Als ich erwache, habe ich durch ein Fenster am Fuß des Bettes einen guten Blick auf den See. Über die Bergkuppen dringt gedämpftes Licht. Meine Handflächen gleiten über weiche Laken. *Was zum …?*

Bin ich in Jaegers Schlafzimmer? Das Letzte, woran ich mich erinnere, ist die Couch in seiner Werkstatt.

Hitze durchflutet mein Gesicht. Diese Couch wird in die Geschichte eingehen. Zumindest wird sie in meine Geschichte eingehen. Wow, einfach nur *wow*. Nicht, dass meine bisherigen Erfahrungen umfangreich gewesen wären. Aber ich dachte, ich wäre mit den wenigen Partnern, die ich hatte, ziemlich gründlich gewesen. Keiner von ihnen hat mir mit einfachem Sex einen Orgasmus beschert. Aber ich sollte diese wichtige Erkenntnis später überdenken.

Wie zum Teufel bin ich hier gelandet?

Ich sehe mich im Schlafzimmer um. Es ist gemütlich, mit einer Kommode im Mission-Stil und schlichten, aber teuren Laken, was ich daran erkenne, wie sie sich anfühlen. Ich erinnere mich nicht daran, mich angezogen zu haben und hierher gegangen zu sein. Eigentlich bin ich gar nicht angezogen, bemerke ich, als ich mit meinen nackten Beinen über die weichen Laken gleite. Hat mich der Mann mit seinem Liebesspiel betäubt? Was zum Teufel ist passiert?

*Und Gott.* Ich setze mich auf und ziehe mir das hellblaue Laken über die Brust. Warum nenne ich unseren Sex *Liebesspiel?* Eric und ich haben es nie so genannt. Ich stecke den Stoff unter meine Beine und um meinen Rücken, als würde er mich beschützen.

Jaeger kommt aus dem Badezimmer, ein dunkelblaues Handtuch um die Taille gewickelt, Wasserperlen auf den Schultern. Mein Kiefer klappt herunter, mein Atem wird schneller. Der Dampf aus der Dusche und der Duft seines Aftershaves wehen mir entgegen. Er ist wie ein wandelndes Aphrodisiakum.

Sein Blick registriert die Laken, welche ich immer noch umklammere. »Guten Morgen. Alles in Ordnung?«

»Ja, aber« – ich sehe mich im Raum um – »wie sind wir hier gelandet? Ich bin mir ziemlich sicher, dass ich nüchtern war, als ich dich heute Nachmittag besucht habe, also …«

»*Gestern* Nachmittag.«

Scheiße, es ist Morgen?

Ich schüttle den Kopf. »Ich kann nicht in Ohnmacht gefallen sein.«

Er lächelt. »Du warst müde. Ich habe dich hierher getragen.«

Erinnerungen an den erstaunlichsten Orgasmus schwirren durch meinen Kopf. Er hat das mit mir gemacht. Er hat mir alle Energie und ein kleines Stück meiner Seele entzogen.

»Und ich bin nicht aufgewacht?«

Er schüttelt den Kopf, sein Blick schweift wieder über

mich. Nur, dass diesmal Wärme aus diesen Augen strömt. »Bist du immer noch müde?« Die Frage klingt behutsam, als wolle er auf meine Bedürfnisse eingehen – aber der Mann hinter der Frage scheint schon wieder bereit zu sein, über mich herzufallen, was ich an der massiven Erektion erkenne, die sich unter seinem Handtuch bildet. Das ist gefährlich, diese Anziehung. Ich sollte vorsichtig sein.

Ich schüttle den Kopf und er kommt zu mir herüber, wobei er sein Handtuch an der Bettkante zurücklässt. Muskeln und lange Gliedmaßen, Hitze und verlockende, saubere Männerdüfte lassen meine Sinne verrückt spielen. Er zieht das Laken von meinem Körper und legt sich neben mich.

Gänsehaut überläuft mich. Meine Hände werden klamm. Ich bin begierig darauf, zu berühren und berührt zu werden. Ich will ihn küssen, seinen Mund, seine Augenlider, seine Schläfen – die Stelle über seinem Herzen.

Ich stecke wirklich in Schwierigkeiten.

---

»Wo zum Teufel warst du?«, fragt mein Bruder, als ich durch die Haustür komme, nachdem ich mich endlich aus Jaegers Bett gequält habe.

Es war nicht leicht. Der Mann hat Überzeugungskraft. Ich glaube wirklich, er hätte den ganzen Tag weitermachen können. Was ist denn mit den Erholungsphasen passiert?

Gen sieht von der Küche herüber. Sie ist tatsächlich wach, mit aufmerksamen Augen, was beweist, dass es spät nachmittags ist.

»Ich habe bei Freunden übernachtet.«

Gens Augen weiten sich kurz. Das Stirnrunzeln meines Bruders vertieft sich.

»Cali, wenn du schon irgendwo herumvögelst, dann geh wenigstens an dein verdammtes Handy«, sagt er.

»Oh mein Gott. Du wohnst hier bei mir. Ich muss mich nicht bei dir melden. Und woher weißt du, dass ich bei einem Kerl war? Ich hätte bei einer Freundin sein können.«

»Keine deiner Freundinnen ist in der Stadt …«

»Ich habe neue Freundinnen gefunden.«

»− und du bist ganz errötet. *Nach-Koitus*-errötet.«

*Scheiße!* Ich presse meine Lippen zusammen. Dann stürme ich ins Schlafzimmer, schließe die Tür hinter mir und atme tief ein.

Bei meinem Biologen-Bruder kann man sich auf jeden Fall darauf verlassen, ›Nachglühen‹ technisch definiert zu bekommen.

Einen Augenblick später ertönt ein Klopfen. »Cali? Darf ich reinkommen?«, fragt Gen.

Ich ziehe mir die Haare zu einem Dutt zusammen, öffne das Fenster, fächle mir Luft zu und kratze die Reste meiner Würde zusammen. »Komm rein«, sage ich.

Sie schließt die Tür hinter sich und setzt sich auf das Bett. Dabei blickt sie auf ihre im Schoß gefalteten Hände. »Ich weiß, dass wir in letzter Zeit nicht viel geredet haben. Ich musste arbeiten und du machst gerade eine schwere Zeit durch. Ich habe das Gefühl, dass ich nicht für dich da war.«

Gen weiß von jedem Typen, den ich seit Beginn unserer Freundschaft geküsst habe. Sie hat nie etwas aus zweiter Hand erfahren. Und obwohl es mir richtig erscheint, das zwischen mir und Jaeger für mich zu behalten, ist die Spannung in unserer Freundschaft offensichtlich.

Ich setze mich ihr gegenüber. »So fühle ich mich auch. Als wäre ich nicht für dich da gewesen.«

Sie lächelt düster. »Das warst du. Du bist die Starke. Ich habe mich zurückgezogen, weil ich – na ja, ich will stark sein. Ich kann das …«

»Natürlich bist du stark.«

Sie schüttelt den Kopf. »Nein, du sagst, was du auf dem Herzen hast und vertrittst deine Meinung. Ich will das auch machen. Ich will keine Angst mehr haben.«

Gen ist zurückhaltend und weniger offen als ich – die meisten Menschen sind so – aber ich wusste nicht, dass sie Angst hat. »Was ist denn los?«

Sie umschlingt sich mit ihren Armen und lehnt sich nach vorn. »Du weißt, dass ich nicht mit meiner Mutter rede?«

Ich nicke. Das Thema mit ihrer Mutter kommt immer erst dann zur Sprache, wenn ich es aus ihr herausquetsche. Und selbst dann erfahre ich nichts Wesentliches.

»Ich gebe meiner Mutter nicht die Schuld für mein Verhalten und meine Entscheidungen. Aber einige der Probleme, die ich habe, sind auf unsere Beziehung zurückzuführen. Sie war … ungewöhnlich. Aber das ist nicht der Punkt. Der Punkt ist, dass ich keine Angst mehr haben will.«

Sie steckt eine dunkle Locke hinter ihr Ohr. »Vor ein paar Wochen gab es einen Vorfall im Blue. Einer der Manager hat seine Hand in meine Shorts gesteckt und mich angefasst. Er hätte noch mehr gemacht, wenn uns nicht jemand unterbrochen hätte. Ich habe Angst, es jemandem im Casino zu sagen. Ich mache mir Sorgen, dass das, was dir passiert ist – dass du gefeuert wurdest und das alles – dass mir das auch passieren wird. Es gibt Gerüchte …«

Ich fuchtele verzweifelt mit den Händen. »Warte, warte, *was*? Jaeger hat erwähnt, dass irgend so ein Idiot dich angefasst hat. Er hat nicht gesagt, dass es einer der

Führungskräfte war oder was er gemacht hat.« Mein Verstand dreht sich und Bruchteile setzen sich zusammen. »Wer war es, Gen?«

»Ein paar der Führungskräfte hängen immer in meiner Lounge ab, wenn sie von der Arbeit kommen. Einer von ihnen hat mich gebeten, bei einem kleinen Event zu bedienen, das er veranstaltet hat. Er hat das ausgenutzt, um mich in eine unangenehme Situation zu bringen.«

»*Wer war das?*«

»Drake Peterson.«

*Scheiße, scheiße.*

»Ich wusste, dass ich nicht allein da hochgehen sollte, aber ich wollte das Geld …«

Ich schüttle den Kopf. »Das ist meine Schuld.« Ich hätte Gen vor Drake warnen können, wenn ich ihr gesagt hätte, was er getan hat. »Drake hat mich an dem Abend, an dem wir in dem Club waren, nach Hause gefahren und sich mir aufgedrängt. Jaeger ist aufgetaucht und hat ihn verscheucht.« *Wäre er geblieben, hätte er ihn windelweich geprügelt.*

Verwirrung und Besorgnis stehen ihr ins Gesicht geschrieben. »Das wusste ich nicht … aber das ist nicht deine Schuld. Das will ich dir ja gerade sagen. Ich verlasse mich immer auf dich, wenn ich in schlechte Situationen gerate. Aber manchmal ist es einfach meine Schuld. Oder vielleicht mache ich mich selbst zur Zielscheibe.« Sie runzelt die Stirn und ballt die Fäuste. »Ich hatte bei Drake einfach ein schlechtes Urteilsvermögen. Und Gott, Cali, *du auch*. Was hast du dir dabei gedacht, dich von ihm nach Hause fahren zu lassen?«

»Ich habe gar nicht nachgedacht. Und die Standpauke habe ich mir schon von Jaeger angehört.«

Ihre Augen verengen sich und tasten mein Gesicht und meinen Hals ab – sehr wahrscheinlich überprüft sie die

*Koitus-Röte*, wie mein Bruder es so elegant formuliert hat. »Warst du gestern Abend bei Jaeger?«, fragt sie sanft. Ich nicke und sie schubst mein Knie spielerisch. »Schreib mir nächstes Mal oder so. Wir haben uns Sorgen gemacht.«

In ihrem Gesichtsausdruck ist keine Spur von Feindseligkeit und das ist eine Erleichterung. Ich habe Jaeger geglaubt, was die beiden angeht, aber man weiß ja nie. Gen hätte ihre Gefühle für ihn verstecken können. Das habe ich auch getan.

Ja, es war dumm mich nicht bei Gen und Tyler zu melden. Ich hätte ja angerufen, wäre ich nicht vom heißesten und atemberaubendsten Sex der Welt ohnmächtig geworden.

»Was sind das für Gerüchte, die du erwähnt hast?«, frage ich und zwinge meinen Verstand von Jaeger weg, wohin dieser sonst ganz schnell wieder abdriften würde.

»Die Leute haben sich eben gefragt, warum du gefeuert wurdest.«

Das klingt irgendwie cool. »Okay, weiter?«

»Es gibt ein Gerücht, dass einer der Führungskräfte es auf bestimmte Leute abgesehen hat.«

»Das ist ziemlich genau das, was sie gesagt haben, als sie mich gefeuert haben. Nur subtiler. Es ist vorbei, Gen. Ich gehe nicht dahin zurück.«

»Ja, aber …, wenn das schon einmal passiert ist …«
»Mit Drake?«

Sie hält inne. »Du wurdest wegen Drake gefeuert?«

Ich zucke mit den Schultern. »Vermute ich zumindest. Es ist passiert, kurz nachdem ich ihn abgewiesen hatte. Und Jaeger, na ja, er hat dafür gesorgt, dass Drake sich auch wirklich daran erinnert.«

Ich hatte bereits den Verdacht, dass Drake mich feuern lassen hat. Jetzt wo ich weiß, was er Gen angetan hat, wie er mich bedroht hat, als ich sie besuchen wollte – und ich gesehen habe, wie Jaeger sie getröstet hat. Das muss direkt nach dem Vorfall mit ihm gewesen sein.

Er ist abscheulich. Und er scheint das Management fest im Griff zu haben. Sie haben mich ohne guten Grund gefeuert, einfach weil er es ihnen gesagt hat. Ich interessiere mich nicht mehr für meinen alten Job, aber ich mache mir Sorgen um Gen.

»Hör zu, Gen, das ist übel. Egal, was du wegen Drake unternehmen willst, es könnte Konsequenzen haben. Du musst entscheiden, was für dich am besten ist. Ich habe nicht auf alles eine Antwort, so gern ich es auch hätte.« Ich presse meine Finger auf meine Augen und seufze. »Im Moment bin ich mir nicht sicher, ob ich irgendwelche Antworten habe.«

»Du hast recht.«

Ich sehe auf.

Sie sieht meinen Gesichtsausdruck. »Nein, das nicht. Du bist gescheit, Cali. Und normalerweise hast du auch gute Ideen, aber ich muss meine eigenen Entscheidungen treffen. Ich kann das. Ich habe bereits entschieden, dass mein Stolz es nicht wert ist, meinen Job zu verlieren.«

»Du willst weitermachen? Ohne jemandem zu sagen, was passiert ist?«

Sie nickt. »Zumindest vorerst. Wenn Drake auch nur einen kleinen Finger in meine Richtung hebt, gehe ich zum Management. Aber ich will das Ganze erst abwarten. Er hat dich gefeuert und ich zweifle nicht daran, dass er mich auch hinauswerfen lassen würde. Und ich brauche meinen Job dringend.«

Der Gedanke, dass Gen im Blue bleibt, nach dem was Drake uns angetan hat, macht mir Angst. Was ist, wenn er sie wieder anfasst, oder noch schlimmer? Sie sollte sexuelle Belästigung nicht ignorieren oder gar ertragen müssen, nur um ihren Job zu behalten. Das ist schrecklich.

Aber ich sage Gen nicht mehr, was sie tun soll. Sie ist stärker, als sie sich bewusst ist. Wenigstens tut sie, was sie für richtig hält. Und nicht, was andere von ihr erwarten. Das ist mehr als ich von meinen eigenen Entscheidungen der letzten Jahre behaupten kann.

»Hey.« Sie rutscht näher zu mir. »Ich bin froh, dass wir wieder miteinander reden.« Mein Rücken entspannt sich und ich lehne mich gegen sie und lege meinen Kopf auf ihre Schulter. »Egal, was passiert, es ist immer zehnmal schlimmer, wenn ich nicht mit dir reden kann.«

»Geht mir genauso.«

## Kapitel Dreiundzwanzig

Auf der Terrasse zeichne ich die letzte Form auf meiner Skizze. Sie zeigt ein Ruderboot am Ufer des Sees mit der aufgehenden Sonne im Hintergrund. Das Wasser besteht aus verschnörkelten Kreisen und sieht aus, als würde es sich bewegen.

Ich nenne meine Zeichnungen jetzt *Skizzen* statt *Kritzeleien*, nachdem ich gestern mit einer professionellen Künstlerin gesprochen habe. Sie hat mir gesagt, ich müsse meine Arbeit wie ein Geschäft angehen. Anscheinend ist *Kritzelei* kein professioneller Begriff. Ich bin mir immer noch nicht sicher, ob ich glaube, dass ich mit einer Kunstkarriere Erfolg haben kann.

Zum ersten Mal in meinem Leben bin ich nicht sicher, ob ich es schaffen werde. Es ist beängstigend und doch überraschend befreiend. Ich mache das nicht, weil ich es sollte, sondern weil es mir wirklich Spaß und mich glücklich macht.

Gestern Abend habe ich mich online für einen Kunstkurs am örtlichen Community College angemeldet. Und für einen CAD-Kurs. Bei einer meiner nächtlichen Internetrecherchen habe ich erfahren, dass einige meiner gemusterten Zeichnungen zur Herstellung von Textilien verwendet werden könnten – wer hätte das gedacht? Und die Beherrschung eines CAD-Programmes ist eine Voraussetzung für das Entwerfen von Textilkunst.

Die späte Morgensonne erwärmt die Betonterrasse und die Hitze steigt um mich herum auf. Es ist erst elf und ich schwitze jetzt schon, obwohl ich nur meine Pyjamahose und mein Bikinioberteil anhabe.

Mein Handy summt. Ich grabe es unter meinem Oberschenkel hervor, wohin es abgerutscht war, Ich lächle breit, als ich sehe, wer mir geschrieben hat.

***Jaeger:*** *Gehen wir heute Abend zusammen essen?*

***Cali:*** *Sicher.*

***Jaeger:*** *Wir gehen ins Tao. Plane entsprechend. Ich hole dich um 5 Uhr ab, ich will dir was zeigen.*

Sofort schweifen meine Gedanken ab und werden ungezogen. Aber er würde mich doch nicht verführen und erwarten, dass ich dann noch präsentabel bin, oder? Das Tao ist das beste Restaurant der Stadt.

Was soll ich anziehen? Ich nehme meine Skizze mit und gehe barfuß zurück ins Haus. Es ist ausnahmsweise einmal ruhig. Sowohl Gen als auch Tyler sind unterwegs.

Ich schiebe die Kleiderbügel in meinem Schrank herum und finde nichts, was mich in einem eleganten Restaurant nicht in Verlegenheit bringen würde. Ich habe noch ein paar Stunden Zeit vor meinem Date mit Jaeger. Dann werde ich wohl in den örtlichen Geschäften vorbeischauen müssen. Vielleicht finde ich mit meinem begrenzten Budget ein neues Oberteil.

Meine finanziellen Rücklagen schwinden, aber ich habe jetzt keine fünfzigtausend Dollar Studiengebühr mehr, um die ich mich sorgen muss. Ich brauche nur einen Job, um die Lebenshaltungskosten und die Kurse, für die ich mich angemeldet habe, zu bezahlen. Aber ich bin optimistisch, dass das mit der Arbeitserfahrung, die ich im Blue Casino erworben habe, kein Problem sein wird.

Kurz bevor es soweit ist, dass Jaeger mich abholt, ziehe ich mir Pumps, eine schwarze Hose und eine kurzärmelige, hellblaue rückenfreie Bluse an, die in meiner Lieblingsboutique zum Verkauf stand. Die Farbe passt zu meinen Haaren und hebt meine Augen hervor. Die Vorderseite ist tief ausgeschnitten. Sie zeigt eine ordentliche Menge an Dekolleté. Allerdings trage ich einen Push-up-BH dazu, sodass es fast schon obszön aussieht. Ich habe definitiv kein gutes Gefühl dabei, Geld auszugeben, wenn ich keinen Job habe. Aber jetzt, wo ich einen Plan habe, werde ich mich sofort nach einer Arbeit umsehen.

Ich gehe ins Wohnzimmer, wo sich Gen und Tyler um die Fernbedienung streiten.

»Du wohnst hier mietfrei!«, argumentiert Gen. »Du bekommst nicht auch noch die Fernbedienung.«

»Wir sehen uns auf keinen Fall den *Bachelor* an. Da kann ich mir die Eier auch gleich selbst abschneiden.«

Gen hebt einen Finger, ihre Augen sind geschlossen. »Erstens – ist das ekelhaft. Und zweitens ist der Typ dieses Jahr ein Hockeyspieler oder so etwas. Er ist ein *Sportler*. Du liebst Sport!«

Tyler sieht mich erschöpft an.

»Haltet mich da raus«, sage ich. »Gen, wenn er dich die Sendung nicht ansehen lässt, machen wir später Netflix an. Der Bachelor ist heiß.« Nicht so heiß wie Jaeger, aber das ist ohnehin niemand.

»Tyler«, säuselt Gen, »wenn du mich das ansehen lässt, mache ich dir Popcorn.«

Seine Hand schnellt vor und er kitzelt sie unter dem Arm. Sie schreit und er greift nach der Fernbedienung, während sie außer Gefecht gesetzt ist. »Ha, du musst mir schon mehr als Popcorn anbieten, um das hier zurückzubekommen.«

Gen starrt ihn an und reibt sich die Achselhöhle. Tylers Kitzeln tut höllisch weh. Er gräbt immer so tief hinein. »Du hast die geistige Reife eines Sechzehnjährigen. Wie nehmen dich deine Schüler ernst?«

»Ich habe eben die Skills dafür«, sagt er und schaltet die Kanäle durch.

»Das nehme ich zurück. Du bist ungefähr zehn.« Gen seufzt und sieht voller Ungeduld auf die Wanduhr. Die neue Folge fängt bald an. »Gut, dann wasche ich eben eine Ladung Wäsche, wenn du sie mir zurückgibst.« Tyler schaltet weiter um. »Zwei Ladungen?« Ihr Gesicht leuchtet auf und sie verschränkt die Arme. »Ich stelle dich einer der Cocktailkellnerinnen im Blue vor.«

Tyler hört auf zu schalten und betrachtet sie. Ich schnappe mir meine Handtasche und klaue einen Zwanziger aus seinem Geldbeutel, als er nicht hinsieht. Er würde ja nicht wollen, dass ich irgendwo ohne Bargeld festsitze. Ich tue ihm einen Gefallen, indem ich vorausplane. »Sprich weiter«, sagt er.

»Einer von den Hübschen.« Ihr Gesichtsausdruck zeigt pure Unschuld. Das schafft nur Genevieve, aber ich kenne sie besser. Sie hatte in der Schule zwar nicht immer nur Einsen, wie Tyler und ich, aber das Mädchen hat Grips.

Die außergewöhnlich hübschen Kellnerinnen im Blue sind alle dumm wie Brot – nicht, dass hübsche Mädchen zwangsläufig zurückgeblieben sind. Gen ist ein gutes Beispiel für eine Mischung aus Schönheit und Intelligenz, aber im Fall der anderen Kellnerinnen im Blue passt das Klischee.

»Na gut«, sagt er und reicht ihr die Fernbedienung. Sie macht einen Siegestanz auf der Couch, inklusive Hüpfen. Tyler starrt ihr mit einem begeisterten Blick auf die Brüste, als wäre allein der Siegestanz das Opfer wert gewesen. Ekelhaft.

Es klopft an der Tür. Mein Herz klopft schneller. »Okay, Leute, ich bin weg.« Ich stürze mich auf den Türknauf. Ich schäme mich nicht für Jaeger oder unsere Beziehung. Ich will nur nicht, dass ich ihn meinen neuen ›Eltern‹ auf der Couch vorstellen muss.

Zu spät.

»Und wann kommst du nach Hause?«, fragt Tyler und vergisst seine Auseinandersetzung mit Gen. Ich drehe mich wieder um und er sieht mich an. Er mustert mein Dekolleté und runzelt die Stirn.

»Wenn ich Glück habe, nicht vor morgen. Tschüssi!« Ich winke und öffne die Tür. Als ich hinausgehe, stoße ich mit einem verwirrten Jaeger zusammen. Ich ziehe die Tür hinter mir zu und lehne mich dagegen. »Geh da nicht rein. Das ist gefährlich.«

Er lacht. »Okay.« Er ergreift meine Hand, beugt sich vor und küsst mich sanft auf die Lippen. Mein Bauch flattert schon bei dieser einen zarten Berührung. Sein Blick senkt sich und bleibt anerkennend an meiner Brust hängen. Er betrachtet den Rest meines Outfits und lächelt. »Du siehst wunderschön aus.«

Mission erfüllt. Ich wusste, dass sich die Ausgaben für das neue Oberteil lohnen würden.

Jaeger trägt ein dunkelgrünes Hemd, das das Grün in seinen Augen zur Geltung bringt. Er sieht nicht nur lecker aus, sondern riecht auch so. Ich schlinge meine Arme um seine Taille und umarme ihn fest. »Du hast mir gefehlt.«

Sein Gesicht senkt sich auf meinen Kopf und er atmet durch mein Haar ein. »Du mir auch.« Nach einem kurzen Moment lockert er seine Umarmung. »Komm schon. Ich muss dir etwas zeigen.« Er sieht erregt aus, aber auch ein bisschen schüchtern. Er ist oft etwas still, aber ich habe ihn noch nie nervös gesehen.

Was ist das für eine Überraschung?

Jaeger fährt uns zu seinem Haus und mein ursprünglicher Verdacht taucht wieder auf. Ich verwerfe den Gedanken schnell wieder. Ich meine, Sex mit Jaeger steht für heute Abend auch auf der Liste. Aber Jaeger trommelt auf das Lenkrad, als wäre er nervös. Irgendetwas geht hier vor sich.

Wir gehen zur Werkstatt. Er schließt die Tür auf und tritt zur Seite, damit ich hineingehen kann. Die Sonne ist noch nicht untergegangen, sondern steht tief am Himmel, sodass die Werkstatt beschattet ist. Er schaltet die Lichter an.

»Wiederholen wir gerade das von neulich?«, necke ich.

Er sieht mich an, Hitze und Verlangen glimmen in seinem Blick. »Nein und du solltest mich besser nicht auf dumme Gedanken bringen, sonst schaffen wir es nicht zum Abendessen.« Er legt seine breite Hand in mein Kreuz und schickt heiße Wellen über meine Haut. Er führt mich durch den Raum, dorthin, wo er seine fertigen Werke aufbewahrt.

Heute stehen nur noch einige wenige auf den Regalen, etwa halb so viele wie beim letzten Mal. Ich werde ihn fragen müssen, wie er seine Sachen verkauft. Als Recherche.

Es ist seltsam, dass wir uns beide der Kunst zugewandt haben, nachdem die Lebenswege, die wir für uns vorgesehen hatten, nicht funktionierten. Ich hatte nie über Kunst und Design nachgedacht, bevor ich nach Tahoe zurückkehrte. Aber ich zeichne seit der vierten Klasse spontan auf Servietten, in Notizbücher und auf so ziemlich jeden Papierfetzen, der mir in die Hände fällt. Jaeger und ich sind oberflächlich betrachtet so verschieden. Er ist ruhig und ich bin extrovertiert, aber im Grunde genommen sind unsere Leidenschaften die gleichen. In vielerlei Hinsicht.

Jaeger tritt zur Seite und holt eine etwa ein mal ein Meter große Tafel heraus, die mit einem Tuch bedeckt ist. Er stellt sie auf das Präsentationsboard und entfernt die Abdeckung. Einen Moment lang bin ich verblüfft, wie gut der schwarze Vorhang das Holz hervorhebt, und dann konzentriere ich mich auf das Design.

Was zum …? *»Jaeger?«*

Die Schnitzerei vor uns entspricht der Skizze, die ich vom See gezeichnet habe.

»Gen hat Mason und mir zufällig den Entwurf gezeigt, den du während einer deiner Pausen auf eine Serviette gemalt hast. Ich habe sie gefragt, ob ich es mir ausleihen kann. Ich habe auch die Skizze gesehen, die du auf der Couch liegen gelassen hast, als ich Gen abgeholt habe. Cali, du hast wirklich Talent.«

Ein freches Funkeln blitzt in seinen waldgrünen Augen auf. »Ich habe dir schon gezeigt, wie besonders du für mich bist. Aber das« – seine Augen werden ernst und er zeigt auf das Werk vor uns – »ist meine Art, dir zu zeigen, wie außergewöhnlich ich deine Kunst finde.«

Auf Holz übertragen hat meine Zeichnung Dimension und Tiefe, wobei die äußeren Linien vorrücken, als würde die Mitte dich anziehen.

Die ganze Planung und Arbeit, die er investiert haben muss, um dieses Kunstwerk zu schaffen, wirft mich um. Ich bin sprachlos, was für mich selten ist.

Er schiebt seine Hände in die Taschen seiner dunklen Hose. »Und? Was hältst du davon?«

»Es ist atemberaubend. Deine Schnitzerei, meine ich.«

»Deine *Zeichnung* ist atemberaubend.«

Das ist mehr als nur ein Kompliment von Jaeger. Hier geht es nicht nur um mein Talent. Er will mir damit sagen, dass er mich mag. Ein weiterer Teil seiner Umwerbungs-Strategie – von der ich erst kürzlich erfahren habe, dass es sie gibt.

Jetzt fügen sich ein paar Dinge zusammen und ich verstehe es endlich. *Gen* … meine hinterhältige, raffinierte, wunderbare beste Freundin. »Hat das etwas mit deinem heimlichen Date mit meiner besten Freundin zu tun?«

Er lächelt genervt und schüttelt den Kopf. »Ich wollte, dass Gen sich die erste Version ansieht. Ich hatte ja nicht deine Erlaubnis, die Zeichnung zu verwenden. Ich habe Gen hierher gebracht, weil ich von ihr wissen wollte, ob du damit einverstanden wärst.«

Und jetzt fühle ich mich wie ein Idiot. »Es tut mir leid, dass ich voreilige Schlüsse in Bezug auf euch beide gezogen habe. Ich schulde euch eine Entschuldigung.«

Er tritt näher und verschränkt unsere Finger. »Es ist in Ordnung, Cali. Ich will nur, dass du das Gefühl hast, dass du mir vertrauen kannst.«

Die Wahrheit ist, dass ich ihm vertraue. Jaeger ist ehrlich und fürsorglich. Sowas sieht man bei Männern selten. Na ja, auch bei den meisten Frauen ist das nicht wirklich der Fall. Er ist ein guter Mensch.

»Ich wollte noch etwas anderes erwähnen. Ich will dich nicht unter Druck setzen oder so, aber ich habe eine Kundin, die mit mir zusammenarbeiten will. Sie sucht nach etwas Besonderem. Ich würde ihr gern deine Skizzen zeigen. Gen hat mir die paar geliehen, die du ihr gegeben hast. Aber ich kann dieser Dame auch andere zeigen, mit denen du zufrieden bist.«

»Ja, sicher«, sage ich zögerlich. Ich kann mir nicht vorstellen, dass jemand eine Schnitzerei einer meiner Skizzen kaufen will. Aber das ist ja der Punkt. Entwürfe zu schaffen, die Menschen in ihren Häusern und Geschäften haben wollen. »Lass mich die Skizzen von den Servietten aber bitte erst auf echtes Papier zeichnen, bevor du sie zeigst.«

Er lacht. »Ich glaube nicht, dass das die Kundin interessiert. Sie hat ein gutes Auge für so etwas.« Er zieht mich an sich, bis ich auf seine harte Brust treffe. Er schlingt seine Arme um meinen Rücken, seine langen Glieder flankieren meine Hüften. »Sie weiß, was gut ist.«

In meinen hohen Schuhen bin ich etwas größer und mein Mund ist jetzt auf gleicher Höhe mit seinem Kiefer. Ich erhebe mich auf meine Zehenspitzen und küsse seine Lippen. »Danke, dass du mir immer das Gefühl gibst, etwas Besonderes zu sein. Und für das Kunstwerk.«

»Oh, das ist nicht für dich.« Er grinst.

Ich neige meinen Kopf nach hinten und sehe ihn ungläubig an. »Was meinst du damit, es ist nicht für mich?«

»Ich hänge es über mein Bett. Aber du kannst es ja ab und zu besuchen, wenn du willst.« Seine Hände bewegen sich und drücken meinen Hintern, während sein Mund meinen erobert.

———

Dreißig Minuten später nehmen wir unsere Reservierung im Tao in Anspruch. Ich glaube, ich habe endlich jemanden gefunden, der genauso dauergeil ist wie ich. Wir haben es nicht wirklich gemacht, bevor wir hierher gefahren sind. Obwohl Jaeger auf jeden Fall dazu bereit gewesen wäre. Nach mehreren innigen Küssen und viel Stichelei darüber, wer das Bild bekommt – ich habe natürlich gewonnen – habe ich die hitzigen Knutschversuche ausgebremst. Es ist nicht cool, mit verschmierter Wimperntusche und zerzausten Haaren in ein schickes Restaurant zu gehen. Nicht, wenn wir das, was wir angefangen haben, auch einfach später fortsetzen können.

Ich freue mich auf mein neues Bild. Das gute Stück hänge ich mir gleich neben das gestickte Bild einer Sonnenblume in unser *Chalet* – Gen und meine neue Bezeichnung für die Absteige, in der wir leben. Natürlich-modern trifft auf furchtbar veraltet.

»Tisch für zwei«, sagt Jaeger zu dem Herrn am Empfang.

»Hier entlang, Mr. Lang. Schön, dass Sie heute Abend hier sind.« Der Empfangskellner, der einen dunklen Anzug trägt, lächelt warm, nimmt zwei der in Leder gebundenen Speisekarten und dreht sich um, um uns den Weg zu weisen.

Kennt man ihn hier? Kommt Jaeger öfter hierher?

Bevor ich nachfragen kann, hebt Jaeger die Hand und bedeutet mir, dem Kellner zu folgen, der bereits auf halbem Wege durch den Raum ist. Er führt uns an eleganten, mit weißem Tuch gedeckten Tischen vorbei. Spiegel hinter einer durchgängigen Bar lassen den Raum doppelt so breit erscheinen und reflektieren das Licht der Fenster, die am anderen Ende des Raumes den See überblicken. In der Mitte der hohen Decke baumeln geometrische Kronleuchter aus Holz. Links hängen Holzpaneele … ihr Stil scheint mir vertraut.

Ich werfe Jaeger einen fragenden Blick zu. Er blickt nach vorn und manövriert um unseren Tisch herum, um meinen Stuhl hervorzuziehen. Unser Bereich ist privat, mit der besten Aussicht auf den See und die Berge.

Nachdem der Kellner uns allein gelassen hat, sehe ich mir die Wand noch einmal genauer an, die Speisekarte in der Hand. Sie sind größer als die in Jaegers Werkstatt, aber ich erkenne sein Siegel. »Jaeger, sind die von dir?«

Sein Blick flackert zur Wand, dann wieder auf die Speisekarte, als wäre es keine große Sache, dass seine Kunst in einem der besten Restaurants der Stadt ausgestellt ist. »Das Tao ist einer meiner Kunden.«

Heilige Scheiße. Mein Freund ist berühmt. Na ja, vielleicht nicht berühmt, aber er ist ein wichtiger Künstler, der an einem Ort wie diesem ausgestellt wird.

Ich nehme seine Hand und verschränke unsere Finger, während ich die Speisekarte durchgehe. Ich habe keinen Anspruch auf seinen Erfolg, aber ich bin trotzdem stolz auf das, was er erreicht hat. Dieser Sommer hat mich mit schweren Entscheidungen und schmerzhaften Tiefpunkten konfrontiert, aber ich bereue die Zeit, die ich mit Jaeger verbracht habe, keineswegs. Es war eine der besten meines Lebens.

Er drückt meine Finger und lächelt. »Die Jakobsmuscheln sind ausgezeichnet und die …«

»Jaeger?« Eine hohe Frauenstimme zersticht unsere perfekte Blase.

Die Frau – etwa in meinem Alter, vielleicht etwas älter – steht in Jeans und T-Shirt hinter Jaeger. Ich habe nicht gesehen, wie sie auf uns zugegangen ist. Aber wenn ich mit Jaeger zusammen bin, blende ich viele Details aus.

Die Frau guckt unbehaglich zu den Gästen zu unserer Rechten hinüber, die sie anstarren.

Jaegers Stirn kräuselt sich. Er verschiebt sich auf seinem Platz und dreht sich zu ihr um. Sein Gesicht verblasst und er lockert seinen Griff um meine Hand. »Kate?«

»Können wir reden?«, fragt sie. Sie lächelt ihn lässig an, aber dahinter steckt eine klagende Verzweiflung.

In meinem Kopf läuten die Alarmglocken.

*Nein. Verdirb mir das nicht. Wer auch immer du bist, geh. Nimm mir nicht das Beste weg, was mir je passiert ist.*

Jaeger wendet sich mir wieder zu, sein Blick ist auf den Tisch gerichtet. Dann sieht er auf, sein Gesicht ist verzerrt, bevor sein Mund den Anschein eines Lächelns vermittelt. »Ich bin gleich wieder da, okay?«

Ich nicke steif. Er streichelt ein letztes Mal meine Hand, bevor er loslässt. Er folgt der Frau zum Eingang des Restaurants, wo Jaegers Schwester mit dem Kellner steht.

Warum ist Kerstin hier?

Ich trinke mein Wasser und warte, bis Jaeger zurückkommt. Es vergehen zwanzig Minuten, bis er den Gang zu unserem Tisch entlang geht und sich die Stirn reibt. Er blickt auf, sein Blick ist ernst. »Es tut mir leid.« Er schluckt und ich kann sehen, dass er abgelenkt ist. »Ich muss dich nach Hause bringen. Es gibt einen Notfall in der Familie.«

»Ist alles in Ordnung?« Natürlich nicht, aber wie soll ich sonst nachfragen, ohne neugierig zu klingen? Wer ist diese Frau? Und warum lässt er mich für sie sitzen?

Ich stehe auf und nehme meine Tasche.

Jaeger führt mich aus dem Restaurant, bevor er meine Frage beantwortet. Er öffnet die Beifahrertür und hilft mir in seinen Truck, wobei er sich gegen den Fahrzeugrahmen stützt, als könne er sonst nicht stehen. »Das war Kate. Meine Ex-Freundin. Sie ist bei meinen Eltern aufgekreuzt und meine Schwester war Zuhause. Kerstin wusste, wo ich dich heute Abend hinbringen würde.«

»*Welche* Ex-Freundin?« Vielleicht gab es da so einige und die hier ist eine harmlose, beliebige Frau, die nur wissen will, was er so gemacht hat. *Ex-Freundin* und *harmlos* passen nicht unbedingt zusammen, aber so könnte es ja gewesen sein. Ich bin im Vollverleugnungs-Modus.

»Cali, du bist in den letzten fünf Jahren die einzige Freundin, die ich hatte. Kate ist meine Ex. *Diejenige*, die … na ja, jedenfalls ist sie die Person, die gleich nach meinem Unfall mit mir Schluss gemacht hat.«

»Jaeger, was hat dieses Mädchen mit dir gemacht? Du siehst ziemlich fertig aus.«

Natürlich taucht seine Ex genau dann wieder auf, wenn er jemand *neues* gefunden hat. Das ist Murphy's Law. Aber ich bin seine neue Freundin und ich bin verdammt glücklich mit ihm. Ich will nicht mal genau darüber nachdenken, wie glücklich ich bin. Denn wenn das mit uns zu Ende geht, wird es mich wahrscheinlich zerstören.

»Sie hat nichts gemacht – okay, das nehme ich zurück. Sie hat damals viel angerichtet. Und nicht immer war ich der Leidtragende. Es ist nur, dass sie nicht immer lügt.«

Er scheint verunsichert zu sein, was ihm gar nicht ähnlich sieht. »Jaeger, was ist passiert?«

»Kate hat gesagt −« Er stößt sich vom Fahrerhaus ab und richtet sich auf, obwohl er scheinbar kurz davor ist, umzukippen. »Sie hat gesagt, sie hätte ein Kind. Dass das Mädchen von mir ist. Sie will, dass wir eine Familie werden.«

# Kapitel Vierundzwanzig

Mein Verstand ist völlig leer, aber dann drängen eine Reihe von Fakten und Fragen, vermischt mit einigen Schimpfwörtern, an die Oberfläche.

Wie konnte das passieren? Sie kann ihn nicht haben. Ich … ich … *mag* ihn. Sehr sogar. *Wirklich sehr.* Warum hat sie bis jetzt gewartet, um es ihm zu sagen? Das ergibt keinen Sinn. Sie hat ihn verlassen und er war ein Jahr lang immer wieder in der Rehaklinik. Er hat behauptet, dass er sie nie wieder gesehen hätte … und dass er nicht gewusst hätte, dass sie schwanger war.

Scheiße! *Fuck.*

Ich erinnere mich nicht an die Fahrt zu mir nach Hause. Sie ging blitzschnell vorbei und dann brachte Jaeger mich zur Haustür. »Mach dir keine Sorgen, Cali. Alles wird wieder gut. Lass mich erst herausfinden, was los ist.« Er atmet unstetig ein. »Was *wirklich* passiert ist. Ich traue ihr nämlich nicht. Nach unserer Trennung gab es Gerüchte, dass sie mich betrogen hat. Und natürlich hat sie auch eine Menge Scheiße abgezogen, während wir noch zusammen waren. Ich werde die Wahrheit herausfinden und dann rufe ich dich an, okay? Es ist nur … ich muss mich darum kümmern.« Ich nicke, er gibt mir einen Kuss auf die Wange und geht dann zu seinem Truck.

So habe ich mir unseren Abend nicht vorgestellt. Wie konnte etwas so Schönes so schnell schrecklich schiefgehen? Bin ich verflucht?

Jaeger sieht mich mit gequälter Miene aus dem Inneren des Trucks an, bevor er die Zündung betätigt und sich aus der Einfahrt bewegt.

Ich schlucke den Kloß, der sich in meiner Kehle gebildet hat und öffne die Tür zu unserem Häuschen. Gen werkelt in der Küche herum, während Tyler sich auf der Couch ausgestreckt hat.

Er setzt sich auf. »Was ist passiert? Warum bist du so früh zurück?«

Ich lasse mich auf den blauen Liegesessel fallen, starre geradeaus und versuche, das zu verarbeiten, was ich nicht wahrhaben will. »Jaegers Ex hat unser Date unterbrochen.« Ich winke mit der Hand, während ein irrsinniges Gefühl in meiner Brust aufsteigt. »Sie ist einfach im Restaurant aufgetaucht und hat ihm gesagt, dass sie ein Kind hat – und zwar sein Kind.«

Tylers Augen fallen nahezu aus seinem Kopf. *»Was?«*

Gen kommt ins Wohnzimmer, einen Topflappen auf der Hand. Sie kocht nie, also ist das ein absurder Anblick. Genauso absurd wie der Rest des Abends.

Ich lasse mein Gesicht in meine Hände fallen und drücke die Augen zu. »Können wir bitte einfach *nicht* darüber reden?« Nach einer Sekunde stelle ich fest, dass die Tränen noch schneller kommen würden, wenn ich den Kopf so hängen lasse. Ich sehe auf und schlucke, wobei ich mehrmals blinzele.

Gen sieht zu Tyler und reißt demonstrativ ihre Augen auf.

Sein Mund steht immer noch offen. Er sieht ihren Gesichtsausdruck und nickt, dann zieht er sein Handy heraus und beginnt fieberhaft darauf herum zu tippen.

»Lass ihn in Ruhe, Tyler«, sage ich. »Er versucht herauszufinden, was hier vor sich geht. Er weiß auch nicht, was los ist.«

Tylers Finger fliegen weiterhin über sein iPhone.

Ich stehe auf und gehe zum Bad. »Ich gehe ins Bett.« Ich schminke mich ab und trotte ins Schlafzimmer, wo ich die hübsche blaue Bluse aufhänge, für die ich mein Geld verschwendet habe. Ich liege auf der Matratze, aber ich kann nicht schlafen. Meine Brust schmerzt.

Die Geräusche von Gen und Tyler, die sich leise im Wohnzimmer unterhalten, werden durch die Türe nur spärlich gefiltert. Dann rollt mir die erste Träne über die Wange.

Nein. Ich werde diesen Sommer nicht noch einmal wegen eines Mannes weinen. Das ist erbärmlich.

Noch mehr Tränen rollen, die auf dem Kragen meines Flanell-Pyjamas landen.

Okay, heute Abend werde ich weinen, aber das war's auch schon. Nach heute Abend wir keine einzige Träne mehr vergossen, es sei denn … bitte lass es kein *es sei denn* geben. Bitte lass das ein einziges, großes Missverständnis sein.

---

NACH UNSEREM GESCHEITERTEN Date hat Jaeger mich schon zwei Tage nicht angerufen. Zwei verfluchte Tage!

Ich sterbe. Mittlerweile starre ich nicht mehr auf mein Handy, sondern zeichne stundenlang unter den Bäumen und laufe ziellos durch die Nachbarschaft, bis ich am See lande. Ein Gutes daran ist, dass meine Arme unglaublich fit werden, so viele Steine habe ich schon in den See geworfen.

Jedes Mal, wenn ich das Handy in die Hand nehme um ihn anzurufen, erinnere ich mich daran, dass er selbst anrufen wollte, wenn er die Sache geklärt hat. Bis jetzt hat er auch noch nie gezögert, mich anzurufen. Ich kann nur vermuten, dass er immer noch mit seiner Ex zu tun hat. Oder dass er wieder mit ihr zusammenkommt. Aber nein, das ist das Mädchen, das ihn abscheulich behandelt hat – das hat sogar Tyler gesagt.

Logischerweise glaube ich nicht, dass Jaeger wieder mit Kate zusammenkommt, aber nichts von ihm zu hören … Da ist es wirklich schwierig, nicht das Schlimmste zu befürchten. Ein Teil von mir hat immer noch die Hoffnung, dass sich das alles als ein riesiger Irrtum herausstellen wird.

In der Zwischenzeit habe ich die Online-Stellenangebote für South Lake Tahoe durchkämmt und Lebensläufe und Online-Bewerbungen verschickt. Die Jobsuche hilft mir, mich abzulenken.

Meine Kunstkurse beginnen erst in ein paar Tagen. Wenn ich mindestens dreißig Stunden pro Woche als Kellnerin oder Croupière in einem anderen Casino arbeite, kann ich die Lebenshaltungskosten plus die Kosten für das Community College aufbringen. Die Studiengebühren sind nicht so enorm hoch wie in Harvard und bei anderen Programmen. Mit einem neuen Kurs, einem neuen Job – im Grunde einem neuen Leben – könnte ich es vielleicht überleben, wenn mir das Herz zerschmettert würde.

Vielleicht.

Okay, ich bin mir nicht sicher. Jaeger hat sich in mein Herz geschlichen und jetzt habe ich all diese Gefühle, die ich noch nie zuvor empfunden habe. Es wird mir das Herz brechen, wenn er unsere Beziehung beendet. Seltsamerweise scheint es mir leichter, in eine weit entfernte Uni und in ein Jurastudium zu flüchten, als zuzusehen, wie mir der Kerl, in den ich mich verliebt habe, aus den Armen gerissen wird.

*Verliebt?* Okay, das ist genug Selbstanalyse für einen Morgen.

Ich stehe auf und verlasse die Terrasse, wo ich die letzte Stunde gezeichnet habe, um zurück ins Haus zu schlendern. Die Terrasse ist zu meinem Büro und meiner künstlerischen Zuflucht geworden. »Wo ist Gen?«, frage ich meinen Bruder, der am Küchentisch sitzt und auf seinem Laptop tippt.

»Sie hat gesagt, sie geht aus.«

»Hat sie gesagt, wohin?« Unser Gespräch hat dazu beigetragen, einen Teil der Distanz zwischen uns zu überwinden, aber wir hatten nicht die Zeit, alles nachzuholen. In den letzten Wochen dachte ich, dass Gen sich mit Nessa angefreundet hat, aber jetzt bin ich mir da nicht mehr so sicher.

Tyler hält inne und nimmt einen Schluck aus seiner Kaffeetasse mit den Worten ›World's Best Cat Mom‹ auf der Vorderseite. Entweder ist Tyler bei seinen Tassen weniger wählerisch als Gen und ich, oder er versucht, ironisch zu sein.

»Nein. Hey, was hältst du von dieser Nessa? Ist sie single?«

Okay, das kam jetzt aus dem Nichts.

Ich gehe in die Küche und hole die Zutaten für ein Sandwich heraus. Ich habe heute Nachmittag ein Vorstellungsgespräch in dem Casino gegenüber von Blue. Es ist ein kleineres Unternehmen und ich werde dort vom Leiter der Spieleabteilung interviewt. Ich bin ein bisschen besorgt, da es im letzten Casino auch der Leiter war, der mich gefeuert hat. Aber dieses Casino scheint nicht die gleiche überhebliche Haltung zu haben, wie das Blue. Zumindest in Sachen Management. Vielleicht ist es ein gutes Zeichen, mit einem höheren Manager des Casinos zu sprechen.

»Ich weiß nicht, ob Nessa gerade single ist. Du wolltest doch, dass Gen dich mit einer Kellnerin aus dem Blue verkuppelt?«

Tylers Gesicht verzerrt sich. »Scheiße, Cali. Das Mädchen war verrückt. Sie hat sich betrunken und ist dann auf meinem Schoß gekrochen. *Im Restaurant.* Ich kam mir vor wie eine Jungfrau, die ihre Tugend bewahren will.«

»Du besitzt eine Tugend?«

»Ich glaube schon«, sagt er stolz.

Ich kichere und inhaliere versehentlich ein Stück Brot, das ich mir in den Mund gesteckt hatte. Ich huste und krächze, bis es wieder hochkommt.

»Ganz ruhig, Mädchen. Bring dich nicht gleich um. So lustig war das nicht.«

»Ich wünschte, ich hätte dort sein können.«

»Nein, das tust du nicht. Sie war ein verdammter Piranha.«

»So schlimm? Ist das dein Ernst?«

»Sie hat versucht, meine Hose aufzuknöpfen!« Er klingt tatsächlich erstaunt.

»Du bist so ein heißer Feger, Tyler. Wie schaffst du das nur?«

»Mach dich nicht über mich lustig, Calzone. Du siehst es nur nicht, weil du meine Schwester bist, aber *ich* bin erste Klasse.«

Wenn ich mich über diesen schrecklichen Spitznamen beschwere, führt das nur dazu, dass Tyler ihn andauern benutzen wird, also beiße ich die Zähne zusammen. »Wenn das der Fall ist, warum musst du dann verkuppelt werden?«

Er zuckt mit den Achseln. »Gen hat es angeboten und ich dachte mir, ich versuche es mal.« Er schüttelt langsam den Kopf. »Nie wieder, Cali. Nie wieder.«

Ich lache und gehe ins Schlafzimmer, um mich umzuziehen und mich auf mein erstes Vorstellungsgespräch im Casino vorzubereiten. Tyler in meiner Nähe zu haben, hält meine Laune einigermaßen stabil. Egal was passiert, ich habe das Glück, meine Freunde und meine Familie zu haben. Ich wünschte nur, Jaeger würde anrufen.

## Kapitel Fünfundzwanzig

Paul irgendwas, der Leiter der Spielautomaten-Abteilung des Casinos, das dem Blue gegenüber liegt, sieht sich seine Notizen an, den Mund zusammengepresst. »Ah, ja, Cali.« Er trommelt mit den Fingern auf den Schreibtisch und hält inne, als er realisiert, dass er es tut. »Mein Assistent hat gerade Ihren früheren Arbeitgeber angerufen. Es tut mir leid, dass ich Sie hergebeten habe, aber es scheint, als könnten wir Ihnen keine Stelle anbieten.«

*Was?* Eine Fliege könnte auf meiner Zunge landen und trotzdem wäre ich nicht in der Lage, meinen Mund zu schließen. Mit meiner Erfahrung aus dem Blue bin ich eine vorzügliche Kandidatin für die Position als Croupière in diesem kleineren Casino.

Es folgt eine unangenehm lange Pause, während ich versuche, seine Worte zu verarbeiten. »Es tut mir leid. Das verstehe ich nicht«, sage ich. Das Vorstellungsgespräch hat gerade erst begonnen. Ich hatte noch nicht einmal die Gelegenheit, seine Fragen zu vermasseln. Was geht hier vor sich?

Paul nickt und faltet seine Hände zusammen. Das Zucken neben seinem Auge lässt nichts Gutes erahnen. Er ist nicht vom gleichen kalten Schlag wie der Manager im Blue. Der Mann kann sein Unbehagen nicht verbergen.

»Weil Sie sich die Mühe gemacht haben hierherzukommen, sage ich Ihnen, dass die Personalabteilung Ihre Anstellung bei Blue bestätigt und den Anruf dann an einen Manager weitergeleitet hat. Der Manager ist nicht ins Detail gegangen, hat aber gesagt, dass er Sie nicht wieder einstellen würde. Ich entschuldige mich für die Unannehmlichkeiten, aber das ist Grund genug für uns, Sie nicht mehr für diese Stelle in Betracht zu ziehen.«

»Aber – aber –«

Bevor ich das Blue verlassen habe, wurde mir gesagt, dass die Kündigung kein schlechtes Licht auf mich werfen würde, da es sich um eine Frage der Eignung handele, solange ich ein Kündigungsschreiben verfasse. Was ich auch gemacht habe.

Paul steht auf und streckt seine Hand aus. »Ich wünsche Ihnen alles Gute, Ms. Morgan.«

Meine Beine erheben mich, langsam und zögerlich, als könnten auch sie es nicht glauben. Ich schüttle die Hand meines Gesprächspartners und glätte meinen marineblauen Rock mit zitternden Fingern. Mit brennendem Gesicht gehe ich an der Empfangsdame am Ende des Flurs vorbei und drücke den Aufzugknopf in die untere Etage.

Wie soll ich eine Arbeit finden, wenn das Blue mir keine anständige Referenz gibt? Meine anderen beruflichen Erfahrungen als Angestellte in einem Blumenladen und als Nachhilfelehrerin werden mir nicht helfen, einen gut bezahlten Casinojob zu finden. Ich habe die Stelle bei Blue durch eine Freundin meiner Mutter bekommen. Ich brauche die Referenz als Sprungbrett.

Am nächsten Tag rufen zwei weitere Casinos an und

sagen Interviews ab. Das letzte hat mir ein paar Fragen gestellt und mir gesagt, dass sie mich anrufen würden, nachdem meine Referenzen überprüft worden seien. Ich habe keine Antwort erhalten.

Ein Restaurant – ich verzweifle langsam und habe den Freund eines Freundes angerufen – sagte dasselbe wie der erste Personalchef. Sie alle haben mit jemandem im Blue gesprochen, der meine Arbeit nicht empfehlen konnte.

Ich habe dort nicht einmal etwas falsch gemacht. Außer Drake zu verärgern.

Hat er mich *angeschwärzt*? Das wäre einfach widerlich.

Ich habe keinen Job, mir geht das Geld aus und meine Zukunft steht auf dem Spiel. Dazu kommt noch die Tatsache, dass ich seit vier Tagen nichts von meinem Freund gehört habe, seit seine Baby-Mama wieder in der Stadt ist. Mittlerweile kann ich schon ein Zelt in der Nähe des Eiscremeregals im Supermarkt aufschlagen.

Heute Nachmittag bin ich schwach geworden und habe Jaeger angerufen. Ich hatte mir geschworen, auf seinen Anruf zu warten. Aber er hat nicht angerufen und ich konnte es nicht länger aushalten. Jaeger ist nicht rangegangen, also habe ich eine Nachricht hinterlassen, aber er hat nicht zurückgerufen.

Werde ich abserviert? Schon wieder?

Seit vier Tagen. Vier Tage, seit Kate unsere Verabredung in Tao unterbrochen hat und kein Wort von Jaeger. Jeder normale Mensch würde jetzt davon ausgehen, dass es vorbei ist. Ich hätte wirklich etwas aus der Sache mit Eric lernen sollen, aber trotzdem *kann* ich es nicht fassen. Mit Jaeger ist alles anders. Als Eric länger nicht angerufen hat, habe ich stark vermutet, dass es vorbei ist. Bei Jaeger bin ich mir nicht sicher, ob ich glauben kann, dass es vorbei ist, bis ich es von ihm höre.

Ich habe mich für Kurse angemeldet, aber jetzt kann

ich sie nicht bezahlen. Ich weigere mich, bei meiner Mutter zu schnorren, nachdem sie jahrelang das College finanziert hat. Ich bin mir nicht einmal sicher, ob sie es sich leisten kann, mir zu helfen, jetzt, wo sie eine Hypothek hat.

Mittlerweile treibt mich eine wahnsinnige Verzweiflung an.

Ich esse gerade meine zweite Packung Pekannuss-Eis und denke darüber nach, wie verrückt es ist, dass ich am Ende vielleicht doch noch ein Jurastudium absolvieren werde. Zumindest bekäme ich für Harvard einen Studienkredit, der den Lebensunterhalt und die Studiengebühren abdeckt. All diese Selbstreflexion, nur um jetzt dort zu enden, wo ich angefangen habe? Unglücklich, aber lebensfähig? Es muss doch einen besseren Weg geben.

Der Bolzen in der Haustür kratzt und die Tür öffnet sich. Gen kommt rein. Es ist nach ein Uhr morgens und sie trägt enge Jeans und ein verführerisches Top. Währenddessen ist Tyler immer noch mit einem seiner Kumpels unterwegs.

Ich hebe eine Augenbraue. Gen sieht heute Abend nicht nur schön, sondern auch *heiß* aus. Als würde sie versuchen, einen heißen Typen zu beeindrucken.

Ich bin sofort misstrauisch. Wie kann sie es wagen, mir nicht zu sagen, dass sie mit jemandem ausgeht? »Wo warst du denn? Hattest du ein Date?«

Für einen Moment sieht sie aus wie ein Teenager, der sich nach der Sperrstunde hereinschleicht. Sie sinkt auf die Couch und starrt auf mein Eis. »Wie viel davon hast du diese Woche gegessen?«

Ich studiere die Schachtel. »*Diese* Woche?«

Sie lacht nervös. »Cali …«

»Fünf vielleicht?«

Sie piekst mir in den Bauch. Er ist vollgestopft mit

cremigem Genuss. »Ich glaube, du solltest dich mal zurückhalten. Zeit für eine Intervention.«

Das ist schon komisch. Normalerweise gebe ich Gen Interventionen über die schmutzigen Bücher, nach denen sie süchtig ist – die trashigen Fernsehsendungen unterstütze ich voll und ganz – und ihren schlechten Männergeschmack.

Meine Güte, wie sich die Dinge verändert haben.

Ich sehe sie an und lade meinen Löffel erneut voll. Aber ich kann ihn nicht zum Mund führen. Ich bin satt. Ich habe in den letzten Tagen so viel Eis gegessen, dass ich immun gegen den Zuckerrausch geworden bin, wie ein Junkie.

»Ich brauche keine Intervention. Ich brauche einen Job. Ich brauche ein Leben.« Bei den letzten Worten versagt meine Stimme.

»Ich weiß, Süße.« Sie legt ihren Arm um meine Schultern. »Du hattest ein paar Herausforderungen, aber es ist an der Zeit, dich wieder aufzuraffen.«

»Wie?« Ich sinke tiefer und kuschele mich an sie. Eine Verliererin zu sein ist scheiße. »Ich weiß nicht, was ich tue.«

»Doch, du weißt es. Du bist eine Künstlerin. Du hast all diese feinen Kurse am College besucht, weil es dir leicht gefallen ist und weil es das war, was andere Leute an deiner Stelle getan hätten, wenn sie deine Intelligenz hätten. Aber jetzt musst du darüber nachdenken, wie du den Rest deines Lebens verbringen willst.«

Gen hat sich mit den existenziellen Dingen beschäftigt, während ich ein relativ unbeschwertes Leben geführt habe. Das Geld war knapp, aber ich hatte ein unbeschwertes Privatleben.

Gen hat einige der Schwierigkeiten aus der Zeit erwähnt, in der sie bei ihrer Mutter aufgewachsen ist. Es ist ein Wunder, dass sie sich so normal entwickelt hat. Sie ist stärker und weiser, als ihr bewusst ist.

»Ich habe darüber nachgedacht, was ich tun will und es funktioniert nicht. Ich sollte einfach Jura studieren«, murmle ich. »Es ist noch nicht zu spät. Ich bin noch nicht dazu gekommen, der Uni mitzuteilen, dass ich nicht studiere.«

Gen kneift mich am Kinn und hebt meinen Kopf, bis sie mir direkt in die Augen sieht. »Wirf dein Leben nicht weg, weil du Angst hast.« Sie hat ihre Ängste schon einmal erwähnt und wie sie sie behindert haben. Sie spricht aus Erfahrung.

Ich dachte, ich hätte alles im Griff, aber das war künstlich und oberflächlich. Ich hätte mich auf mein eigenes Leben konzentrieren und Gen mit ihrem Leben allein lassen sollen. Es schafft es, ohne dass ich mich einmische.

Die Selbstmitleidsparty ist vorbei. Ich quetsche den Deckel wieder auf die Eispackung und stelle sie auf den Boden.

Gen sieht mir zustimmend zu. Sie verlagert sich und klopft mit dem Fuß, das Kinn auf die Faust gestützt, als würde sie nachdenken.

Sie sieht hübsch und stark aus. Meine beste Freundin hat sich in den letzten zwei Monaten verändert. Sie ist immer noch sie selbst, nur selbstbewusster. Ich dachte, ich sei selbstbewusst und vielleicht bin ich es auch. Aber das lag nur daran, dass andere mir ständig gesagt haben, dass das, was ich tue, großartig ist und nicht, weil ich das selbst dachte. Wenn ich aus dieser Sache herauskomme, werde ich stärker sein. Und es wird authentisch sein. Ich werde Selbstvertrauen haben, weil ich das tue, was mich glücklich macht und nicht nur das, was man von mir erwartet.

»Ich würde wetten, dass Drake etwas damit zu tun hat,

dass das Blue dir schlechte Referenzen gibt«, sagt sie. »Du wirst es schwer haben, einen Job zu finden.«

»Ich weiß. Ich habe mir auch schon gedacht, dass er wahrscheinlich dahinter steckt.«

Gens Augen verengen sich, als sie abwesend durch den Raum blickt. Sie nickt, als würde sie ein stilles Selbstgespräch führen. »Ich habe schon mit Nessa gesprochen. Ich rede noch einmal mit ihr darüber. Wir werden schon etwas finden.«

Ich schließe meine Augen und stoße einen schweren Seufzer aus. Es ist schwer vorstellbar, dass es da draußen einen Job gibt, der keine Referenzen erfordert und trotzdem genug bezahlt, um meine Kosten zu decken. Sosehr mich die Arbeitssituation auch ärgert – im Moment ist es nicht das, was mir am meisten wehtut.

Gen drückt mir die Hand und sieht mir ins Gesicht. »Ich weiß nicht, warum er nicht angerufen hat, Cali. Er kümmert sich um diese Sache. Hast du versucht, mit deinem Bruder zu reden? Hat er etwas gehört?«

»Jaeger ist komplett verschwunden. Er nimmt keine Anrufe mehr entgegen. Er hat auch nicht auf Tylers Nachrichten geantwortet.«

»Gib ihm Zeit. Ein paar Tage ist nicht lang, wenn man bedenkt, was er gerade durchmacht. Vergiss nicht, er ist einer der Guten.«

»Ich weiß.« Meine Augen laufen vor Tränen über. Ich schüttle den Kopf. »Deswegen tut es noch mehr weh.«

»Schlimmer als bei Eric«, sagt sie und versteht es, ohne dass ich es sagen muss.

»Eric zu verlieren, war nichts im Vergleich zu dem hier. Mein Stolz hat bei Eric einen Schlag abbekommen und ich war traurig, aber das … das ist, als hätte mir jemand ein Messer ins Herz gestoßen. Und zwar tausende Male.« Ich lege meinen Kopf in ihren Schoß.

Gen streichelt mich für eine Weile. »In dieser Situation gibt es nur eines zu tun.«

»Eine Herztransplantation zu beantragen?«, nuschle ich.

Sie greift über mich hinweg und zerquetscht mir dabei den Schädel auf ihrem Schoß. Der Fernseher geht an und ich sehe auf. Sie schaltet durch Netflix. Unser Ferienhäuschen ist uralt, hat aber auch Vorteile.

Offensichtlich gehört es einem Mann.

Gen macht den *Bachelor* an. »Wir sehen uns das so lange an, bis wir betäubt sind.«

Diese Lösung ist gar nicht so schlecht. Gen und ich ziehen uns ewig lang die Dating-Pannen des Bachelors rein. Ich lache sogar so heftig, dass sich mein, mit Eiscreme vollgestopfter, Magen verkrampft.

Das Leben könnte schlimmer sein. Aber von ein paar Dingen wünsche ich mir trotzdem, dass sie endlich wieder funktionieren.

# Kapitel Sechsundzwanzig

Nach meiner Nacht mit Gen und unserem TV-Marathon hat Jaeger endlich angerufen. Ich war unter der Dusche und habe es natürlich verpasst. Ich habe ihn nicht zurückgerufen, weil Gen mir heimlich ein Vorstellungsgespräch organisiert hat, während wir gestern Nacht ferngesehen haben. Sie hat mit Nessa geschrieben und heute Morgen habe ich einen Zettel an der Kühlschranktüre vorgefunden.

*Sallee Construction, Pinecone Chalet Business Center. Interview mit John Sallee um 14 Uhr. Erwähne mich und Nessa und komme nicht zu spät!*

Ich kann Jaeger nicht anrufen, denn ich muss dieses Vorstellungsgespräch durchstehen, ohne auseinander zu fallen. Es ist die beste Gelegenheit bisher. Und angeblich ist das ein Freund von Nessa, sodass ich vielleicht tatsächlich eine Chance habe, den Job zu bekommen. Vier Tage ohne Jaeger sind definitiv zu lang. Vor allem, weil ich die ganze Zeit darauf gewartet habe, dass er sich meldet. Ich habe keine Ahnung, was Jaeger mir erzählen wird. Aber ich kann mir nicht vorstellen, dass es etwas Gutes ist.

Eigentlich ist es schon ironisch, wie dieser Sommer für mich begonnen hat. Ich dachte, ich hätte alles durchdacht. Ich war fest entschlossen, Gen zu helfen. Letztendlich hat sich der Spieß umgedreht und das ist mir nicht entgangen. Ich hätte Gen gern über das Vorstellungsgespräch ausgequetscht, aber sie ist früh aus dem Haus gegangen – Gen, deren elftes Gebot es ist, nicht vor zehn Uhr aufzustehen. Irgendetwas war hier im Gange, denn gestern ist sie meiner Frage ausgewichen, mit wem sie den Abend verbracht hat.

Trotzdem ist es mir gelungen, ihr über WhatsApp ein paar Details über das Vorstellungsgespräch zu entlocken. Nessa kennt den Besitzer von Sallee Construction und Gen hat gesagt, dass ich meine Skizzen mitnehmen soll. Sie hat nicht erwähnt, was das für eine Stelle ist. Aber ich kann mir vorstellen, dass es etwas mit Kunst zu tun hat.

Aber wenn auch nicht? Ich bin in einer verzweifelten Lage.

Mit gedrückten Daumen komme ich um Viertel vor zwei im Pinecone Chalet Business Center an. Wenn es mit diesem Job nicht klappt, weiß ich nicht, was ich tun soll. Ich habe schon überlegt, wieder nach Harvard gehen zu müssen. Doch heute Morgen habe ich der Universität mitgeteilt, dass ich mein Masterstudium nicht antreten werde. Wenn aus diesem Job nichts wird, suche ich mir einen anderen. Die Bezahlung ist dann vielleicht nicht so hoch und ich muss meine Kunstkurse für eine Weile verschieben, aber dafür ist es der Anfang von etwas, das sich richtig anfühlt.

Ich betrete das Büro von Sallee Construction und bin sofort optimistisch. Die Empfangsdame trägt eine helle Jeans und ein lilafarbenes Oberteil. Ihr krauses blondes

Haar ist in einem Scrunchy nach hinten gezogen. Sie ist unkompliziert und sieht freundlich aus, also das komplette Gegenteil zu der Empfangsdame im Blue, die mir meine Kündigungspapiere überreicht hat. Das muss ein gutes Zeichen sein.

»Einen Moment bitte.« Sie tippt mit den Spitzen ihrer Fingernägel auf ihrer Tastatur herum und macht sich eine Notiz in ein Protokoll an der Seite ihres Schreibtisches. »Okay.« Sie strahlt. »Was kann ich für dich tun?«, fragt sie und duzt mich einfach.

»Ich bin Cali Morgan. Ich habe einen Termin mit John Sallee. Genevieve Tierney und Nessa Villanueva haben mich empfohlen.«

»Er erwartet dich. Geh gleich nach hinten. Erste Tür links.« Sie lächelt und wendet sich wieder ihrem Computer zu.

John Sallees Bürotür ist offen, als ich auf sie zugehe. Er blättert durch Dokumente auf seinem Schreibtisch. Ich klopfe an die Tür.

Er sieht auf, wirkt für einen Moment überrascht, bevor ein breites Lächeln auf seinem Gesicht erscheint. »Du musst Cali sein.« Er schiebt den Stapel, den er durchge-blättert, hat zur Seite, obwohl ich mir nicht sicher bin, warum. Sein Schreibtisch ist mit Papieren und aufgerollten Plänen bedeckt, wie auch der Rest seines Büros. Selbst wenn er die Papiere verschiebt, schafft er sich nicht sonder-lich viel Platz. Dazu bräuchte er einen Aktenvernichter. »Komm doch rein.« Auch er duzt mich, das scheint hier so üblich zu sein.

Ich setze mich John gegenüber und strecke meinen Rücken, um über den Berg von Papieren auf seinem Schreibtisch hinwegblicken zu können. Unordentlicher Schreibtisch oder nicht, er hat ein freundliches Gesicht, mit dunkel gebräunter Haut und tiefen Lachfalten, die zu seinem Lächeln passen.

»Ich habe gehört, dass du einen Job brauchst«, sagt er.

Fantastisch. Jetzt bin ich schon ein Fall für die Wohlfahrt. »Ja, das stimmt. Ich brauche einen.«

»Und du bist mit Gen und Nessa befreundet?«

»Gen ist meine beste Freundin. Wir haben zusammen an der Dawson University studiert. Durch Gen habe ich Nessa kennengelernt.« Ich erwähne das Casino nicht. Das kann John in meinem Lebenslauf nachlesen. Ich verheimliche nicht, dass ich dort gearbeitet habe, aber ich werde ihn auch nicht daran erinnern. Er würde das gleiche schlechte Feedback über meine Anstellung erhalten wie jeder andere Personalchef.

Er nickt, während er mich von der anderen Seite des Schreibtisches aus betrachtet. »Gen sagte, dass du die Gelegenheit ausschlägst, in Harvard Jura zu studieren, um auf Kunst umzusatteln.«

Ich dachte, John sei Nessas Kontakt? Wann hat Gen mit ihm gesprochen?

John pfeift. »Bist du sicher, dass du das tun willst?«

Mein Kiefer klappt nach unten. »Ich habe schon das ganze letzte Jahr über eine andere Karriere nachgedacht.«

Die Wahrheit ist, dass ich mich das ganze Jahr über schon nicht auf mein Masterstudium gefreut habe. Erst diesen Sommer ist mir klar geworden, wie sehr ich mich vor dem Studium gefürchtet habe. Während der Zeit am College schien die Tatsache, dass ich gern mit Leuten diskutierte, ein guter Grund zu sein, Anwältin zu werden. Aber jetzt nicht mehr. Es hat nur eine Ewigkeit gedauert, bis ich das herausgefunden habe. In dieser Hinsicht bin ich hartnäckig.

»Mm-hmm. Nun …« Er sieht auf ein Stück Papier vor sich. »Hier steht, dass du einen CAD-Kurs machst.«

»Er beginnt heute Abend.«

»Und in Dawson hattest du Wirtschaftswissenschaften, also bist du gut in Mathematik.«

»Äh, höhere Mathematik, ja.«

Wenn er will, dass ich fortgeschrittene Berechnungen durchführen soll, ist das okay. Wenn ich aber einfache Zahlen addieren oder angeben soll, wo links oder rechts ist, dann könnten wir ein Problem haben. Im Casino bin ich nur davongekommen, indem ich mir die Kartenkombinationen gemerkt habe.

»Okay, na ja, ich habe einen internen Architekten, der mich dazu drängt, einen Assistenten mit CAD-Erfahrung einzustellen. Wenn du dich erst einmal mit CAD vertraut gemacht hast, wirst du ausschließlich mit ihm arbeiten. Bis dahin erledigst du hauptsächlich Gelegenheitsarbeiten für Architekten und Ingenieure. Ein Künstler kommt in diesem Geschäft öfter zum Einsatz, als man denkt«. Er lehnt sich in seinem Stuhl zurück. »Was meinst du, Cali? Wie klingt das für dich?«

Machte er Witze? »Das klingt perfekt.«

Er lacht. »Gut. Da geht es um alles Mögliche, vom Kaffeekochen bis zum Skizzieren eines Fundaments, also darauf solltest du vorbereitet sein. Ich zahle dir ein Grundgehalt mit Sozialleistungen. Sobald du deine CAD-Qualifikation hast, bekommst du eine Gehaltserhöhung.«

John nennt einige Zahlen und mit ein paar schnellen Berechnungen auf meinem iPhone später im Auto wird mir klar, dass ich mit dem von ihm genannten Gehalt tatsächlich überleben kann. Es ist nicht so viel, wie ich als Croupière verdient habe. Aber sobald mein Gehalt mit den CAD-Fähigkeiten steigt, werde ich genug verdienen, um bequem leben zu können.

Wichtiger ist, dass es ein Job ist. Mit Sozialleistungen.

Und ich kann zeichnen. Ich könnte Gen und Nessa gerade küssen.

Die Firma braucht ab sofort jemanden, also werde ich übermorgen anfangen. John hat gesagt, er würde eine Mitarbeiterversammlung einberufen und Regeln festlegen, damit seine Mitarbeiter sich nicht auf mich stürzen und mich verschiedenen Projekten zuweisen. Er will mich unbedingt dabeihaben und hat nicht nach Referenzen gefragt. Meine Verbindung zu Gen, die wenigen Skizzen, die ich auf Gens Vorschlag hin mitgebracht habe, und meine Zeugnisse vom College haben ihm ausgereicht, sodass er mich direkt vom Fleck weg eingestellt hat.

Ich bin so aufgeregt, dass ich bebe. Ich fahre zu unserem Häuschen zurück und finde Tyler auf der kleinen betonierten Fläche, die uns als Veranda dient. Seine Beine liegen ausgestreckt auf dem staubigen Beton. Er blickt auf und die Euphorie, die mich auf dem Weg nach Hause begleitet hat, verblasst.

Etwas stimmt nicht. Seine Blick ist angespannt, sein Mund ist steif. Ich steige aus dem Auto und gehe zu ihm hinüber. »Was ist passiert? Geht es dir gut?«

Tyler hebt einen braunen Tannenzapfen auf und zerbröselt ihn in seinen Fingern. »Ich habe mit einem Freund gesprochen, der Jaegers Schwester getroffen hat.«

Mein Herz klopft heftig in meiner Brust.

Ich lasse mich neben ihn fallen, der Staub von der pulvrigen Erde hier verschmiert meinen marineblauen Rock. »Sag es einfach.«

Tyler winkelt seine Beine an und stützt einen Arm auf sein Knie. »Jaegers Ex ist bei ihm eingezogen.«

Der Schmerz trifft mich wie ein Schuss, unvermittelt und heftig.

Ich schlucke, schwanke auf die Beine und stütze mich an der Seite des Hauses ab.

Tyler sieht auf. »Cali?«

Ich öffne die Haustür und gehe ins Schlafzimmer, wobei ich die Tür hinter mir abschließe.

Es ist vorbei. Ich muss es nicht von Jaeger hören und zulassen, dass sich die Dinge wie bei Eric hinauszögern. Das würde mich umbringen. Ich fühle mich jetzt schon, als würde ich sterben.

# Kapitel Siebenundzwanzig

Jaeger ruft noch einige Male an und schickt mir Nachrichten, nachdem ich von meinem Vorstellungsgespräch nach Hause gekommen bin. Ich lösche seine Nummer aus meinem Handy.

Warum wollte er mir nicht sagen, was los war? Habe ich nicht verdient zu erfahren, dass er wieder mit seiner Freundin zusammen und sie bei ihm eingezogen ist? Was stimmte mit Männern nicht?

In den nächsten Tagen beschäftige ich mich mit meinen Kursen und meinem neuen Job, aber es tut weh. Es tut so sehr weh. Es ist, als hätte die Vorstellung von Jaeger und Kate mein Herz verbrannt und an seiner Stelle eine hässliche, dicke Narbe hinterlassen.

An meinem ersten Arbeitstag habe ich alle Mitarbeiter kennengelernt, die bei Sallee Construction arbeiten: einen Haufen Männer und die Empfangsdame mittleren Alters. Ich bekomme viel Aufmerksamkeit. Und ich weiß sie nicht zu schätzen, weil mein Herz nichts mehr fühlt.

Die älteren Männer behandeln mich, als wäre ich ihre Tochter und die jüngeren starren mich an, wenn sie glauben, dass ich gerade nicht hinsehe. Der Architekt und der Bauingenieur gehören zu den Älteren und halten mich mit verschiedenen Projekten auf Trab.

Ich hatte befürchtet, dass ich nur für Kaffee und Donuts zuständig sein würde, bis ich CAD gelernt habe, aber dem ist nicht so. Bill, der Architekt, hat sich am ersten Tag meine Zeichnungen angesehen und mich gebeten, für ein Projekt südlich der Casino-Meile eine künstlerische Illustration zu entwerfen. Sie soll ein gehobenes Einkaufszentrum darstellen, inklusive der Landschaftsgestaltung außerhalb des Gebäudes. Ich musste verschiedene regionale Flora nachschlagen, was mir Ideen für neue Skizzen in meiner Freizeit gegeben hat.

Ich besuche einen Morgen- und einen Abendkurs und gehe zwischendurch in die Arbeit. Ich weiß noch nicht, wie ich es schaffen werde, ohne Auto immer pünktlich von A nach B zu kommen. Aber bisher habe ich es ganz gut hinbekommen, mit Hilfe einiger Fahrten von Gen und Tyler und dem regionalen Busservice.

In meinem Kunstkurs am Vormittag sind fast nur Frauen, während in meiner CAD-Klasse am Abend alle außer mir männlichen Geschlechts sind. Ich habe mit ein paar Leuten aus beiden Kursen gesprochen. Die beiden Gruppen sind sehr unterschiedlich, aber auf ihre eigene Art und Weise gleichermaßen ehrgeizig. Ich bin die größte Streberin von allen, weil ich in zwei Kursen bin. Meine Strebsamkeit erstreckt sich über das gesamte Spektrum.

Der abendliche CAD-Kurs ist am schwierigsten zu erreichen, weil Gen arbeiten muss und Tyler ein Privatleben haben möchte. Am ersten Tag habe ich mich umgehört und einer der Jungs aus meiner Klasse war bereit, eine Fahrgemeinschaft zu bilden. Er wohnt ziemlich nahe an unserem Häuschen und scheint nichts dagegen zu haben, mich an drei Abenden pro Woche abzuholen und wieder abzusetzen.

Es ist Mittwoch und Leo, der CAD-Typ, fährt mich heute Abend nach Hause.

»Hast du Hunger?«, fragt er auf dem Weg zu seinem Auto nach dem Kurs.

Leo ist wirklich süß und ich habe mich schon öfters gefragt, ob er mehr als nur eine Fahrgemeinschaft sucht. Vor allem, wenn man bedenkt, dass ich ihm ohne eigenes Auto keine Gegenleistung bieten kann.

»Nein, ich gehe besser nach Hause. Ich habe da so ein Projekt, in das ich noch ein paar Stunden investieren muss.« Eigentlich ist es nur eine Skizze der Wasserfälle, zu denen Jaeger und ich am Fallen Leaf Lake gewandert sind.

Es ergibt keinen Sinn, mich mit einer Zeichnung zu quälen, die nur bittersüße Erinnerungen weckt. Obwohl ich seine Nummer aus meinem Handy gelöscht habe, sind meine Gefühle für Jaeger nicht verblasst. Sie sind genauso hartnäckig wie ich.

Er blickt mit einem Lächeln zu mir herüber. »Vielleicht ein anderes Mal.«

Leo ist süß, mit einem Siebentagebart und zotteligen blonden Haaren. Er hat warme braune Augen und ist groß, wenn auch ein bisschen dünn. Doch wenn ich mit ihm zusammen bin, fühle ich nichts. Kein Kribbeln, keinen Funken. In meinem neuen Job und den Kursen bin ich von Single-Männern umgeben und ich weiß keinen von ihnen zu schätzen. Es ist, als hätte Jaeger mir die Hormone entzogen, die ich brauche, um mich für jemanden zu begeistern.

Leo fährt in meine Einfahrt, ich greife nach meiner Büchertasche auf dem Boden und schiebe einen Bleistift hinein, der aus der Seitentasche herausragt.

»Erwartest du jemanden?«, fragte Leo.

Ich sehe auf und mein Herz macht diesen seltsamen Purzelbaum, sodass ich meinen Herzschlag in meiner Kehle spüre. Denn Jaeger wartet an der Haustür.

»Nein«, sage ich zitternd.

Leo blickt zwischen mir und Jaeger hin und her, sein Gesichtsausdruck zögerlich, während er Jaeger mustert. »Soll ich hier bleiben? Ich könnte …«

»Es ist in Ordnung. Er ist ein Freund.«

Aus irgendeinem Grund fühle ich mich schuldig, Jaeger als Freund zu bezeichnen. Als würde ich ihn mit einem anderen Mann betrügen, obwohl das natürlich nicht der Fall ist. Ich kann Jaeger nicht mehr als meinen festen Freund bezeichnen, nachdem seine Ex-Freundin bei ihm eingezogen ist. Soweit ich weiß, ist Jaeger ohnehin nur hier, um mich persönlich auf den Status eines Freundes herabzustufen.

Leo nickt. »Okay, na ja, schönen Abend noch. Ich hole dich am Freitag um die gleiche Zeit ab.«

»Das wäre super. Ich weiß das Mitnehmen wirklich zu schätzen, Leo.« Er lächelt.

Ich steige aus, schließe die Autotür hinter mir und warte, bis Leo zurücksetzt. Er hält kurz seine Hand hoch, bevor er auf die Straße abbiegt.

Ich drehe mich langsam um, zuerst die Schultern, dann meine Füße, und lasse dann meinen Blick von dem Kies in der Einfahrt zum Haus und vom Haus zu Jaeger wandern. Seine Hände sind in die Hosentaschen gesteckt, seine Ellbogen angewinkelt, denn sie müssen seine langen Arme kompensieren. Die Muskeln unter den Ärmeln seines T-Shirts sind angespannt und definiert. Sein Mund ist angespannt und in einem besorgten Ausdruck verzogen.

Ich gehe an ihm vorbei zur Haustür.

Er nimmt meine Hand, aber ich entziehe sie seinem Griff. »Cali, bitte. Wir müssen reden.«

»Tyler hat mir erzählt, dass du mit Kate zusammenwohnst.«

Jaeger blinzelt, überrascht, aber nicht verärgert. Er holt tief Luft. »Ich wollte es dir sagen.«

»Spielt es eine Rolle, wie ich es herausgefunden habe? Du hast jetzt jemand anderen. Offensichtlich.« Ich schließe die Haustür auf und er folgt mir hinein. Es ist niemand Zuhause und das macht mich wütend. Ich will nicht mit ihm allein sein.

All diese chemischen Reaktionen, die um andere Jungs herum ausbleiben, sind in der Sekunde explodiert, als ich Jaeger gesehen habe. Ich gehe direkt auf die Terrasse. Wenigstens rieche ich ihn im Freien nicht, dann fühle ich mich ihm weniger nahe.

»Es tut mir leid, dass ich so lange gebraucht habe, um anzurufen. Ich hatte einen Auftrag, der sich verzögert hat und dann war ich ein paar Tage auswärts«

Er ist in den Urlaub gefahren? Mit seiner Ex? Glaubt er, dass das eine akzeptable Erklärung dafür ist, dass er tagelang gewartet hat mich anzurufen? »Was auch immer, Jaeger. Warum bist du hier?«

Er spannt seinen Kiefer an. »Ich versuche gerade, es dir zu erklären, Cali, aber du machst es mir schwer.«

»Schwer? *Ich* mache es dir schwer? Willst du wissen, was nervt? Herauszufinden, dass dein Freund ein Kind hat. Willst du wissen, was noch beschissener ist? Dass er dich für seine Ex-Freundin verlässt. Verschwinde aus meinem Haus, Jaeger!«

Ich bin hysterisch. All der aufgestaute Schmerz entlädt sich auf ihn. Wenigstens geht er diesmal in die richtige Richtung.

»Ich gehe nicht «, sagt er ruhig. »Wir müssen reden. Du verstehst nicht …«

»Was?« Ich halte meine Hände hoch. »Dass es mit uns

vorbei ist? Oh, das habe ich verstanden, als Tyler mir erzählt hat, dass du mit deiner Ex zusammenlebst. Da gibt es nicht viel falsch zu verstehen.«

»Cali« – seine Augen sind warm und weich – »wenn ich nicht so frustriert wäre, würde ich dich küssen. Ich habe dich vermisst, mein feuriges Mädchen.«

Ich blinzle. »Hast du den Verstand verloren?«

Er seufzt zutiefst, kommt zu mir und hebt mich hoch. »Vielleicht. Ich fühle mich im Moment ein bisschen neben der Spur.«

Ich betrachte den Boden, auf dem ich nicht mehr stehe. »Lass mich runter, du riesiger Holzfäller!«

»Alles klar.« Er schwingt uns herum und schreitet ins Haus.

»Warte, warte«, sage ich panisch. *Nicht ins Haus!* Welches Arschloch hat die Hintertür nicht abgeschlossen? Ich zapple, um mich zu befreien. »Draußen, Jaeger. Setz mich draußen ab.«

Er sieht mich mit einem besorgten Blick an. »Du bist doch nicht wirklich sauer, oder?«

»Ich warne dich, ich werde dir die Eier …«

»Okay, gut. Ich wollte nur sichergehen.«

Er wirft mich über seine Schulter, hält mich mit einer Hand am Hintern fest und öffnet die Schlafzimmertür. »Nicht da! Wir müssen im Wohnzimmer bleiben. Ich gehe nicht mit dir in ein –«

Ich lande schief auf dem Rücken, mein Atem nur noch ein gestresstes Zischen. »Was. Fällt. Dir. Ein!«

»Ich versuche, meine Freundin dazu zu bringen, mir kurz zuzuhören.« Jaeger springt auf mich, während er sich auf beiden Seiten meines Kopfes abstützt.

Er ignoriert mein Stirnrunzeln völlig und gibt mir einen Kuss auf die Lippen, bevor sein Blick abwesend wird. Er schwebt über mir, als hätte er vor, dort eine Weile zu bleiben. »Kate hat etwas vor«, sagt er. »Ich kann es noch nicht beweisen. Ich bin nach North Shore gefahren, wo sie angeblich ein paar Jahre lang gelebt hat.«

Er spricht, als würden wir ein ganz normales Gespräch führen und nicht so, als wäre es eine ganze Woche her, dass wir miteinander geredet oder uns gesehen haben. Und das macht mich unglaublich wütend.

Vielleicht *hat* er wirklich den Verstand verloren.

»Ich habe versucht, ihre Freunde aufzuspüren, einen ehemaligen Arbeitgeber – ich habe nichts gefunden. Die Frau in der Gemeinde hat mir gesagt, dass es nie ein Unternehmen mit dem Namen des letzten Arbeitgebers gegeben hat, den sie mir genannt hat.« Er lehnt sich auf den einen Ellbogen und streicht mir eine Haarsträhne aus der Stirn.

Ich fege seine Finger weg.

Nur weil er erklärt hat, dass seine Reise kein Urlaub mit seiner Ex war, rechtfertigt das noch lange nicht seine Abwesenheit.

Jaegers Lippen zucken kurz, dann verziehen sie sich nach unten. Er spielt mit dem Kragen meines Hemdes. »Kate hat mir ein Bild von dem Kind gezeigt.« Er lässt einen Lufthauch aus. Sogar sein Atem riecht gut nach Minze. Ich blicke finster drein. »Das Mädchen sieht aus wie sie, aber ich weiß nicht. Ich kann nicht erkennen, ob sie mir ähnlich sieht. Kerstin hat das Bild auch gesehen und glaubt, dass es möglich ist, aber ich sehe es nicht. Ich habe Kate gesagt, dass ich einen Vaterschaftstest machen will. Sie ist ausgerastet, hat aber letztendlich zugestimmt … unter der Bedingung, dass wir zusammen leben.« Sein Blick gleitet zu meinem und nimmt ihn gefangen.

Und deshalb ist diese ganze Sache so verkorkst. Diese Tussi *lebt* mit ihm zusammen.

Er ist kein schlechter Mensch und das macht alles so

viel schlimmer. Es wäre einfacher, ihn zu hassen, wenn er egoistisch und schrecklich wäre. Aber er versucht, das Richtige zu tun. Außerdem ist er extrem heiß und wenn ich ehrlich mit mir selbst bin, bin ich froh, dass er hier ist.

»Sie hat kein Geld und behauptet, dass sie ihr die Tochter weggenommen haben, weil sie sie nicht versorgen konnte. Das kleine Mädchen lebt bei Kates Schwester und ihrem Mann in Reno. Kate weigert sich aus irgendeinem Grund, mir die Nummer ihrer Schwester zu geben, aber ich habe die Adresse durch einen gemeinsamen Freund herausgefunden. Ich fahre morgen dorthin, um mir ihre Seite der Geschichte anzuhören. Ich bin sicher, dass Kate mir etwas nicht erzählt.«

So wütend ich auch bin, ich höre zu. Und eine Sache bleibt besonders hängen. Dass er mich zu Beginn dieser Diskussion als *sein Mädchen* bezeichnet hat. Er hat es ernst gemeint. Seiner Meinung nach hat sich nichts geändert. »Warum muss sie bei dir wohnen?«

Er schüttelt den Kopf und plötzlich bemerke ich die feinen Linien in den Augenwinkeln. Dunkle Ringe betonen das zarte Gewebe unter seinen Augen. »Sie sagt, sie kann nirgendwo anders hingehen. Wenn dieses kleine Mädchen wirklich mein Kind ist, kann ich ihr das nicht antun, Cali. Ich kann ihr nicht den Rücken zukehren. Das gilt auch für Kate.«

Ich winde mich und schiebe ihn mit aller Kraft von mir. »Lass mich los, Jaeger.«

Er rollt zur Seite. »Würdest du mir bitte zuhören?«

Ich setze mich auf. »Du wohnst mit deiner Ex-Freundin zusammen, du Idiot!«

»So ist es nicht! Du weißt, dass ich nicht so bin. Ich habe es dir doch gesagt. Ich bin jetzt mit dir zusammen. Ich *will* mit dir zusammen sein. Ich liebe dich, Cali. Es bringt mich um, von dir getrennt zu sein. Das Einzige, was mich bei klarem Verstand gehalten hat, war der Gedanke, zu dir zurückzukommen. Ich will das alles in Ordnung bringen, damit wir gemeinsam weitermachen können.«

*Er liebt mich …?*

»Wenn das wahr ist, warum hast du dann so lange gewartet, um mich anzurufen?«

»Ich habe dich mehrmals angerufen und dir Nachrichten geschickt.« Ich werfe ihm einen scharfen Blick zu. »Ich hätte am Tag nach unserem Date anrufen sollen. Das war nicht mit Absicht«, murrt er. »Hast du eine Ahnung, was für eine massive Nervensäge meine Ex ist? Vertrau mir, wenn ich sage, dass ich gern ausziehen würde. Ich schlafe in der Werkstatt auf der Couch. Dem Haus bleibe ich so weit wie möglich fern.«

Er setzt sich neben mich. »Sobald ich herausgefunden habe, ob ich der Vater bin, ist Kate weg. Ich zahle den Unterhalt für das Kind, und was sonst sein muss und das Mädchen von mir ist. Aber Cali« – seine Augen flehen mich an – »wenn sie wirklich von mir ist, kann ich sie nicht im Stich lassen. Sie hatte keine Wahl, weißt du?«

Ich atme lang aus. Warum muss er so ein guter Mensch sein?

Er beugt sich vor, reibt seine Nase an meinem Kiefer und küsst mich unter meinem Ohr. »Bitte sei nicht böse. Ich meine, du hast jedes Recht, wütend zu sein, aber bitte verlasse mich deswegen nicht. Ich wollte kein schlechter Freund sein. Ich hatte nur viel um die Ohren und verrückte Sachen zu erledigen, mit denen ich noch nie zu tun hatte. Ich liebe dich, Cali. Ich liebe dich.« Er küsst und liebkost mich noch mehr.

Oh, mein Gott. Ich will wütend auf ihn sein, aber ich kann es nicht! Ich glaube ihm. »Ich liebe dich auch, aber ich bin sauer auf dich.« Er schlingt seine Arme um mich und zieht mich zu sich heran. »Trotzdem ist jetzt nicht alles gut, Jaeger. Du hast zu lange gewartet, um dich bei mir zu melden.«

Er seufzt. »Du hast recht. Es war nicht absichtlich. Mein Handyakku hat sich auf der Fahrt nach North Shore entladen. Ich war in Eile mir Antworten zu holen und habe mein Ladegerät Zuhause vergessen. Ich habe mir nicht die Mühe gemacht, ein neues zu kaufen. Ich wollte einfach nur schnell wieder zurück sein. Meine Eltern und meine Schwester wollten mir schon den Hals umdrehen. Es tut mir leid, Schatz.« Er streift seine Lippen über meine und mein Mund wird weich.

Ich kann ihm nicht böse sein. Nicht, wenn alles, was er sagt, einen Sinn ergibt. Jaeger bereitet mir kein ungutes Gefühl. Er hat ein großes Herz.

»Du hast mir gefehlt.« Meine Worte kommen wütend heraus. »Und ich liebe dich.« Diesmal ist mein Ton weicher.

Er sieht mir in die Augen, prüfend, und dann ist sein Mund auf meinem, bevor ich auch nur noch ein einziges Wort herausbekommen kann. Ich ertrinke und brenne, ein heiß-kaltes Feuer breitet sich von meiner Brust bis zu meinen Zehen aus. Ich umklammere ihn mit aller Kraft und küsse ihn, bis wir beide keuchen. Jaeger schlingt meine Beine um seinen Rücken und ich drücke mich an ihn.

Er stöhnt und küsst mich fester. »Ich liebe dich. Ich habe dich so vermisst«, sagt er zwischen Küssen, die er entlang meines Hales und meines Ausschnitts platziert.

Er lehnt sich zurück und starrt mir auf die Brüste.

Ich stütze mich benommen auf meine Ellbogen. »Was denn?«

»Trägst du einen Push-up-BH? Deine Brüste …«

Mein Gesicht wird heiß. »Ich habe vielleicht ein paar Kilo zugenommen. Etwa drei«, gebe ich betreten zu. »Ich habe letzte Woche jeden Abend einen halben Liter Eis gegessen.«

Er hebt die Augenbrauen.

»Kannst du wirklich erkennen, dass meine Brüste größer sind?«

Er wirft mir einen Blick zu der sagt: *Natürlich, was denkst du denn?*

»Jungs können solche Sachen wahrnehmen?«

Er senkt seinen Kopf, zieht mein Oberteil und meinen BH nach unten und murmelt »Ja«, während er meine Brust küsst und leckt.

Und, wow, das fühlt sich unglaublich an … aber ich hänge irgendwie an diesem Brustding. Wenn sie größer aussehen … »Sehe ich fett aus?«

Jaeger stöhnt. »Ich hasse diese Frage.« Er greift nach meinem Hintern, umschließt ihn fest und zieht mich gegen seine Erektion. Ich rutsche von meinen Ellbogen ab und lande auf dem Rücken. »Du fühlst dich unglaublich an«, stöhnt er in meinen Nacken. »Du riechst unglaublich und du bist schön und temperamentvoll. Habe ich dich über- zeugt, wie sehr ich dich will?«

Ich kreise meine Hüften. »Ähm, ja. Weiter so«, sage ich und lege seine Hand wieder auf meine Brust.

Er grinst eifrig und knöpft mir mit der anderen Hand die Hose auf.

Wir nutzen die Abwesenheit von Gen und Tyler voll und ganz aus. Nach einer Stunde nackter Zweisamkeit beschließe ich, es lieber nicht darauf anzulegen. »Wir sollten uns anziehen.«

Jaeger blickt von seiner Position an meiner Seite auf, eines seiner Beine mit seinem leichten Film an braunen Haaren, liegt über meinen Beinen. Er ächzt. »Ich will nicht nach Hause gehen.«

»Dann bleib hier.«

»Wirklich?« Er stützt den Kopf auf seiner Hand ab und blickt zu mir herunter.

Gott, habe ich gerade meinen Freund gebeten, bei mir einzuziehen? Ich meinte, er solle für die nächsten paar Stunden bleiben, aber ich glaube nicht, dass er es so aufgenommen hat. Ich könnte ihn nie hier wohnen lassen, ohne vorher mit Gen zu reden. Und wo würden wir dann schlafen?

»Vielleicht nicht dauerhaft. Ich habe eine Mitbewohnerin und es gibt nicht viel Platz, wenn mein Bruder da ist. Aber du könntest für ein paar Tage auf der Couch schlafen, wenn du wirklich nicht bei Kate wohnen willst.«

Das Angebot ist rein egoistisch. Das Letzte, was ich will, ist, dass mein Freund mit seiner Ex zusammenlebt.

»Bist du sicher? Denn wenn ja, dann nehme ich dich beim Wort. Ich habe schon daran gedacht, wieder bei meinen Eltern einzuziehen, bis ich die Sache geregelt habe, aber das ist viel besser.« Er küsst meine Brustwarze.

»Jaeger! Das können wir nicht tun, wenn mein Bruder und Gen dabei sind.«

»Ich weiß.« Er grinst. »Aber wenn sie weg sind, ist Kuscheln angesagt.«

## Kapitel Achtundzwanzig

»Bist du sicher, dass ich nicht mitkommen soll?« Meine Beine sind auf der Couch im Wohnzimmer über Jaegers Schoß gekreuzt. Er hat hier übernachtet und wir waren ganz brav, während Gen und Tyler in der Nähe waren. Wahrscheinlich, weil wir uns um unsere aufgestauten sexuellen Bedürfnisse gekümmert hatten, bevor sie zurückgekommen sind.

»Du hast Arbeit und ich sollte wahrscheinlich allein zu Kates Schwester fahren.« Jaeger reibt sich die Stirn und fährt sich mit den Fingern durch die Haare. Er atmet durch, die feinen Linien um seine Augen sind tiefer als je zuvor. Er scheint nicht überzeugt zu sein.

»Du hast Angst, dass du deine Tochter treffen könntest und willst die Dinge einfach halten«, sage ich und errate, was er wohl denkt.

Er atmet tief durch seine Nase ein und schließt die Augen. »Wenn ich eine habe, ja. Aber ich würde alles darauf wetten, dass sie nicht von mir ist. Wenn sie es ist … dann tue ich, was ich tun muss, aber Kate ist eine Lügnerin. Ich weiß nicht, warum sie bei so etwas lügen sollte, aber es muss so sein. Wir waren – vorsichtig – oder zumindest war ich das.«

Ich hasse es, mir Jaeger mit einer anderen Frau vorzustellen. »Keine Details bitte.«

Er zieht mich an seine Brust und drückt seine Lippen an meinem Haaransatz. »Ich sollte wieder zurück sein, wenn du von der Arbeit kommst. Sehen wir uns dann?« Ich nicke und er küsst mich auf den Kopf, dann legt er seine Arme um meine Taille und drückt mich so fest, dass alle Luft aus meinen Lungen entweicht.

Ich liebe seine Umarmungen. Ich könnte ohne Probleme den Rest des Tages so von ihm umschlungen bleiben, ohne Nahrung oder Wasser, und wäre vollkommen damit zufrieden, einfach nur seinen Duft einzuatmen.

Und das muss mich den Rest des Tages, während ich bei der Arbeit bin, aufrechterhalten, die Erinnerung daran, in Jaegers Armen gehalten zu werden. Aber wenigstens weiß ich, dass ich mich Gott sei Dank geirrt habe. Ich meine, Kate ist immer noch ein Problem. Aber sie ist kein so großes Problem, wie ich angenommen habe. Solange Jaeger und ich zusammen sind, wird alles gut werden.

Das hält mich nicht davon ab, mir Sorgen zu machen. Wenn Jaeger eine Tochter hat, was bedeutet das für ihn? Für uns? Ich mag Kinder, aber ich habe mich noch nie wirklich mit ihnen befasst.

Ich hatte nicht erwartet, dass ich in den nächsten paar Jahren praktische Kenntnisse über Kinder benötigen würde. Na ja, bis ich eben meine eigenen habe – und bis dahin dauert es noch lange. Was ist, wenn Jaeger merkt, dass ich nicht gut mit Kindern umgehen kann? Was dann?

»Cali?« Bill, der Architekt, rüttelt mich aus meiner Angst heraus. Ich sollte an einem neuen Design für die Visitenkarten der Firma arbeiten, aber stattdessen starre ich ins Leere. »Hast du Zeit, das Lakeshore-Grundstück zu zeichnen? Wir glauben, dass es bei der Planung helfen wird.«

»Ja, klar.«

»Super, ich schicke den Bauleiter bei dir vorbei. Johns Sohn. Kennt ihr beide euch schon? Netter Junge.«

Einige der Jungs, die hier arbeiten, sind ziemlich jung. Aber sie verbringen die meiste Zeit auf den Baustellen. Sallee Construction befindet sich in einem schönen Bürogebäude, aber die Räumlichkeiten sind begrenzt. Die meisten Mitarbeiter haben keine Büros. Mein eigener Schreibtisch befindet sich im Kopierraum. Irgendwie ärmlich, aber das macht mir nichts aus. So habe ich mehr Zeit, mit der Empfangsdame zu plaudern, die wirklich nett ist und oft herkommt, um Kopien für John und die anderen zu machen.

Etwas später versuche ich mich daran zu erinnern, ob einer der Jungs, die ich getroffen habe, Johns Sohn sein könnte, als ein Klopfen an meiner Tür ertönt.

Ich beende sorgfältig die Linie, an der ich für das Muster der Visitenkarte arbeite und drehe mich um. Mein Kopf kippt vor Schreck zurück. *»Du?«*

Das Wort ist schon heraus, bevor ich es verhindern kann, aber was soll's?

Lewis runzelt die Stirn. »Gens Freundin«, sagt er, als bräuchte er eine erneute Bestätigung. Nach einer Pause scheint er sich zu sammeln und macht einen Schritt herein. »Ich habe die letzten Tage auf der Baustelle gearbeitet. Ich wusste nicht, dass du die Künstlerin bist, die mein Vater eingestellt hat.«

Lewis ist der Sohn von Mr. Sallee? Das war also Nessas Kontakt. Durch Nessa hat Gen Lewis kennengelernt.

Nach langem Zögern, in dem ich versuche, die

Tatsache zu verarbeiten, dass ich jetzt mit Lewis arbeite, deute ich auf den einen Stuhl in meinem Büro.

Er nimmt Platz, sieht aus wie ein Erwachsener auf einem Kinderstuhl und beansprucht den gesamten Raum in diesem beengten Zimmer. Lewis ist nicht so massig wie Jaeger, aber er ist athletisch gebaut und genauso groß.

»Wie geht es Genevieve?«

Die Haare auf meinem Nacken stellen sich auf. Die meisten Leute wissen nicht einmal, dass Gens vollständiger Name Genevieve ist – und es macht mich nervös, dass dieser Typ es weiß. »Gut«, antworte ich vorsichtig.

Lewis ist groß, mit dunklen Haaren und ebenso gebräunter Haut wie sein Vater, obwohl sein Gesicht frei von Lachfalten ist – wahrscheinlich, weil der Typ nie lächelt. Dazu kommen hohe Wangenknochen und ein starkes, stolzes Kinn. Was gibt es daran auszusetzen? Aber auf keinen Fall lasse ich meine beste Freundin mit einem Betrüger ausgehen. Und soweit ich weiß, hatte Lewis eine komplizierte Beziehung mit Mira.

Aber wenn ich in diesem Sommer etwas gelernt habe, dann ist es, dass Gen mich nicht braucht. Sie kann selbst mit ihren Problemen umgehen. Bisher hat sie sich ganz gut allein durchgeschlagen. Ich sollte meinen Mund halten.

Ich entspanne meine Schultern und befehle mir, mich zu beruhigen.

Lewis zieht zwei verkleinerte architektonische CAD-Zeichnungen aus einem Ordner in seiner Hand. Er erklärt die allgemeine Ästhetik des Lakeshore-Gebäudes und zeigt mir den Landschaftsplan. Das Endresultat wird ein mehrstöckiges Holzgebäude mit einer modernen und umweltfreundlichen Anlage sein.

Wir besprechen die Zeitabläufe.

»Ich werde sofort damit anfangen«, sage ich.

Lewis steht auf und geht auf die Tür zu. Er blickt

zurück, während ich Buntstifte aus meinem Kunstvorrat sortiere. Sallee Construction könnte für die Zeichnungen eigentlich eine Software benutzen. Aber die älteren Herren lernen das nur ungern und anscheinend bin ich billiger und verschaffe ihnen mehr Zeit, um an anderen Dingen zu arbeiten.

»Sag Gen …« Er greift den Türrahmen. »Grüß sie von mir.«

Ich zögere, erinnere mich aber, dass er der Sohn meines Chefs ist und ich nicht unhöflich zu ihm sein darf. »Sicher«, sage ich zögerlich.

Ich vertraue Gen, aber ich traue diesem Kerl nicht. Er ist distanziert, und was noch wichtiger ist, er ist nicht frei.

Lewis geht raus, aber ich höre ihn im vorderen Bereich reden, was ich von meinem Schreibtisch aus beobachten kann. Er wirkt steif, als er mit der Empfangsdame spricht. Aber sie sagt etwas und sein Gesicht wird weicher. Sie hat einfach so eine Wirkung auf Menschen.

Während sie sich unterhalten, öffnet sich die Eingangstür und Mira kommt in einem kurzen Sommerkleid und Plateau-Sandalen herein. Ich kann Mira irgendwie nicht einschätzen. Gegenüber Lewis ist sie super besitzergreifend und das scheint ihr Hauptanliegen zu sein. Ich kann über sie eigentlich nur anmerken, dass sie atemberaubend ist. Nicht, dass Lewis das zu bemerken scheint. Er sieht sie an, als wäre sie ein Kumpel, völlig anders als er Gen ansieht.

Lewis' Körper versteift sich und er spricht so leise mit Mira, dass ich nichts verstehen kann. Sie scheint seine Worte zu ignorieren und begrüßt unsere Empfangsdame, als ob sie sich schon seit Jahren kennen. Das tun sie wahrscheinlich auch.

Einen Moment später zieht Lewis Mira zur Seite. Sie streiten sich, ihre Stimme wird lauter, bis sie lächelt, ohne

Wärme. Dann gleitet sie ruhig hinaus, während die Türglocken hinter ihr läuten.

Lewis sieht zu mir herüber und unsere Blicke treffen sich. Ich sehe schnell weg, aber aus den Augenwinkeln nehme ich wahr, wie er davonstürmt.

Im Flur knallt eine Tür zu, was meine vorherige Behauptung unterstreicht. Lewis ist nicht freit.

Und vielleicht *sollte* ich Gen doch vor ihm warnen.

———

ALS ICH AN DIESEM Abend von der Arbeit nach Hause komme, macht sich Gen für ihre Schicht fertig.

Ich gehe ins Badezimmer und setze mich auf den Toilettendeckel. »Lewis arbeitet bei Sallee Construction. Er ist der Sohn des Eigentümers.«

Gen legt die Haarbürste in ihrer Hand auf den Tresen und starrt ihr Spiegelbild an.

Das ist nicht die Reaktion, die ich erwartet habe. Es beantwortet jedoch die Frage, ob sie noch an ihn denkt oder nicht. »Du magst diesen Kerl doch nicht wirklich, oder …?«

Sie seufzt und geht raus. »Lass es gut sein, Cali.«

»Gen −« Ich folge ihr ins Wohnzimmer. »Am Anfang des Sommers war ich dumm. Ich habe nicht wirklich verstanden, was du durchgemacht hast, denn ich war nie verliebt. Du hattest eine größere Verbindung zu dem Arschloch, als ich jemals zu Eric. Das verstehe ich jetzt. Und ich will dir nicht sagen, was du tun sollst. Denn in dieser Sache bin ich nicht so erfahren, wie ich dachte. Aber ich habe Angst um dich.«

Gen blickt von ihrer Handtasche auf, in der sie gerade herumwühlt und schüttelt den Kopf. »Cali, es gibt nichts zu befürchten.«

Ich lehne meine Hüfte an die Seite der Couch und studiere sie. »Ich mache mir Sorgen, dass ich dich dazu gedrängt habe, dich mit Männern zu verabreden, bevor du dazu bereit warst. Und jetzt stürzt du dich kopfüber in die gleiche Situation, aus der du gerade erst entkommen bist.«

»Ich glaube du überschätzt dich. Ich bin diejenige, die sich aussucht, mit wem sie sich verabreden möchte. Und ich habe dir gesagt, dass die Situation mit Lewis nicht die gleiche ist wie meine vorherige Beziehung. Außerdem bin ich nicht wirklich in einer Beziehung«, fügt sie hinzu und geht ins Schlafzimmer, während ich in der Tür stehe.

Gen schnappt sich ein Oberteil aus dem Schrank und setzt sich auf das Bett, ohne es anzuziehen. »Ich kann nicht verhindern, zu wem ich mich hingezogen fühle. Das liegt einfach in meiner Natur.« Sie sieht auf. »Aber ich habe nicht vor, die Vergangenheit zu wiederholen, falls es das ist, was dir Sorgen macht. Selbst wenn ich es täte, wäre es nicht deine Schuld.« Sie zieht sich das bedruckte T-Shirt über den Kopf.

»Okay. Aber Mira hat Lewis heute bei der Arbeit besucht. Sei einfach vorsichtig, wenn du Zeit mit ihm verbringst.«

Gen pausiert. »Das bin ich«, sagt sie, ohne aufzusehen. Sie zieht sich dunkle Jeans an und geht um das Bett herum auf mich zu. »Du brauchst mich nicht zu beschützen, Cali. Ich komme schon klar.«

Gott, im Moment bin ich es, die Schutz gebrauchen könnte. Jeder Tag mit Jaeger ist eine Lektion darüber, was es bedeutet, wenn einem jemand wichtig ist. Ich will das Beste für ihn, auch wenn das bedeutet, dass ich ihn nicht haben kann. Wenn ich nicht die richtige Person für ihn und seine Tochter sein kann, braucht er jemanden, der es ist.

Eric hat mit mir geredet, als wäre ich ein Vollidiot, als

ich ihm erzählt habe, dass ich mein Jurastudium aufgegeben habe. Er hat mich nicht ein einziges Mal gefragt, was mich glücklich macht. Und Jaeger tut nichts anderes, als mich glücklich zu machen. Ein gravierender Unterschied und etwas, das ich gern weitergeben würde.

Jaeger schreibt mir kurz nachdem Gen zur Arbeit gegangen ist.

**Jaeger:** *Die Suche war erfolglos. Kates Schwester ist nicht aufgetaucht. Ich habe schon zu lange gewartet. Ich muss ein Projekt abschließen … es könnte spät werden, bevor ich es zu Ende bringe. Ich vermisse dich.*

Also geht das Warten weiter. Nicht zu wissen, wie die Dinge stehen, macht mich verrückt. Ich könnte hier herumsitzen und Däumchen drehen, aber das ist nicht wirklich mein Stil.

Ich springe unter die Dusche und ziehe mich dann an. Tylers Freund hat ihn abgeholt, also kann ich das Auto heute Abend nehmen. Ich werde Jaeger besuchen. Ich werde ihn nicht bei der Arbeit stören. Ich will nur sichergehen, dass es ihm gut geht und ihn nach seinem beschissenen Tag schnell umarmen. Und dafür will ich nicht bis spät in die Nacht warten müssen.

# Kapitel Neunundzwanzig

Mein Magen verkrampft sich, als ich in Jaegers Einfahrt einparke. Ein schwarzer Mercedes-Sportwagen parkt in der Nähe seines Trucks. Kates Auto?

Ich hatte vergessen, dass ich Kate begegnen könnte, als ich mich entschied, heute Abend hierherzukommen. Es spielt keine Rolle, dass Jaeger nicht an ihr interessiert ist. Der Gedanke an eine Ex-Freundin in seinem Haus lässt meine Instinkte aufflammen.

Und warum fährt Kate ein schickes Auto, wenn sie kein Geld hat? Ist das nicht der Grund, warum sie mit Jaeger zusammen lebt?

Ich atme tief durch und glätte die Strähnen, die sich aus meinem Pferdeschwanz gelöst haben. Ich überprüfe meine Zähne im Rückspiegel auf Lippenstiftflecken. Ich gehe da nicht rein, wenn ich schäbig aussehe. Kate muss wissen, dass sie sich nicht in Jaegers Herz einschleichen wird, wie sie es mit seinem Haus getan hat.

Was für eine Mutter versaut ihr Leben so sehr, dass sie ihr Kind verliert? Und warum hat Kate Jaeger nicht gesagt, dass sie schwanger ist? Seit ich ihn kenne – was angesichts seiner Verbindung zu meinem Bruder eine beträchtliche Zeit ist – war er immer ein guter Kerl. Er hätte zu ihr gestanden, wenn sie es ihm gesagt hätte. Warum sollte sie es jetzt erst sagen?

Diese Tussi ergibt keinen Sinn und wenn etwas keinen Sinn ergibt, dann hat das einen Grund. Aber ich stimme Jaeger zu: Er muss die Wahrheit herausfinden, bevor er ihr sagt, dass sie gehen soll. Wenn das kleine Mädchen wirklich seine Tochter ist, könnte Kate alles Mögliche tun. Das Auto verkaufen und mit dem Mädchen das Land verlassen, wer weiß? Jaeger geht auf Nummer sicher und ich kann es ihm nicht verübeln.

Die Holzwerkstatt ist heute still. Ich klopfe leicht an die Haustür und sehe durch die Bäume auf den See. Ich versuche, ruhig zu bleiben. Ich besuche Jaeger und vergewissere mich, dass es ihm gut geht. Und dann gehe ich wieder nach Hause. Mit Kate werde ich ihm keine Probleme bereiten, obwohl ich ihr gern meine Meinung geigen würde.

Nach einigen Minuten hat mir immer noch niemand aufgemacht und die Türklingel scheint nicht zu funktionieren. Ich bin sicher, dass er hier ist. Sein Wagen steht in der Einfahrt.

Ich drehe am Griff und es ist offen.

Jaeger ist mein Freund und er wohnt im Moment praktisch bei mir. Ich schaue einfach kurz rein und sage ihm, dass ich da bin.

Ich gehe hinein, aber es ist nicht Jaegers Anwesenheit, die das Haus ausfüllt. Eine leise Frauenstimme ist aus dem hinteren Zimmer zu hören. Nicht aus Jaegers Zimmer – *Gott sei Dank* – sondern aus seinem Büro, der Männerhöhle. Ich sehe Jaeger nirgendwo. Er ist nicht im Wohnbereich und die Tür zu seinem Schlafzimmer steht offen, das Licht ist aus. Die beiden anderen Schlafzimmer befinden sich am anderen Ende des Flurs.

Ich sollte ihn rufen, aber die Frau spricht am Telefon, ruhig und professionell, als würde sie ein Geschäft abschließen, was mich zögern lässt. Ich gehe nach hinten und bemühe mich nicht, leise zu laufen. Es ist nicht meine Schuld, dass meine Sneakers kein Geräusch von sich geben.

Ich bleibe vor der einen spaltbreit offenen Tür zu Jaegers Büro stehen. Und diesmal lausche ich wirklich, denn es klingt, als würde sie etwas *einkaufen*? Ich sehe durch den Spalt.

»Ich nehme die Twistlock-Pumps in Blau und Schwarz«, sagt Kate in ein Handy und scrollt mit einer Maus auf Jaegers Computer herum. »Größe siebeneinhalb. Und die Jennie-Pumps in Rot, dieselbe Größe.«

*Online-Shopping.*

»Ich möchte das ausgeschnittene Sommerkleid in Größe 4, und« − sie klickt mit der Maus und zieht einen weiteren Bildschirm auf − »das limitierte Skaterkleid. In hellblau, zusammen mit der dünnen Bikerjacke.« Eine Pause. »Das ist erst einmal alles. Sie können es an diese Adresse schicken.« Sie beugt sich vor, um einen Riemen an ihrer Sandale zu befestigen. Ihre Stimme ist leicht gedämpft und ich verstehe nur die ersten beiden Ziffern. Nicht sehr hilfreich. Sie setzt sich wieder auf. »Nein, das ist nicht die Rechnungsadresse. Warten Sie eine Sekunde.« Kate greift über den Schreibtisch und nimmt einen Umschlag. Sie liest Jaegers Adresse vor.

*Was zum Teufel?* Wenn sie seine Adresse für die Abrechnung benutzt …

Kate nimmt eine Kreditkarte zur Hand. »Hier ist meine Kartennummer.« Sie liest eine Reihe von Zahlen, das Ablaufdatum und einen Sicherheitscode ab. »Der

Name auf der Karte lautet Jaeger Lang. Mein Mann und ich haben unterschiedliche Nachnamen.«

Das Miststück!

Ich habe genug gehört. Ich räuspere mich vernehmlich.

Kates Blick huscht zu mir. Ich hebe mein Kinn. Ihre Augen weiten sich, aber ihr Ausdruck bleibt ruhig. »Danke«, sagt sie fröhlich in das Telefon und beendet das Gespräch. Einen Moment lang starren wir einander an.

»Du musst Cali sein.«

Gut, sie weiß, wer ich bin.

*Bleib ruhig.* Ich habe mir geschworen, Jaeger keine Probleme zu bereiten. »Was glaubst du, was du da tust?« Okay, das kam nicht so ruhig rüber, wie ich gehofft hatte.

Kate hebt ihre Beine, ihre Shots gewähren tiefe Einblicke und sie legt ihre Füße auf die Ecke von Jaegers Schreibtisch. Ihre Shorts sind so eng, dass die halbe Pobacke heraushängt. Sie ist hübsch, mit hellbraunem Haar, das in sanften Wellen über ihre Schulter fällt, aber die Energie, die sie ausstrahlt, ist so kalt wie bei dem Fisch, den ich im Lake Tahoe gefangen habe.

»Jaeger hat erwähnt, dass er eine Freundin hat, die ab und zu vorbeikommt. Ich bin Kate, die Mutter seines Kindes.«

Mein Kiefer spannt sich an. *Ruhig, ich muss ruhig bleiben.* »Warum benutzt du Jaegers Kreditkarte?«

»Oh, ich bestelle nur ein paar Notwendigkeiten.« Sie lächelt. »Jaeger hat mir gesagt, ich soll es mir gemütlich machen.«

»Das ist interessant. Man sollte meinen, dass du weniger Geld für *Notwendigkeiten* ausgibst und mehr Zeit damit verbringst, herauszufinden, wie du deine Tochter zurückbekommst.«

Ihre Stirn runzelt sich. »Oh, das mache ich, aber ich

kann nicht viel tun. Ich hasse diese Warterei, aber der Gerichtstermin ist erst in einem Monat.«

Ein Monat! Verdammte Scheiße.

»Das Beste, was Jaeger und ich jetzt tun können, ist, ein liebevolles Zuhause für unsere Tochter zu schaffen.«

Nein, auf keinen Fall. Das muss aufhören. Sie nutzt ihn aus. »Wo ist Jaeger?«

»In seinem Schuppen.«

*Holzwerkstatt, Dumpfbacke.*

Ich lasse Kate nicht in Jaegers Büro. Sie könnte beschließen, seine Kreditkarte zu benutzen, um einen Whirlpool oder eine tropische Insel zu kaufen. »Glaubst du, du kannst mir den Weg zeigen?«, frage ich höflich. »Ich vergesse immer, welche Tür ich benutzen soll.«

Kate schmunzelt. Sie weiß, dass ich lüge, aber sie senkt ihre schlanken, kilometerlangen Beine und schlendert in das Wohnzimmer und zur Hintertür hinaus. Wir passieren ihren schicken Sportwagen und ich sehe einen neuen Luxuswagen in der Auffahrt, einen roten. Wer ist jetzt noch gekommen?

Kate klopft an die Tür der Holzwerkstatt und geht hinein, wobei sie offensichtlich kein Problem damit hat, seine Privatsphäre zu verletzen. Das macht mich wütend, bis ich Jaeger sehe – mit einer anderen Frau.

Er sitzt auf der Couch, zwischen seinen Beinen steht eine schöne Brünette, nur mit BH und kurzem schwarzen Rock. Dieselbe Frau, mit der ich ihn in der Nacht, als ich mit Drake nach Hause gegangen bin, im Blue gesehen habe.

*»Jaeger!«*, schreit Kate mit einem nasalen, hohen Kreischen.

Okay, ich kann verständnisvoll sein – mein Freund lebt mit seiner Ex-Freundin zusammen – aber das geht zu weit. »Ich glaube jetzt hast du zu viele Frauen im Haus.«

Jaeger sieht herüber, sein Gesicht wirkt erschrocken und verwirrt. Er rührt sich nicht vom Fleck, als Kate schreit. So als hätte er sich schon daran gewöhnt, sie auszublenden, aber mein Kommentar erregt seine Aufmerksamkeit. »Cali?«

Die Frau vor ihm tritt einen Schritt zurück, macht aber keine Anstalten, ihre Brust zu bedecken. Sie trägt einen hübschen schwarzen BH und hat perfekte Bauchmuskeln. Bedeutungslose Details zu analysieren hilft mir, nicht voller Demütigung zu fliehen. Ich habe genug von dieser Scheiße, aber ich liebe Jaeger und sein Gesichtsausdruck ist schockiert. Er ist genauso überrascht wie ich und ich glaube nicht, dass es daran liegt, dass ich ihn überrascht habe.

Jaeger steht auf und taumelt zu mir. Er ergreift meine Hand und wendet sich der Frau zu. »Danielle, das ist meine Freundin Cali.«

Kate schnaubt neben uns, ihr Gesicht vor Ärger verzerrt. Jaeger stellt sie nicht vor.

Danielle hebt ihre Handtasche neben der Couch vom Boden auf und holt lässig ein seidenes Tanktop heraus. Sie dreht sich und zieht sich das Top über, als würde sie sich jeden Tag vor Publikum anziehen. »Wie ich sehe, habe ich dich zu einem schlechten Zeitpunkt erwischt.« Sie geht hinüber und drückt seinen dicken Bizeps. Ich bin versucht, ihr wie ein tollwütiges Tier in die Hand zu beißen. »Ruf mich später an.«

Das muss man der Frau lassen – sie hat Mumm.

Jaeger sieht zu, wie Danielle geht und sieht mich dann an. Seine Augen weiten sich. »Was? Sie hat mir aufgelauert. Ich hatte keine Ahnung, was sie vorhatte.«

»Jaeger!«, kreischt Kate. Ich hatte Kate vergessen und ich würde es vorziehen, wenn sie sich da raushalten könnte. »Wie kannst du das tun? Denk an unsere Tochter!«

»Kate«, sagt Jaeger kurz und knapp. »Gib mir einen Moment allein mit Cali.«

Kate geht und schlägt die Tür hinter sich zu. Jaeger marschiert zu einem seiner Arbeitstische. Er schiebt Werkzeuge in eine Schublade und schlägt mit der Faust auf den Tisch. »Was für ein Scheiß!«

»*Ja*, finde ich auch«, sage ich.

Er kommt zu mir rüber und verschränkt unsere Finger. »Komm schon. Lass uns hier verschwinden. Wir gehen zu dir nach Hause.«

»Warte.« Ich ziehe an seinem Arm, um ihn aufzuhalten. Wir werden zu mir gehen und reden, denn ich habe ein paar Fragen an ihn, bezüglich dieser Frau, aber zuerst – »Du kannst Kate nicht allein in deinem Haus lassen. Als ich ankam, war sie gerade dabei, mit deiner Kreditkarte online einzukaufen und hat behauptet, dass du ihr *Mann* bist.«

»Scheiße«, murmelt er.

Jaeger ist normalerweise sparsam, was Schimpfwörter angeht. Er muss wirklich sauer sein.

Nachdem er den Tag damit verbracht hat, Kates Schwester in Reno zu suchen, von der Dame aus dem Blue überfallen zu werden und dann entdeckt, dass er von seiner Ex-Freundin abgezockt wird, kann ich das wohl verstehen.

Wir gehen zum Haus, Jaeger reißt die Hintertür auf und fängt sie auf, bevor sie mir ins Gesicht schlägt. Er schreitet durch das Wohnzimmer in Richtung Flur. Kate bewegt sich mit einer Tüte Kekse in der Hand um die Kücheninsel herum und beobachtet seine Schritte. Am Ende des Flurs zieht Jaeger einen Schlüssel heraus, schließt und verriegelt dann die Tür zu seinem Büro.

Kates Mund klappt auf. Sie starrt erst ihn und dann mich an.

Ich folge Jaeger in sein Schlafzimmer. Er zieht Kleidung aus Schubladen und einem begehbaren Schrank und stopft sie in einen Seesack, den er unter dem Bett hervorgeholt hat. Er stöbert lautstark im Badezimmer herum, bevor er mit einem ledernen Kulturbeutel zurückkehrt, den er ebenfalls in den Seesack wirft.

Er wirft das ganze Ding über seine Schulter und legt mir eine Hand ins Kreuz. »Lass uns gehen.«

Jaeger bleibt an der Haustür stehen und dreht sich zu Kate um, die jetzt eine Tasse in der Hand hält, während sie uns beim Weggehen beobachtet.

»Wenn du noch mal so was abziehst, Kate, zeige ich dich an, Kind oder nicht.«

Er führt mich zu meinem Auto. »Ich komme dir nach«, sagt er.

Ich habe Fragen, aber ich habe das Gefühl, dass jetzt nicht der richtige Zeitpunkt ist, sie zu stellen. Im Rückspiegel sehe ich, dass Jaeger im Auto sitzt und telefoniert.

Tyler ist immer noch nicht da, als ich nach Hause komme. Ich plumpse auf die Couch und ein paar Minuten später kommt Jaeger herein. Er lässt seinen Seesack neben der Tür fallen und reibt sich das Gesicht.

Die Eingangstür schwingt auf und knallt ihm in den Rücken.

Tyler sieht um die Ecke. »Tut mir leid, Mann. Ich habe dich nicht gesehen.«

Jaeger sinkt in den Liegesessel, die Ellbogen auf den Knien, den Kopf gesenkt.

Tyler sieht mich an. »Was ist los?«

Er weiß von Kates Kindererpressung. Ich informiere ihn über Jaegers gescheiterten Versuch, Kates Schwester aufzuspüren und darüber, was ich in der Holzwerkstatt gesehen habe.

Ich habe mich wieder beruhigt, seit ich die halb nackte

Frau zwischen seinen Beinen gesehen habe. Wäre Jaeger jemand anderes, wäre ich vielleicht misstrauisch. Aber er ist völlig durcheinander.

Tyler dreht einen der Esszimmerstühle um und setzt sich rückwärts darauf. »Ältere Frau, hm?«

Jaeger blickt auf. »Ich hatte keine Ahnung«, sagt er mit steinerner Miene.

Ich schüttle ungläubig den Kopf. »Was meinst du? Diese Frau hat dich doch schon in der Blue Bar angemacht.«

»Aber« – er sieht sich um, als würde er irgendetwas suchen – »sie ist meine Kundin. Ich dachte, sie wäre einfach nur freundlich gewesen.«

»Freundlich«, sagt Tyler, »du machst Witze, oder? Sie hat in deinem Haus ihr Oberteil ausgezogen.«

Jaeger runzelt die Stirn. »Ja, da habe ich es auch kapiert, Mann. Sie ist *ohne* Oberteil hereingekommen. Dann war es ziemlich offensichtlich. Es hat mich aber trotzdem überrascht. Sie hat es geschafft, mich auf die verdammte Couch zu drücken«, meckert er.

Tyler und ich sehen uns an und Tyler lacht. Wenn die Situation nicht so unerfreulich wäre, wäre es lustig.

Jaeger starrt Tyler an. »Nicht witzig, Mann. Ich wurde unerwartet überfallen.«

»Ältere Frauen«, seufzt Tyler. »Die sind eben alle Raubtiere.«

»Tyler!«, rufe ich aus. »Was weißt du schon über ältere Frauen?«

Er hält seine Hände unschuldig hoch. »Was? Ich bin in der Blüte meiner Jahre. Ältere Frauen streiten sich um Männer wie mich.«

Ich tue jetzt einfach mal so, als hätte ich das nicht gehört. »Ich glaube, mir wird schlecht.«

Er zuckt die Achseln. »Du hast gefragt.«

Jaeger stöhnt, lehnt den Kopf zurück und starrt an die Decke.

Ich gehe hinüber und setze mich auf seinen Schoß. »Ist schon gut, Schatz. Du musst dich nur daran gewöhnen, dass älteren Frauen dich nicht mehr nur als einen netten jungen Mann ansehen. Sie wollen dir jetzt an die Wäsche.«

Er sieht mich an und ich lächle.

»Sie war so eine nette Kundin«, fährt er fort, als hätte er nichts von dem gehört, was Tyler oder ich gesagt haben. »Sie war freundlich, aber, na ja, du weißt schon.« Er zuckt mit den Schultern.

»Oh, nett war sie auf jeden Fall«, sagt Tyler. »Sie hätte dir auch einen netten, langen Blow …«

»Tyler!«, schreie ich. »Hör auf damit, du Trottel.«

Ich reibe Jaegers Schultern und sein Kopf kippt zurück, seine Augen schließen sich. Er ist erschöpft. Danielle war zwar alarmierend, aber nicht unser größtes Problem. »Was wirst du wegen Kate unternehmen?«

Er holt Luft. Seine Muskeln spannen sich wieder an, aber seine Augen bleiben geschlossen. »Ich habe meine Kreditkartenfirma angerufen. Ich habe ihnen die Situation geschildert und sie gebeten, diese Einkäufe zu blockieren. Mein Vater redet mit einem Anwalt. Wir müssen einen Vaterschaftstest durchführen, bevor wir das Sorgerecht beantragen können, falls sich herausstellt … Kate hat sich jedenfalls so verhalten, als würden wir glücklich bis ans Ende unserer Tage leben. Sie ist verrückt.« Er schüttelt den Kopf. »Das wird nicht geschehen. Und sie muss einen anderen Plan haben, wenn sie mich jetzt ausnehmen will. Ich muss sie da heraus bekommen.«

»Glaubst du, sie will dein Geld?«

Ich wurde nicht dazu erzogen, mich bei der finanziellen Unterstützung auf einen Mann zu verlassen. Meine Mutter hat uns beigebracht, für uns selbst zu sorgen. Das ist einer der Gründe, warum ich Probleme mit dem beruflichen Umschwung habe. Ich bin wie ein Mann. Ich muss wissen, ob ich finanziell abgesichert bin. Sonst fühle ich mich nicht vollkommen.

»Oh, ich habe keinen Zweifel, dass sie mein Geld, mein Haus, und weiß Gott was sonst noch alles will. Wenn ich sicher wäre, dass das Kind nicht von mir ist, würde ich sie sofort hinaus werfen, aber … Mason und Adam haben sich umgehört, obwohl Adam ziemlich nutzlos war. Er ist immer noch völlig am Ende wegen seiner Trennung von Breanna.«

»Sie haben sich getrennt?« Ich unterbreche ihn. »Adam hat sie wie Dreck behandelt. Warum ist er so aufgewühlt?«

Jaeger zuckt mit den Achseln. »So ist Adam. Niemand weiß, was in seinem Kopf vorgeht. Aber er ist ein guter Kerl, wenn es darauf ankommt.«

»Kommen wir zurück zu dem Teil, in dem deine Freunde nach Kate gefragt haben«, wirft Tyler ein. »Was haben sie herausgefunden?«

»Mason sagt, sie sei nach meinem Unfall mit einem Typen aus Reno durchgebrannt. Ich musste immer wieder zur Physiotherapie und war ziemlich durcheinander. Ich hatte keinen Kontakt zu Freunden und habe auch sonst keine Neuigkeiten mitbekommen. Angeblich dealt der Kerl, mit dem sie seitdem zusammen ist. Leichtes Zeug – Gras und LSD. Letztes Jahr hat er angefangen, mit Meth zu experimentieren. Er wurde in seinem Meth Labor erwischt. Dafür sitzt er jetzt im Gefängnis.«

Unglaublich. »Wie kommt sie von dir zu einem Drogendealer?«

Er hebt eine Schulter. »Der Typ war stinkreich. Fuhr ein schönes Auto. Mason hat gehört, dass er ihr eine Wohnung gekauft hat. Ich hatte in der High School auch einige Vorteile für sie. Aber als meine olympische Karriere vorbei war, ist sie abgehauen. Ich schätze, jetzt, wo dieser Typ im Gefängnis ist, ist ihr das Geld ausgegangen. Sie braucht jemanden, den sie abziehen kann. Und jetzt benutzt sie unsere Verbindung – unser *Kind* … wenn das kleine Mädchen wirklich von mir ist.«

Ich rutsche neben ihm auf dem Stuhl. Ich kann Kate nicht ausstehen, aber ich glaube nicht, dass es hilfreich wäre, das zu erwähnen. »Kate will sich in dein Leben einschleusen, weil du schön und reich bist.«

Er schlingt seinen Arm um meine Schultern und zieht mich an seine Seite. »Du findest mich schön, Süße?«

Ich runzelte die Stirn. »Jeder denkt, dass du schön bist, auch die Danielles dieser Welt.«

»Na ja, ich finde dich nicht schön«, sagt Tyler amüsiert.

Jaeger ignoriert ihn und blickt zu mir herunter. »Du bist die Schöne von uns beiden. Ich bin eher der männliche Typ.«

»Gut«, unterbricht Tyler. »Dann bin ich eben die Schönheit. Und für mein Aussehen bewundert zu werden, beeinträchtigt meine Männlichkeit nicht.«

Ich wende meinen Kopf. »Tyler, warum bist du noch hier? Ich versuche hier, einen privaten Moment mit meinem Freund zu genießen.«

Er steht auf, schiebt den Stuhl zurück und wirft Jaeger einen misstrauischen Blick zu. »Mach es nicht zu privat.« Jaeger sieht ihn an. Mein Freund hat heute einen schlechten Tag. Tyler sollte es besser nicht übertreiben.

Tyler greift in die Tasche seiner Jeans und holt seine Schlüssel heraus. »Ich muss sowieso noch ein paar Besorgung machen. Bis gleich.«

Er geht und Jaeger steht auf und zieht mich mit sich

hinauf. »Ich habe hinten in meinem Truck etwas, das ich dir zeigen will.«

Draußen schnappt sich Jaeger zwei große Kisten von seiner Ladefläche – eine ist lang, die andere breit und flach.

Ich starre auf die Verpackungen. »Du hast Campingausrüstung gekauft?«

»Wenn ich bei dir bleiben will, brauche ich einen Platz zum Schlafen. Deine Couch ist schön, aber meine Beine sind einfach zu lang.« Er hält die Luftmatratze hoch. »So können wir zusammen schlafen.« Sein Grinsen ist sehr anzüglich.

Mir gefällt seine Denkweise, aber ich betrachte die Kiste skeptisch. »Wo genau stellen wir das auf?«

Er hievt die Kisten auf seine Schulter, nimmt meine Hand und geht zum Tor. »Im hinteren Garten.«

»Ähh, hast du aus unserem Ballspiel am Strand nichts gelernt? Ich bin nicht sportlich, schon vergessen? Das gilt auch für Zelten.«

Okay, beim Camping ist keine spezielle Technik notwendig. Ich bin einfach kein Fan von kalten und ungemütlichen Schlafsituationen.

Er stellt die Kisten auf der betonierten Veranda vor der Hintertür ab. »Du gehst doch auch wandern. Du kannst also die freie Wildbahn nicht so schlimm finden.«

Das habe ich jetzt von meiner Sportlichkeit. Ich murre und er grinst mich an.

Jaeger reißt die Zeltkiste auf, eine Handlung, für die ich mit Hilfe eines großen Schraubenziehers und einer Schere dreißig Minuten gebraucht hätte. Seine Muskeln und großen Hände törnen mich an. Ich beobachte diese geschickten Hände, während er das Zelt auspackt und zusammenbaut.

»Ich habe ein Zelt mit Oberlicht gekauft.« Er blickt auf und lächelt. »Dann können wir die Sterne sehen.«

Ich verfolge seine Ausführungen vage und nicke zustimmend. Aber vor allem denke ich daran, wie durchlässig das Zelt ist. Es ist garantiert nicht schalldicht. Wir werden leise sein müssen…

Aber das könnte funktionieren.

Ich nehme die Box mit der Matratze und reiche sie an Jaeger weiter, damit er sie öffnen kann. Er reißt sie auseinander und ich lächle fröhlich und bewundere die Muskeln, die sich unter seiner Jeans spannen, während er sich beugt und unsere Unterkunft mit seinen bloßen Händen zusammenbaut.

Er sieht auf und bemerkt meinen Blick. Anstatt mich für die schmutzigen Gedanken zu rügen, die mir sicherlich ins Gesicht geschrieben stehen, spannt er den Kiefer an und arbeitet schneller.

Ich liebe diesen Mann.

# Kapitel Dreißig

Unser Zelt hat die Größe eines Wohnmobils. Andererseits ist Jaeger auch so groß. Zum Leidwesen meiner Mitbewohner ist die Terrasse erobert worden. Unser riesiges Zelthaus nimmt die Länge der gesamten Veranda ein.

Ich liege auf der Matratze, die überraschend bequem ist, und starre durch das Oberlicht auf die Sterne. Jaeger zwängt sich gebückt herein und schließt das Zelt mit dem Reißverschluss. Ich kann stehen, ohne mich bücken zu müssen, aber das gilt natürlich nicht für übergroße Männer wie ihn.

Er zieht sein Hemd aus und all meine Gedanken schwinden.

Plötzlich setze ich mich auf. »Warte. Wir müssen reden«, sage ich, aber ich starre auf seine Brust, mein Blick schweift zu seinem Waschbrettbauch und dem Bund seiner Jeans. Ich zwinge meinen Blick nach oben und sehe, dass er wissend lächelt.

Ich klebe einen düsteren Ausdruck auf mein Gesicht. »Glaub nicht, dass es in Ordnung ist, wenn halb nackte

Frauen bei dir auftauchen, denn das ist es nicht.« So, jetzt habe *ich* es ihm gesagt.

Er setzt sich neben mich und ich würde gern behaupten, dass die Luftmatratze daran schuld ist, dass ich gegen ihn falle, aber ich glaube, es liegt nur an mir. Verdammt! Eine kompromisslose Freundin zu sein, ist eine größere Herausforderung, als ich dachte.

Zum Glück ist Jaeger ein guter Mensch, aber wir müssen trotzdem reden. »Warum ist Danielle bei dir aufgetaucht?«

Er lässt sich auf den Rücken fallen, einen Arm über die Brust gelegt. »Ich hatte keine Ahnung, dass sie *das* wollte. Sie hat einige Aufträge von mir bestellt und mich anderen Kunden vorgestellt. Wir haben jetzt seit einigen Jahren eine funktionierende Geschäftsbeziehung. Sie hat mich nie angemacht.«

Ich halte meinen Finger hoch. »Ich bin da anderer Meinung. In der Blue Lounge ist sie wie eine nasse Decke an dir gehangen.«

»Wirklich?« Er schüttelt den Kopf. »Okay.«

»*Ernsthaft?* Du weißt nicht, dass eine Frau dich anmacht, wenn sie dich anfasst und ihre Brüste an deinem Arm reibt?«

»Ich habe noch nie darüber nachgedacht.«

»Passiert das oft?«

Er zuckt mit den Achseln und ich weiß die Antwort, aber er ist bescheiden.

»Jaeger, was wäre, wenn mich jemand so anfassen würde?«

»Ich würde ihm den Arm abreißen«, sagt er ohne zu zögern.

»Okayyy, also wäre es nicht in Ordnung.«

»Nein, verdammt.«

Ich starre ihn an und er sieht weg. »Ich verstehe, Cali.

Ich weiß, was du sagen willst.« Er setzt sich auf. »Du verstehst aber hoffentlich auch, dass ich an niemandem außer dir interessiert bin? Von dem Moment an, als ich dich in der Blue Lounge wiedergesehen habe, habe ich alles getan, um dich zu meiner Freundin zu machen.«

*Hatte er das?* Ich denke an diese Nacht und die Tage danach zurück. Ich habe damals schon den Verdacht gehabt, dass er mit mir flirtet. Aber ich war immer noch mit Eric zusammen und versuchte, nicht über meine Gefühle für Jaeger nachzudenken.

Er steckt mir eine Haarlocke, die im Mondlicht mehr Rot als Braun ist, hinters Ohr. »Nachdem ich dich wieder getroffen habe, gab es keine andere mehr für mich. Ich habe nur an dich gedacht. Ehrlich« – er schüttelt den Kopf – »Ich hätte Danielles Absichten früher durchschauen sollen, wenn ich nicht so in Gedanken an dich gefangen gewesen wäre. Und dann ist da noch dieses Schlamassel mit Kate.«

Er rollt mich auf sich. »Es tut mir leid. Ich werde Danielle und allen anderen klarmachen, dass ich nicht interessiert bin. Ich habe alles, was ich will.«

Das klärt die Sache für mich. Ich streichle seinen Nacken und küsse ihn unterhalb seines Kiefers.

Jaeger muss sich mehr wehren, was Kate betrifft, aber sein Herz ist am rechten Fleck. Er will nichts verkehrt machen, wenn es um das Leben eines Kindes geht. Kate, die versucht sich zwischen uns zu drängen, muss gestoppt werden – aber vielleicht nicht jetzt.

Eine Sekunde später sind unsere Klamotten ausgezogen und wir stellen den dünnen Zeltstoff auf die Probe.

———

DER REST der Woche vergeht schnell wie ein Wimpernschlag. Neben meinem Job und der Schule, den Kommissionen und den Treffen mit den Anwälten von Jaeger haben wir uns nur nachts gesehen.

Heute Abend warte ich in unserem Zelt und lese eines von Gens schmutzigen Büchern. Darin geht es um einen Vampir mit einer Zwangsstörung. Ich nerve sie zwar, weil sie diesen Mist liest, aber jetzt, wo ich eins aufgeschlagen habe, kann ich es nicht mehr weglegen. Es macht süchtig.

Das Kreischen des Reißverschlusses lässt mich aufschrecken und das Buch unter mein Kissen stecken. Ich rolle auf die Seite, den Kopf auf die Hand gestützt. »Hey«, sage ich atemlos, als hätte man mich bei etwas verbotenem erwischt.

Falls Jaeger es bemerkt hat, lässt er es sich nicht anmerken. Seine Augen sind nur halb offen, während er seine Brieftasche aus der Gesäßtasche nimmt, seine Schuhe auszieht und mit dem Gesicht nach unten auf das Bett krabbelt. Aus seiner Brust kommt ein brummendes Geräusch. Ich glaube, er hat Hallo gesagt, aber ich bin mir nicht sicher.

Ich krabble auf seinen Rücken und tauche meinen Kopf über seine Schulter an sein Ohr. »Geht es dir gut?«

Er dreht seinen Kopf zur Seite. »Jetzt schon. Nicht bewegen. Fühlt sich gut an. In drei Sekunden schlafe ich ein.«

Ich mache mir Sorgen um ihn. Er strapaziert sich zu sehr. »Du bist erschöpft. Wie kann ich dir helfen? Soll ich die Nummer ihrer Schwester aus ihr rausprügeln?«

Er schnauft. »Nein. Mein Anwalt lässt Geburtsurkunden nach Informationen über ihre Tochter durchsuchen. Sie haben angeboten, Kates Schwester Hannah ausfindig zu machen, aber ich habe morgen frei. Ich fahre wieder hin. Ich will nicht, dass der Anwalt sich auch noch einmischt. Ich will Hannah und dem Mädchen keine Angst einjagen.«

Ich rolle zur Seite, ihm zugewandt. »Lass mich mitkommen. Ich nehme mir auch den Tag frei.« Er studiert mein Gesicht. »Vielleicht wäre es gut, wenn sie wüssten, dass noch eine weitere Frau im Spiel ist. Vielleicht traut Hannah Kate nicht. Es könnte helfen, die Situation zu entschärfen, wenn sie und ihr Mann wissen, dass du in einer ernsten Beziehung bist. Dass du der Typ Mann bist, der sich bindet.«

Sein Blick ist interessiert, aber zurückhaltend. »Das musst du nicht.«

»Ich will es aber.«

Jaeger hebt seinen Kopf und küsst meine Lippen. »Das wäre schön.«

———

AM NÄCHSTEN TAG brechen wir um sechs Uhr morgens auf, um dem schlimmsten Verkehr zu entgehen und Kates Schwester zu erwischen, bevor sie ihren Tag beginnt. Wir kommen um halb acht in Reno an und fahren in das Stadtviertel Donner Springs.

»Wie sieht Kates Schwester aus?«, frage ich.

»Hannah? Keine Ahnung. Kate und Hannah hatten in der High School keine gute Beziehung zueinander. Ich habe sie ein paar Mal getroffen, aber die Besuche waren kurz. Ich bin überrascht, dass das Sorgerecht an sie ging. Kate hat ihre Eltern manipuliert, aber sie hatte eine bessere Beziehung zu ihnen.«

»Und wie heißt die kleine Tochter?« Vielleicht habe ich es absichtlich verdrängt, weil ich es nicht glauben wollte, aber ich habe Jaeger noch kaum nach seiner Tochter gefragt. Wenn sie an seinem Leben Anteil haben wird, muss ich mich mehr anstrengen, sie kennenzulernen.

Sein Kiefermuskel spannen sich an und er schüttelt den Kopf. »Kate will mir nichts sagen, nicht einmal das. Es ergibt keinen Sinn. Was immer ich von Hannah erfahre, ich bin mir sicher, dass es sich von Kates Behauptungen unterscheiden wird. Vielleicht hat Kate das Kind einfach vor der Tür ihrer Schwester abgesetzt und ihr gesagt, dass sie sich darum kümmern soll.«

Jaeger überprüft die Adresse auf dem GPS seines Trucks und hält vor einem kleinen gelben Haus mit einem Rasen, der dringend gemäht werden müsste. »Wir sind da.« Eine rötlichbraunes Auto steht in der Auffahrt, ein Kindersitz auf dem Rücksitz.

Wir gehen die Einfahrt hinauf und ich ergreife Jaegers Hand, bevor er an die Tür klopft. Im Hintergrund ertönt das spielerische Kreischen eines Kindes, zusammen mit Kinderschritten.

Mein Herz pocht, meine Hände sind kalt und feucht. Ich sehe hinüber und Jaeger lächelt beruhigend. Ich glaube, ich bin nervöser als er.

Das Geräusch einer kratzenden Kette ertönt, bevor sich die Tür öffnet. Eine Frau mit dunkelblondem, schulterlangem Haar und dunkelblauen Augen steht auf der anderen Seite der Türschwelle. »Ja?«

»Hannah? Ich bin Jaeger Lang. Ich war mit deiner Schwester zusammen. Damals in der High School.«

Die Frau blinzelt, ihr schneller Blick mustert ihn und bleibt dann auf seinem Gesicht hängen. »Oh, sicher. Hallo, Jaeg. Ist alles in Ordnung? Ich habe nicht wirklich Kontakt zu Kate. Falls du deshalb hier bist?« Sie sieht mich neugierig an.

Jaeger verankert einen Arm um meine Taille. »Das ist meine Freundin Cali. Ich habe Kate schon wiedergesehen.

Ich bin wegen dem, was sie mir erzählt hat, hier. Dürfen wir kurz hereinkommen und mit dir reden?«

Hannah öffnet das Fliegenschutzgitter. »Ich muss bald zur Arbeit und meine Tochter zur Schule bringen, aber wir haben noch etwas Zeit.«

Sie führt uns zu einem Wohnzimmer mit einer abgenutzten braunen Couch mit schiefen Polstern. »Entschuldigt bitte.« Hannah steckt die Kissen wieder an ihren Platz. »Meine Tochter macht gerade eine Kissen-Burg-Phase durch.«

Jaeger lächelt und setzt sich auf die Couch. »Eigentlich sind wir wegen deiner Tochter hier.« Er atmet tief ein, seine steife Haltung zeugt von Anspannung. »Kate hat mir erzählt, dass wir ein Kind zusammen haben. Sie hat gesagt, du hast das vorübergehende Sorgerecht bekommen.«

Hannah erstarrt und blinzelt etwa eine Minute lang nicht. »Mark!«, ruft sie ohne den Blickkontakt zu unterbrechen und am Ende wird ihr Tonfall schrill. »Komm mal bitte her.«

Ein Mann Anfang dreißig kommt vom Ende des Flurs ins Wohnzimmer und bindet sich gerade eine Krawatte um den Hals. Sein Blick richtet sich direkt auf seine Frau, dann sieht er uns an. »Ich wusste nicht, dass wir Besuch haben.« Es ist eine Aussage, aber seine Stimme klingt fragend.

»Das ist Jaeg«, sagt Hannah. »Kates Ex-Freund aus der High School und seine Freundin Cali.« Ihr Ton ist scharf, aber ich glaube nicht, dass er sich gegen uns richtet. »Bitte sag meinem Mann Mark, was du mir gerade gesagt hast, Jaeg.«

Jaeger räuspert sich. »Ich bin hier, weil Kate in die Stadt zurückgekehrt ist und mich darüber informiert hat, dass wir ein gemeinsames Kind haben. Sie hat gesagt, dass ihr euch um unsere vierjährige Tochter kümmert. Aber sie wollte mir weder eure Nummer noch Einzelheiten über das Kind nennen und ich wollte mehr darüber erfahren.«

*»Was?«* Marks Stimme klingt wie ein Bellen, sein Ton ist düster.

Ein kleines Mädchen rennt in den Raum und greift nach dem Bein ihres Vaters. Sie hat glattes blondes Haar, das von Blumenspangen nach hinten gehalten wird und grüne Augen. Sie könnte wirklich als Jaegers Tochter durchgehen, solange niemand sie neben Mark sieht. Sie ist das Ebenbild ihres Vaters, bis hin zum Grübchen im Kinn.

»Liebling« – Mark geht in die Hocke und sieht seiner Tochter ins Gesicht – »heute ist ein besonderer Tag.« Er lächelt, aber in seiner Stimme liegt ein Hauch von Anspannung. »Du kannst vor der Schule mit deinen Kostümen spielen.«

Das kleine Mädchen runzelt kurz die Stirn, wobei es möglicherweise den Tonfall des Vaters aufgreift und scheint dann ihr Glück zu realisieren. Es folgt ein glücklicher Schrei und sie rennt aus dem Zimmer zurück in den Flur.

Mark sinkt in einen Sessel neben seiner Frau und seine Hände umklammern die Armlehnen. »Was zum Teufel geht hier vor?«

Ich klopfe nervös mit dem Fuß und quetsche Jaegers Hand. Das ist so falsch. Diese Leute haben keine Ahnung, wovon wir reden.

Irgendwie schafft Jaeger es, ruhig zu bleiben. Sogar seine Gesichtskonturen sind weicher geworden. »Ich bin hier, um herauszufinden, ob ich eine Tochter habe.«

»Na ja«, sagt Hannah, »ich weiß nicht, ob *du* eine Tochter hast, Jaeg, aber ich kann dir sagen, dass meine Tochter aus Körper stammt, nicht aus dem meiner

Schwester.« Sie lächelt sarkastisch. »Die Geburt ist eines der Dinge, die eine Frau nicht vergisst.«

»Okay.« Jaeger nickt. »Gut.« Er verschiebt sich auf seinem Platz, seine Augenbrauen sind nachdenklich zusammengezogen. »Du hast gesagt, dass du Kate nicht nahestehst. Aber weißt du, ob sie ein Kind hat?«

»Ich habe keinen Kontakt zu ihr, aber meine Eltern schon. Sie hätten es gewusst, wenn sie schwanger gewesen wäre. Sie steht meiner Mutter sehr nahe.« Verbitterung sickert aus ihrem Tonfall. »Mom lässt sich Kates Scheiß gefallen.«

Jaeger reibt sich die Stirn. »Also besteht keine Chance, dass das kleine Mädchen, das ich gerade gesehen habe, oder irgendein anderes Mädchen, das du bei dir Zuhause hattest, mein Kind ist?«

»Wir haben nur ein Kind großgezogen«, sagt Mark. »Und es ist unmöglich, dass sie dein Kind ist. Kate hat dich angelogen.«

Jaeger atmet tief durch und lehnt sich zurück. »Okay. Okay – danke. Es tut mir leid, dass ich euch gestört habe.« Er drückt meine Hand und steht auf.

»Jaeg«, sagt Hannah, »bevor du gehst, sag mir, was mit Kate los ist. Meine Mutter hat seit Wochen nicht mit ihr gesprochen. Es ist mir egal, was Kate vorhat, aber es klingt, als würde sie wieder in Schwierigkeiten geraten und das sollte meine Mutter wissen. Wir dachten, dass ihre Probleme hinter ihr liegen, nachdem ihr Freund vor zwei Monaten ins Gefängnis gekommen ist. Wenn sie Lügen über ein Kind erfindet …« Sie sieht zu ihrem Ehemann. »Ich mache mir Sorgen um unsere Tochter, Mark. Vielleicht sollten wir die Polizei rufen.«

»Bin dabei.« Mark holt sein Handy heraus und geht weg.

Jaeger und ich tauschen einen Blick aus.

»Sie wohnt in meinem Haus«, sagt Jaeger. »Sie hat gesagt, dass wir einen sicheren Haushalt vorweisen müssen, um das Sorgerecht für unser Kind wiederzuerlangen. Ich habe ihr von dem Moment an nicht vertraut, als sie wieder in mein Leben zurückgekehrt ist. Aber ich wollte sie nicht hinauswerfen, falls sie die Wahrheit gesagt hätte. Ich wollte nicht, dass dem kleinen Mädchen etwas Schlimmes zustößt.«

Hannah nickt. »Ich verstehe. Du hast das Richtige getan. Du warst immer zu gut für meine Schwester. Es tut mir leid, dass sie dich ausgenutzt hat. Wir werden der Polizei sagen, was los ist und dir auf jede erdenkliche Weise helfen, aber unsere erste Priorität ist die Sicherheit unserer Tochter.« Sie schüttelt den Kopf. »Was, wenn Kate sie entführt hätte, um sie zu benutzen? Meine Schwester ist krank. Ich will sie nicht in der Nähe meiner Tochter oder meiner Familie haben.«

Jaeger nickt und holt sein Handy heraus. »Wenn es euch nichts ausmacht, würde ich gern meine Eltern anrufen. Mein Vater hat einen Anwalt beauftragt und ich möchte ihm sagen, was wir herausgefunden haben.«

Hannah steht auf. »Natürlich, nur zu. Kann ich euch etwas zu trinken anbieten? Mein Mann und ich gehen heute später zur Arbeit – oder vielleicht bleibe ich auch Zuhause.« Sie blickt in Richtung des Flurs. »Ich will nicht von meiner Tochter weg sein, wenn meine Schwester gefährliche Behauptungen aufstellt. Sie ist egoistisch und unverantwortlich, aber ich hätte nie gedacht, dass sie so etwas tun würde.«

Jaeger tauscht vor unserer Abreise mit Hannah und ihrem Mann Telefonnummern aus. Auf der Rückfahrt nach Lake Tahoe erhält er einen Anruf von ihnen. Sie reichen eine einstweilige Verfügung gegen Kate ein. Jaeger hat auch mit seinem Vater gesprochen und herausgefunden, dass der Anwalt, den sein Vater engagiert hat, eine gerichtliche Aufforderung an Kate aushändigen wird, Jaegers Haus zu verlassen. Und zwar innerhalb von dreißig Tagen. Sie beansprucht ein Wohnrecht, was sie technisch gesehen auch kann, da Jaeger ihr erlaubt hat, einzuziehen.

Wir haben sie noch dreißig weitere Tage am Hals. »Was ist, wenn sie dein Haus zerstört oder Sachen klaut?«, frage ich, während wir in die Stadt fahren.

»Meine Werkstatt ist alles, was mir wichtig ist und die ist abgeschlossen. Wir fahren aber noch einmal vorbei und holen wichtige Dokumente und meinen Computer ab. Mason wird alles sicher verwahren, bis Kate wieder weg ist.«

Er sieht zu mir rüber. »Es tut mir leid, Cali — dass ich dir das angetan habe.«

»Ich komme schon zurecht. Ich mache mir Sorgen um dich; du bist aus deinem eigenen Haus hinausgeworfen worden.«

»Selbst wenn sie die Bude niederbrennen würde, wäre das immer noch besser als herauszufinden, dass Kate die Wahrheit gesagt hat.« Er streckt seinen Hals. »Aber bis dahin bin ich einfach froh, dass sie wegen des Kindes gelogen hat. Kein Mann sollte ein Leben lang an Kate gefesselt sein. Oder ein Kind. Außerdem« — er grinst, die Last der letzten Tage schwindet aus seinem Gesicht — »lebe ich im schönsten Haus der Stadt.«

»Das Zelt?« Ich kichere.

Jaeger legt seine Hand auf meinen Oberschenkel und reibt ihn auf und ab. »Wo auch immer du bist, da will ich auch sein.«

# Kapitel Einunddreißig

Am nächsten Morgen macht sich Jaeger zu einem Treffen mit seinem Vater und seinem Anwalt auf. Danach geht er in seine Werkstatt. Ich hasse die Vorstellung, dass er in der Nähe von Kate ist – die Frau ist skrupellos und gefährlich, wenn man mich fragt. Aber er hat natürlich auch Arbeit zu erledigen. Ich verstehe, warum er zurückkehren muss.

Tyler sitzt am Esstisch und tippt an seinem Laptop, als ich die Küche betrete.

»Wie war Jaegers Ex damals in der High School?« Ich habe schon weniger offensichtliche Ansätze versucht, aber Tyler hat nicht auf meine Subtilität reagiert.

»Ein Miststück. Ich habe diese Tussi gehasst.«

Okay, das ist direkt. »Mensch, Tyler, sag mir, was du wirklich denkst.« Ich habe noch nie gehört, wie mein Bruder eine Frau mit einem Schimpfwort beleidigt hat. Wahrscheinlich ein Ergebnis der Erziehung meiner starken Mutter.

Tylers Hände liegen noch auf der Tastatur. Er nimmt den Löffel aus seiner Müslischale und löffelt den letzten

Bissen aus. »Ich habe sie kaum gekannt, aber ich habe Gerüchte darüber gehört, dass sie zu anderen Leuten in der Schule gemein war. Eine typische Mobberin eben. Ich habe nie verstanden, warum Jaeg sich mit ihr abgegeben hat. Es kam mir einfach schon immer so vor, als hätte sie Jaeger nur ausgenutzt. Und dann hat sie Jaeg verlassen, als er am Tiefpunkt war.«

Er steht auf, geht in die Küche und stellt sein Geschirr in die Spüle.

»Hey, das ist keine Frühstückspension. Wasch dein Geschirr ab.«

Tyler schlendert an mir vorbei und küsst mich auf den Kopf. »Dafür habe ich dich.«

»Du hast dich in einen richtigen Arsch verwandelt, weißt du das?« Ich glaube mein liebenswürdiger Bruder in Boulder wurde durch einen Klon ersetzt. Er hat mich schon immer gern geärgert, aber mittlerweile ist er einfach nur griesgrämig.

»Du hast keine Ahnung. Ich gehe duschen«, sagt er und schließt die Badezimmertür hinter sich ab.

Nach dem Unterricht an diesem Abend überrede ich Leo, die zusätzliche Strecke zu Jaeger zu fahren. Jaeger war fast den ganzen Tag in seiner Werkstatt und ich will ihn mit Essen und Getränken überraschen, die ich im Café auf dem Campus abgeholt habe. Es ist kein großes Abendessen, aber das wird ihm wahrscheinlich nichts ausmachen.

Jaeger hat vielleicht nicht mehr den Stress, sich ständig zu fragen, ob er ein Kind hat, aber er ist immer noch erschöpft und isst nicht genug. Er hat dunkle Ringe unter den Augen und seine Wangen werden hohl, weil er so hart arbeitet und sich mit den Anwälten über die Situation mit Kate absprechen muss. Er macht sich immer zwei Sandwiches, wenn er nachts zu mir kommt und schlingt beide rein, bevor er auf unserer Luftmatratze zusammenbricht.

Manchmal frage ich mich, ob es die einzige Mahlzeit ist, die er den ganzen Tag hatte.

Leos Auto hält vor Jaegers Haus an, als ich die Tüten mit dem Essen greife. »Schöne Lage«, sagt er und sieht auf den vom Mond erhellten See jenseits der Bäume.

Die Haustür schwingt auf und Kate tritt auf die Veranda. Das Licht des Bewegungsmelders enthüllt den finsteren Blick auf ihrem Gesicht. Sie muss in Topform sein, jetzt, wo sie den Räumungsbefehl ausgestellt haben.

Ich glaube, ich überspringe das Haus und gehe direkt in die Werkstatt.

Ich wende meinen Kopf, um mich von Leo zu verabschieden, aber er schielt zu Kate. Ich blicke zurück und entdecke, dass sie ihn ebenfalls direkt ansieht. Ihr Gesichtsausdruck verrät, dass sie ihn wiedererkennt.

»Ihr beide kennt euch?«, frage ich.

Sein Mund verzieht sich. »Ich … ja, ich glaube schon. Mein Mitbewohner macht manchmal solche Sachen. Er veranstaltet diese Partys. Ich bin mir ziemlich sicher, dass ich sie schon mal auf einer gesehen habe.«

Jaeger kommt aus seiner Holzwerkstatt, wischt sich die Hände an einem Tuch ab, seine Haltung gebeugt. Er sieht erschöpft aus. Seine Augen schweifen von mir zu Leo und sein Mund verkrampft sich.

Das sieht nicht gut aus. »Danke fürs Mitnehmen, Leo«, sage ich schnell und springe aus dem Auto.

Jaeger wurde schon bis an seine Belastungsgrenze getrieben. Ich habe gesehen, welchen Schaden er bei einem Mann anrichten kann, der mir zu nahe kommt. Ich möchte ihm lieber keinen Grund geben, seinen Frust an dem armen Leo auszulassen.

»Überraschung!« Ich gehe hinüber und küsse Jaegers angespannte Lippen. Sein Blick folgt Leos kleinem Truck, der sich die Einfahrt entlang schlängelt.

Ich drücke ihm die Tüte mit dem Essen gegen die Brust, er sieht nach unten und blinzelt. Ein süßes Lächeln breitet sich über seinem Gesicht aus. »Du hast so hart gearbeitet«, sage ich. »Ich wollte nach dir sehen.«

»Danke, Süße.« Jaegers Augen flackern wütend zu Kate auf der Veranda. Sie dreht sich um und schlägt die Haustür hinter sich zu.

Da ist die Verzweiflung.

Er hält mich einen Moment lang fest, seine Lippen streichen über meinen Haaransatz, die Spannung in seinen Schultern löst sich. »Gib mir eine Minute zum Aufräumen, dann können wir anfangen.«

Jaeger räumt Werkzeuge weg, wischt einen Tisch ab und fegt den Boden seiner Holzwerkstatt. Ich sehe verzückt von der Couch aus zu. Ich könnte Jaeger den ganzen Tag beobachten, wie er sich in seiner Jeans bewegt, die seinen Hintern perfekt betont, und wie Holzspäne sein T-Shirt und seine Haare besprenkeln, so verantwortungsbewusst und fleißig.

Er sieht sich um, als ob er nach weiteren Aufräumarbeiten suchen würde und sein Blick landet auf mir.

Ich winde mich und bin mir plötzlich bewusst, wann ich das letzte Mal auf dieser Couch saß, oder besser gesagt, auf ihr *lag*.

Jaeger kommt auf mich zu und mein Herz schlägt schneller. Er hockt sich vor mich hin und fährt mit den Handflächen meine nackten Beine hinauf bis zu den Rändern meines Jeansrocks. »Was willst du machen?«

Oh, ich habe da ein paar Ideen, aber …

Ich sehe in Richtung des Hauses. »Lass uns zu mir gehen.«

Jaeger stimmt zu und wir machen uns auf den Weg nach draußen. Er hilft mir in seinen Truck, aber sein

Gesicht verzerrt sich, als er die Einfahrt hinunterblickt. »Wer ist der Typ, der dich immer mitnimmt?«

»Leo? Er ist in meiner CAD-Klasse. Wir machen eine Fahrgemeinschaft, nur ist es nicht wirklich eine Fahrgemeinschaft, weil ich ihn nicht mitnehme. Normalerweise kaufe ich ihm nach dem Unterricht ein Abendessen, um das Benzingeld auszugleichen.«

»Du lädst ihn zum Essen ein«, sagt er in einem nicht ganz zufriedenen Ton.

»Irgendetwas muss ich für ihn tun, Jaeger. Ich will nicht einfach schnorren.«

Er nickt steif, meine Antwort gefällt ihm offensichtlich nicht. »Wir müssen dir ein Auto besorgen. Ich will nicht, dass du irgendwo strandest oder dich auf andere verlassen musst, um dich fortzubewegen.«

»Ja, das wäre nett, aber ich kann mir keins leisten. Das passt schon so. Wenn Gen und Tyler im Herbst weg sind, muss ich mit dem Bus fahren, bis ich etwas sparen kann.«

Jaeger runzelt die Stirn und starrt durch die Windschutzscheibe seines Trucks, als er die Zündung einschaltet. Es ist verdammt peinlich, seinem höchst erfolgreichen Freund gegenüber zuzugeben, dass man sich kein Auto leisten kann.

Minuten später fahren wir in meine Kiesauffahrt und mein Blick fällt auf das blaue Auto meiner Mutter, das an der Straße geparkt ist.

Was zum Teufel? *Scheiße!*

Meine Mutter hat bei meinem Besuch vermutet, dass da etwas zwischen Jaeger und mir ist, aber ich habe nicht mehr mit ihr gesprochen, seit es offiziell geworden ist. Wahrscheinlich wusste sie zu der Zeit schon mehr über meine Gefühle für ihn als ich. Ich hatte es immer noch verleugnet, während ich mich mit dem Verlust meines Jobs und meinen Problemen mit dem Studium auseinandersetzte.

Mist, Mist! Auf diese Konfrontation bin ich nicht vorbereitet. Ich liebe Jaeger, aber ich hatte gehofft, ein privates Gespräch mit meiner Mutter führen zu können, bevor ich ihn ihr vorstelle. Sie könnte voreilige Schlüsse ziehen und meinen, dass ich zu schnell nach meiner letzten Beziehung schon wieder eine neue angefangen habe. Für sie würde das wie ein Rückschlag aussehen, aber das ist es nicht. Meine Beziehung zu Jaeger ist die erste richtige, die ich jemals hatte.

»Also, ähm, Jaeger?«, sage ich, zögerlich.

Er sieht herüber, die Stirn gerunzelt. Meine Stimme zittert und ich merke, dass ich seine Hand förmlich zerquetsche. Ich löse meinen Griff. »Das ist das Auto meiner Mutter. Sie ist hier. Ich wusste nicht, dass sie kommt.«

Ein langer Moment vergeht. »Soll ich gehen?« Er versucht, es zu verbergen, aber er sieht verletzt aus.

»Nein, aber vielleicht läuft es nicht perfekt. Ich hatte noch keine Gelegenheit, ihr von uns zu erzählen.«

»Für mich ist das okay, wenn es für dich okay ist.«

Ich lächle. »Ja, ist es.« Oder wird es nach der Konfrontation hoffentlich sein. Es ist, als würde man ein Pflaster abreißen. Meine Mutter ist ein wenig überfürsorglich. Sie wird vielleicht etwas überrascht sein, wie schnell es zwischen mir und Jaeger ging. Aber da wird sie schon drüber wegkommen.

Wir gehen zur Haustür. Und dann erinnere ich mich an das Zelt draußen und die Tatsache, dass Jaeger bei mir *wohnt*.

Das wird verdammt peinlich werden.

Meine Mutter wäscht gerade in der Küche ab, als wir hereinkommen, und steht mit dem Rücken zu uns. Sie summt und singt alle paar Takte beim Refrain von ›Love Bites‹ von Def Leppard mit. Es ist eines ihrer Lieblingslieder. Meinen schlechten Geschmack verdanke ich der Musik aus den achtziger Jahren, die meine Mutter mir über die Jahre aufgezwungen hat.

»Mom, was machst du hier?«

Sie dreht sich erschrocken um, die Hand über dem Herzen. »Calista, schleiche dich nicht an.« Sie atmet tief durch und sieht Jaeger an. »Kann eine Mutter nicht ihre Kinder besuchen?«, sagt sie zerstreut.

»Normalerweise rufst du zuerst an«, sage ich.

Sie schüttelt das Wasser von ihren Händen über dem Waschbecken ab, geht ins Wohnzimmer und trocknet sie an ihren Jeans. Sie streckt Jaeger eine Hand entgegen und starrt mich an. »Hallo, Jaeg. Schön, dich wiederzusehen. Wie du gewachsen bist.« Ihre Augen huschen über seinen Körper, als sie seine Hand ergreift.

Es ist offiziell. Jaeger kann die Wirkung, die er auf Frauen hat, nicht kontrollieren. Meine eigene Mutter hat ihn gerade abgecheckt. Das weibliche Geschlecht hat eine Schwäche für ihn. Ich sollte es wissen.

»Mom, Jaeger ist mein Freund.«

Trotz ihrer offensichtlichen Bewunderung kräuselt und verzieht sich der Mund meiner Mutter. Sie nickt.

Ich hasse diesen Blick. Es ist der, der sagt: *Da hast du mir aber noch etwas zu erklären.* Ich bin eine erwachsene Frau. Es ist meine Sache, wen ich liebe.

Ich gehe zur Couch und setze mich. »Was ist los, Mom? Normalerweise tauchst du nicht aus dem Nichts auf. Alles in Ordnung?«

Langsam wandert ihr misstrauischer Blick von Jaeger zu mir. »Ich bin hier, um mit Tyler zu reden. Weißt du, wo er ist?«

Es geht also nicht um mich? Es geht um Tyler? Ausgezeichnet.

Jetzt hat er es allerdings geschafft. Mom ist aufgetaucht, also was auch immer Tyler getan hat, es muss schlimm gewesen sein.

Wenn ich es mir recht überlege, verhält Tyler sich in letzte Zeit wirklich merkwürdig. Er kommt nach Hause, stinkt nach Bier und Zigaretten und ich habe noch nicht herausgefunden, warum er plötzlich das Verlangen hat, den Sommer in Tahoe zu verbringen. Ich wurde abserviert, gefeuert und bin verliebt, was mich etwas abgelenkt hat. Ich war also eine beschissene Freundin *und* Schwester. Wunderbar.

Bevor ich meiner Mutter sagen kann, dass ich keine Ahnung habe, wo Tyler ist, kommt mein Bruder zur Tür herein. Er erstarrt mit der Hand am Knauf. »Hey«, sagt er nervös.

Was geht hier vor? Ich meine, ja, meine Mutter kann uns immer noch ganz schön Angst einjagen, obwohl sie jetzt kleiner ist als wir. Aber Tyler sieht nervöser aus, als ich ihn je gesehen habe.

»Jemand von deiner Arbeit hat gerufen«, sagt sie. »Du hast die Vorsemestertreffen verpasst und sie konnten dich nicht erreichen.«

Tyler bricht den Blickkontakt ab, beugt sich vor und raschelt in seinem Rucksack herum. »Ich mache das schon, Mom. Mache dir keine Sorgen deswegen.«

»Wirklich? Denn es scheint nicht so, als würdest du das machen, mein Sohn.«

Jaeger sinkt auf die Couch neben mich. Er beobachtet meine Mutter und meinen Bruder mit großem Interesse. Das ist das erste Drama, das nicht uns betrifft. Er ist wahrscheinlich genauso erleichtert wie ich.

»Was geht hier vor, Tyler?«, fragt Mama. »Lüge nicht, das kannst du nicht gut.«

Tyler richtet sich auf und zupft an der Schulter seines T-Shirts. Das ist einer seiner nervösen Ticks. »Na ja, wenn du es wirklich wissen musst, ich gehe nicht zurück. Ich bleibe hier.«

Meine Mutter sitzt auf der Armlehne des Sessels. »Was soll das heißen? Deine Arbeitgeber dachten, du wärst verschwunden, Tyler. So kündigt man nicht. Die College-verwaltung hat mir gesagt, dass sie fast die Polizei gerufen und dich als vermisst gemeldet hätten. Stell dir vor wie erleichtert sie waren, als sie mich erreicht haben und ich ihnen gesagt habe, dass du hier bist.«

»Ich hätte anrufen sollen.« Er reibt sich die Stirn und seufzt.

»Warum gibst du deinen Job auf?«, fragt sie. »Ich dachte, du liebst Boulder und deine Karriere.«

Tyler geht in die Küche und holt ein Bier aus dem Kühlschrank. Wenn ich jetzt darüber nachdenke, hat er den Kühlschrank immer mit einer erheblichen Menge Sierras gefüllt. Er hat zu viel getrunken.

»Nicht mehr«, sagt er.

»Hm … Und wie willst du dich selbst versorgen? Willst du den Rest deines Lebens auf der Couch deiner Schwester schlafen?« Mom holt den Sarkasmus hervor, was bedeutet, dass sie kurz davor ist, an die Decke zu gehen.

»Ich habe die ganze Zeit wie ein Student gelebt. Ich habe genug Geld gespart, um ein paar Jahre zu überleben.«

Scheiße, dann sollte er Gen und mir Miete zahlen!

Tyler hat sein Studium in nur drei Jahren abge-schlossen und kurz danach einen Masterabschluss gemacht. Er hat wirklich die Intelligenz unseres Vaters geerbt. Mom und ich konnten nie verstehen, warum er nicht seinen Doktor gemacht hat.

»Tyler, mit diesem Geld solltest du auf ein Haus sparen, anstatt« – sie winkt ziellos mit der Hand – »deine Schwester zu schikanieren und den ganzen Tag zu trinken«.

Tyler runzelt die Stirn und Jaeger und ich sehen uns an. Das ist eine ernste Sache, die da passiert. Ich hatte keine Ahnung, dass mein Bruder so durcheinander ist. Auf diabolische Weise fühle ich mich dadurch besser.

»Lass das, Mom. Ich sage dir Bescheid, wenn ich die Sache geklärt habe.«

Meine Mutter sieht angespannt aus. Tyler spricht nie respektlos mit unserer Mutter – nicht seit er ihr im Alter von zwölf Jahren frech widersprochen hat und ihm seine Videospiele weggenommen wurden.

Sie sieht mich an. »Weißt du, was hier vor sich geht?«

Meine Augen weiten sich und ich schüttle den Kopf.

»Ich bin immer noch im Raum«, sagt Tyler verärgert. »Wenn ich wollte, dass ihr beide in meinem Leben herumschnüffelt, dann würde ich es euch sagen.«

Er kann mir gegenüber ein Arsch sein, aber nicht mit unserer Mutter. »Tyler!«

Er ignoriert mich und stürmt zur Haustür hinaus. Ich eile zum Fenster und sehe ihn eine leere Bierflasche in den Mülleimer werfen, als er über die Einfahrt zu seinem Auto stolpert. Ich schlage gegen das Glas. »Hey! Das kommt ins Recycling!«

Tyler fährt rückwärts hinaus und rast dann mit seinem Land Cruiser die Straße hinunter.

»Na ja«, sagt Mom, »jetzt wissen wir wohl, dass dein Bruder in Schwierigkeiten ist.« Sie steht auf, klopft sich auf ihre Gesäßtasche und holt dann ihre Schlüssel heraus. »Er will nicht mit mir reden. Du wirst ihm helfen müssen.«

Moment, was? »Du gehst wieder?«

Sie nimmt ihre Handtasche und blickt sich im Raum um, wobei ihr Blick auf dem riesigen Zelt draußen hängen bleibt. »Ich kann nicht viel tun. Er will nicht, dass seine Mutter sich da einmischt. Ruf mich an, wenn du reden möchtest. Und lass deinen Bruder nicht trinken und Auto fahren!«

Ich springe auf. »Mom! Was zum Teufel? Du kannst das nicht auf mich abwälzen.«

»Es liegt nicht wirklich an dir. Es liegt an ihm. Es ist sein Leben, das er vermasseln wird. Ich sage ja nur, dass du da sein sollst, wenn er jemanden zum Reden braucht.«

Sie blickt auf Jaeger. »Und das …« Meine Mutter zeigt auf das Zelt und auf uns beide. »Glaubt nicht, ich wüsste nicht, was hier los ist.« Mein Gesicht brennt. »Ich erwarte in den nächsten Wochen einen Besuch von euch beiden, damit ich mich wieder mit deinem Freund bekannt machen kann, Cali.«

Sie zerquetscht mich mit beiden Armen und gibt mir einen Kuss auf die Lippen. »Adios!«, sagt sie mit einem Augenzwinkern.

Was ist das für eine Erziehung?

Das nennt man wohl die *Du bist jetzt erwachsen, kümmere dich selbst darum*-Strategie.

Meine Mutter hat Tyler und mir immer die Hölle heiß gemacht, wenn es nötig war. Aber sie hat uns unsere eigenen Kämpfe austragen lassen, als wir jünger waren. Das könnte erklären, warum Tyler und ich so unabhängig sind. Wir sind in der Lage, uns selbst aus der Scheiße zu ziehen, wenn etwas schiefgeht. Aber ich habe das Gefühl, dass die Sache mit Tyler größer ist. Ich hoffe nur, dass sie ihn nicht für immer belastet.

# Kapitel Zweiunddreißig

In den nächsten Tagen versuche ich, von meinen Bruder herauszufinden, was mit ihm los ist. Aber er ist verschlossen und erzählt mir rein gar nichts. Die Dinge sind immer noch in der Schwebe, während Jaegers Anwälte versuchen, Kate aus dem Haus zu bekommen. Aber das Leben ist nicht nur schlecht. Es ist toll, dass Jaeger bei mir wohnt und ich liebe meine neuen Kurse.

Beim CAD geht es jetzt mehr um die Struktur des 3D-Designs und mein analytischer Verstand liebt die verschiedenen Ebenen. Endlich macht es Spaß. Ich bin zuversichtlich, was die Fortschritte betrifft, die ich gemacht habe und hoffe, dass ich AutoCAD bis Mitte Herbst schon komplett beherrsche. Dann kann ich es endlich auch bei der Arbeit einsetzen. Eine Gehaltserhöhung würde einen großen Fortschritt für die Lösung meiner Transportprobleme bedeuten.

Leo scheint jedoch Schwierigkeiten zu haben. »Verdammt, dieser Kurs bringt mich um«, sagt er, während wir über den Parkplatz zu seinem Auto gehen. »Findest du das nicht schwierig?«

Ich werde die Kurse, die ich tatsächlich schwierig fand, nicht auflisten. Einige der höheren Mathematik- und Wirtschaftskurse, die ich am College belegt habe, waren der Horror. Ganz zu schweigen von den Vorbereitungskursen für Verfassungs- und Wirtschaftsrecht. Aber CAD? Nein, CAD gehört nicht dazu.

»Es ist okay. Ich helfe dir gern, wenn du nicht weiterkommst«, sage ich.

»Danke. Das nehme ich wahrscheinlich sogar an …« Leos Stimme erstirbt am Ende des Satzes.

Ich folge seinem Blick zu einem blassen, schlanken Kerl mit dichtem schwarzem Haar, der neben Leos Auto steht, die Hüfte gegen die Tür gelehnt.

Leo runzelt die Stirn, als wir uns nähern. »Brad? Was machst du denn hier?«

»Ich brauche eine Mitfahrgelegenheit nach Hause. Macht es dir was aus?« Brads Blick wandert zu mir, seine Lippen zucken an den Mundwinkeln.

Leo wirft mir einen unruhigen Blick zu. Ich zucke mit den Achseln und Leo schließt die Türen auf. »Sicher.«

»Cool«, sagt Brad. »Aber lass uns erst einen Happen essen gehen.«

Das Café befindet sich auf der anderen Seite des Campus, weshalb Leo hinüberfährt und auf dem nahe gelegenen Parkplatz das Auto abstellt.

Ich hatte noch kein Abendessen, und jetzt kann ich hier für Jaeger und mich etwas besorgen. Und vielleicht auch gleich etwas fürs Frühstück mitnehmen. Jaeger muss morgen wieder früh aufstehen und Leo hat zugesagt, mich zur Arbeit zu fahren, was ziemlich großzügig von ihm ist.

Leo arbeitet tagsüber in einem Restaurant und sagt, dass es keine große Sache sei, mich mitzunehmen. Aber trotzdem fühle ich mich, als wäre ich ihm etwas schuldig. Er hat mir in den letzten Wochen wirklich geholfen, in der

Stadt herumzukommen. Und ich hoffe, dass er mein Angebot ihm beim Lernen zu helfen tatsächlich annimmt.

Gen arbeitet immer noch im Casino und ich traue ihr nicht zu, um sieben Uhr morgens hinter dem Lenkrad sitzen zu können. Vor allem nicht, wenn sie nur ein paar Stunden geschlafen hat. Und obwohl wir miteinander gesprochen haben, ist Tyler seit dem Überraschungsbesuch meiner Mutter sehr zurückgezogen. Er hat die letzten paar Nächte bei einem Freund übernachtet.

Ich habe meine Fahrgemeinschaft für morgen Jaeger gegenüber *nicht* erwähnt. Er wird weg schon sein, wenn ich gehe und ich glaube, er geht davon aus, dass Gen mich zur Arbeit mitnimmt. Ich habe ihn nicht aufgeklärt. Denn ich habe Angst, dass er die Sache mit dem Auto erwähnt und es ist mir immer noch peinlich. Ich will nicht darüber reden, dass ich mir kein Auto leisten kann. Und eine Fahrt von Leo zu schnorren ist besser als den Bus zu nehmen.

Leo, Brad und ich sind im Campus-Café und Brad hält mir die Kühlschranktür auf. Ich habe in der letzten Minute auf die Getränke gestarrt und versucht zu entscheiden, was ich will. »Was kann ich dir anbieten, Cali?«

Es ist spät und es war ein langer Tag. Ein wenig Extravaganz kann nicht schaden. »Eine Schokomilch, bitte.«

»Sicher doch.« Er holt die Milch, ein Sandwich, eine Flasche Wasser und ein Erfrischungsgetränk, das er Leo gibt und geht dann zur Kasse. Er bezahlt das alles, bevor ich etwas sagen kann.

Okay – das war nett. Das hätte er nicht tun müssen. Ich biete ihm Geld für die Schokomilch an, aber er schüttelt den Kopf.

Ich nehme einen Muffin und ein paar andere Sachen und lege sie ebenfalls auf den Tresen, um sie zu bezahlen. Als ich gegen zehn nach Hause komme, ist Jaeger in seinen Klamotten auf der Luftmatratze eingeschlafen. Er atmet gleichmäßig und tief. Er hat es geschafft, seine Schuhe auszuziehen, also mache ich mir nicht die Mühe, ihn zu wecken. Ich mache mich bettfertig, ziehe meine Schlafsachen an und krieche neben ihm unter die Decke.

Als ich am nächsten Morgen aufwache, ist Jaeger schon weg.

Ich bin deprimiert.

Die rechtlichen Aspekte, um Kate aus seinem Haus zu bekommen und gleichzeitig mit seinem Arbeitspensum Schritt zu halten, nehmen seine ganze Zeit in Anspruch. Ich ziehe mein Handy heraus und schreibe ihm eine SMS.

***Cali:*** *Ich habe dich heute früh vermisst.*
Er antwortet fast sofort.

***Jaeger:*** *Ich habe dich gekuschelt, als ich aufgewacht bin, aber du warst total weg. Es hat mein Ego zerstört, dass du meine Küsse wie eine Fliege weggescheucht hast. Ich erwarte heute Abend eine Belohnung und einen Ego-Ausgleich. Auch andere Dinge werden als Bezahlung akzeptiert. :)*

***Cali:*** *Alles klar, dann werde ich heute meine Rechnung begleichen. Aber schlaf diesmal nicht ein, bevor ich nach Hause komme!*

Eine Stunde später bin ich frisch geduscht und esse den letzten Bissen meines Muffins, als Leos Auto in die Einfahrt einbiegt. Brad sitzt auf dem Beifahrersitz. Hat er mir gesagt, dass er auch mitkommt?

Ich schließe die Haustüre ab und gehe hinüber. Leo winkt mir zu, und Brad beobachtet mich auf dem Weg zum Auto.

»Guten Morgen.« Ich mache die Tür zu und schnalle mich an.

Brad reicht mir einen Starbucks-Becher. »Mokka. Mir ist gestern Abend aufgefallen, dass du Schokolade magst.«

Nicht so sehr wie Milchkaffee am Morgen, aber zu Schokolade sage ich nicht Nein. Niemals. »Danke«, sage ich. »Was schulde ich dir?«

»Der geht auf mich«, sagt Brad.

Ich sehe zu Leo, der den Austausch durch den Rückspiegel beobachtet. Er sieht nervös weg und fährt rückwärts die Einfahrt hinaus.

»Brad, bist du sicher, dass ich dich nicht direkt hinfahren soll?«, fragt Leo.

»Nein, passt schon.« Brad klopft mit dem Finger eine fröhliche Melodie auf das Fenster. »Es ist nahe ihrer Arbeit. Ich kann von dort aus laufen.«

Leo nimmt Brad also auch mit. Er ist viel zu nett. Ich muss Leo wenigstens Benzingeld anbieten, wenn wir das nächste Mal allein sind.

Während ich die schokoladige Köstlichkeit meines Mokkas genieße, sehe ich aus dem Fenster auf die Geschäfte am Stateline Boulevard und nehme einen Schluck für jeden Namen, der das Wort *Chalet* enthält. Als Leo mich auf dem Parkplatz absetzt, ist mein Mokka leer und ich fühle mich dank der Zucker-Koffein-Kombination extra angeregt.

Ein warmes Gefühl durchströmt mich, als ich durch die Eingangstür gehe. Übriggebliebene Euphorie von meinem köstlichen Mokka?

Ich bin glücklich. Ich meine, wirklich glücklich. Vielleicht ist es mein Job, oder Jaeger. Ich weiß nicht, was es ist, aber ich glaube, ich war noch nie in meinem Leben so glücklich. Die Welt ist ein wunderschöner Ort.

Ich begrüße unsere Empfangsdame und mein Lächeln erstarrt auf meinem Gesicht. Irgendetwas stimmt nicht. Meine Schritte schwanken, nachdem ich an ihrem

Schreibtisch vorbeigegangen bin, ein betäubender Schmerz schießt mir durch den Schädel.

Am Eingang zu meinem Büro halte ich inne, ein Krampf wogt durch meinen Bauch, Übelkeit überkommt mich. Ich kneife die Lippen zusammen, packe den Türrahmen und atme tief durch. Schweiß bricht auf meiner Stirn aus.

Ich drehe mich langsam und sehe mich um. *Ich muss mich übergeben. Toilette* ... Schwarze Punkte tauchen in meinem Sichtfeld auf ... *Ich kann nicht denken ...*

———

DER GERUCH von Erbrochenem steigt mir in die Nase.

Ich ersticke und würge. Ich ersticke an meinem Erbrochenen.

Erregte Stimmen ertönen über mir.

Ich öffne meine Augen und schließe sie wieder. Ich weiß nicht mehr, wo ich bin. Warum liege ich auf dem Boden?

»Was hat sie gegessen? Nimmt sie rezeptpflichtige oder illegale Drogen?«, fragt eine tiefe Stimme.

»Ist das ihre Handtasche?«

»Oxycodon.«

»Oxycodon? Was ist ...« Das kommt von einer hohen Stimme.

Jemand wischt mir den Mund ab. Eine Atemmaske legt sich über meine Nase und mein Kinn. Starke Hände heben mich an.

Ich öffne meine Augen wieder und dieses Mal kommt ein Bild in den Fokus – Lewis beobachtet mich von der Eingangstür aus, ein schockierter Ausdruck auf seinem Gesicht.

Männer mit medizinischen Abzeichen schweben über

mir. *Sanitäter?* Sie schieben mich auf eine Trage. Ich werde über die Schwelle der Glastür geschoben. *Bin ich bei der Arbeit?*

Meine Brust rasselt mit jedem Atemzug, mein Herz rauscht langsam in meinen Ohren. Mein Kopf ist zu schwer. Ich schließe meine Augen und ruhe mich aus.

Augenblicke später höre ich: »Calista? Calista, kannst du die Augen öffnen?«

Die Stimme ist männlich, aber keine, die ich erkenne. Ich öffne meine Augen und meine Sicht ist diesmal nicht verschwommen. Es ist ein Mann in einem weißen Kittel. Ein Arzt. Ich bewege mich, um mich aufzusetzen.

»Bitte bleiben Sie ruhig liegen, während ich Ihnen ein paar Fragen stelle.«

Der Arzt beugt sich über mich und leuchtet mir in die Augen. »Die Pupillen sind nicht mehr verengt und reagieren auf Licht«, diktiert er jemandem über die Schulter und schenkt mir dann seine Aufmerksamkeit.

»Calista«, sagt er laut, als wäre ich hörgeschädigt. Ich möchte ihm sagen, dass er nicht schreien muss, aber mein Mund ist trocken und meine Brust schmerzt. Ich kann immer noch nicht gut atmen und aus meiner Brust kommen knisternde Geräusche. »Ich bin Dr. Gregger. Ich habe Ihnen gerade Naloxon gegeben, um den Opiaten in Ihrem Kreislauf entgegenzuwirken. Die Sanitäter sagten, sie hätten Oxycodon in Ihrer Handtasche gefunden, als sie nach Medikamenten und Allergieinformationen suchten. Haben Sie Oxycodon schon einmal verwendet?«

Ich schüttle den Kopf.

»Wurde Ihnen ein Rezept von einem Arzt ausgestellt?«

Ein weiteres negatives Kopfschütteln. Ich habe noch nie von Oxycodon gehört. Ich habe keine Ahnung, wovon er spricht.

Eine Runde schleimiger, kratzender Husten raubt mir

den Atem. Ich keuche. Der Arzt gibt Anweisungen an jemanden im Raum.

»Calista«, sagt er zu mir, »die Sanitäter glauben, dass Sie etwas in ihre Lunge bekommen haben, als Sie ohnmächtig wurden. Wir machen eine Röntgenaufnahme der Brust.«

Nur wenige Minuten später, aber ich vermute, dass es viel länger dauert, werde ich auf die Intensivstation eingeliefert. Auf dem Röntgenbild von meiner Brust wurde eine Lungenentzündung diagnostiziert.

Ich muss wieder eingeschlafen sein, denn als ich das nächste Mal die Augen öffne, spüre ich einen warmen Druck auf meiner Hand. Jaeger ist neben mir, seine großen Finger fest um meine gewickelt, sein Kopf ist gebeugt, als würde er beten. Meine Mutter steht am Ende des Bettes, ihre Hand umklammert meinen Fuß.

»Mom? Warum hältst du dich an meinem Fuß fest?« Mein Mund ist träge. Ich klinge wie eine Säuferin.

Mama blinzelt, als wäre sie erschrocken. Sie starrt mich seit einer Minute schweigend an. »Calista.« Sie steht auf und geht zu meiner Seite. Sie küsst meine Stirn und fährt mit einer kühlen Hand über die Seite meines Gesichts, die sich im Vergleich dazu heiß anfühlt. »Du bist wegen des Fiebers immer wieder aufgewacht. Ich war mir nicht sicher, ob du diesmal wirklich wach bist.«

Jaeger beobachtet jetzt mein Gesicht, sein Atem zittert, als würde er starke Emotionen zurückhalten.

»Was ist passiert?« Ich schlucke, ein leicht entzündetes Gefühl im Rachen.

Mama sieht zu Jaeger, dann wieder zu mir zurück. »Du bist ohnmächtig geworden. Deine Kollegen haben den Krankenwagen gerufen, aber du hast dich übergeben und es eingeatmet.«

Ich sehe zu Jaeger. Es wäre mir vielleicht etwas peinlich, wenn ich mich nicht wie ein Wrack fühlen würde.

»Sie haben dir starke Antibiotika verabreicht, aber deine Lungen ...« Meine Mutter presst die Lippen zusammen, dann beißt sie auf die obere. »Du brauchst Ruhe, Schatz.« Sie tätschelt meine Hand. »Viel Ruhe, damit dein Körper heilen kann.«

»Aber Mama, was ist passiert?« Ich denke an heute Morgen zurück. »Ich habe einen Muffin gegessen und einen Mokka getrunken. Mir ging es gut, bis ich zur Arbeit gegangen bin. Dann ... Ich kann mich nicht erinnern.«

»Sie haben −«, ihre Stimme bricht »− Oxycodon in deinem Kreislauf gefunden. Und noch mehr Pillen in deiner Handtasche.«

Ich verarbeite ihre Worte. Der Arzt hat das auch erwähnt. »Was ist Oxycodon? Ich hatte nichts davon in meiner Handtasche.«

Sie stößt einen erstickten, zitternden Atem aus. »Cali, warum nimmst du Drogen? Ich habe dir doch so viele Geschichten über die Casinos erzählt, wie Drogen und Alkohol Leben ruinieren −« Sie schüttelt den Kopf. Tränen laufen ihr über die Wangen. »Ich hätte nur nie gedacht, dass du das machen würdest. Ich hätte nie gedacht, dass du in so ein Schlamassel geraten würdest.« Ihre Stimme bricht so, wie sie es tut, wenn sie entweder sehr emotional ist oder gerade aufgewacht ist.

Gott, ich hasse diese krächzende Stimme. Sie bedeutet, dass meine Mutter ernsthaft verärgert oder richtig müde ist. Beides macht mich nicht glücklich.

»Mom, ich nehme keine Drogen.« Okay, das ist eine Lüge. »Ich habe im College ein paar Mal Gras geraucht«, korrigiere ich. »Mehr nicht. Ich weiß nicht, warum sie das Zeug in meiner Handtasche gefunden haben, aber es gehört mir nicht.«

»Liebling, die Ärzte haben Bluttests durchgeführt. Du hattest Reste des Medikaments in deinem System. Und das war nicht das einzige. Sie haben auch noch Ecstasy gefunden.«

»*Was?*« Ich versuche, mich aufzusetzen, aber dann werde ich schnell eines Besseren belehrt, wenn meine Arme nachgeben.

»Ich verstehe nicht«, sagt sie. »Hast du herumexperimentiert?«

»Nein.« Die Eigenartigkeit dieses Morgens erfüllt meinen Kopf. Ich war glücklich, wegen Jaeger. Wegen unserer Nachrichten. Und dann war ich extrem glücklich, nachdem ich diesen Mokka getrunken habe.

Den Mokka, den Brad mir gegeben hatte.

Warum war Brad wieder da? Er ist ein seltsamer Kerl. Und er hat mir das Getränk mitgebracht. Leo hat gesagt, sein Mitbewohner macht manchmal solche Sachen −

»Mom, ich war es nicht. Ich wurde heute Morgen von Leo abgeholt.«

»Gestern.«

»Gestern?«

»Du bist seit vierundzwanzig Stunden auf der Intensivstation«, sagt sie.

Ich habe einen ganzen Tag verloren? Gott, das ist verrückt. »Mom, sprich mit Leo. Vielleicht weiß er etwas. Sein Mitbewohner Brad war da und er hätte nicht da sein sollen. Er hat mir einen Mokka gegeben. Ich glaube, da könnte etwas drin gewesen sein. Leos Gesichtsausdruck heute Morgen − *gestern* − und was Leo über Kate gesagt hat …«

»Was?« Die dunkle Stimme kommt von Jaeger. »Was hat Kate damit zu tun?« Oberflächlich betrachtet klingt Jaegers Frage besorgt. Aber da schwingt ein bedrohlicher

Unterton mit, als hätte er liebend gern einen weiteren Grund, Kate den Hals umzudrehen.

»Leo hat gesagt, er habe Kate auf Partys gesehen, die sein Mitbewohner veranstaltet hat. Er sagte, sein Mitbewohner sei in komische Sachen verwickelt, aber er hat es nicht genau erklärt. Das war mir damals ehrlich gesagt egal. Aber was ist, wenn er Drogen gemeint hat? Kates Freund hatte ja ebenfalls etwas mit Drogen zu tun. Ich weiß nicht, warum Brad mir etwas ins Getränk getan hat, aber er hätte gestern nicht da sein sollen. Weißt du, was ich meine?« Im Moment kann ich nicht beurteilen, ob etwas, was aus meinem Mund kommt, einen Sinn ergibt. Mein Verstand ist nicht gerade sehr scharf.

Die Linien um Jaegers Mund werden weiß. »Kennst du Leos Handynummer? Seinen vollen Name?«

Ich weise Jaeger auf meine Handtasche hin, die das Krankenhauspersonal neben mein Bett gelegt hat. Er findet mein Handy und die Nummer von Leo. Er scheint nicht gehen zu wollen und küsst mich auf die Stirn. »Ich gehe nur kurz raus, um den Anruf zu machen.«

Ich nicke und er geht zur Tür hinaus.

Mama nimmt seinen Platz ein. »Der Junge sitzt hier, seit ich angekommen bin. Ich war am Fußende des Bettes, weil neben dir kein Platz war. Ich habe es nicht übers Herz gebracht, ihn da wegzuscheuchen.«

Sie hat recht. Zu meiner Rechten steht ein bewegliche Trennwand, aber keine Stühle. Jaeger hatte den einzigen Platz für Besucher eingenommen.

»Lass dich von seiner überdimensionalen Körpergröße nicht täuschen«, sagt sie. »Er hatte schreckliche Angst. Wir alle hatten Angst. Der Arzt war optimistisch. Dass du dich bei deiner sonst guten Gesundheit wieder erholen würdest, aber bis du aufgewacht bist, *wusste* ich es nicht, Schatz. Ich war nicht sicher.« Ihr Kopf neigt sich, der Mund ist an unsere umwundenen Hände gepresst. Ihre Schultern heben und senken sich schluchzend.

Das ist alles so verrückt. In der einen Minute war alles in Ordnung und in der nächsten war die Hölle los.

Tyler kommt mit Kaffeebechern in den Händen herein. Überraschung spiegelt sich in seinen Gesichtszügen und seine Schultern sinken, als wäre eine große Last von ihm abgefallen.

Er kommt um das Bett herum und stellt die Becher auf den Tisch neben dem Bett. Ohne ein Wort zu sagen, beugt er sich vor und umarmt mich, wobei sein Arm, der an meinem Nacken ruht, zittert.

Er zieht sich zurück und atmet durch seine Nase ein. »Wie geht's, Calzone? Ich bin froh, dass du wieder wach bist.«

Jaeger kehrt eine Sekunde später zurück, gefolgt von einem Polizisten. »Jemand hat die Polizei verständigt.« Seine Stimme ist steif, wütend. »Die Polizei war bei deiner Arbeit und wurde an das Krankenhaus verwiesen.«

Bei meiner Arbeit? Weswegen? Ich lächle den Beamten müde an und Jaeger scheint bereit, dem Kerl den Kopf abzureißen.

Der Beamte stellt mir ein paar Fragen und ich erzähle ihm alles, was ich weiß, was im Grunde nicht hilfreich ist. Nein, ich habe kein Oxycodon genommen. Ich nehme keine Drogen und habe auch kein Versteck in meiner Handtasche. Anscheinend haben die Sanitäter Ecstasy und Oxycodon im seitlichen Fach meiner Handtasche gefunden, als sie nach Informationen zu Allergien und Verschreibungen gesucht haben. Ich sage ihm, dass ich nicht weiß, warum mir jemand, einschließlich Leo und seines Mitbewohners Brad, ohne mein Wissen Drogen geben würde.

Der Beamte geht und sagt, dass er recherchieren

werde, aber sein Ton ist flach, als würde er es für Zeitverschwendung halten.

Er glaubt mir nicht.

Ich bin noch dabei, das zu verarbeiten, als Gen durch die Tür zu meinem Krankenzimmer stürmt, in ihrer Jogginghose und einem Tanktop – wahrscheinlich ohne BH, wenn man bedenkt, dass sie das immer zum Schlafen anhat. Ihr Haar ist zerzaust, sie trägt kein Make-up, und es ist klar, dass sie vor nicht allzu langer Zeit noch im Bett war. Scheinbar ist sie direkt aus dem Bett ins Auto gesprungen.

»Du bist wach«, sagt sie mit einem Seufzer der Erleichterung. Lewis folgt ihr in den Raum und meine Mutter und mein Bruder gehen hinaus, um Platz zu schaffen.

Was ist mit Gen und Lewis los? Warum sollte er mit ihr hierher kommen?

*Oh, Gott!* Ich bin auf der Arbeit ohnmächtig geworden. Lewis muss es Gen erzählt haben. Das ganze Büro muss wissen, was passiert ist. Werde ich wegen der Drogen meinen Job verlieren? Verdammt noch mal! Ich habe den Job gerade erst bekommen und ich arbeite wirklich gern für Sallee Construction.

Warum tut mir jemand so etwas an? Ich kann nicht glauben, dass Leo mir das antun würde. Bleibt nur noch Brad, der großzügige, etwas unheimliche Mitbewohner. Wenn der Mokka daran schuld ist, dass die Drogen in meinem Körper gelandet sind, dann war er derjenige, der sie mir untergejubelt hat. Aber Brad kennt mich kaum. Was habe ich ihm je angetan? Leo hat erzählt, dass Kate immer zu Brads Partys geht …

Ich bin so verwirrt und mein Kopf tut weh. Die Bettdecken erdrücken mich. Ich schlage Gen die Hände weg, als sie versucht, mich zuzudecken.

»Cali«, sagt sie. »Wie bist du da nur reingeraten?«

Toll, anscheinend glaubt jeder, dass ich drogensüchtig bin. Ich verdrehe meine Augen und verteidige mich.

Das muss ich noch einige Male tun, bevor das Krankenhaus vier Tage später entscheidet, dass es ungefährlich ist, mich zu entlassen. Mein Fieber ist weg, meine Lungen sind zwar noch nicht ganz klar, aber mit etwas mehr Bettruhe werden sie sich voll erholen.

Aber das wird nicht geschehen, denn die Polizei wartet auf mich.

Jaeger legt mir den Arm um die Taille und tauscht ein paar hitzige Worte mit dem leitenden Beamten aus, aber es hat keinen Sinn. Abgesehen davon, dass die Sanitäter die Drogen in meiner Handtasche gefunden haben, hat jemand anonym bei der Polizei angerufen und ihnen gesagt, dass ich illegale Drogen bei mir führe. Deshalb ist die Polizei in meinem Büro und später im Krankenhaus aufgetaucht.

Kein Wunder, dass der Beamte, der mich befragt hat, mir nicht zu glauben schien.

Jaeger, Gen und meine Familie begleiten mich zur Polizeiwache, aber ich werde sofort von ihnen getrennt, verhaftet, einer Nacktdurchsuchung unterzogen — die demütigendste Erfahrung, die ich je gemacht habe — und in eine Verwahrzelle gebracht. Der Raum, in dem ich mich befinde, ist leer, mit Ausnahme einer Bank und einer Toilettenschüssel aus Edelstahl. Ich lege mich im Schockzustand auf die harte Bank — und weil ich erschöpft bin. Das Popcorn-Geräusch, das aus meiner Brust kam, ist verschwunden. Aber meine Lungen röcheln und fühlen sich schwer an. Außerdem habe ich immer noch einen schlimmen Husten. Körperlich werde ich mich wahrscheinlich erholen, aber was dann?

Abgesehen davon, dass ich mit Jaeger zusammengekommen bin, hatte ich kein Glück seit der Rückkehr in meine Heimatstadt. Zuerst hat Drake mich angeschwärzt, was mir die Arbeitssuche erschwert hat und jetzt dieser Drogenvorfall. Nur dass sich das hier nach etwas persönlichem anfühlt – und nicht nur nach einem Machtspiel.

Jemand wollte mich hereinlegen und das ist ihnen gelungen. Meine eigene Familie und meine beste Freundin haben mir zunächst nicht geglaubt, dass ich keine Drogen nehme. Es hat nicht lange gedauert, sie von der Wahrheit zu überzeugen. Sie kennen mich und vertrauen mir. Wie soll ich die Polizei davon überzeugen, dass die Drogen nicht von mir sind, wenn alle Beweise gegen mich sprechen?

Ein Beamter öffnet einige Minuten später die Metalltür zu meiner Zelle. »Die Kaution wurde hinterlegt. Sie sind frei und können gehen. Fürs Erste.«

Meine Mutter, Tyler und Jaeger warten im Eingang des Polizeireviers.

Jaeger ist der Erste, der mich in eine enge Umarmung zieht und lässt mich nur für einen Moment los, damit ich meine Familie umarmen kann.

Er legt seinen Arm um meine Taille und trägt einen Großteil meines Gewichts, während wir das Gebäude verlassen. Wir alle sind ungewöhnlich still. Ich sollte Jaeger sagen, dass es mir gut geht, dass ich keine Krücke brauche. Aber seine Kraft ist willkommen, weil meine mich im Stich lässt. Ich habe immer gedacht, dass die emotionale und finanzielle Abhängigkeit von einem Mann zu einem Desaster führen würde, aber bei Jaeger macht mir das nicht so viel aus.

»Sie haben einen Gerichtstermin festgelegt«, sagt meine Mutter vom Beifahrersitz von Tylers Geländewagen. Jaeger und ich sitzen hinten. Ich sitze auf dem Mittelsitz, meinen Körper an ihn geheftet, seinen Arm wie ein Bungee-Seil um mich gewickelt.

Selbst bei all dieser Liebe und Unterstützung verstört mich die Realität dieser Situation. Die Polizei hält mich für schuldig. Wie komme ich da wieder heraus? Meine Augen brennen und meine Sicht verschwimmt. Meine kratzende Brust verrät meine Gefühle, während mein Atem schneller wird und stottert.

»Süße.« Jaeger hebt mein Kinn an. »Ich werde herausfinden, wer dir das angetan hat.«

Ich nicke. Irgendwie glaube ich ihm, so beängstigend das alles auch ist. Denn wir haben uns für einander entschieden. Was wir haben, ist echt und macht uns stark.

In meinen anderen Beziehungen war ich immer der Fels in der Brandung. Aber jetzt ist Jaeger der Fels, an den *ich* mich in der Mitte eines unendlich tiefen blauen Sees klammere.

# Kapitel Dreiunddreißig

Was für eine Überraschung – ich bin für eine Weile arbeitslos. Ich kann es John Sallee nicht verübeln; er hatte keine Wahl. Er hat mir sogar bis zu meiner Gerichtsverhandlung unbezahlten Urlaub gewährt. John kann die Anschuldigungen gegen mich nicht ignorieren, aber er ist optimistisch, dass sie fallen gelassen werden. Was ziemlich freundlich von ihm ist, wenn man bedenkt, dass er mich erst seit wenigen Wochen kennt.

Jaeger geht durch das Tor in unseren Garten. Ich sitze auf dem Sessel, den ich von unserem Schlafzimmer auf die Terrasse und dann in den Garten geschleppt habe. Dieser Aussichtspunkt gefällt mir besser; er bringt mich in Einklang mit der Natur. Mittlerweile bin ich dankbar für die kleinen Dinge, wie schöne Bäume, ein leckeres Glas grüner Oliven und die Zeit mit meinem Freund, während alles andere den Bach hinuntergeht.

Jaeger hebt mich hoch, mit Skizzierblock und allem, pflanzt sich auf meinen Platz auf dem Sessel und breitet mich der Länge nach auf seinem Körper aus. Zuerst spannen sich meine Muskeln an, um das Gleichgewicht zu halten, aber dann ist es tatsächlich bequem. Ich nehme meinen Bleistift wieder in die Hand und setze die Skizze, an der ich arbeite, fort. Der Jaeger-Sessel ist mein neues Lieblingsmöbelstück.

Er legt seine Hände auf meine Hüften, die Finger streicheln die Einbuchtung meiner Taille. Ich winde mich, während seine warmen Handflächen chemische Signale an meine weiblichen Körperteile senden.

Ein leises Grollen erklingt aus seiner Brust. »Langsam, oder ich werfe deine Arbeit quer durch den Garten und nehme dich mit ins Zelt.«

Ich kichere. Das ist keine Drohung, sondern etwas, auf das ich mich freue und das ich in naher Zukunft verwirklichen will, sobald Gen zur Arbeit gegangen ist.

Seit meiner Verhaftung ist eine Woche vergangen. Ich war nur für ein paar Stunden im Gefängnis, aber das werde ich nicht so schnell vergessen. Mit Hilfe von starken Antibiotika und Bettruhe habe ich den Großteil meiner Kräfte zurückgewonnen. Alles in allem habe ich verdammtes Glück, dass ich noch am Leben bin. Inzwischen hat Jaeger einen Privatdetektiv beauftragt, um diese Drogensache zu untersuchen. Das ist wie in einer Reality-TV-Show und ich kann kaum glauben, dass das mein Leben ist.

Jaeger hebt die Seite meines Skizzenblocks an. Ich zeichne einen abstrakten Mann, der eine Frau aus dem Wasser zieht und benutze dabei Millionen winziger Formen. Es ist möglich, dass der Gesichtsausdruck des Mannes dem Blick ähnelt, den Jaeger mir nach meinem Aufwachen im Krankenhaus zugeworfen hat.

»Du bist unglaublich«, sagt er in die Haare über meinem Ohr.

Ich lege meinen Bleistift in meinen Schoß und

verschränke unsere Finger. »Ich bin eine Knastbraut. Bist du sicher, dass du weiter mit mir zusammen sein willst?«

Sein Körper versteift sich und zwar nicht auf die gute Art.

Ein Schuss Panik rüttelt an meiner fast geheilten Lunge. »Jaeger?«

»Ich habe heute Nachmittag mit dem Privatdetektiv gesprochen.« Sein Daumen reibt sanfte Kreise entlang meines Handrückens und ich entspanne mich ein wenig. »Er hat Brad mit Kates Drogendealer-Freund in Verbindung gebracht und die Polizei verständigt. Brad hat eine lange Liste an Verhaftungen – Diebstahl, ein paar Drogenanzeigen, die fallen gelassen wurden. Er hat nie gesessen, aber diesmal wird er ins Gefängnis gehen.«

Ich setze mich auf und sehe ihm ins Gesicht, mein Skizzenblock flattert zu Boden. »Brad ist also ganz sicher mit Kate vernetzt?« Diese Vorstellung erscheint mir am glaubhaftesten, als ich mich an den Vorfall zurückerinnerte. Aber irgendwie ist es trotzdem schwer zu glauben, dass Kate so weit gehen würde.

Jaeger hebt meinen Block auf und staubt ihn ab. Er legt ihn auf meinen Schoß und zieht mich zu sich heran. »Es tut mir so leid, Cali. Brad hat seine Geschichte mit Kates Freund heute Morgen gestanden, im Austausch gegen eine geringere Haftstrafe. Er hat zugegeben, Drogen in deine Handtasche gesteckt zu haben. Jemand hat ihm aufgetragen, das zu tun. Aber Brad vermutet, dass der Befehl von Kates Freund kam. Brad schuldet dem Kerl etwas. Er hat den Beamten gesagt, dass er nicht weiß, wer es auf dich abgesehen hat. Scheinbar haben die ihm nur gesagt, dass er dir Drogen unterjubeln soll.«

»Aber mein Getränk ...«

»Das war Brad. Er hat improvisiert. Er hat behauptet, dass er nicht wusste, dass du eine möglicherweise tödliche

Reaktion auf das Medikament haben würdest.« Jaegers Arm verkrampft sich um mich. »Er hat gesagt, er wollte nur sichergehen, falls die Drogen in deiner Handtasche nicht ausreichen sollten, um verhaftet zu werden.«

Jaeger setzt sich auf und ich rolle wie eine Boje auf seinem Schoß herum, wobei seine Arme mich wieder abfangen, bevor ich falle. »Mein Privatdetektiv sagt, dass die Anklage gegen dich mit Brads Geständnis fallen gelassen wird. Du wirst bald von der Polizei hören und du kannst wieder zur Arbeit gehen. Aber ich werde nicht vergessen, was passiert ist. Es ist meine Schuld, dass Kate dir das angetan hat.«

Er versucht, mir damit etwas zu sagen, aber ich bin einfach nur erleichtert, dass es *vorbei* ist. Sie glauben mir. Ich bin frei!

»Ich habe der Polizei von Kate erzählt, aber die Verbindung zu ihr ist nur ein indirektes Indiz. Es gibt keine handfesten Beweise, dass sie etwas damit zu tun hatte.«

»Es ist schon verdächtig, aber Brad wird dafür ins Gefängnis gehen. Und ziemlich bald verschwindet auch noch Kate aus deinem Haus«, sage ich. »Wir können das hinter uns lassen.«

Jaegers Gesichtsausdruck verdüstert sich. »Sie hat den Räumungsbefehl ignoriert. Sie sagt, dass sie nicht geht und dass ich sie nicht zwingen kann. Sie behauptet, dass ich ihr gesagt habe, dass sie mietfrei dort wohnen kann und dass sie ein gesetzliches Recht hat, dort zu bleiben.«

»*Was?* Wie kann sie die Dinge tun, die sie getan hat und erwarten, damit durchzukommen?«

»Das wird sie nicht. Sie hat wegen der Schwangerschaft gelogen und steckt hinter den Drogen.«

Ich blinzele scharf. »Wir gehen davon aus, dass es eine Verbindung zwischen Brad und ihrem Freund gibt, aber …«

Jaeger schließt für einen langen Moment die Augen, bevor er mich intensiv ansieht. »Ich habe dir nie erzählt, wie sie in der High School war.« Seine Hand, die auf meinen Oberschenkeln liegt, umklammert mich fester. »Du hast keine Ahnung, wie sehr mich ihre Anwesenheit hier verrückt macht. Ich habe sie seit Jahren nicht mehr gesehen und dachte, ich würde sie nie wieder sehen. Aber nach dem, was sie getan hat … Ich lasse nicht zu, dass sie unsere Beziehung ruiniert oder dich wieder verletzt.«

»Du hast Angst, dass sie das tun könnte?«

»Sie wird es versuchen. Sie ist derselbe rachsüchtige, egoistische Mensch, der sie vor Jahren auch war, als ich sie kannte.«

»Was hat sie getan, Jaeger? Ich habe Tyler gefragt, aber er hat nicht viel gesagt. Er hat sie nur ein Miststück genannt.«

»Das ist angebracht«, sagt er trocken. »Als ich Kate in meinem zweiten Jahr an der High School zum ersten Mal begegnet bin, dachte ich, sie sei das süßeste, ruhigste Mädchen überhaupt. Damals bin ich gerade erst mit einer Freundin von ihr zusammengekommen. Sie hat zusammen mit Kate Teilzeit in einer Eisdiele gearbeitet. Meine damalige Freundin war sehr gesellig und kontaktfreudig, bis sich das Gerücht verbreitete, dass sie mit einem der Lehrer geschlafen hätte.«

»Die Gerüchte waren ziemlich eindeutig, der Zeitpunkt und die Umstände waren schwer zu bestreiten. Sie haben den Lehrer gefeuert und ich habe mich nicht mehr mit ihr getroffen. Sie hat versucht, sich zu rechtfertigen. Sie hat mir gesagt, dass das Gerücht gelogen sei, dass sie nie mit ihm geschlafen hätte. Sie hat behauptet, noch nie mit irgendjemandem geschlafen zu haben. Ich habe ihr nicht geglaubt. Sie war hübsch. Sie war vor mir mit ein paar Typen zusammen, die ich vom Hörensagen her kannte. Ich bin einfach davon ausgegangen … Jedenfalls war ich dumm und egoistisch und mit meinem Training beschäftigt. Ich dachte mir: Wenn sie über ihre Jungfräulichkeit lügen konnte, warum sollte sie dann nicht auch wegen des Lehrers lügen?«

Er stößt einen schweren Seufzer aus. »Die Schulverwaltung hat die Gerüchte auch geglaubt. Es war beschlossene Sache. Sechs Monate später hat sie die Schule gewechselt und ich habe sie nie wieder gesehen. Danach habe ich nicht mehr an sie gedacht. Ich war dann schon mit Kate zusammen.«

Ich glaube, ich weiß, worauf das hinausläuft und es tut mir unglaublich leid für Jaeger und das Mädchen, mit dem er zusammen war. »Kate hatte etwas mit dem Gerücht zu tun?«, frage ich.

»Ich wusste es zuerst nicht. Sie hat mir erzählt, dass sie ihren Job in der Eisdiele gekündigt hat, weil ihre Eltern wollten, dass sie sich auf das Lernen konzentriert. Ein paar Monate später habe ich durch einen gemeinsamen Freund erfahren, dass sie wegen Diebstahls gefeuert worden war. Ich habe sie damit konfrontiert und sie meinte, sie habe sich geschämt und deshalb habe sie nichts gesagt. Aber das wäre ja nur eine kleine Notlüge gewesen. Wenn ich sie lieben würde, würde ich sie nicht noch mehr verunsichern. Der Diebstahl war eine von mehreren Lügen, bei denen ich sie während unserer Beziehung erwischt habe.«

Er sieht mir in die Augen. »Ich kann mir selbst nicht erklären, warum ich bei ihr geblieben bin, Cali, außer dass ich mich so sehr auf das Training konzentriert habe. Mit Kate zusammen zu sein war einfach. Aber nachdem wir uns getrennt haben, kamen sämtliche Zweifel, die ich jemals an ihr hatte, zum Vorschein.«

Sein Blick schweift abwesend zu den Bäumen auf der anderen Seite des Gartens. »Während mein Knie sich erholen musste hatte ich eine Menge Zeit. Ich habe nach dem Mädchen gesucht, mit dem ich zusammen war, als Kate und ich uns kennenlernten. Sie hat mir dann erzählt, dass Kate sie benutzt hat, um den Job in der Eisdiele zu bekommen. Und dann hat sie Informationen aus ihr herausgequetscht. Über mich. Das Mädchen hat geschworen, dass sie nie mit dem Lehrer geschlafen hat. Dass das alles eine Lüge war und dass die einzige Person, die an diesem Tag wusste, wo sie wirklich war, Kate war.«

Gott. Kate ist wirklich bösartig. »Es war nicht deine Schuld, Jaeger«, sage ich. »Du warst jung. Du wusstest es nicht.«

»Ich war naiv und egoistisch und habe nur an meine eigenen Ziele gedacht. Diese Person bin ich nicht mehr. Wenn ich nur daran denke, was sie dir angetan hat …« Er schüttelt den Kopf und atmet scharf aus. »Damit kommt sie nicht durch. Selbst wenn ich keine Beweise finde, werde ich dafür sorgen, dass sie irgendwie dafür bezahlt.«

Ich wusste, dass er und Kate eine Vergangenheit hatten. Aber so etwas hätte ich mir nie auch nur im Traum vorstellen können. Kein Wunder, dass Jaeger Kate nicht mag. Trotzdem hat er sie nicht komplett niedergemacht. Er ist nicht der Typ, der jemanden schlecht macht, mit dem er mal zusammen war. Auch wenn sie es eindeutig verdient hat.

»Ich war nach Kate noch lange Zeit single. Nachdem ich mit dem Trinken und den Affären aufgehört habe, bin ich wieder auf echte Dates gegangen. Dann habe ich mich erinnert, dass es tatsächlich noch gute Menschen gibt. Kate ist nicht die Norm. Aber trotzdem hatte ich dann keine Lust mehr. Vor etwa einem Jahr habe ich aufgehört, zwanglose Affären zu haben.«

Als wir das erste Mal miteinander geschlafen haben,

hat er mir erzählt, dass er seit einem Jahr keinen Sex mehr gehabt hat. Jetzt ergibt das alles Sinn.

»Dann habe ich dich getroffen und plötzlich wusste ich, was mir gefehlt hat.« Seine Mundwinkel biegen sich nach oben, bevor ein ernster Blick zurückkehrt. »Ich lasse nicht zu, dass sie zwischen uns kommt, Cali.«

Ich schlinge meine Arme um seine Taille und lege meinen Kopf unter sein Kinn. »Was jetzt? Wenn sie nicht gehen will, was machen wir dann?«

»Was hältst du davon, wenn wir unseren ungebetenen Gast einfach hinauswerfen?«

# Kapitel Vierunddreißig

»Also, wie sollen wir das anstellen?«, frage ich.

Wilde Fantasien schwirren in meinem Kopf herum. Nummer eins: Kate an den Haaren ziehen, einen Zickenkrieg veranstalten und sie schreiend und tretend aus dem Haus schleifen. Nummer zwei: Fallen im Haus aufstellen und sie so lange ärgern, bis sie freiwillig gehen will. Dann gibt es da noch den guten, alten Trick: alle ihre Kleider in die Feuergrube im Garten werfen und die Schlösser austauschen. Jaeger bräuchte ein Hochsicherheitssystem, falls sie versucht, durch ein Fenster wieder hineinzuklettern. Sie ist eine gerissene Frau. Ihr traue ich alles zu. Natürlich ist keine meiner Ideen so rachsüchtig und grausam wie das, was sie mir angetan hat, aber ich bin ja auch kein verrücktes Miststück.

Jaeger fährt zu seinem Haus und ich rutsche auf meinem Sitz herum. Das ist ein ernsthafter Endkampf, wie in einem Film. »Und? Was meinst du?«, wiederhole ich. »Wir brauchen einen Plan, bevor wir hineingehen.«

Sein Blick schweift zu Kates Auto. »Ich habe einen Plan. Mir nach.«

Ohhh, er hat das Kommando. Das ist so heiß.

»Alles klar!« Ich klettere aus seinem Truck und versuche, seinen langen Schritte bis zur Haustür zu folgen. Es ist, als würde ich versuchen, mit laufenden Baumstämmen mitzuhalten.

Jaeger stürmt ins Haus, seine Augen überschauen langsam alle Ecken des Raumes. Zerknitterte Fastfood-Tüten liegen über den Boden und die Tische verstreut. Kleidung und Müll baumeln am Kronleuchter. Das Geschirr ist so gestapelt, dass es in der Spüle fast umkippt. Die Arbeitsflächen sind mit einem Regenbogen aus klebrig aussehenden, vertrockneten Essensresten bedeckt. Es riecht nach einer Kombination aus teurem Haarspray und vergammeltem Fleisch.

Jaegers schönes Haus ist eine Katastrophe. Was hat Kate nur getan?

Aus dem hinteren Schlafzimmer dröhnt Musik. Jaegers Büro. Das, das er abgeschlossen hat.

Er stürmt los und ich folge ihm.

Kate sitzt an seinem Schreibtisch, wie beim letzten Mal, ihre Füße auf der Tischplatte, die Finger hämmern auf der Tastatur seines Computers herum.

»Ich dachte, du hättest den zu Mason gebracht«, flüstere ich.

»Ich habe ihn für die Arbeit gebraucht, also habe ich ihn hier gelassen. Er war passwortgeschützt«, knurrt er. »Kate!«

Ihre Finger halten inne, aber sie sieht nicht sofort auf. Sie minimiert das Fenster und wendet langsam den Kopf. »Ja?«

»Du hast mich mit dem Kind belogen und versucht, Cali etwas anzuhängen. Du hast Glück, dass sie nicht an den Drogen gestorben ist, die dein Freund ihr gegeben hat.«

Ich versuche, nicht an die hohe Sterblichkeitsrate zu denken, die normalerweise gilt, wenn man sein eigenes Erbrochenes einatmet. Das ist irgendwie beängstigend.

»Ich habe genug von deiner Scheiße. Ich will dein Gesicht nie wieder sehen. Du hast einen gerichtlichen Befehl erhalten, mein Haus zu verlassen. Und jetzt befehle *ich* es dir.«

Jaeger ist groß und imposant, aber es ist nicht seine Größe, die so einschüchternd ist, es ist seine Stimme. Das tiefe Grollen, das an Kate gerichtet ist, könnte sogar einen Löwen verscheuchen.

»Tu nicht so grob und bedrohlich, Jaeger«, sagt sie in ihrem nasalen Jammerton. »Wir wissen beide, dass du einer Frau nie wehtun würdest.«

Er vielleicht nicht, aber ich habe kein Problem damit, Kate Schaden zuzufügen. Ich trete vor Jaeger, aber er zieht mich zurück. Ich starre ihn an und er schüttelt den Kopf.

Kate schnappt sich eine Spraydose und öffnet die Kappe, ohne auf die unmittelbare Gefahr zu achten. Sie sprüht Nagellack-Trocknungsmittel auf ihre roten Zehennägel – und auf die Oberfläche von Jaegers Eichenholz-Schreibtisch.

Jaeger lehnt seine Hüfte gegen den Türrahmen und verschränkt die Arme. »Ein schönes Auto hast du da draußen, Kate.«

Sie lehnt sich nach vorn und zupft an einem Stück Haut neben ihrem Zehennagel. Ihre Augen flackern in seine Richtung. »Was ist damit?«

»Die Fahrzeugnummer beweist, dass es deinem Freund gehört. Gerüchte besagen, dass die Wohnung, die du in Reno besitzt, ebenfalls mit seinem Drogengeld gekauft wurde. Und dass du ihm bei seinem Drogenlabor geholfen hast.«

Ihr Kopf wirbelt herum. »Das ist eine Lüge!«

»Du hast deinem Freund aufgetragen, seinen Dealer-Kumpel auf Cali zu hetzen. Du bist eine Komplizin und ich kann die Verbindung zwischen dir und Brad beweisen. Wenn ich will, kann ich dafür sorgen, dass du ein neues Zuhause bekommst. So wie dein Freund. Klein und kompakt, ein einfaches Leben.«

Kates Füße sind innerhalb von Sekunden auf dem Boden. »Was willst du, Jaeger?« Ihre Worte schäumen vor Wut.

In die Ecke getrieben, aber immer noch ein unfreundliches Miststück. Beeindruckend.

»Ich will, dass du mein Haus und mein Leben für *immer* verlässt. Komm ja nicht wieder in die Nähe meiner Freundin, meiner Familie oder meiner Freunde. Es wäre sogar eine gute Idee, wenn du Kalifornien und Nevada verlassen und irgendwo weit, weit weg gehen würdest.«

Sie kichert verbittert. »Du bist verrückt. Ich werde nicht gehen. Außerdem habe ich kein …«

»Geld?« Jaeger lässt die Arme fallen und richtet sich zu seiner vollen Größe auf. »Verkaufe den ganzen Scheiß im Wert von fünf Riesen, den du mit meiner Kreditkarte gekauft hast« – ich ersticke, blinzle unkontrolliert. *Fünf Tausend?* »– und die Wohnung, die du besitzt und ziehe weg. Vielleicht solltest du dir überlegen, dir mal einen Job zu suchen. Es ist vorbei, Kate. Es gibt niemanden mehr, den du anschnorren kannst. Deine Familie hat eine einstweilige Verfügung gegen dich beantragt.«

»Was? Meine Mutter würde das nie tun.«

»Deine Mutter, dein Vater und deine Schwester. *Alle.* Ich habe heute Morgen auch eine eingereicht. Es ist also theoretisch illegal für dich, dich in meiner Nähre oder in der Nähe meiner Besitztümer aufzuhalten. Ich könnte dich verhaften lassen.«

Eine Minute fassungslosen Schweigens fällt über Kate,

als sie Jaegers Worte registriert. In ihrem Versuch, andere zu verarschen, hat sie sich selbst verarscht. Sie hat niemanden mehr.

Kate sieht sich im Büro um, als würde sie nach jemandem oder etwas suchen, das sie retten könnte. Ihr Kiefer verhärtet sich und sie schreitet an uns vorbei ins Gästezimmer. Wir hören, wie sich ein Reißverschluss öffnet und Schubladen auf- und zugeklappt werden.

Das ist Musik in meinen Ohren.

Zehn Minuten später sitzt Kate in ihrem Auto und fährt aus der Einfahrt.

Jaeger und ich stehen für ein paar Momente still da und sehen zu, wie ihr Auto die Einfahrt verlässt. Wir genießen einfach die Ruhe, da sein Haus zum ersten Mal seit Wochen wieder eine Kate-freie Zone ist.

Gen hat schließlich im Blue Casino erzählt, was Drake ihr angetan hat und jetzt ist Kate aus der Stadt geflüchtet. Das Leben wendet sich wieder zum Positiven. Und ich bin bei Jaeger. Es gibt nichts Besseres.

Doch jetzt wird mir noch eine andere Sache klar. Sein schönes Zuhause ist völlig verunreinigt worden.

Jaeger holt sein Handy heraus und blättert durch seine Kontakte. »Keine Sorge, ich lasse es reinigen. Ich rufe sofort meine Putzfrau an.«

»Wir brauchen neues Bettzeug.«

Er zwinkert. »Bin schon dabei, Süße. Ab morgen schlafen wir auf einer riesigen Matratze in einem echten Haus, obwohl ich es genossen habe, mit dir zu campieren. Unser Zelt und die Luftmatratze nutzen wir noch einmal.« Er verlagert seine Aufmerksamkeit auf den Anruf. »Janice? Hier ist Jaeger. Kannst du zu mir nach Hause kommen und eine Komplettreinigung machen? Und vielleicht ein paar Sachen einkaufen.« Er deckt das Mikrofon ab. »Welche Farbe soll das Bettzeug haben?«

Er fragt mich, was mir gefällt? Für sein Zuhause? Ich nenne ihm meine Vorlieben und er gibt sie an seine Haushälterin weiter.

Der Anruf endet und es ist wieder still, bis auf das Geräusch des Wassers, das die Felsen im See umgibt, zusammen mit den zwitschernden Vögeln und dem leichten Rascheln der Kiefernnadeln im Wind. Ich nehme diese Geräusche auf und genieße sie ausgiebig. Mir war nicht bewusst gewesen, wie sehr Kates Anwesenheit meine Welt gestört hat. Es ist, als wäre mir die Last eines ganzen Berges von den Schultern genommen worden.

Jaeger nimmt meine Hand. »Wir haben also Zeit, während das Haus gereinigt wird. Komm mit. Ich muss dir etwas zeigen.«

Hm, alles, was er mir bisher immer gezeigt hat, hat mir gefallen. Ich steige fröhlich in seinen Wagen und genieße die Freiheit. Wir können fahren, wohin wir wollen. Machen, was wir wollen.

Jaeger fährt uns zu einer Straße namens ›Beach Drive‹ in den Keys. Sie liegt direkt am Wasser, und die Häuser hier sind riesig. Er fährt in eine Einfahrt mit einer Garage, in die locker vier Autos passen. Das Haus selbst ist fast ein Viertel eines Häuserblocks breit und hat eine herrliche Aussicht auf den See. Jaegers Haus liegt auch am See, aber auf einer Anhöhe mit Panoramablick. Dieses Haus steht praktisch über dem See, mit einer Fassade aus dekorativen Steinen. Es ist beeindruckend.

»Wer wohnt hier?«, frage ich.

»Ein Kunde, den ich dir vorstellen möchte. Ich glaube, seine neueste Errungenschaft wird dir gefallen.« Er grinst geheimnisvoll.

Er nimmt mich mit, um mir eines seiner Stücke zu zeigen? Im Haus von einem Kunden? Ist das nicht etwas aufdringlich?

»Warte, das ist doch nicht deine Kundin Danielle, oder?«

»Auf keinen Fall.« Er schüttelt den Kopf. »Ich mache keine Geschäfte mehr mit Danielle. Das ist ein anderer Kunde.«

»Okayyy. Bist du sicher, dass es dem Besitzer recht ist, dass ich hier bin?«

Sein Lächeln wird breiter. »Ziemlich sicher. Ich habe ihm von dir erzählt und er will dich kennenlernen.«

Was in aller Welt? »Deine Kunden wollen deine studienabbrechende Knastfreundin kennenlernen?«

»Ja.« Er beugt sich vor und küsst mich. Seine Finger schieben eine Haarsträhne hinter mein Ohr. Der Kuss ist unschuldig, aber der Blick in seinen Augen ist frech und das gefällt mir. »Nichts davon war deine Schuld. Außerdem machen Widrigkeiten Menschen stärker. Manchmal macht sie sie zu ihrem besten Selbst«, fügt er mit einem selbstironischen Grinsen hinzu.

Er hat recht. Wo Jaeger heute ist, ist unendlich viel besser, als wenn er mit Kate weiterhin auf dem Weg zu den Olympischen Spielen wäre. Er hätte sich sein Knie dauerhaft beschädigen können. Und wer weiß, was passiert wäre, wenn er am Ende mit Kate verheiratet gewesen wäre.

Ich zittere vor Entsetzen. Das ist ein Schicksal, das niemand erleiden sollte.

Es ist einfach, das Leben eines anderen Menschen zu betrachten und zu erkennen, dass derjenige so besser dran ist. Aber was das eigene Leben betrifft, ist das nicht so leicht. Das einzig Sichere in meinem Leben sind meine Gefühle für Jaeger. Wenn ich bei Eric geblieben wäre, hätte ich diese Art von Liebe nie erfahren.

Ich schließe meine Hand um Jaegers starken Kiefer

und küsse ihn sanft. Ich kann nicht glauben, dass er mir gehört.

Wir gehen zur Haustür und ein Mann mit silbernem Haar und einer Lesebrille macht uns auf. Er begrüßt Jaeger und Jaeger stellt mich vor.

»Das ist Cali?«, fragt der Mann, als hätte er schon einmal von mir gehört. Jaeger hat mir erzählt, dass jemand einige meiner Entwürfe kaufen wollte. Vielleicht hat er dem Mann von meiner Arbeit erzählt? »Kommt doch rein.« Der Mann lächelt und winkt uns nach drinnen.

Ich sehe zu Jaeger und mein Gesicht ist ein einziges Fragezeichen.

Er grinst, tritt nach vorn und folgt dem Besitzer durch einen großen Eingang, der geradewegs auf das riesige Panoramafenster führt. Wir biegen nach links in ein Wohnzimmer ab, das etwa fünfmal so groß ist wie unser Ferienhäuschen. Dank der riesigen Fensterfront haben wir einen wunderschönen Ausblick auf die Berge und den See. In der Mitte werden die Fenster durch einen steinernen Kamin geteilt.

Ich habe diese Art von Luxus noch nie gesehen. Die Aussicht und die aufwendige Einrichtung ziehen mich in ihren Bann. Eine Minute vergeht, bis ich merke, dass Jaeger und sein Kunde auf die Wand hinter mir starren. Sie ist breit, hoch und leer – bis auf ein einziges Kunstwerk. Eines von Jaegers Holzschnitten, nur dass der hier auf einem ganz anderen Niveau ist. Das Stück ist so groß wie ein kleines Auto, doch es passt perfekt in den riesigen Raum und es ist *atemberaubend*. Ich habe noch nie etwas so Schönes gesehen.

Es vergeht noch eine ganze Minute, bis ich merke, dass es sich um mein eigenes Design handelt.

Heilige Scheiße. Das ist mein Garten – mein Hinterhof. Die Bäume, die ich ständig zeichne. Dies ist eine der ersten Zeichnungen, die ich Gen geschenkt habe.

Ich öffne meinen Mund und will etwas sagen, aber es kommt nichts heraus. Meine Kehle ist trocken. Ich muss husten. Das Geräusch verrät, dass meine Lungen noch nicht ganz ausgeheilt sind. »Entschuldigung«, presse ich hervor.

»Ich hole Ihnen etwas Wasser«, bietet der Mann an und geht weg.

»Und«, flüstert Jaeger, »was denkst du?«

Ich zittere, als würde ich vor einem großen Publikum stehen. Ich habe verdammt noch einmal Lampenfieber und das ist alles Jaegers Schuld. Mein wunderbarer Freund hat ein Kunstwerk von mir verkauft. Unsere Kunst. Und es ist unglaublich. Die Art und Weise, wie er die Designelemente und die Schattierungen des Holzes festgehalten hat, um das Bild zu ergänzen. Es gibt keine Worte für das, was ich denke oder fühle.

Es ist nur eine Skizze meines einfachen Gartens hinter dem Haus, aber es ist atemberaubend. Unser Garten aus meinen Augen. Und vielleicht ist das Kunst. Die Schönheit festzuhalten, die andere vielleicht gar nicht wahrnehmen.

# Kapitel Fünfunddreißig

Die Rückfahrt zu Jaegers Haus verläuft ruhig, nachdem er so eine Bombe auf mich abgeworfen hat. Und diese Bombe hat nukleare Ausmaße angenommen, als er mir einen Scheck für meinen Anteil an den vierzig Prozent der Kommission überreicht hat. Seine Schnitzerei hat mich ja schon sprachlos gemacht, doch als er mir den Scheck überreicht hat, bin ich fast ohnmächtig geworden. Jaeger musste mich schnell aus dem Haus seines Kunden schaffen, denn meine Sprachfähigkeiten waren auf ein bloßes Stammeln reduziert worden.

Tausende von Dollar liegen jetzt in meiner verschwitzten kleinen Hand. Mehr als ich in zwei Monaten bei Blue verdient habe. Ein oder zwei Aufträge pro Jahr mit Jaeger, plus mein Job bei Sallee Construction, und ich hätte offiziell eine vielversprechende künstlerische Laufbahn eingeschlagen. Natürlich könnte ich die Aufträge nicht ohne Jaeger ausführen. Sein Talent erweckt meine Zeichnungen zum Leben. Genau wie er mein Herz zum Leben erweckt hat.

Er hat ein zufriedenes Grinsen auf seinem Gesicht, als

wir uns auf dem Weg zurück zu seinem Haus befinden, und ab und zu wirft er mir einen Blick zu. Er weiß, dass er mich zu Tode schockiert hat. Meinen Entwurf so wunderschön an einer Wand ausgestellt zu sehen ist wie ein Sechser im Lotto. Es gibt nichts Besseres, außer mit Jaeger zusammen zu sein.

Ich habe mich in eine kitschige, liebeskranke Freundin verwandelt.

Und damit habe ich kein Problem.

Wir fahren die lange Einfahrt zu seinem Haus hinunter und mein Herz schlägt schneller, als es in Sichtweite kommt. Neben der Haustür steht ein nagelneuer weißer Geländewagen. Es ist keine Luxusmarke, aber er ist neu und meine Nackenhaare stellen sich auf. Wieder eine seiner Kundinnen? Ein Trick von Kate? Oder einer ihrer bösartigen Komplizen?

»Keine Sorge«, sagt Jaeger, als er meinen Gesichtsausdruck mustert. »Der gehört dort hin.«

»Wessen Auto ist das?«

Ich habe mich auf ein wenig Zweisamkeit mit Jaeger gefreut, um ihm zu zeigen, wie sehr ich seine Bemühungen um meine künstlerische Karriere schätze. Er ist der beste Freund der Welt und ich habe schon ein paar Ideen, wie ich ihm danken kann. Detaillierte und kreative Ideen, die eventuell ein wenig Körperkunst beinhalten. So ähnlich wie Twister, nur im Bett.

»Es ist deins.«

Was? »Was ist meins?«

»Das Auto. Ich habe es für dich gekauft, aber eigentlich ist es eine Investition in meinen inneren Frieden. Ich bekomme sonst ein Aneurysma, wenn ich mir auch nur einen weiteren Tag lang Sorgen um dich und deine Transportmöglichkeiten machen muss.«

Normalerweise würde so etwas gegen meine *Ich bin eine*

*unabhängige Frau*-Mentalität verstoßen. Aber aus irgendeinem Grund kann ich einfach nur lächeln. Niemand sollte das eigene Glück von jemand anderem abhängig machen. Aber hier geht es nicht darum, verhätschelt zu werden. Jaeger liebt mich und so zeigt er seine Liebe. Er macht sich Sorgen um mich und will sich um mich kümmern. Das beruht auf Gegenseitigkeit, denn ich will mich genauso um ihn kümmern. So ist das eben, wenn sich zwei Menschen lieben. Ich fühle mich nicht eingeengt oder abhängig. Ich fühle mich geliebt.

»Du hast mir ein Auto gekauft.«

Er nickt.

Ich betrachte mein schönes neues Fahrzeug. Der Geländewagen-Aspekt wird sich als nützlich erweisen. Besonders in den Sommermonaten in Tahoe – und auch im Winter. »Ich liebe es«, sage ich und blicke wieder zu ihm, als die Emotionen aus mir herausströmen.

Jaeger beugt sich vor und wir küssen uns, lange und langsam. Alle möglichen Gefühle verschmelzen zu einem einzigen, heißen Berührungspunkt.

Nach einer Weile hebe ich meinen Kopf. »Danke. Für alles. Für alles, was du mir gegeben hast.« Und damit meine ich nicht nur das Auto.

»Du hast mir noch mehr gegeben.«

# Epilog

Als ich meine Augen öffne, wird mir klar, dass ich eingeschlafen bin. Ich bin bei Jaeger Zuhause, draußen auf seiner Baumschaukel. Ich habe den See gezeichnet, bevor ich weggedöst bin.

Jaegers Zuhause ist mein neuer Lieblingsort zum Arbeiten geworden, jetzt, wo sein Haus von Kates Desaster bereinigt wurde. Aber auch sein Grundstück ist wie eine Droge – ich komme hierher und entspanne mich sofort. Gut für meine Gesundheit, schlecht, wenn ich versuche, meine Arbeit zu erledigen.

Ich setze mich auf und strecke mich.

»Endlich aufgewacht?«

Ich blicke über meine Schulter und sehe, dass Jaeger gerade auf dem Weg zu mir ist. »Wie lange habe ich geschlafen?«, frage ich.

Er verzieht das Gesicht. »Zwei Stunden.«

»Zwei Stunden! Warum hast du mich nicht geweckt?«

Er setzt sich neben mich und zieht meine Beine über seinen Schoß. »Du sahst so friedlich aus. Und wunderschön. Ich habe es einfach nicht übers Herz gebracht.«

Ich strecke mich hoch und schlinge meine Arme um ihn. »Was hast du gemacht, während ich geschlafen habe?«

»Gearbeitet. Ich habe eine neue Kommission. Sie wollen auch deine Entwürfe sehen, also ist es gut, dass du noch eine Skizze geschafft hast, bevor du eingeschlafen bist.« Er hebt den Skizzierblock auf, der auf meinem Schoß liegt. »Die ist fantastisch. Sie muss in die Mappe.«

Jaeger und ich sind ein Team geworden. Ich dachte, es wäre großartig, pro Jahr ein oder zwei Projekte mit ihm zu machen, wenn seine Kunden an unserer kombinierten Kunst interessiert sein würden. Aber unsere gemeinsamen Werke sind so beliebt, dass sich daraus ein regelrechtes Zusatzgeschäft entwickelt hat. Zuerst haben wir zwei Skizzen/Schnitzkombinationen angefertigt und sie ausgestellt. Jetzt sehen sich die Leute einfach das Portfolio an, das ich erstellt habe, suchen sich die gewünschten Entwürfe aus und Jaeger fertigt sie an. Ich arbeite gern mit ihm zusammen und ich liebe, was ich tue.

»Weißt du«, sagt er, »du könntest deinen Job bei der Baufirma wahrscheinlich kündigen.«

»Auf keinen Fall.« Ich schüttle den Kopf. »Ich mag Mr. Sallee und die Arbeit mit den Jungs. Solange sie mich behalten, bleibe ich dort.«

Er lächelt und küsst mich auf die Stirn. »Okay, Süße. Was immer dich glücklich macht.«

Jaeger streckt seine Arme über den Kopf und gähnt, ein Stück muskulöser Bauch blitzt mir vom unteren Rand seines T-Shirts entgegen. »Ich könnte selbst ein Nickerchen gebrauchen.«

Ich schiebe meine Hand unter sein Oberteil, bevor er die Chance hat, seine Arme zu senken. »Wir könnten aber auch was anderes machen.« Ich wackle suggestiv mit den Augenbrauen.

Jaeger heftet mich mit seinem großen Körper an die

Schaukel, seine Hände befummeln und kitzeln mich. »Ist das alles, was ich für dich bin. Ein Stück Fleisch?«

»Absolut!«, kreische ich, kichere und kämpfe gleichzeitig mit seinen Fingern.

Er lächelt. »Damit kann ich leben.« Er küsst mich und danach macht Jaeger sein Nickerchen. In meine Arme geschlungen.

---

***Er ist unwiderstehlich*** ist das zweite Buch der Serie Die Männer vom Lake Tahoe und erzählt die knisternde Geschichte von Gen und Lewis.
JETZT ZUGREIFEN!

# Er ist unwiderstehlich

Mein untreuer Ex hat mich dazu gebracht, Männern abzuschwören. Bis Lewis auftaucht und mir nicht nur den Atem, sondern auch den Verstand raubt.

Männern nachzulaufen war nie wirklich mein Ding. Das Liebeskarussell meiner Mutter hat mir jeglichen Hang zu romantischen Beziehungen genommen, den ich vielleicht sonst haben könnte. Aber Lewis ist ein zwei Meter großer Fels von einem Mann und er ist... eine Augenweide. Sexy. Still und in sich gekehrt, aber auf die attraktivste Art und Weise.

Je mehr Zeit ich mit ihm verbringe, desto schmutziger werden meine Gedanken an uns beide und er macht es nicht gerade leichter, dem ein Ende zu bereiten. Es macht mich wütend.

Ich fantasiere und begehre, und ich weiß nicht mehr, warum ich mich von ihm fernhalten wollte.

Es stellt sich heraus, dass Lewis vielleicht der einzige Mann ist, dem ich nicht widerstehen kann.

Aber er trägt seine eigenen Beziehungsprobleme mit sich herum. Eine Last, die mich auf eine Art und Weise brechen könnte, wie es kein Ex-Freund je getan hat.

»Heiß, witzig, frustrierend und oh mein Gott, wo finde ich so einen...« ~ Rezensentin

»Jules Barnard ist absolute Spitzenklasse.« ~ Amazon-Rezensent

**AUSZUG:**

Er zieht sich die Hose runter – und steht völlig nackt da.

»Ähm?«

Er blickt auf. »Du kannst dein Höschen ja anbehalten. Ich mache mich jedenfalls sauber... Was denn? Ich vertraue darauf, dass du mich nicht begrapschst.« Er grinst.

**Holen Sie sich Ihr Exemplar von *Er ist unwiderstehlich* noch heute!**

Er ist unwiderstehlich

## Keine Regeln

Vermieter küsst man nicht (Band 1)

Mitbewohner küsst man nicht (Band 2)

## Die Cade-Brüder

Levis Versuchung (Band 1)

Wes' Herausforderung (Band 2)

Brans Verführung (Band 3)

Hunts Bekehrung (Band 4)

## Die Männer aus Lake Tahoe

Er ist tabu (Band 1)

Er ist unwiderstehlich (Band 2)

Seine zweite Chance (Band 3)

Mehr als nur Freunde (Band 4)

Er ist mein Feind (Band 5)

# Über den Autor

Jules Barnard ist *USA Today*-Bestsellerautorin und schreibt Liebesromane und Romantic Fantasy. Zu ihren Contemporary-Reihen gehören die *Men of Lake Tahoe* und die *Cade Brothers*, die nun erstmals auch auf Deutsch erscheinen. Ganz gleich, ob sie über sexy Kerle in Lake Tahoe oder eine Feenwelt schreibt, die sich auf einem College-Campus verbirgt, Jules' Geschichten machen sofort süchtig und sind voller Herz und Humor.

Wenn Jules nicht gerade in Jogginghose am Schreibtisch sitzt oder sich fürs Schreiben mit Pralinen belohnt, verbringt sie ihre Zeit mit ihrem Mann und zwei Kindern in einer Kleinstadt in Washington an der Pazifikküste. Auf ihre Fähigkeit, auch auf dem Laufband oder beim Kochen lesen zu können, ist sie mächtig stolz. Manchmal brennt dabei allerdings auch das Abendessen an.

**Ihr wollt mehr über Jules erfahren?**

www.ingramcontent.com/pod-product-compliance
Lightning Source LLC
Chambersburg PA
CBHW022003310726
48972CB00006B/1493